Ein Darkover-Roman

*»Weit entfernt in der Galaxis
ungefähr 4000 Jahre in der Zukunft
gibt es einen Planeten
mit einer großen roten Sonne
und vier Monden.
Willst Du nicht mitkommen
und ihn mit mir erforschen?«*

Marion Zimmer Bradley

Über die Autorin:

Marion Zimmer Bradley, 1930 in den USA geboren, publizierte anfangs vor allem in Zeitschriften und Anthologien. Der Durchbruch gelang ihr 1962 mit *The Planet Savers – Retter des Planeten*. Mit dieser Geschichte war der Grundstein für die Romane um den Planeten *Darkover* gelegt, die innerhalb weniger Jahre zu einem der beliebtesten Fantasy-Zyklen einer riesigen Fangemeinde avancieren sollten. Seit 1962 hat Marion Zimmer Bradley über zwanzig *Darkover*-Romane und unzählige Kurzgeschichten geschrieben sowie eine Reihe Anthologien herausgegeben. 1983 wurde Marion Zimmer Bradley mit ihrem Roman *Die Nebel von Avalon* schließlich weltberühmt.
Sie starb im September 1999 in ihrer Heimatstadt Berkeley, Kalifornien.

Marion Zimmer Bradley

Die Türme

Ein Darkover-Lesebuch

Aus dem Amerikanischen von
Fred Kinzel

Knaur

Die amerikanische Originalausgabe erschien 1993 unter dem Titel
Towers of Darkover bei DAW Books, New York.

Der Verlag dankt Olaf Keith
für die Unterstützung bei der Vorbereitung dieses Buches.

Besuchen Sie uns im Internet:
www.knaur.de

Vollständige Taschenbuchausgabe 2002
Droemersche Verlagsanstalt Th. Knaur Nachf., München
Copyright © 1993 by Marion Zimmer Bradley
Copyright © 2002 der deutschsprachigen Ausgabe bei
Droemersche Verlagsanstalt Th. Knaur Nachf., München
Alle Rechte vorbehalten. Das Werk darf – auch teilweise –
nur mit Genehmigung des Verlages wiedergegeben werden.
Redaktion: Angela Troni
Umschlaggestaltung: ZERO Werbeagentur, München
Umschlagabbildung: © Attila Boros,
via Agentur Schlück, Garbsen
Satz: Ventura Publisher im Verlag
Druck und Bindung: Nørhaven Paperback A/S
Printed in Denmark
ISBN 3-426-60980-0

2 4 5 3 1

Die *Laran*-Matrizen

sind der Schlüssel zu konzentrierten Geisteskräften, und in den Türmen, die über den Planeten Darkover verteilt sind, werden die Besitzer solcher Kräfte ausgebildet, damit sie ihre Gaben zu beherrschen lernen und diese nicht verwildern. Besonders befähigte Personen wählt man zum Dienst in den Türmen aus, wo sie zum Wohle der Allgemeinheit an den Matrizen arbeiten.

Für alle, die dem Zauber Darkovers erlegen sind, gehören die Türme und ihre Bewohner zu den faszinierendsten Seiten dieser erstaunlichen Welt. In den hier nun vorliegenden neuen Geschichten, die Marion Zimmer Bradley zusammengestellt hat – darunter übrigens eine von ihr selbst geschriebene über Dyan Ardais –, können die Leser die vielen Facetten des Lebens in den Türmen erkunden – die Kräfte, die Gefahren und nicht zuletzt die Pfade, die jene beschritten haben, die sich mit *Laran* beschäftigen.

Inhalt

Vorwort der Herausgeberin

Als ich mit der Arbeit an diesem Buch begann, blickte ich zurück und stellte fest, dass ich bereits seit zehn Jahren Anthologien herausgebe. Meine entsprechende Laufbahn begann während der Zeit, als Don Wollheim, der leider verstorbene Herausgeber und Gründer von DAW Books mir erlaubte, *Der Preis des Bewahrers* zusammenzustellen. *Schwertschwester*, der erste Band einer ganzen Serie, erschien noch, als er mit einer Person zusammenarbeitete, die zwar ein Ass als Lektor, aber menschlich schwierig war. Don äußerte, dass er sich einen gleichermaßen kompetenten Herausgeber wünschte, mit dem es sich ein bisschen leichter arbeiten ließ. Ich sagte, ich hätte schon immer gern Anthologien herausgegeben, und so wagte er einen Versuch mit mir. Und trotz der allgemeinen Ansicht, dass sich Geschichtensammlungen nicht verkaufen, werden alle meine Bände bis heute gedruckt, und ich bezahle meinen Autoren weiter Tantiemen dafür.

Ich finde, es ist an der Zeit, den seit zehn Jahren erscheinenden Anthologien über Darkover einen ausführlichen Rückblick zu widmen. Während ich dies schreibe, ist *Die Tänzerin von Darkover* erschienen und stapelt sich zusammen mit den anderen Bänden hier auf meinem Schreibtisch. Was mache ich nur die ganze Zeit richtig? Ich persönlich führe meinen Erfolg als Herausgeberin auf meine ungebremste Begeisterung für den ganzen Schund zurück. Viele Herausgeber brechen irgendwann erschöpft zusammen, ich hingegen freue mich immer noch auf jede neue Ladung Manuskripte, obwohl ich weiß, dass mindestens die Hälfte der Geschichten praktisch unlesbar sein wird. Es gibt allerdings Ausnahmen: Ich kann keine Morsezeichen oder handschriftlichen Manuskripte lesen, die ich deshalb konsequent mit Ratschlägen zu den

Grundregeln professionellen Schreibens zurücksende. Denn Regel Nummer eins lautet natürlich: Man muss das Ganze lesen können!

Als ich 1983 oder 1984 einen Kurs über kreatives Schreiben an einer hiesigen Highschool gab, erzählte ich genau dieses den jungen Leuten. Darauf schoss eine Hand in die Höhe, und ein aufgeweckter Fünfzehnjähriger fragte besorgt: »Aber Sie würden doch wohl keine wirklich gute Geschichte zurückweisen, nur weil sie nicht getippt ist, oder?« Es hat ihn vielleicht ein wenig ernüchtert, als ich prompt erwiderte, dass ich das selbstverständlich tun würde. Die erste und wichtigste Lektion für einen angehenden professionellen Autor ist und bleibt nämlich: Eine angemessene Vorlage ist sehr wichtig. Deshalb schicke ich den Leuten gerne ein paar Ratschläge, wie sie ihre Manuskripte professionell aussehen lassen können. Sie würden sich wundern, wie viele junge Schriftsteller einem solch grundlegende Hilfe übel nehmen. Aber wenn sie tatsächlich eine Profilaufbahn anstrebten, wären sie so dankbar, wie ich es seinerzeit war.

Jerry Bixby schickte mir den besten Ablehnungsbescheid, den ich je erhielt. Er begann mit den Worten: »Mensch, Marion, versuchen Sie mich nicht damit zu beeindrucken, wie gut Sie schreiben können, sondern erzählen Sie mir eine Geschichte.« Dann fuhr er fort: »Falls Ihnen keine Handlung einfällt, können Sie die folgende bis ans Ende Ihrer Karriere benutzen: ›Joe sitzt mit dem Arsch in einer Bärenfalle und erlebt alle möglichen Abenteuer bei dem Versuch, ihn wieder herauszubekommen.‹« Zweifellos schrieb er »Arsch«, weil er wusste, dass ich jung und eine Frau war. (Jerry war der Autor einer der besten frühen Folgen von *Star Trek* und schrieb außerdem eine der besten SF-Storys, die ich je gelesen habe.) Ich gebe heute noch oft Jerrys Vorschlag an junge Autoren weiter: Das Schreiben als solches kann man nicht lernen; aber jedermann kann lernen, eine Handlung zu entwickeln. Selbst mir ist es gelungen, ohne viel Talent dafür zu besitzen. Und mit zunehmender Praxis wurde ich immer besser.

Ich erinnere mich an viele meiner frühen Ablehnungsbescheide, denn glauben Sie mir, die meisten Lektoren sind derart überarbeitet und beschäftigt, dass jedes Wort, das über: »Wir bedauern, im Augenblick keine Verwendung für Ihre Geschichte zu haben« hinausgeht, Gold wert ist. Ich lehne seit Jahren Manuskripte ab und weiß, wovon ich rede. Ich vergeude meine Zeit nicht. Wenn ich mir die Mühe mache, etwas auf ein Manuskript zu schreiben, dann können Sie sich darauf verlassen, dass ich glaube, in Ihnen stecke mehr, und bereit bin, ein wenig von meiner Zeit darauf zu verwenden.

Ich wäre problemlos in der Lage, ein Zimmer in meinem Haus – und nicht das kleinste – mit Ablehnungsbescheiden zu tapezieren, die ich vor und nach jener entscheidenden ersten Zusage erhielt. Man darf sich nie zu sicher werden; ich bekomme noch heute Absagen, und ich habe noch nie einen Schriftsteller getroffen, der dagegen immun gewesen wäre.

Da fällt mir ein Brief ein, den Fred Pohl mir einmal geschrieben hat: »Marion Zimmer (damals war ich noch nicht einmal Bradley) schreibt gut; sie schreibt nur zu viel.« Ein anderer Lektor, dessen Namen ich möglicherweise nie erfahren habe, tippte »belanglos, unfähig und läppisch« auf einen meiner frühen Krimis. Und ein weiterer – der verstorbene Tony Boucher – merkte an: »Weder verstehe ich das Wissenschaftliche hinter Ihren ›Schwerkraftverschiebungen‹, noch glaube ich daran.« Ich habe die entsprechende Geschichte umgeschrieben. Am meisten half mir ein Artikel in *Writer's Digest*, in dem stand: »Der Lektor wird auf keinen Fall das viele gute Material übersehen, das Sie weglassen.« Ich könnte es anders ausdrücken: Ihre Geschichte ist nicht in Stein gehauen, jedenfalls nicht, bevor sie gedruckt ist. Vergessen Sie niemals: Der Herausgeber hat immer Recht, selbst wenn er sich irrt.

Eine jener blauäugigen Autorinnen mit mehr Idealismus als Know-how wollte mir einmal erläutern, sie komme sich unehrlich vor, wenn sie auch nur ein einziges Wort in einer Geschichte änderte, nur damit sich das Ganze besser verkauft. So etwas hieße »schamlos dem Kommerz Vorschub leisten«. Das mag für sehr künstlerische Schriftsteller durchaus zutreffen – oder für solche, die finanziell unabhängig sind. Aber wenn man sich bei dem gnadenlosen Wettbewerb in dieser Branche seinen Lebensunterhalt verdienen will, sollte man sich zumindest am Anfang die Haltung angewöhnen, dass *der Herausgeber immer Recht hat; er kennt das Geschäft, und man selbst kennt es nicht.* Hat man sich erst einen Namen gemacht, kann man sich erfolgreich zur Wehr setzen. Die meisten Herausgeber, mit denen ich zusammengearbeitet habe, werden sich einem Autor fügen, wenn ihm eine Sache wirklich wichtig ist. Aber warten Sie, bis er Ihren kommerziellen Wert für seine Zeitschrift kennt. Dann können Sie tun, was Sie tun müssen – oder was Ihnen Ihr künstlerisches Gewissen befiehlt. Solange Sie jedoch ein Niemand sind, empfiehlt es sich, auf die Stimme der verlegerischen Erfahrung zu hören.

Zu Beginn meiner Karriere wurde ich einmal von einer jener feministisch angehauchten Frauen angesprochen, die wusste, dass ich mich durch das College gebracht und meine Familie ernährt hatte, indem ich gewerbsmäßig Groschenromane schrieb. Sie nahm es auf sich, mich über das aufzuklären, was sie »künstlerische Integrität« nannte. Sie beschuldigte mich der literarischen Prostitution und erklärte rundheraus, ich sollte nicht für Geld schreiben, sondern für höhere künstlerische Ideale. Ich sagte, das sei ja schön und gut, aber ich hätte Kinder, die hin und wieder zu essen pflegten, und auch der Vermieter, der Lebensmittelhändler und das Elektrizitätswerk würden nicht auf die Verwirklichung meiner Künstlerträume warten. Eine literarische Prostituierte, sagte ich, würde niemandes Gesundheit oder Moral gefährden – zumindest müsste *mein* Sohn keine Milch aus fremden Kühlschränken stehlen (ein Tiefschlag, da ich ihren Sohn genau dabei ertappt hatte).

Falls also Ihre künstlerische Integrität das alles wert ist, wird man Ihr Werk vielleicht eines Tages in diesem riesigen Schundhaufen am Himmel entdecken und Sie einen großen Künstler nennen, wenn Sie längst nicht mehr auf der Erde weilen. Ich dagegen blicke lieber auf diesen sehr realen Stapel erfolgreicher Geschichtensammlungen von hart arbeitenden, aufnahmebereiten jungen Autoren und betrachte die letzten zehn Jahre als nicht vergeudet.

Marion Zimmer Bradley

Über Lynn Armstrong-Jones und »Banshee-Liebe«

Lynn Armstrong-Jones ist eine Autorin, die mir für jede Anthologie mehrere Geschichten schickt. Das einzige Problem dabei sind die recht starren Verlagsvorgaben; einer der Grundsätze, auf die ich mich bei diesen Anthologien einlassen musste, besagt nämlich, ich dürfe nur eine Geschichte pro Autor in jedem Band veröffentlichen. Lynn hat mir diesmal vier Geschichten geschickt, und ich halte diese hier für die beste. Ich kann mich natürlich irren, aber – wie ich schon sagte – die Herausgeberin hat immer Recht, auch wenn sie nicht Recht hat. (Ach, wie ich es liebe, Gott zu spielen ...)

Lynn lebt in Kanada und hat einen Sohn, der noch ein Säugling war, als ich ihre ersten Geschichten las; mittlerweile ist er sechs. Ihre Geschichten sind in vier Darkover- und drei Anthologien rund um die *Schwertschwestern* erschienen, dazu in vier Ausgaben meines Fantasy Magazines. Sie hat außerdem einige Gedichte und verschiedene kleinere Publikationen veröffentlicht. Ihre Romane, so schreibt sie, lägen noch in verschiedenen Manuskriptstapeln. Das bringt eine Schriftstellerexistenz nun mal so mit sich. Wenn dieser Band in Druck geht, wird sie ihr zweites Kind bekommen haben. Die Ärzte sagen, es wird ein Mädchen – ist Wissenschaft nicht etwas Wunderbares? Wenn Lynn weder Geschichten noch Babys produziert, arbeitet sie in der Erwachsenenbildung. Sie ist allen Leuten, denen sie auf Kongressen begegnete, sehr dankbar für ihre Ermutigung und die freundlichen Worte. Das ist das Schöne an Science-Fiction und Fantasy – andere Autoren sind keine verhassten Rivalen, sondern Kollegen und Freunde.

Ich muss sagen, als ich in einigen meiner frühen Werke über Banshees schrieb – lange, bevor Darkover in Druck ging –, hätte ich nicht erwartet, dass irgendjemand sie lieben würde, weder auf Darkover noch anderswo. Aber offenbar tun es einige Leute doch ... MZB

Banshee-Liebe

von Lynn Armstrong-Jones

Sie erinnerte sich.

Dabei war es nicht einfach, an etwas anderes zu denken, wenn man einem wütenden Banshee Auge in Auge gegenüberstand.

Sie erinnerte sich. Die ganze Zeit, während sie in dieses groteske Gesicht starrte, erinnerte sie sich ...

Erinnerte sich daran, warum sie hier war. Rief sich nur zu deutlich den Abscheu vor ihrem Leben ins Gedächtnis; das zu kleine Häuschen, ihre drei Kinder, die sie zur Verzweiflung brachten, die ständige Abwesenheit ihres Mannes, der hinter einer Art Traum herjagte, und das Kind, das gerade ruhelos in ihrem zu großen Bauch heranwuchs.

Außerdem an das Bedürfnis, ihrem enttäuschenden Leben auf irgendeine Weise zu entfliehen. In die Wälder zu gehen, um die frische Luft zu spüren ...

Und warum sie jetzt hier festsaß und den Gestank des Banshee einatmete.

Ihr Herz schlug heftig. Sie hatte nur einen kleinen Dolch bei sich. Wie sollte sie sich gegen diesen großen und schrecklichen Vogel verteidigen?

Das Kind in ihr bewegte sich wieder, diesmal ein gutes, gesundes Strampeln. Und obwohl Mirella die freie Hand auf ihren Bauch legte, verfluchte sie stumm dieses neue Leben. Es war das Letzte, was sie gebrauchen konnte.

Was sie brauchte, war *Laran!* Wenn sie doch nur damit gesegnet wäre! Dann könnte sie fast alles tun, um der Bedrohung durch diese Kreatur Einhalt zu gebieten. Noch besser, wenn sie *Laran* besäße, hätte sie einen *Dom* geheiratet und wäre jetzt *Domna* Mirella mit ihrem eigenen großen Haus – oder hätte sogar ihre Fertigkeiten mit im Turm ausgebildeten Leuten entwickelt.

Stattdessen war sie nur eine arme Frau wie viele andere, die sich abmühte, ihre Familie durchzubringen, während ihr Gatte dem Traum nachjagte, Friedensmann von *Dom* Cedric zu werden. Stattdessen sah sie sich nun einem Banshee gegenüber und fragte sich, wie sie bei allen Höllen Zandrus lebendig aus der Sache herauskommen sollte!

In ihrem Kopf blitzte eine Phantasievorstellung auf. Sie sah sich mit Hilfe von *Laran* das unerwünschte Kind aus ihrem Bauch zwingen und es zu dem Banshee schicken, um den Hunger des grässlichen Vogels zu stillen.

Das Tier kreischte erneut, und wieder schien Mirellas Herz bis zum Hals zu schlagen. Sie überlegte, dass der Vogel sich vielleicht beruhigen und verschwinden würde, wenn sie sich möglichst reglos verhielt. Doch obwohl das Banshee aufgehört hatte zu schreien – ein Ende ihrer misslichen Lage war zweifellos nicht in Sicht.

Denn das fürchterliche Geschöpf blieb in Sprungweite auf einem großen Ast sitzen, während die Frau sich fragte, was es ihr half, den Dolch zu umklammern, der ihr zunehmend kleiner und nutzloser erschien.

Heilige Avarra, dachte Mirella, *ich* muss *etwas unternehmen!* Sehr langsam und vorsichtig und ohne den Blick von dem schrecklichen, augenlosen Geschöpf zu nehmen, begann sie zurückzuweichen.

Doch das Banshee war zwar blind, aber sein Gehör war stark ausgeprägt, und es beugte sich rasch vor, während erneut ein grässliches Kreischen die Luft erfüllte. Mirella zuckte zusammen, als hätte man sie geschlagen, aber sie hielt nicht inne. Ebenso leise wie langsam zog sie sich weiter zurück und versuchte die scheußlichen Schreie des Ungeheuers zu überhören.

Es funktionierte! Der Abstand zwischen ihnen wuchs! Vielleicht kam sie doch heil davon! Die Augen immer auf den Vogel geheftet, wich sie so weit zurück, bis sie den Durchschlupf zum Hauptweg erreicht hatte. Aber sie war müde, und ihr Herz schlug immer noch heftig. Sie wollte die Abkürzung nehmen.

So verfluchte sie erneut das Kind in ihr und schritt den gewundenen Pfad hinauf zum Kamm. Schwanger, wie sie war, kam sie schon mühsam genug voran; den Nervenkitzel dieser zusätzlichen Unannehmlichkeit brauchte sie gewiss nicht.

»Schau dich doch an«, klagte sie vor sich hin. »Du solltest eigentlich eine große *Domna* in einem prächtigen Saal sein, und nicht wie ein Tier ausschließlich zur Zucht gut! Ohne diese Kinder wäre ich gar nicht hier draußen!«

Sie zog sich auf den Kamm hinauf. Angewidert betrachtete sie ihre abgebrochenen Fingernägel und den Riss in ihrem Kleid. Dann stand sie gerade aufgerichtet da und massierte sich den schmerzenden Rücken.

Ihr Zuhause mochte klein sein, aber mit einem Mal erschien es ihr immer angenehmer.

Sie trottete den schmalen, kürzeren Schlängelpfad hinab, der am Rand der Klippe entlangführte, bevor er ins Unterholz abbog. Sie schob einige tief hängende Zweige beiseite, die in den Weg hineinragten ...

Und duckte sich schnell, als der furchtbare Schrei des Banshees ihr erneut eisige Schauer über den Rücken jagte. Sie spürte den Luftzug, als das Untier viel zu dicht an ihr vorbeistieß, während sie in die Knie ging und den Kopf mit den Händen bedeckte.

»Heilige Avarra! Warum lässt du mich nicht vorbei?«

Aber als einzige Antwort war der seltsame, grässliche Schrei des entschwindenden Vogels zu hören. Zögernd nahm Mirella die Hände vom Kopf und blickte dem Banshee nach. Ihre Kehle war staubtrocken.

Welche Möglichkeiten blieben ihr? Sie konnte auf dieser kürzeren Route weitergehen und damit auch weiteren Kontakt mit dem schrecklichen Geschöpf riskieren, oder sie kehrte zum Hauptweg zurück. Der würde sie zwar aus diesem Gebiet hinausführen, dafür war er aber wesentlich länger.

»Zur Hölle mit dir«, flüsterte sie heiser. »Du glaubst wohl, der ganze Wald gehört dir allein!« Diese Route war wirklich ihre einzige Möglichkeit. Wenn sie noch ein kleines Stück vorankam, müsste sie doch bestimmt außerhalb des Territoriums dieses schrecklichen Vogels sein.

»Nur noch ein bisschen«, versprach sie sich. »Nur noch ein kleines Stück.«

Sie stand umständlich auf, und ihre grauen Augen forschten nach etwas – irgendetwas –, womit sie sich schützen konnte. Mit Hilfe ihres Dolches brach sie einen losen Ast von einem Baum. Lautlos schnitt und riss sie die kleineren Zweige davon ab und spitzte ein Ende mit der Klinge zu.

»Also gut, Vogel«, murmelte sie. »Von mir aus kannst du kommen.«

Den Stock fest umklammert, trat sie wieder an den Rand der Klippe, und ihre Augen suchten das Gebiet nach Anzeichen für das Untier ab. Zunächst sah sie nur die glutrote Sonne, die inzwischen tiefer am Horizont stand. Aber dann kam *es* wieder, fast als hegte es einen persönlichen Groll gegen just diese Frau. Es stieß herab, während Mirella verzweifelt nach oben stocherte und einmal mehr das Schicksal verfluchte, das ihr statt *Laran* nur nutzlose, lärmende Kinder beschert hatte.

Wiederum entfernte sich das Banshee und gab Mirella Gelegenheit, keuchend zu Atem zu kommen und sich zu fragen, ob es endlich vorüber war.

Ein neuerliches Kreischen ließ sie rasch auf dem schmalen Pfad weitereilen, dem sie so vorsichtig folgte wie sie nur konnte, ohne Zeit zu verlieren. Der Kamm zog sich hier in eine neue Richtung, und Mirella überlegte, ob ihr das Banshee auch auf diesem Weg folgen würde. Sie verlangsamte ihren Schritt, ihr Puls hämmerte, und ihre Brust hob und senkte sich.

Ein plötzlicher Schmerz zwang sie, den Atem anzuhalten; sie krümmte sich. Sie presste die Hände auf den Bauch, und neues Entsetzen durchflutete sie. Das Kind! Wenn es jetzt käme, wäre es zu früh dran! Viel zu früh! Es würde sicherlich sterben ...

Irgendwo in ihrem Innern fragte eine Stimme, die ihr zu gehören schien und doch wieder nicht, ob das denn so schlimm wäre. Sie hatte doch ohnehin kein weiteres Kind gewollt ...

Ein neuerliches Stechen. Sie schrie auf, dann holte sie tief Luft – der Gestank! Das Banshee musste ganz in der Nähe sein.

Aber der Gestank kam ihr nun irgendwie anders vor. Natürlich! Der Wind. Sie hatte die Richtung gewechselt ... und das hieß, sie müsste eigentlich in Sicherheit sein. Denn wenn sie nun das Banshee riechen konnte, dann konnte es sie *nicht* riechen.

Sie schnupperte erneut, eine Hand noch immer auf den Bauch gedrückt. Der leichte Wind trug den Geruch in Schüben in ihre Richtung. Mirella ging weiter, die Zähne wegen eines neuen Stechens zusammengebissen. Vorsichtig bog sie um einen Felsen ...

Und hielt den Atem an. Diesmal nicht vor Schmerz, sondern als Reaktion auf den sonderbaren Anblick, der sich ihr bot. Sie raffte ihre Röcke, damit sie nicht auf dem Boden schleiften, trat an den Rand der Klippe vor und blickte nach unten.

Dort, nicht weit entfernt, in einem mächtigen Baum, befand sich ein riesiges Nest. Mirella sank in die Knie, sie war unfähig, den Blick abzuwenden.

»Das ist also der Grund«, murmelte sie leise. *Deshalb warst du so darauf bedacht, mich fern zu halten. Du beschützt dein Junges!*

Ein gequältes Lächeln verzerrte plötzlich ihre Züge, denn wenn Banshees schon hässlich waren, so war ein nacktes Küken mit Worten nicht mehr zu beschreiben! Ärgerlich wurde ihr bewusst, dass dieses Küken der Grund für alle ihre Schwierigkeiten war. Mit zusammengebissenen Zähnen hob sie einen Stein auf, bereit, ihn auf den jungen Vogel zu schleudern, und freute sich schon auf den Anblick seines zertrümmerten Schädels.

Doch sie zögerte; dieses nackte, hilflose Ding hatte etwas an sich ... Und plötzlich verdeckte ein mächtiger Schatten die Sonne.

Mirella zuckte zusammen, entspannte sich jedoch wieder, als das Banshee sich neben dem Küken niederließ. Sie rieb sich mit der Hand über den geschwollenen Bauch, als das Muttertier sanft – ach, wie sanft – etwas in den gierig aufgesperrten Schnabel des kleinen Banshee legte. Die junge Frau beobachtete gebannt, wie das riesige Banshee seinen mächtigen Kopf an den kleinen des Jungen rieb. Dieser Kopf. Dieser Riesenschädel, der die Kraft besitzt, einem Menschen ohne weiteres das Leben zu nehmen ... er konnte so unglaublich sanft, sogar liebevoll sein ...

Ein neuerliches Stechen, nicht mehr ganz so schmerzhaft diesmal.

Mirella beobachtete die Zärtlichkeiten der beiden Banshees, und ihre Hand suchte wieder den Kontakt mit ihrem eigenen strampelnden Baby.

Sie schloss die Augen und schwelgte in dem intensiven Gefühl der Bewegungen in ihrem Bauch. Sie machte einen tiefen, beruhigenden Atemzug.

»Nein, mein Kleines«, murmelte sie, »du wirst nicht jetzt kommen, nicht zu früh ...«

Mirella fuhr fort, langsam und sehr tief zu atmen und beruhigende Mitteilungen an ihren ungeduldigen Bauch zu senden. Ihr Kopf füllte sich mit Bildern. Die Bilder der Liebe zwischen den Vögeln gingen in ihre eigenen Erinnerungen über.

Ein Neugeborenes dicht an ihrer Brust, die Berührung von weicher, makelloser Säuglingshaut, die Freude über eine winzige Hand in ihrer.

Mirella schluckte an dem Kloß in ihrem Hals, aber er wollte nicht verschwinden. Stattdessen ließ sie ein paar Tränen freien Lauf. Sie warf einen letzten Blick auf die Banshees, wischte sich über die Augen und stand auf.

»Danke«, murmelte sie in Richtung der Vögel.

Ihr weiterer Heimweg verlief ereignislos – allerdings wäre ihr nach dem soeben Erlebten so gut wie alles ereignislos erschienen.

Müde und frierend betrat sie ihr kleines Haus. Als Erstes ging sie zu dem Bettchen ihres Sohnes und sog durstig den Anblick seines schlafenden Gesichts in sich auf. Als sie sich umdrehte, starrte ihre ältere Tochter sie mit fragender Miene an.

Mirella lächelte ihr zu, das leuchtende, rotbraune Haar des Mädchens war weich wie der Pelz eines Rabbithorns. Sie ging zu ihm, sie wollte unbedingt dieses Haar wieder einmal fühlen, dieses Gesicht berühren.

Dann drückte sie einen Kuss auf die Wange der kleinen Kinetta, und ihre Finger streichelten die weiche Haut. Dabei dachte sie an die Liebe des Banshees ...

Und an ihre eigene.

Über Dorothy J. Heydt und »Der Windmann«

Allmählich teile ich nur mehr sehr ungern mit, welche Art Geschichten ich nicht haben will, denn irgendjemand – und nur allzu oft Dorothy Heydt – macht sich dann jedes Mal ein Vergnügen daraus, mir eine unerwünschte Geschichte zu schicken, die so gut ist, dass ich sie einfach kaufen *muss*. Und dann bin ich wieder gezwungen, lang und breit zu erklären, dass ich meine eigenen Richtlinien verletze, wenn auch nur, weil ich der Versuchung nicht widerstehen kann, die Geschichte mit meinen Lesern zu teilen. Und jedes Mal, wenn ich das tue, weiß ich, dass eine Flut von alles andere als unwiderstehlichen Geschichten eintreffen wird, die Jaelle oder Dorilys zu neuem Leben erwecken wollen, oder ich bekomme diverse Recyclingversionen von Geschichten über die Freien Amazonen, die lediglich Aufgüsse von Thema A sind. Ach, aber wenn die Geschichten so gut sind wie diese hier, muss ich sie einfach weiter drucken ...

»*Der Windmann*« bezieht sich auf das Märchen vom Reisegefährten. (Ich weiß, ich weiß, normalerweise nehme ich auch keine wieder aufbereiteten Märchen an. Du hast dich mal wieder durchgesetzt, Dorothy!)

Dorothy Heydt lebt in Albany, Kalifornien, ein paar Meilen von uns entfernt. Sie hat zwei Kinder, von einem davon erscheint ebenfalls eine Geschichte in dieser Sammlung. David Heydt gehört zu den unzähligen Autoren der zweiten Generation und erzählt mir gern, dass seine Großmutter ihn vor vielen Jahren mit Darkover bekannt machte. Und dann wundern sie sich, warum ich mich so ... nun ja, uralt fühle.

Aber selbst das kann ich verzeihen, solange die eingeschickten Geschichten von so hoher Qualität sind. MZB

Der Windmann

von Dorothy J. Heydt

Hatten wir das nicht gerade?«, murmelte Donald, während ihm kleine Schneeflocken ins Gesicht trieben und seinen Bart puderten.

Das klassische Zitat war vergeudet an Marguerida, aber sie musste zugeben, dass sich gewisse Dinge in letzter Zeit auf peinliche Weise wiederholten. Der terranische Raumfahrer und die angehende Bewahrerin hatten sich nämlich vor Monaten auf diese Weise kennen gelernt – zwischen zwei abgestürzten Flugzeugen auf einem unzugänglichen Berg. Und hier fanden sie sich nun wieder, hoch oben im kargen Sommer der Hellers, mit einem Flugzeug, das keine noch so ausgefeilte plastische Chirurgie wieder herstellen konnte. Diesmal hatte Donald am Steuer gesessen, nicht Marguerida, aber eine Windbö hatte sie von der Seite erwischt, und da saßen sie nun.

»Zum Glück scheint es einen Weg nach unten zu geben«, sagte Donald.

Marguerida war sich dessen nicht so sicher. Bei jenem weißen Streifen unterhalb von ihnen handelte es sich zwar höchstwahrscheinlich um eine Straße, die in den Berghang geschlagen und jetzt von einer dünnen Schneeschicht überzogen war. Das Problem war jedoch, wie sie die gut hundert Fuß steiler Felswand bis dahin hinabgelangen sollten. »Ich glaube nicht, dass ich da hinunterklettern kann, Donald.«

»Das müssen Sie auch nicht.« Seine Stimme drang gedämpft aus dem Flugzeuginnern; er packte gerade die Rucksäcke voll. Dieses Mal verfügten sie wenigstens über angemessene Ausrüstung: leichte terranische Schutzhüllen, dünne Iso-Decken und gefriergetrocknetes Essen, das für mehrere Wochen reichte. Marguerida wäre zwar mit dicker darkovanischer Wolle und Zeltleinwand glücklicher gewesen, aber die hätten sie nicht auf dem Rücken transportieren können.

»Sie müssen nicht da runterklettern«, wiederholte Donald und tauchte aus dem Flugzeug auf. »Ich werde Sie an einem Seil hinablassen, und mich selbst auch. Wir haben jede Menge Seil. Hier, *Domna*, binden Sie sich das um die Taille. Das ist der Impfstoff.« Er reichte ihr einen kleinen, grell orangefarbenen Nierengurt und half ihr beim Festzurren. Sie platzierte die Glasröhrchen vor ihren Bauch, sie waren leicht und kostbar wie ein ungeborenes Kind. Wenn sie den Impfstoff nicht abliefern müssten, hätten sie beinahe gemütlich im Flugzeugwrack campieren können, bis der Stützpunkt in Thendara einen Flieger erübrigen konnte, der sie abholen kam – aber wenn sie den Impfstoff nicht abliefern müssten, wären sie überhaupt nicht hier draußen.

Die Morgensonne hatte gerade die Gipfel im Osten vom Nebel befreit und schien auf die Hänge, der heftige Morgenwind war zu einem Flüstern abgeflaut. Nachdem Donald erst Marguerida und dann ihre vollen Rucksäcke abgeseilt hatte, band er sich das Seil doppelt um die Taille und stieg selbst die Felswand hinab. Währenddessen erkundete Marguerida die Straße hundert Schritte weit in beide Richtungen. Als Donald unten ankam, erwartete sie ihn mit ernstem Gesicht. »Da ist etwas, das Sie sich ansehen müssen.«

Sie führte ihn zu einem kleinen Wasserlauf, der aus den Felsen über ihnen floss. Wo er das Straßenbett kreuzte, wirkten grober Schotter und Kies als Dränage, und in einer kleinen Kuhle oberhalb der Straße lag ein Haufen von der Witterung ausgebleichter Knochen. Sie waren von Wasser oder von Aasfressern erst verstreut und dann von den Fluten wieder zusammengespült worden; der größte Teil des Skeletts schien noch da zu sein. Donald hob den Unterkiefer auf und setzte ihn behutsam an den Schädel. Die unbekannte Person war vor langer Zeit zu Tode gestürzt; die Schädeldecke war gesprungen und teilweise weggesplittert.

»Ein Stück weiter«, sagte Marguerida, »kommt eine flache Stelle, wo wir die Knochen hinbetten und einen Steinhügel darüber errichten können.«

»Wir? Sie und ich?«

»Da wir nun einmal hier sind, ist es unsere Aufgabe. Möge eine freundliche Seele dasselbe für uns tun, wenn unsere Zeit gekommen ist. Los jetzt, Donald.« Sie sammelte einen Arm voll der langen Schenkelknochen auf und marschierte davon.

Donald seufzte, aber hatte Gehorsam geschworen. »Ich hatte wirklich gehofft, bis Sonnenuntergang im Dorf zu sein«, murmelte er. »Nimm's mir nicht krumm, Yorick, alter Freund.«

Sie ordneten die Knochen annähernd in menschlicher Gestalt an, und Marguerida legte einen terranischen Schokoriegel zwischen das Häuflein der Fingerknochen. Dann türmten sie bis auf Schulterhöhe Steine darüber, so dass der Haufen eindeutig als ein von Menschen für einen Mitmenschen gemachter Grabhügel erkennbar war und nicht für eine zufällige Anhäufung von Steinen gehalten werden konnte. Donald entnahm einer Tasche seiner karierten Hose eine kleine terranische Strahlenwaffe, stellte sie auf die kleinste Stufe und kerbte ein Kreuz in die Felswand hinter dem Steinhügel.

»Das hat keinerlei religiöse Bedeutung«, erläuterte er, als er sich umdrehte und feststellte, dass Marguerida ihn anstarrte. »Es ist nur eine gebräuchliche Markierung, die ausdrücken soll: ›Hier liegt ... wer auch immer.‹«

»Ihre religiöse Bedeutung ist mir schnuppe«, sagte Marguerida. »Aber das Ding ist eine Energiewaffe und auf Grund des Pakts verboten.«

»Ich weiß«, erwiderte Donald und ließ sie verschwinden.

»Ich werde sie auch nur im äußersten Notfall benutzen. Aber in einer Zeit, in der die meisten Werte Darkovers zu Bruch gegangen sind, in der Räuber und herrenlose Männer zwischen hier und Kadarin umherstreifen, möchte ich immer noch ein Ass im Ärmel haben.«

»Ein Ass ... aber was soll's, ich will es gar nicht wissen. Nun denn.« Sie hob ihren Rucksack auf. (Er war prallvoll, aber leicht: Donald hatte offenbar die schweren Sachen selbst genommen und ihr das gefriergetrocknete Essen und das Toilettenpapier gegeben.) »In welche Richtung müssen wir von hier aus?«

»Mal sehen.« Er zog ein gefaltetes Blatt aus dünnem Kunststoff aus einer Tasche und schüttelte es auseinander. Es war mit Luftfotografien bedruckt, die so zusammengesetzt waren, dass sie eine grobe Karte der Berge ergaben.

»Diese Richtung ist Süden, und hier geht es nach Norden, und wir sind diesen Weg geflogen.« Er fuhr mit dem Zeigefinger einen gewundenen Bergpass entlang. »Wir sind irgendwo in dieser Gegend – sehen Sie? Hier ist die Straße. Wenn wir ihr in nördlicher beziehungsweise nordöstlicher Richtung folgen, erreichen wir MacKennas Rast in«, er maß mit dem Daumen ungefähr die Entfernung ab, »acht oder neun Stunden, wenn nichts dazwischen kommt. Gehen wir?«

Marguerida studierte immer noch die Karte. Das Gerät, das die Fotos gemacht hatte, hatte außerdem Radarmessungen vorgenommen. Die junge Frau war sich unsicher, was Radar genau bedeutete, aber der Vergleich, es sei, wie in ein Tal hinunter zu schreien und auf das Echo zu warten, erschien ihr einleuchtend. Die Fotos waren also von roten Höhenlinien überzogen, deren Sinn ihr ebenfalls nicht ganz klar war, aber diese Stelle, an der sechs oder sieben Linien dicht beisammen lagen, musste die steile Klippe oberhalb von ihnen darstellen. »Was ist das hier?«

»Was ist was?« Donald schaute in die Richtung, in die sie zeigte. »Das Ding hier? Ein Gebäude, würde ich sagen, oder eine Ansammlung von Gebäuden.« Er blickte auf. »Von hier ist nichts zu sehen. Es könnte Jahrhunderte alt und verfallen sein. Gehen wir?«, wiederholte er.

»Wir sollten lieber Wasser mit auf den Marsch nehmen. Wir können Schnee in einem Eimer tragen, bis er schmilzt.« Marguerida wühlte den Falteimer aus ihrem Rucksack und schaute sich nach Schnee um.

Trotz der alten Redewendung, etwas sei »billig wie Schnee in den Hellers«, war nicht viel zu entdecken. Immerhin war Sommer, und der Wind hatte sämtliche Flocken weggeblasen, die er erreichen konnte. Schließlich fand sie eine Verwehung zwischen zwei Felsen, harsch an der Oberfläche, weil sie jede Nacht zufror und bei Tag wieder auftaute, aber sie war rot von Bergalgen, und wenn Donald nichts einfiel, wie er das Wasser abkochen konnte, würde ihnen nur schlecht davon werden.

»Da drüben gibt es sauberes Eis«, ertönte unvermittelt eine Stimme, und Marguerida hätte beinahe den Eimer fallen lassen. Ein junges Mädchen stand auf einem Felsvorsprung, es war vielleicht zwölf bis vierzehn Jahre alt und trug eine abgewetzte Jacke, karierte Hosen und Stiefel, die ihre besten Tage lange hinter sich hatten. Es hatte die Kapuze zurückgeschlagen, so dass man sein kurz geschnittenes rotes Haar in der Morgensonne leuchten sah. In Margueridas Kopf erwachte etwas und begann wie eine kleine Glocke zu läuten.

»Danke, ich könnte wirklich welches gebrauchen«, sagte sie und folgte dem Mädchen in eine schattige Felsspalte, wo lange Eiszapfen wie eine Reihe kristallener Zähne herabhingen. Die beiden hoben Steine auf und hämmerten damit auf das Eis, bis der Eimer mit glitzernden Bruchstücken gefüllt war. Dann trugen sie ihn zusammen zur Straße zurück.

Es gibt Leute, die rotes Haar haben, aber keine Spur von Laran, sagte sich Marguerida. *Auf Terra gibt es ganze Inseln mit solchen Leuten. Es könnte sein, dass sie den Aufruf, sich auf Burg Comyn einzufinden, nie gehört hat. Oder sie hat ihn gehört, sich aber nicht angesprochen gefühlt. Oder sie hat sich gar entschieden, nicht zu kommen.* Marguerida hatte selbst einige Lagen anti-terranischer Vorurteile abstreifen müssen.

Deshalb sagte sie nur: »Ich bin Marguerida Elhalyn, einst Bewahrerin im Turm von Alba, und das ist mein Friedensmann Donald. Wir kommen aus Thendara und hoffen, es noch vor Abend bis MacKennas Rast zu schaffen. Kennst du den Ort?«

»Ja, das ist ungefähr eine Tagesreise von hier, immer diese Straße entlang. Ich kenne es. Ich heiße Shaya und bin ebenfalls unterwegs, aber ich habe meine Begleiter verloren«, sie lächelte wehmütig, »und die Orientierung dazu. Ich will nach Armida, aber ich weiß nicht mehr genau, wo es liegt.«

»Westlich von hier«, sagte Donald. »Wenn du mit uns nach MacKenna kommst, können wir dir von dort aus den richtigen Weg zeigen.«

»Ich habe gehofft, dass Ihr das sagen würdet«, antwortete das Mädchen und lächelte. »Was führt Euch nach MacKenna? Es ist ein winziger Ort, nicht mehr als ein Gasthof und ein paar Häuser.«

»Dort grassiert die Pest«, sagte Marguerida. »Sie hat letztes Jahr die Täler heimgesucht, und wir dachten schon, das Schlimmste sei vorbei, aber jetzt ist sie wiedergekommen und breitet sich in den Bergen aus. Wir haben Medikamente dagegen, die müssen wir den Leuten in MacKenna bringen, nicht nur zu ihrer eigenen Sicherheit, sondern auch wegen all jener, die auf der Durchreise sind.«

»Die Pest!« Die grünen Augen des Mädchens verfinsterten sich. »Ich hatte wohl länger keinen Kontakt, als ich dachte. Hat sie Armida ebenfalls erreicht?«

»Letztes Jahr, glaube ich«, erwiderte Donald. »Ich weiß aber leider nicht, welche Verluste es dort gab. Der Nachrichtenverkehr funktioniert in letzter Zeit nicht besonders gut.«

»Na ja«, sagte Shaya, »ich finde es auch nicht schneller heraus, wenn ich mir lange den Kopf zerbreche. Wenn Ihr mich mitnehmt, werde ich mich so gut es geht nützlich machen. Habt Ihr etwas zu essen dabei, oder soll ich nach Rabbithorn Ausschau halten?«

»Wir haben ausreichend Lebensmittel«, sagte Marguerida. »Donald, hast du die Frühstücksriegel, oder habe ich sie? Nein, hier sind sie.« Sie teilte drei Stück aus und schulterte ihren Rucksack. Shaya nahm den Wassereimer in die freie Hand und riss mit den Zähnen die Hülle von ihrem Frühstücksriegel. »Schokolade!«, rief sie freudig aus. »Ich weiß gar nicht mehr, wann ich das letzte Mal Schokolade gesehen habe.« Munter kauend setzte sie sich in Bewegung.

Sie marschierten in gleichmäßigen Tempo durch abwechselnd gleißenden Sonnenschein und frostigen Schatten auf einer einigermaßen ebenen Straße. Nur einmal mussten sie anhalten und Steine und Geröll beiseite räumen.

Shaya ging voran, vielleicht ohne zu bemerken, wie ihre Begleiter sie beobachteten. Ihr Name bedeutete »Anmut«, wie sich Donald erinnerte, und war ein gebräuchlicher Kosename für Mädchen, bevor sie erwachsen wurden. Eine von Donalds Tanten zu Hause hieß Grace, was ebenfalls Anmut bedeutete. Sie war eine hoch gewachsene alte Dame, mit stahlgrauem Haar und einem Blick, der den ungewaschenen Hals eines kleinen Jungen durch zwei T-Shirts und eine Windjacke hindurch entdeckte. Deshalb war er bereit, diese selbstbewusste Bergbewohnerin mit Respekt zu behandeln.

Immerhin, dachte Marguerida, *könnte es ja sein, dass sie die Pubertät und damit die Schwellenkrankheit noch gar nicht erreicht hat – obwohl sie zweifellos groß genug wäre. Jeden-*

falls kommt es jetzt darauf an, ihr keinen Druck und keine Angst zu machen. Bis wir in MacKenna alles erledigt haben, kann ich sie vielleicht so gut einschätzen, dass ich weiß, wie sie zu überzeugen ist. Falls sie über Laran *verfügt, werden sie es in der Burg herausfinden.*

Die Luft war trocken, daher nahmen sie Eisstückchen aus dem Eimer und ließen sie langsam im Mund schmelzen. Der Wind sang ihnen leise ins Ohr, ein seichtes Bergsommerlied, voller Hohn und Sarkasmus, aber ohne ernsthafte Bedrohung. *Wartet nur, bis ich groß bin,* ging das Lied, *wartet, bis ich ein starker Wind bin, dann hust ich und pust ich und blas euer Haus um.*

»Halt«, sagte Shaya plötzlich und blieb stehen. Der Pfad vor ihnen wurde immer enger, während er auf eine Haarnadelkurve etwa einen Bogenschuss entfernt zulief. Es wirkte fast wie eine perspektivische Täuschung, als hätten die Urväter der Götter, als sie diese Berge schufen, gewollt, dass die Straße länger aussah, als sie war.

»Ich fürchte, hier könnte es einen Steinschlag gegeben haben, seit ich das letzte Mal vorbeigekommen bin«, sagte Shaya. Ihr kühler, gemessener Tonfall ließ sie älter klingen. »Wenn Ihr Euer Seil auspackt, Donald, dann gehe ich voraus und erkunde die Lage.« Sie band sich ein Seilende um die Taille, und Donald machte das andere Ende an einem Felsvorsprung fest.

Shaya tastete sich vorsichtig auf dem schmalen Pfad voran, bei jedem Schritt prüfte sie erst den Untergrund, bevor sie den Fuß aufsetzte. Als sie schließlich die Biegung erreichte, balancierte sie auf einem Sims, der nicht breiter war als eine Handspanne, und hielt das Gleichgewicht, indem sie sich an der Felswand festklammerte.

»Du musst sie aufhalten, Donald«, sagte Marguerida leise. »Du darfst ein Kind nicht einem solchen Risiko aussetzen.«

Und tatsächlich sah Shaya aus der Entfernung nur wie ein Kind aus, aber das lag vielleicht ebenfalls an der Perspektive. Sie wechselte den Griff und schlüpfte um die Biegung. Einen Moment später war sie nicht mehr zu sehen.

Donald und Marguerida blickten einander an. »Ich kann sie jetzt nicht zurückziehen«, sagte er. »Sie würde abstürzen.«

»Kann ich bitte ein bisschen mehr Seil haben?«, rief Shaya. Donald spulte noch ein paar Meter Seil ab und ließ es gegen den Felsen schnalzen. Sie sahen, wie sich das lose Seil langsam straffte. Dann wurde es erneut schlaff, und eine Minute später tauchte Shaya wieder auf und tastete sich langsam zurück.

»Von der Straße ist nicht mehr viel übrig«, berichtete sie. »Aber um die ganze Biegung herum könnten die Füße ausreichend Halt finden. Dahinter wird der Weg wieder breiter. Ich glaube, wir kommen durch, aber ich muss das Seil anders einsetzen. Hier – nehmt es doppelt, und gebt mir die beiden Enden.« Kurz darauf war sie wieder hinter der Biegung verschwunden.

Donald legte die Schlaufe des Seils wieder um den Fels, und Shaya zog es von ihrem Ende aus straff, so dass es in Brusthöhe um die Biegung führte. »Gehst du als Nächster, oder soll ich gehen?«, fragte Marguerida.

Donald zögerte einen Augenblick, als versuchte er zu entscheiden, ob es weniger gefährlich für Marguerida war, wenn sie als Zweite oder wenn sie als Dritte ging. Da er zu keinem Schluss kam, zuckte er nur mit den Achseln. »In alphabetischer Reihenfolge?«, sagte er und schlüpfte zwischen Seil und Fels. Er spreizte die Füße seitlich und hielt den Körper dicht an die Wand gepresst. Wie ein Relief oder ein Spalierbaum sah er aus, während er langsam um den Felsen verschwand.

Dann war Marguerida an der Reihe. Sie drückte sich an der Steilwand entlang vorwärts und zog einen Fuß immer schlurfend nach dem anderen weiter vor, das Seil straff unter den Achselhöhlen. Als sie um die Biegung kam, schlug ihr der Wind voll ins Gesicht, trocken und bitter kalt. *Jetzt hab ich dich, jetzt hab ich dich,* gluckste er ihr ins Ohr. Sie biss die Zähne zusammen und schob sich weiter. Unter ihrem rechten Fuß bröckelte der Fels ab. Sie drückte den linken weiter vor, das Knie flach an der Wand, und den Rücken im Seil, bis sie wieder festen Halt fand. Der Wind säuselte in ihren Ohren wie ganze Schwärme von Sumpfmücken. Er blies ihr Staub in Augen und Mund. Sie schloss die Augen und schlurfte weiter. *Jetzt hab ich dich, jetzt hab ich dich. Ich lass dir die Finger abfrieren und werf dich vom Sockel, dass du platt wie ein Pfannkuchen bist ...*

Dann ergriff eine Hand die ihre so fest, dass es schmerzte, und Donald zog sie auf die Straße und aus dem Wind heraus. Halb führte, halb schleifte er sie zu einem geschützten Felsvorsprung hinter einer Kurve, auf dem sie alle sitzen konnten. »Der Impfstoff«, murmelte sie und spürte, wie Donald den Reißverschluss ihre Gurttasche öffnete und die Glasröhrchen darin befühlte.

»Alles in Ordnung«, sagte er.

»Aldones!«, entfuhr es Marguerida, als sie wieder bei Atem war. »Was für ein bösartiger Wind. Warum hast du mich nicht gewarnt?«

»Tut mir Leid«, sagte Shaya und wickelte das Seil auf. »Hier in der Gegend geben sie dem Wind keine Namen, damit er nicht kommt.«

»Oh. Willst du damit sagen, wir sind hier im Land des Windmanns?«, fragte Marguerida.

»So sagt man.«

Donald sah von einer zur andern. »Wer?«

»Kann man es ihm gefahrlos erzählen?«

»Was kann man mir erzählen?«

Marguerida berührte erst Donald am Arm und dann Shaya. »Wir brauchen alle eine Pause und etwas zu essen«, sagte sie. »Etwas Heißes wäre gut, wenn du glaubst, du kannst in dieser Höhe Wasser kochen, Donald. Und dann erzählen wir dir alles. Denn wenn wir es nicht tun«, wandte sie sich an Shaya, »dann wird er ständig daran *denken* und das ist genauso schlimm.«

Donald öffnete eine Packung und goss Wasser zu den Körnchen und Flocken, die sich in eine Suppe verwandeln sollten. Als die Mahlzeit in ihrer Druckluftblase über dem blassen Schein des kleinen terranischen Campingkochers heiß wurde, begann Shaya: »Es war einmal ein böser Zauberer.«

»Ein *Laranzu* aus dem Zeitalter des Chaos«, übersetzte Marguerida.

»Er war der Bruder eines Königs«, fuhr Shaya fort, »und diente diesem in seinen Kriegen, indem er Haftfeuer und Giftstaub herstellte und Feuer und Zerstörung verbreitete, wohin er kam. Er besaß einen Sternstein, der wie das bittere Herz eines Gletschers leuchtete. Der Zauberer war unglaublich stolz auf die Kräfte und die Größe dieses Steins«, sagte Shaya trocken. »Man fürchtete seinen königlichen Bruder und auch ihn von den Trockenstädten bis ans Meer. Und dann kam Varzil der Gute, und der König schwor auf den *Vertrag*.«

Marguerida sah Donald streng an, woraufhin er sich daranmachte, den Suppenbehälter zu schütteln, in dem kleine Blasen aufzusteigen begannen.

»Als der Zauberer begriff, dass es mit seinem Einfluss vorbei war und seine Fähigkeiten nun verboten waren, wurde er wütend und sagte: ›Wenn ich meine Macht abgeben muss, soll sie kein anderer je bekommen‹, und er tötete seinen Bruder, den König, und verwüstete das Land im Umkreis einer Tagesreise, so dass bis auf den heutigen Tag nichts anderes dort wächst als Unkraut.«

»Hauptsächlich wegen der Erosion«, fügte Marguerida an.

»Der Staub, den er benutzte – nein, ich weiß nicht, was das ›Halbleben‹ war!, aber das Land ist seit langer Zeit ausgelaugt.«

»Die Suppe ist fertig«, sagte Donald. Er nahm die Blase vom Kocher und bereitete vorsichtig den Druckausgleich vor. Als die Luft aus der Blase entwichen war, war die Suppe so weit abgekühlt, dass man sie trinken konnte, und er füllte sie in Tassen.

»Dann erhoben sich seine eigenen Leute gegen den Zauberer, die *Laranzu'in* in ihren Türmen, und er warf viele von ihnen nieder. Aber zuletzt besiegten sie ihn doch und jagten ihn in die Berge.«

»Er soll den Turm von Alba vernichtet haben«, sagte Marguerida. »Deshalb kenne ich die Geschichte.«

»Sie jagten ihn in die Berge«, wiederholte Shaya, »und niemand hat ihn je wieder gesehen. Aber sie hören ihn im Heulen des Windes. Es heißt, der Wind hat seine Haut Schicht für Schicht weggeblasen und seine Knochen abgeschabt, bis nichts mehr übrig war, außer seinem Sternstein.«

»Dieses bösartige Murmeln und das giftige Lachen im Wind: Das ist der Windmann.«

»Interessant«, sagte Donald, sammelte die leeren Tassen ein und spülte sie mit ein wenig Wasser aus. »Habt ihr selbst ihn einmal gehört?«

Die beiden Frauen starrten ihn an. »Gerade eben«, sagte Marguerida. »Als wir um den Felsvorsprung balanciert sind«, ergänzte Shaya. »Hast du denn nichts gehört?«, wollte Marguerida wissen.

»Nur den Wind«, sagte Donald. »Ein hässliches Geräusch, so viel steht fest – es klang wie ein Leck im Flugzeugrumpf, jedoch gänzlich unbelebt. Aber ich besitze natürlich auch kein *Laran*.«

»Ich auch nicht«, sagte Shaya mit Bestimmtheit, und wenngleich weder Marguerida noch Donald ihr das glaubten, so schwiegen sie dazu. »Wir sollten uns lieber wieder auf den Weg machen.«

Nach Donalds Uhr war es kurz nach Mittag. Einige Stunden lang gingen sie schweigend und stiegen langsam bergan durch dünne Luft und treibende Nebelschwaden auf einen flachen Sattel zu, wo die Straße wie ein Band über die Schulter des hochragenden Gipfels lief. Donald rang nach Luft und wünschte sich vergeblich ein klein wenig *Laran*, und zwar von der Sorte, das ihn solche Abenteuer voraussehen und Sauerstoffvorräte mitnehmen ließ. Marguerida nahm tiefe Atemzüge der kristallklaren Luft und schien sie angemessen zu finden. Shaya schritt gleichmäßig dahin, wie jemand, der für diese Gegend geschaffen ist. Nur einmal blieb sie kurz stehen, um den Wassereimer mit frischem Schnee zu füllen. Sie überquerten den Sattel und stiegen eine weitere Stunde einen Abhang hinab, der so steil war, dass ihnen die Zehen wehtaten und der Druck in den Ohren zu spüren war.

Neben der Straße wuchs nun dichtes Gras, dazwischen kleine, indigoblaue Blumen, dann entdeckten sie sogar Insekten und ein paar Vögel, die geschäftig den kurzen darkovanischen Sommer nutzten. Die Landschaft begann Donald an die Alpen statt an den Himalaja zu erinnern, und die Wipfel der höchsten Bäume erhoben sich immer näher zu ihren Füßen.

Nach einer weiteren kurzen Rast stiegen sie in eine Schlucht ab, deren Tiefe Donalds Karte wegen der Bäume nur erahnen ließ. Die belaubten Äste schlossen sich über den Köpfen der Wanderer, neben schlanken Stämmen mit einer papierartigen Rinde wie Birken standen stachelige Harzbäume. Donald verlagerte das Gewicht seines Rucksacks und sog dankbar die sauerstoffreichere Luft ein. Marguerida schwieg weiterhin, aber Shaya hatte zu singen begonnen, gereimte Verse in einer Molltonart und einem Dialekt, dem Donald nicht ganz folgen konnte. Es ging irgendwie um einen einsamen Schäfer.

Sie entdeckten den Grund der Schlucht im Schatten der Bäume: drei Meter breit, hundert Meter tief und ohne Brücke. Shaya warf das beschwerte Ende von Donalds Seil über einen Ast, und sie schwangen sich einer nach dem anderen hinüber. Nach diesem belebenden Sprung waren sie alle fröhlich, selbst Marguerida, die seit dem Vormittag still und geistesabwesend gewesen war. Die Luft war angenehm kühl, die Sonne warm genug, um ihren Gliedern wohl zu tun, als sie aus der bewaldeten Schlucht kletterten.

Sie waren bis zur Baumgrenze aufgestiegen, hinaus aus den Büschen und Blumen, aus dem Summen der Insekten in das Säuseln des Windes. Die Straße schlängelte sich wieder in engen Serpentinen dahin. Plötzlich brach Shaya mitten in ihrem Lied ab, blieb stehen und lauschte.

»Was ist?«

»Ich dachte, ich hätte etwas gehört.« Sie lauschte wieder. »Wahrscheinlich doch nicht.« Sie bog um einen von Flechten überzogenen Felsvorsprung. Die beiden anderen hörten einen erschrockenen Laut und ein gedämpftes Knurren.

Donald schob Marguerida entschlossen hinter seinen Rücken und spähte um die Biegung. Zwei unerfreulich aussehende Bergbewohner drückten Shaya gegen die Felswand, in ihrem Mund steckte ein wollener Fetzen.

Der dritte Mann hatte ein Schwert in der Hand, das um den Griff herum Rostflecken aufwies, aber entlang der Schneide nur so blitzte. Er machte einen Schritt auf Donald zu und zeichnete mit dem Schwert kleine Achten in die Luft; dabei verzog er grinsend den Mund und entblößte eine Reihe schmutziger, kaputter Zähne. Donald seufzte und sah den Mann angewidert an, dann zog er seine Strahlenwaffe und feuerte sie ab. Der Räuber stürzte brennend in den Abgrund.

Seine Begleiter zogen sich eilig zurück, wobei sie Shaya mit sich schleiften. Sie verschwanden zwischen zwei Felsen, an einer Stelle, wo die Hufe kleiner Chervines einen Pfad ins Unterholz getreten hatten. Man hörte das Scharren von Füßen und einen Schmerzensschrei. Das Mädchen wehrte sich nach Kräften.

Donald war im Begriff, ihnen zu folgen, aber Marguerida packte ihn am Arm und hielt ihn zurück. »Warte«, sagte sie. »Und pass auf ...«

»Garstiges Luder«, sagte einer der Männer hinter dem Felsen. »Nimm die Schnur hier und binde ihr die Hände zusammen.«

Einen Augenblick lang herrschte Stille. Dann setzten die Geräusche ein. Sie waren nicht vergleichbar mit Lauten, wie sie normalerweise aus den Kehlen ausgewachsener Männer kamen. Zwei Banshees, die man im Feuer marterte, mochten sich so anhören. Marguerida trat an die Felswand zurück und zog ihren Friedensmann mit sich. Sie war blasser als sonst und sah krank aus. Donald, der auf sie achtete, verpasste den Moment, in dem die Räuber aus dem Wald getaumelt kamen, die Gesichter von den eigenen Nägeln blutig gerissen. Er sah auch nicht, wie sie blindlings über die Straße hinaus liefen und ins Leere stürzten. Was Marguerida beobachtete, erzählte sie ihm wohlweislich nicht.

Sie atmete tief ein und wieder aus. Dann rief sie: »Brauchst du uns, Shaya?«

»Alles in Ordnung«, kam die Antwort. »Ich bin sofort bei euch.« Sie kam den Pfad entlang, eine Schnur vom Handgelenk wickelnd, die sie anschließend in den Abgrund warf. »Wegen dieser dreckigen *Bresu'in* habe ich den Eimer fallen lassen«, sagte sie. »Gut, dass noch was übrig ist.« Sie führte den Eimer an den Mund und trank, bevor sie ihn an Marguerida und Donald weiterreichte.

Shaya blickte zur Sonne hinauf, die über einen endlosen Himmel den Gipfeln im Westen zustrebte. »Wenn wir Mac-Kenna vor Einbruch der Dunkelheit erreichen wollen, werden wir uns sputen müssen«, sagte sie. Sie nahm den Eimer und ging voran.

»Was hat sie nur mit denen gemacht?«, flüsterte Donald.

»In den Bergen lernt man eine Menge seltsamer Dinge«, entgegnete Marguerida. »Vielleicht hat sie ihnen etwas gezeigt, was sie nicht sehen wollten.«

Sie gingen wieder bergauf; die Straße drehte nach Osten. Die untergehende Sonne schien ihnen warm auf den Rücken und färbte die umliegenden Felsen blutrot. Auch der Wind begann wieder aufzufrischen.

Er sang Donald ins Ohr. *Druckabfall, Leck im Rumpf, Meteorit, schadhafte Dichtung, Luft entweicht.* Der Friedensmann atmete tief durch und blickte streng auf die Welt ringsum, Kubikkilometer von Luft, ein natürlicher Vorratstank. Man hatte ihn dazu ausgebildet, seinen Verstand über seine Gefühle herrschen zu lassen, und meistens gelang ihm das auch.

Kleine Kaninchen auf der Straße, sang der Wind. *Kleine Kaninchen auf der Flucht. Lauft nur weg, ich lasse euch laufen, und dann hole ich euch zurück, und ich ...*

Sie hatten beinahe den Kamm erreicht, das widerwärtige Flüstern des Windes war jetzt in ihrem Rücken. Marguerida fuhr nervös mit der Hand über ihre Gürteltasche. Die Glasröhrchen waren noch da. Selbst dem bösartigsten Toben eines Windmanns dürfte es schwer fallen, einen terranischen Reißverschluss aufzuzerren, und wenn sie erst einmal über dem Kamm waren, würde der Wind nachlassen.

Auf dem Gipfel angekommen, blieben sie einen Augenblick stehen, um abzuschätzen, wie lange es noch hell blieb und wie weit es noch war. »Ich weiß nicht, ob ihr diesen kleinen Fleck dort unten seht«, sagte Shaya. »Ich bin mir selbst nicht sicher, ob ich ihn erkenne, aber das ist MacKennas Rast. Wir müssten in einer Stunde, vielleicht anderthalb, dort sein, und«, sie hielt zwei Finger über den Horizont und blinzelte ins Abendlicht, »wir haben noch eine halbe Stunde Zeit, bevor die Sonne hinter die Berge sinkt. Das heißt, wir haben noch genügend Dämmerlicht bis MacKenna.«

Als die drei die nach unten führende Straße betraten, traf der Wind sie wie ein Hammerschlag. Sie stolperten vorwärts, und Shaya fiel auf Hände und Knie. Marguerida fasste das Mädchen an der Hand und zog es hoch, die andere Hand streckte sie nach hinten, damit Donald sie ergreifen konnte. Hand in Hand taumelten sie die Straße hinab, dabei hielten sie sich immer dicht an der Felswand zu ihrer Rechten, damit sie nicht von einer plötzlichen Bö vom Weg gewirbelt wurden.

Willkommen in meinem Haus, murmelte der Wind. *Es hat einen Boden, kein Dach und eine Wand, aber ihr wisst nicht, wo sie ist. Ist sie dort? Nein, das bin nur ich, und ihr fallt und fallt.*

Es hatte wieder zu schneien begonnen, die weißen Flocken wirbelten um die Reisenden herum, bis sie einander kaum mehr sehen konnten, von der Straße ganz zu schweigen.

Abwärts und im Kreis, heulte der Wind, *abwärts und im Kreis. Ihr spaziert genau in meinen Schoß. Genau in meinen Rachen. Ich fress euch auf und spuck euch aus.*

Abwärts und im Kreis. Die Felswand war immer noch an Margueridas Schulter, aber sie nahm sie kaum wahr. Sie wusste, sie hielt immer noch Donald und Shaya an den Händen, aber sie spürte die beiden überhaupt nicht. Selbst das Taubheitsgefühl eiskalter Glieder war damit nicht vergleichbar. In der Ferne verfärbte sich das strahlende Weiß des Schnees, nicht zum Rosa des Sonnenuntergangs, sondern zu einem leuchtenden Blaugrau, das von überall her zu kommen schien. Marguerida war in die Oberwelt übergegangen, ohne es anzustreben oder zu bemerken.

Der Wind hatte nachgelassen, aber noch immer murmelte ihr die Stimme in einem nicht enden wollenden Strom Hass und Gier ins Ohr, Tod und Grausamkeit, wie ein giftiger Fluss. Margueridas Bewahrerausbildung ließ sie der boshaften Stimme stromaufwärts folgen, ohne dabei auf die Widerwärtigkeiten zu achten, die diese von sich gab.

Ein Stück voraus war ein grelleres, hartes Licht, das in den Augen brannte, und in ihm stand eine menschliche Gestalt – oder waren es zwei? Nein, nur eine. Denn neben der menschlichen Gestalt, die vorbeitrieb und die Füße nachzog wie jemand, der in Fesseln geht oder gegen einen Sturm ankämpft, da war etwas anderes. Es war einmal ein Mensch gewesen, oder zumindest menschenähnlich, aber das Bild wirkte wie mit einer Schere zerschnippelt. Das Fleisch bestand aus Fetzen, die in einem Wind flatterten, den sie selbst erzeugten; die Knochen waren durchlöchert wie die Seiten eines Schwammes. Und durch die Löcher im Schädel schien das Licht wie bittere Sterne.

Marguerida betrachtete die Gestalt voller Abscheu. Sie konnte das Etwas nicht berühren. Hier in der Oberwelt trug sie nicht ihren hässlichen terranischen Overall, sondern das rote Kleid und den Schleier des Bewahreramtes, das Gewand, das ihr von Rechts wegen zustand. Jahrhundertealte Rituale und Lektionen, die Hingabe ihrer Lehrer, die sie ausgebildet hatten und die inzwischen tot waren: Das waren ihre Waffen. Die Fetzen, die einmal Hände gewesen waren, griffen nach ihr und wurden zurückgezogen, als hätten sie sich an ihrem Feuer verbrannt.

Die andere Gestalt jedoch, diejenige, die noch menschlich

war – Marguerida betrachtete sie wie mit den Augen eines Gottes, der von der Höhe herabschaut und die gesamte Zeit und menschliche Geschichte auf einmal sieht. Vergangenheit, Gegenwart und Zukunft, zusammengepackt wie in einer Nussschale auf ihrer Handfläche. Kleines Mädchen, junge Maid, schwangere Frau, zerschlagener Körper, Lippen, die zum letzten Mal Luft holen – alles gleichzeitig. Sie streckte die Hand aus. »Komm, Shaya. Wir verschwinden von hier.« Als sich ihre Hände trafen, fielen sie rückwärts wie durch ein Sieb und waren wieder in ihren Körpern. Ringsum heulte der Wind, die Luft war voller Schnee und glänzte giftig blau.

Marguerida winkelte ihre Arme an und zog dabei an den beiden Händen, die sie nicht sehen konnte, bis sie sich trafen. Sie legte Donalds Hand in Shayas und tastete sich seinen Arm entlang wie an einer Rettungsleine, bis sie sein Ohr fand. »Donald, gib mir deine Strahlenwaffe.«

Er sagte etwas, das sie nicht verstand, und suchte mit der freien Hand nach der Waffe. Marguerida spürte das kalte Metall an ihrer Wange, nahm das Ding vorsichtig in beide Hände und suchte nach Mündung und Abzug. Da fuhr Donalds Hand über ihre – vermutlich löste er jene geheimnisvolle Sicherung, die in den terranischen Geschichten ständig vorkam. Sie trat ein paar Schritte vor, bis Donald und Shaya in sicherem Abstand hinter ihr standen, und feuerte in den Wind, auf die Stelle, wo das blaue Licht am kräftigsten war.

Rundherum waren plötzlich alle Farben des Spektrums zu sehen, sie stoben auseinander wie tödliche Regenbogen. In ihnen tanzte alles, Bilder von Menschen und Pferden, Chervines und Bäume sowie hohe Türme im Licht der Monde, alles verblasste immer mehr. Der Wind ließ nach, die großen Farbräder verlangsamten ihre Geschwindigkeit. Marguerida hielt die kleine Strahlenwaffe ruhig und versuchte nicht zu überlegen, wie viel Energie noch darin steckte, wie viele feurige Atemstöße, bevor sie erschöpft war. Sie wusste Bescheid über leere Batterien; sie fühlte sich oft selbst wie eine.

Aber die Energie hielt. Das blaue Licht erlosch genau in dem Moment, in dem die Waffe zu piepen begann und die Leuchtschrift BATTERIE LEER erschien. Der Wind brach so abrupt ab, dass Marguerida sich fühlte, als würde sie taub. Die Sonne verschwand eben hinter den Bergen, aber der Himmel war noch hell. Sie standen auf unebenem Kies auf dem Grund der Schlucht; wenige Meter vor ihnen leuchteten die Felswände noch orangerot. Was auch immer dazwischen gelegen hatte, war nun pulverisiert.

Sie kehrten auf die Straße zurück. Donald fand ein einzelnes Knochenstück zwischen dem Kies und zermalmte es sorgfältig unter dem Stiefelabsatz.

»All die Jahrhunderte«, sagte Shaya.

»Nur Pech, dass er in die Schlucht gefallen ist«, erwiderte Donald, »wo die steilen Wände seinen Sternstein vor den Elementen schützten.«

»Pech oder üble Absicht«, erwiderte Marguerida. »Siehst du ihn nicht förmlich vor dir, wie er am Ende seines Lebens in diesen Unterschlupf gekrochen ist, damit der böse Wille, den er in seinen Stein gegossen hat, seinen Körper überlebt? Hier hast du dein Ass im Ärmel wieder, Donald. Ich fürchte, ich habe es leer gemacht.«

»Und ich habe den Wassereimer irgendwo fallen lassen«, sagte Shaya. »Aber seht, das Licht da unten ist MacKenna. Wir schaffen es wahrscheinlich, bevor es dunkel wird.«

Sie schafften es beinahe. Zwei kleine Monde spendeten auf der letzten Meile ihrer Wanderung ihr blasses Licht. Dann sahen sie die Lampen hinter den Fensterscheiben des Gasthauses leuchten, und der Duft von Haferbrei mit Nüssen drang aus den Ritzen der Tür.

»Ich komme nicht mit hinein, wenn es euch recht ist«, sagte

Shaya. »Ich finde jetzt nach Hause, und ich bin bereit für den Weg.«

»Sei nicht albern. Du kannst nicht im Dunkeln weitergehen«, widersprach Donald.

»Das ist schon in Ordnung«, sagte Marguerida. »Die Götter seien mit dir, Shaya, und danke.«

»Ich danke *euch*«, antwortete Shaya. »Doch, ja – ich glaube, meine Schuld ist beglichen. Gute Nacht.«

Damit verschwand sie in die Dunkelheit, und an ihrer Stelle blieb nur ein Wirbel von Schneeflocken. Donald öffnete erneut den Mund zum Widerspruch, aber Marguerida nahm ihn am Arm und führte ihn ins Gasthaus.

Dort waren die Leute ums Feuer versammelt und erzählten Geschichten, wie sie es jeden Abend ihres Lebens taten. Es war bei dem düsteren Licht schwer zu beurteilen, aber nur wenige hatten die glänzenden Augen, die mit dem Fieber einhergingen. Sie waren rechtzeitig gekommen.

»... und so setzte er die Kleine hinter sich aufs Pferd und machte sich mit ihr auf nach Armida. Aber als er zum großen Haus hinaufritt, rutschte sie von der Kruppe und war verschwunden. Er suchte in der Dunkelheit, aber er fand sie nicht mehr. Also ging er hinauf zum Haus ...«

Donald legte die Hand auf den Mund. Geschichten dieser Art hatte er schon früher gehört, man erzählte sich Varianten davon auf allen Planeten, aber diesmal ...

»Und als er die Geschichte erzählte, weinten die Leute und sagten ...«

»Sie ist vor langer Zeit gestorben«, flüsterte ihm Marguerida ins Ohr. »Seitdem versucht sie nach Hause zu kommen; aber die ungeweihten Toten wandern umher und finden keine Ruhe. Wir haben sie beerdigt, und sie hat sich erkenntlich gezeigt, und nun kann sie den Heimweg antreten. Nicht nach Armida, natürlich, sondern in ihr richtiges Zuhause. Jetzt, da es sicher ist.« Sie zog ihn näher zum Feuer und lächelte über seinen erstaunten Blick. »Hast du nicht gemerkt, dass sie gar nicht *da* war, als du sie berührt hast?«

»Mitten in einem tobenden Schneesturm? Hätte ich ihr vielleicht den Puls fühlen sollen?«

Inzwischen hatten die Menschen im Gasthaus die beiden bemerkt und winkten sie ans Feuer. Marguerida setzte ein Lächeln auf und nahm neben einem alten Mann mit einem kupfernen Armband Platz. Wenn sie MacKenna dazu überreden konnte, sich impfen zu lassen, würden die übrigen Dorfbewohner ohne Widerrede folgen. Draußen stöhnte leise der Wind, wie ein zänkisches altes Weib, das sich selbst in den Schlaf grummelt.

Über Nina Boal und »Obdach«

Nina Boal gehört zu den Freunden Darkovers seit den Tagen, als wir Darkover-Geschichten noch in einem Fanzine veröffentlichten.

»Obdach« ist eine Geschichte, die sich auf Darkover viele Male zugetragen haben muss. Sie zieht einen vom ersten Absatz an in ihren Bann und lässt einen bis zur letzten Zeile nicht mehr los.

Genau solche Geschichten suche ich immer, und manchmal habe ich das Glück, sie zu finden ...   MZB

Obdach

von Nina Boal

Corrina beugte den Kopf zum winzigen Fenster des Gäste-
zimmers vor. Es war später Nachmittag, und eine dichte
weiße Decke füllte das Fenster fast bis an den Rand. Resigniert
schüttelte sie den Kopf, wobei der rotgoldene Zopf über ihre
Schultern flog. Der Sturm ließ nicht das geringste Anzeichen
erkennen, dass er sich bald legen würde. Es war ausgeschlossen, dass sie ihre Reise fortsetzen konnte.

Irgendwie – *irgendwie* – würde sie eine Möglichkeit finden
müssen, eine weitere Nacht hier im Gasthaus Zum Kupferkes-
sel zu verbringen. Ihre schlanken, bleichen Finger tasteten
durch den ledernen Münzbeutel und stülpten ihn schließlich
um. Er war leer. Sie hatte ihre wenigen verbliebenen *Sekals*
bereits für die letzte Nacht ausgegeben.

Sie betrachtete die Holzdielen des Bodens. Manchmal hatte
sie auf ihrer Reise in Gasthöfen und Gästehäusern für die
Übernachtung bezahlt. Aber sie hatte sich auch so manche
Unterkunft verdienen können, indem sie Böden wischte, Teller spülte und andere lästige Hausarbeiten verrichtete. Auf
diese Weise hatte sie die Summe aus dem Verkauf des gestoh-
lenen *Oudrakhi* gestreckt, das sie geritten hatte. Doch nun war
sie mit ihrem Geld absolut am Ende. Sie würde wieder für ihren Unterhalt arbeiten müssen.

Corrina schluckte schwer. *Mestro* Piedro hatte sie irgendwie komisch angesehen, als sie sich das Zimmer genommen
hatte. Die muskulösen Finger des Gastwirts hatten länger als
nötig verweilt, beinahe ihre Hände gestreichelt, als sie ihm die
Münzen in die aufgehaltene Pranke zählte. Corrina hatte die

ihre hastig zurückgezogen. Dann hatte sie sich fest in ihren Umhang gehüllt und war auf ihr Zimmer geeilt.

Aber vielleicht hatte sie irgendwie die Aufmerksamkeit des Wirts erregt. Vielleicht war sie auf eine bestimmte Weise gegangen, die schlanken Hüften wiegend, oder sie hatte ihr Gesicht in die Falten der Kapuze geschmiegt, so dass ihr seidenes Haar zum Vorschein kam.

Seidiges, rotes Haar. Das war der Fluch ihres Lebens gewesen. Sie hatte Geschichten von anderen gehört, hatte Nachforschungen angestellt, hatte zwei und zwei zusammengezählt. Wäre sie in eine der berühmten Familien der herrschenden Comyn hineingeboren worden, dann hätte man die »Anfälle«, unter denen sie litt, als einen Segen, als eine Gabe angesehen. Ein Lehrer in einem der hohen Türme hätte ihr *Laran* zu einer vorzüglichen Klinge geschliffen.

Aber stattdessen kratzte ihre Mutter aus dem steinigen Boden eines Grenzdorfs in der Domäne Serrais, nahe Carthon, kaum das Nötigste zum Leben heraus. Der dunkelblonde Gatte ihrer Mutter – *»nicht dein Vater«,* hatte er gesagt und auf ihr flammendrotes Haar gezeigt – hatte sie geduldet, bis sie dreizehn wurde. Das war die Zeit, als die seltsamen »Anfälle« von ihr Besitz ergriffen hatten und sie Visionen sehen und im Schlaf laut aufschreien ließen.

Sie zuckte mit den Achseln und verbannte die Erinnerungen aus ihrem Kopf. Die Welt drehte sich, wie sie wollte, nicht wie es Corrina gefallen hätte. Sie konnte ihr Schicksal nicht ändern, es blieb ihr nichts übrig, als das Beste daraus zu machen. Sie würde *Mestro* Piedro um Arbeit bitten müssen.

Die feisten Finger glitten an den schmalen Schultern Corrinas entlang, die in der Küchentür stand. »Ich brauche heute Abend keine Köchin und keine Spülerin«, sagte der untersetzte Wirt lachend. »Das erledigen meine Frau und meine Tochter.«

Corrina entzog sich durch eine Körperdrehung der tastenden Hand. »Ich ... ich könnte ja an den Tischen bedienen«, stammelte sie.

Das bärtige, von dunklen Haaren umrahmte Gesicht blickte zu den Deckenbalken hinauf. »Stimmt, das könntest du eigentlich tun.« Er lachte schallend. »Heute Abend kommen meine besten Kunden, ein guter Teil von Lord Serranos Burgwache. Die könntest du bei Tisch bedienen.« Er streckte die Hand aus und fuhr unter das Kopftuch, das Corrina trug. »Du könntest dieser guten Kundschaft auch noch auf *andere* Weise dienen. Du bist jung und recht hübsch, und du brauchst das Geld. Ich könnte dich sehr anständig entlohnen.«

Die Finger schlossen sich um ihr Kinn. In Corrinas Kopf explodierte ein weißes Licht. Die zudringlichen Finger wurden schlagartig zurückgezogen. Ein Messer blitzte im Feuerschein aus der Küche auf, es bewegte sich, als folgte es einem eigenen Befehl. Corrina fuhr mit der Klinge durch gebräunte Haut, so dass eine dünne Linie Blut zurückblieb. *Mestro* Piedros Schrei hallte durch die leere Küche. Corrina hielt mit weißen Knöcheln das Messer umklammert. »Kommt mir nicht zu nahe«, flüsterte sie und starrte unverwandt in die grauen Augen des Wirts.

»Raus jetzt hier, du Schlampe!«, knurrte *Mestro* Piedro. »Du solltest froh sein, dass ich dir eine Beschäftigung angeboten habe, bei der du was verdienen kannst. Jetzt kannst du in den Schneesturm hinausgehen, dann wirst du erleben, wie viel Obdach dir *der* bietet.«

Corrina bemühte sich, ihr Zittern zu beherrschen. »Kommt mir nicht zu nahe«, wiederholte sie ihre Warnung. Mit dem blanken Messer in der Hand stürzte sie in ihr Zimmer und packte ihre wenigen Habseligkeiten zusammen.

Die Nachtwinde heulten und pfiffen. Nasser Schnee peitschte schmerzlich in Corrinas Gesicht, während sie in ihren Stiefeln einen Fuß vor den anderen setzte. Das Land hier war ganz anders als die kühlen, trockenen Ebenen ihrer Heimat Serrais. Dichte Wälder mit hoch aufragenden Fichten umgaben die verstreuten Bauernhöfe und Gasthäuser des Vorgebirges, das an die hohen Gipfel der Hellers in der Gegend von Aldaran grenzte.

Sie verfluchte ihr Temperament. Diesmal hatte sie sich ernsthaft in Schwierigkeiten gebracht, weil sie mit dem Wirt Streit anfing. Sie hatte sich in diesen letzten Wochen, in denen sie gezwungen gewesen war, als junge Frau allein zu reisen, ganz gut geschlagen. Aber diesen Schneesturm konnte sie auf keinen Fall durchstehen.

Spielt das eine Rolle? Die reine Verzweiflung hallte in ihrem Kopf wider. Sie konnte nie mehr in ihr Heimatdorf zurückkehren. Für ihre Familie war sie ein »Bastard mit sechs Vätern«, noch dazu hatten ihre »Anfälle« sie für die Feldarbeit unbrauchbar gemacht. Aber ihre Jugend und ihr rotgoldenes Haar hatten sie zu einer begehrten Ware werden lassen, die eine hungernde Familie gegen das höchste Gebot feilbieten konnte. So hatte man sie an die Sklavenhändler aus den Trockenstädten verkauft, als diese durchs Dorf kamen.

Sie schloss die Hand um den Griff des Messers, das unter ihrem Wollumhang in einer Scheide steckte. Unerwünschte Erinnerungen stiegen in ihr auf. Irgendwie hatte sie in der Nacht, in der einer der Sklavenhändler beschlossen hatte, sie »auszuprobieren«, ihre Kraft entdeckt. Bei dem Kampf hatte sie die Hand ausgestreckt, das Messer gefunden und es tief in die wogende Brust gestoßen. Die anderen waren hilflos erstarrt, vielleicht auf Grund der Kräfte, die mit ihren roten Haaren zusammenhingen, wie sie wusste. Sie hatte das *Oudrakhi* des Toten genommen und war allein in die Wüstennacht hinausgeritten.

Der wirbelnde Wind sang ihr ein Lied. Das war nicht die

Wüste hier. Der Winter peitschte diese Gegend, als müsste er ein großes, namenloses Unrecht rächen. Ihre beklagenswert unausgebildeten Kräfte würden ihr hier nichts nützen. *Obdach,* summte der Wind. *Lass mich dich umarmen, dich warm halten.* Sie sank auf die Knie. *Kein Leid wird dir geschehen,* sang murmelnd der Wind. *Kein Schmerz mehr, keine Angst.*

Sie streckte sich in dem Bett aus Schnee aus. *»Leg deinen Kopf in meinen Schoß«,* säuselten die Klänge des Wiegenlieds ihrer Mutter, als wäre sie wieder ein Kind. Das frostige Kissen einer Schneewehe schmiegte sich um ihren Kopf. *Schlaf, mein Kleines, schlaf in Frieden.*

Ein Zittern durchlief sie. Taubheit zog sich durch die gekrümmten, schmerzenden Finger. Dann ein ohrenbetäubender Schrei ... sie musste in einer von Zandrus neun Höllen sein, ganz bestimmt. Der Schrei rührte von Qualen, Qualen, die sie verdient hatte ... aber wofür? Das war die Frage, die sie peinigte.

Erneut der Schrei. Sie ballte die schneenassen Fäuste und rieb sich die Augen. Ihre Schläfen pochten vor Schmerz und vor unbeschreiblicher Angst. Die Angst einer *fremden* Person.

Ein Klagelaut, der in ein stockendes Weinen überging, drang ihr durch Mark und Bein. Sie wälzte sich auf die Knie und zwang sich, die Augen zu öffnen.

Irgendwie war sie immer noch am Leben. Der Sturm kreischte und wirbelte um ihren zitternden Körper. Das Weinen peitschte durch ihren Kopf, Schreie, die nicht von ihr kamen. Hinter schneebeladenen Ästen drangen die schluchzenden Laute eines Kindes hervor.

Sie richtete sich taumelnd auf und kämpfte sich gegen den Wind voran – ein Schritt nach dem andern. Die Schreie des Kindes waren nun sanfte Wellen, die sie durchfluteten.

Da! In einem bestimmten Dickicht im Wald. Sie kauerte

sich unter eine der Fichten, wo sie eine kleine, zitternde Gestalt in ihren Wollumhang hüllte.

Das gedämpfte Knirschen von Schritten näherte sich. Eine männliche Bassstimme drang durch die wirbelnden Flocken. Piedro? Panische Angst ergriff sie. Sie beugte sich über das Kind, während sich ihre Hand um den Griff ihres Messers schloss.

Eine Hand berührte sie an der Schulter. Die Stimme sprach wieder, rau strich sie über Corrina hinweg – mit einer Freundlichkeit durchsetzt, die unmöglich zu dem lüsternen Wirt des Kupferkessels gehören konnte. Sie nahm die Hand vom Messergriff, während ihre Ohren die Worte des Fremden zu ergründen suchten, die wie über einen langen Korridor auf sie zuzutreiben schienen. »Du hast mein Kind gefunden. Komm und wärm dich in meinem Haus auf.« Plötzlich ergriff ihre eigene Erschöpfung von Corrina Besitz. Sie konnte nur noch in die sicheren Arme sinken, die sie hochhoben und wegtrugen.

Ein schrilles Klappern – Corrinas Beine schlugen gegen schwere Decken, die über sie gebreitet waren.

Sie öffnete die Augen. Durch ein Fenster fielen Strahlen roten Sonnenlichts. Sie lag in einem Bett, das an die Wand einer Hütte mit nur einem Raum gequetscht war. Die Wölkchen, die sie beim Atmen ausstieß, zerstoben in der kalten Luft. Ein großer Topf mit Wasser köchelte über Holzkohlen in einem gemauerten Kamin.

Sie wickelte die schweren Wolldecken fest um sich, während die Erinnerungen an die letzte Nacht durch ihren Kopf jagten. Sie hatte sich gegen die Annäherungsversuche eines Gastwirts behauptet, sie hatte ein Kind in einem Schneesturm gefunden, ein fremder Mann hatte sie entdeckt ...

Das laute Klappern schreckte sie erneut auf. Ein Kind von vielleicht sieben, acht Jahren kniete auf der Kaminplatte und

51

drehte ein Stück Feuerholz. Tintenschwarzes Haar fiel auf ein braunes Übergewand, unter dem schmächtige Schultern steckten. Augen, deren Helligkeit in scharfem Kontrast zu den dunklen Strähnen standen, blickten gebannt auf den Holzspan. Jeder Schlag des kreiselnden Gegenstands rief ein begieriges, unartikuliertes Jaulen hervor.

Die einzige Tür der Hütte ging mit einem dumpfen Geräusch auf. Ein hünenhafter Mann schleppte sich schwerfällig herein und schlug die Tür hinter sich zu. Corrina zuckte zusammen, als der Mann eine Ladung Feuerholz direkt gegenüber der Tür ablud. Das Kind drehte noch immer das Scheit. Es war anscheinend im Sturm nicht zu Schaden gekommen und schien weder den Mann noch seinen Gast wahrzunehmen.

Der Mann goss Wasser aus einem kleinen Topf in eine irdene Tasse und langte nach einem Glas mit Kräutern. »Wie ich sehe, bist du wach«, sagte er und hielt Corrina die dampfende Tasse entgegen.

Corrina packte sie am Henkel. Der Duft der Blätter stieg ihr in die Nase, und sie schmeckte die bittere Süße des Tees. Der Mann zog einen hölzernen Stuhl ans Bett und ließ sich mit seinem massigen Körper darauf nieder. Unter struppigen, kastanienbraunen Haaren funkelten blaue Augen hervor.

Trotz allem war er ein Fremder. Instinktiv wickelte sich Corrina in die schützenden Wolldecken. Das Klappern hallte weiter in ihren Ohren. Das dunkelhaarige Kind fuhr unablässig fort, das Holzscheit zu drehen.

»Ich bin Carlo MacFiona«, stellte sich der Mann vor. »Und das ist mein Pflegesohn Felix.« Er zeigte zu der Gestalt, die gedankenverloren auf der Kaminumrandung kauerte. »Sei unbesorgt, was meine Absichten angeht«, sagte Carlo lächelnd. »Wenn ich Gelüste habe, was in letzter Zeit nicht sehr häufig der Fall war, dann bevorzuge ich Männer.«

Corrina starrte ihren Gastgeber offen an. Sie hatte schon Geschichten von *Ombredin* gehört. Diese waren alle zierlich und hatten »feminine« Gesichtszüge, so hatte man es ihr jedenfalls erzählt. Carlo war kräftig, und auf seiner Oberlippe spross ein dichter, roter Schnauzbart. Corrina schüttelte den Kopf – wieder eine Geschichte, die nicht stimmte. *Genauso falsch wie die Beteuerungen meiner Eltern von Liebe und Hingabe,* sagte sie zu sich selbst.

Sie entspannte sich ein wenig und trank noch einen kleinen Schluck von ihrem Tee. Sie war dankbar, diesen Wirt gefunden zu haben, der so ganz anders war als der vorherige.

Ein lautes Krachen – und das Geklapper hörte auf. Felix kam gemächlich auf Corrinas Bett zu. Feingliedrige Finger begannen ihre Unterarme zu streicheln und tasteten sich schließlich zu ihrem Gesicht hinauf. Corrina drehte lachend den Kopf. Die schlanken Finger kitzelten. Sie blickte in Felix' Augen – und erstarrte.

Sein Blick war vollkommen ausdruckslos. Corrina hatte solche Augen schon einmal gesehen, im Gesicht eines Mädchens aus dem Dorf. Die Augen jenes Kindes waren grün gewesen, nicht hellgrau wie die von Felix – aber sie hatten denselben leeren Blick gezeigt. Ein »Wechselbalg«, hatten die Dorfältesten der verzweifelten Mutter des Mädchens erklärt, während das Kind ausgestreckt auf dem Boden lag und eine lederne Haarspange im Kreis drehte.

Sanfte Finger strichen über Corrinas Nase. In ihr krachte etwas, als wären zwei Kräfte aufeinander geprallt. Sie nahm an, es habe mit ihren geistigen Kräften zu tun, auch wenn das Haar des Kindes dunkel war und nicht rot. Ein Stich durchzuckte sie, die Kraft in ihr ließ los. Felix knurrte. Er hob die Hand zu den Augen und schnippte rasch mit den Fingern in die Luft. Dann ließ er sich auf alle vier Gliedmaßen hinab und hoppelte zu seinem Platz am Kamin zurück. Laute Freudenschreie erfüllten den Raum und vermischten sich mit dem wiederholten Klappern. Felix ließ erneut sein Holzstück kreisen.

Carlo goss sich eine Tasse Tee ein. »Mein Pflegesohn ist schon so, seit ich mich um ihn kümmere«, sagte er achselzuckend.

Corrina stützte sich im Bett auf. Sie musterte den selbstverlorenen Jungen. In ihrem Kopf tobten noch immer Grenzkräfte. Sie würde herausfinden müssen, worum es sich handelte, ihren Gastgeber fragen. *Später*, sagte sie sich. Instinktiv öffnete sie eine Schranke und betrachtete die Möbel und Geräte in der kleinen Hütte, die nach den Maßstäben, die Corrina aus ihrem Dorf kannte, primitiv war, jedoch sauber und ordentlich. Sie bemerkte die schweren Pelze, die an einer Wand aufgereiht hingen. »Es ist sicher nicht leicht, sich um den Jungen zu kümmern und außerdem für den eigenen Unterhalt zu sorgen«, sagte sie.

»Wir kommen zurecht«, antwortete Carlo. »Ich war früher Söldner, bis ich Felix zu mir nahm. Jetzt lebe ich von der Jagd und vom Fallenstellen in den Wäldern hier.«

Plötzlich sauste Felix zur Tür und zerrte am Riegel. Behände wie eine Katze sprang Carlo auf und rannte zu dem Jungen. »Nein, Felix, nein, *Chiyu*«, belehrte er ihn. »Du darfst nicht ohne mich nach draußen. Das ist gefährlich. Außerdem haben wir einen Gast. Später vielleicht.« Er schloss Felix in seine mächtigen Arme, woraufhin der Junge bestürzt kreischte. Sanft führte Carlo das plärrende Kind an seinen gewohnten Platz zurück.

Felix stieß noch einen untröstlichen, ohrenbetäubenden Schrei aus. In Corrinas Kopf hämmerte es. Doch genauso schnell ließ der Druck nach – und Felix nahm auf dem Kaminsockel Platz. Nachdem er sein Lieblingsspielzeug, das Stück Holz, wieder gefunden hatte, begann er es zu drehen und kreiseln zu lassen, als hätte der Zwischenfall gerade nie stattgefunden.

Carlo öffnete die hellblauen Augen und blickte erstaunt drein. »Ich spüre es ebenfalls, in meinem Kopf«, sagte er. »Zwischen dir und meinem Pflegesohn gibt es eine geistige Verbindung.« Er deutete auf Corrinas rotes Haar.

»Ich bin ...« Corrina wappnete sich. »Ich bin ein Bastard, ich kam nach dem Fest zur Welt, wenn sich die Comyn-Fürsten mit dem gemeinen Volk vermischen.« Corrinas Wangen wurden heiß. *Wie kann ich ihm nur erklären, dass mich meine Eltern tatsächlich an den Meistbietenden verkauft haben?* »Meine Mutter und mein Stiefvater waren Ackerbauern. Sie ... sie haben mich abgeschoben, als meine ›Anfälle‹ zu viel für sie wurden.« Sie hob das Kinn. »Seitdem schlage ich mich allein durch.«

Carlo wurde sichtlich gelöster. »Du bist wie ich ein verstoßener *nedestro* Sprössling.« Er zeigte auf die roten Schattierungen in seinem Haar. »Aber mir haben sie ein bisschen Matrixwissenschaft beigebracht, bevor sie mich wegschickten.« Er lächelte warm. »Wir können später über die ganze Sache sprechen, beim Frühstück. Ich gehe jetzt mit Felix hinaus, noch ein wenig Holz holen, dann kannst du dich ungestört umziehen.« Er senkte die blauen Augen. »Verzeih bitte, dass ich kein richtiges Gästezimmer für dich habe, aber diese winzige Hütte ist alles, wozu ich es gebracht habe.«

Corrina bemerkte Carlos gerötete Wangen, als er sich umdrehte. »Komm, Felix«, befahl er. »Wir gehen raus.« Beim Wort »raus« huschte kurz ein beinahe beseelter Ausdruck über das Gesicht des Jungen. Er sprang auf die Füße und hüpfte an die Seite seines Pflegevaters.

Carlo löffelte vorsichtig Haferbrei in den Mund des wartenden Jungen, während Corrina ihren eigenen schlürfte. Der intensive, salzig-süße Geschmack umschmeichelte ihre Zunge; Carlo war zweifellos ein gewandter Koch.

»Meine Mutter war Küchenmagd auf Burg Mariposa«, erklärte Carlo. »Mein Vater ist Lord Rannirl Lanart, eng verwandt mit den großen Altons von Armida. Allerdings hat er es vorgezogen, mich nicht anzuerkennen.«

Er griff unter sein Gewand und zog einen kleinen Lederbeutel hervor, den er an einem Riemen um den Hals trug. »Als ich vierzehn war, ließ mich der *Laranzu* der Burg zum Turm von Corandolis bringen, wo man mich auf *Laran* testete. Ich wurde auf diese Matrix hier abgestimmt, nachdem man feststellte, dass ich in geringem Umfang über die Alton-Gabe des erzwungenen Rapports verfüge. Aber der Bewahrer des Turmes befand, dass meine Gaben für die Zwecke der Comyn nicht stark genug seien, wenngleich ich andererseits auch keine Gefahr für sie darstellte. Also haben sie mich zu meiner Mutter in die Küche zurückgeschickt. Als ich volljährig wurde, habe ich Mariposa verlassen, um mir meinen Lebensunterhalt selbst zu verdienen.«

Carlo hob eine Tasse *Jaco* an Felix' Lippen. Der Junge trank gierig. »Vor zwei Jahren habe ich den Jungen hier gefunden, wie er allein und ohne Kleidung im Wald herumlief. Ich habe ihn zu mir genommen; meine Gaben, auch wenn sie nicht sehr ausgeprägt sind, haben mir seinen Namen offenbart: Felix. Niemand hat bisher seine Existenz anerkannt. Außer mir kennt er keine Eltern.«

Corrina beobachtete genau, wie Pflegevater und Pflegesohn miteinander umgingen. Sie bemerkte die Zärtlichkeit, die Carlo an den Tag legte, die selbstverständliche Art, wie er Felix mit all seinen Beschränkungen akzeptierte. Nein, korrigierte sie sich: Carlo sah Felix nicht als »beschränkt« an, er sah lediglich, dass das Kind auf einzigartige Weise anders war.

Sie ertappte sich bei der Sehnsucht, ein Teil dieses friedvollen Lebens zu sein, das sich ihren Augen bot. In ihrem eigenen Leben, mit den störenden »Anfällen«, war sie sich immer wie eine Missgeburt vorgekommen. Konnte sie zu hoffen wagen, dass sie vielleicht hier, bei diesen anderen Außenseitern, ihren Platz finden würde?

Da pfiff ein Gegenstand an Corrinas Ohr vorbei durch die Luft; er wäre ihr an den Kopf geknallt, wenn sie sich nicht geduckt hätte. Ein Krachen an der Wand, oberhalb des hölzernen Waschzubers – und die Scherben dessen, was einmal eine Teetasse aus Keramik gewesen war, fielen auf den Boden unter dem Zuber.

Felix schaukelte heftig in seinem Stuhl hin und her. Ein leises Stöhnen wuchs zu einem Kreischen an, das sich wie mit scharfen Kanten in Corrinas Kopf fraß. Wiederum sprang Carlo katzengleich auf und lief zu dem Jungen, um ihn zu beruhigen. Felix schmiegte sich an Carlos Brust, seine Schreie wurden in den Falten des wollenen Übergewands erstickt.

Der Mann begann mit seiner Bassstimme eine sanfte Melodie zu summen und bewegte seinen Oberkörper im Rhythmus von Felix' Schaukeln. Seine Hände streichelten das Haar des Jungen. Das Hämmern in Corrinas Kopf begann nachzulassen.

Sie eilte, um den Besen zu holen, den sie neben dem Kamin stehen sah. Dann fegte sie die Keramikscherben auf einen Haufen und schob sie in eine Aschenpfanne.

Carlos Erklärung von vorhin kam ihr in den Sinn. »Zwischen dir und meinem Pflegesohn gibt es eine geistige Verbindung.« Sie schluckte schwer. Eine Verzweiflung, die ihr fremd war und doch auf bittere Weise vertraut, stieg in ihr auf. Ihre verdammenswerten »Anfälle« störten den Frieden dieses Hauses. Es blieb ihr nichts anderes übrig, als ihre Reise fortzusetzen.

Sie ging zu dem Bett, auf dem sie geschlafen hatte, und begann ein Bündel mit ihrer Kleidung und sonstigen dürftigen Habseligkeiten zu schnüren. Dabei kämpfte sie gegen die Tränen an, die sie zu vergießen drohte. »Ich muss gehen, auf der Stelle«, murmelte sie. »Um euretwillen.«

Felix machte sich von Carlo los. Er rannte auf Corrina zu und schlang seine Arme fest um sie. Leise stöhnend presste er sein Gesicht in den Stoff ihrer Bluse.

Carlo war dicht hinter ihr. »Bitte, *Mestra*«, flehte er, »bleibt bei uns, geht nicht weg. Ihr habt meinem Sohn das Leben gerettet.«

Corrina, deren Arme fest an ihren Körper gedrückt waren, konnte nur auf die zitternde Gestalt hinabblicken, die sie umschlungen hielt. »Ja«, fuhr Carlo fort, »in euch beiden geschieht etwas.« Sein Lächeln wurde breiter. »Es ist zum Guten, da bin ich mir sicher. Felix hat gegenüber einem Fremden noch nie solche Gefühle gezeigt.« Er zeigte auf seinen Matrixbeutel. »Wir werden es gemeinsam klären. Ich fühle, dass vielleicht einige Geheimnisse gelüftet werden.«

Seine Hand berührte kaum den dunklen Schopf des Jungen. »Komm, *Chiyu*, unser Gast geht nirgendwo hin, also sei ganz unbesorgt.« Felix löste seinen Griff und wandte den glanzlosen Blick Carlo zu. »Komm, lass uns zu Ende frühstücken.« Felix kletterte auf seinen Stuhl, während Corrina auf ihrem Platz nahm, noch immer von Zweifeln geplagt. Carlo begann wieder Haferbrei in Felix' Mund zu löffeln. Der Junge schlürfte ihn gierig, einen friedlichen Ausdruck in den hellen Augen. Erneut war es so, als wäre nicht das Geringste geschehen.

In dieser Nacht wehten Träume durch Corrinas Kopf. Angenehme Bilder schwebten vor ihr – goldene Blumen, in karmesinrotes Licht getaucht, bogen sich unter dem sanften Streicheln einer frischen Bergbrise.

Dann schien ein Schrei ihren Schädel zu spalten, wieder und wieder. Das Blumenfeld wurde zu einer riesigen weißen Menge von Eisflocken, die wie Messer durch zarte, nackte Haut schnitten. Tränen bildeten gefrorene Sturzbäche auf ihren Wangen. Sie hob ihre bleischweren Beine, eines nach dem anderen, und tauchte sie in Verwehungen, die hoch über ihren Kopf hinaus aufragten.

Der Schrei fuhr erneut zitternd durch sie hindurch. Ein schmerzliches Schluchzen kroch im Zickzack in ihre Ohren und bohrte sich durch ihren Schädel.

Sie setzte sich kerzengerade in ihrem Bett auf. Draußen ertönte der Schrei einer Eule, gedämpft von der dicken Schneeschicht. Ein schrilles Gurren folgte, das Echo ihres Gefährten. Vom Kamin her, der in den Glanz des Mondes Kyrrdis getaucht lag, war ein Knarren zu hören. Zwei halbdunkle Gestalten wiegten sich, ein synchroner Tanz im fahlen grünen Mondlicht. Carlo lag ausgestreckt auf dem Boden und schützte Felix' bebende Gestalt mit seinem Körper.

Wieder erklang ein durchdringender Schrei tief in Corrina; Felix hatte den Mund fest geschlossen. Ein Knistern drang in ihr Bewusstsein. Ein dünner weißer Energiefaden begann sich in ihren Geist zu bohren, er schlängelte sich von außen, von einem unsichtbaren Ort heran. In ihrem Kopf hallte ein Hämmern wider. Schutzschilde fuhren hoch, um die Invasion abzuwehren.

Eine Explosion ... Trümmer, die auf Wogen purpurnen Nebels vorbeitrieben. Sie ertrank in seinen Strudeln.

Da erstrahlte ein blau-weißes Licht, ein Leuchtfeuer inmitten der trüben Wirbel. Eine Stimme sprach zu ihr. *Ich bin's, Carlo. Das blaue Licht ist mein Matrixkristall. Wir sind in der Oberwelt. Ich werde versuchen, uns herauszuziehen.* Ein Seil erschien, es wand sich durch den Nebel. Corrinas Hand, ein geisterhaftes Abbild von ihr, griff verzweifelt nach der Rettungsleine.

Der weiße Energiefaden wickelte sich um ihre Arme, dann teilte er sich in mehrere Stränge auf, die sich auf den blauen Stein zuschlängelten. Die Stränge zogen sich zusammen und bildeten feingliedrige Finger. Dann zerteilten sie den Purpurnebel, als würden sie einen Vorhang aufziehen. Eine Gestalt mit tiefschwarzem Haar kam zum Vorschein. *Felix,* erkannte Corrina den Pflegesohn von Carlo. Blassgraue Augen blickten aus einem noch blasseren Gesicht.

Geheimnisse werden gelüftet, erinnerte sich Corrina an Carlos Worte vom Morgen. Die blaue Matrix verharrte reglos. Ohne zu sprechen, kommunizierte Carlo mit Corrina: Halt still; kämpf nicht dagegen an.

... Ein Säuglingszimmer. Ein Mann mit flammendrotem Haar, elegant gekleidet, wie es seinem Stand entsprach, beugte sich über das Himmelbett, in dem seine Frau lag. Die Hebamme hob ein schreiendes Kind hoch, den Sohn von Lord Gareth Serrano. »Irgendetwas stimmt nicht, *vai Dom*«, sagte die Hebamme. »Er ist männlich, und doch nicht ganz. Er wird nie eigene Söhne zeugen.«

»Dann war das Zuchtprojekt ein Fehlschlag«, murmelte Lord Serrano. Verbitterung zerfurchte seine Stirn. »All die Arbeit, die Forschungen, die die *Laranzu'in* für die Sache betrieben haben, es war alles umsonst.« Ein Schrei des Säuglings erregte seine Aufmerksamkeit. »Schafft ihn mir aus den Augen«, befahl er und wandte sich ab ...

In dem Nebelvorhang bildete sich ein leerer Fleck. Corrina schaute, Fragen stiegen in ihr auf. *Männlich und doch nicht ganz?* Sie hatte vage Geschichten von *Emmascas* gehört, Menschen mit bleichen Haaren und unfruchtbar, die gelegentlich in Familien der Comyn geboren wurden. Felix hatte dunkles Haar. Wie konnte er einer von denen sein? Warum sollte es überhaupt eine Rolle spielen?

Außerdem hatten die Bilder Felix als unwissendes Kleinkind gezeigt. Wie konnte er die Eindrücke von außen verstanden haben? Wie konnte er die Motive seines Vaters gekannt haben? Carlos Geist berührte Corrinas, seine Verwirrung traf sich mit ihrer.

Die junge Frau fühlte, wie sie innerlich vor Wut kochte. Wie konnte es Felix' Vater wagen, seinen Sohn so beiläufig wegzuwerfen? *Deine eigenen Eltern haben dich ebenfalls fallen lassen,* musste sie sich ermahnen. Ihr Zorn floss dahin und vermischte sich mit weißen Linien, die aus hellgrauen Augen strahlten. Gestalten begannen den Raum zu füllen, eine weitere Szene, die außerhalb des Bewusstseins des Jungen zu spielen schien ...

Lord Gareth und Lady Drusilla, seine Frau, standen neben Mikhail von Tramontana. Der Bewahrer des Turms breitete die Arme unter dem roten Umhang aus; in der Hand hielt er eine schimmernde Matrix.

»Euer Kind verfügt über Gaben, die in so jungen Jahren noch nie beobachtet wurden«, sagte der Bewahrer. »Sie werden in den Kriegen von Nutzen sein. Felix kann Kraftlinien bilden, die der Alton-Gabe gleichkommen, was das Eindringen in den Geist gegen den Willen des Betroffenen angeht. Sein Geist ist in der Lage, den Körper zu verlassen und auf sich selbst hinabzusehen, um Bilder zu speichern. Aber er wird keine Söhne zeugen können.« Der Bewahrer runzelte die Stirn.

Lord Gareth lächelte zufrieden. »Eine Gabe, die wir in der Schlacht einsetzen können, als Sturmbock gegen fremde Gedanken«, sagte der Comynherr. »Und eine zweite zur Spionage aus großer Entfernung. Ausgezeichnet. Wir werden also das geplante Verfahren verfolgen, um die Gaben aus ihm herauszuziehen.«

»Sie werden in diesem Gitterwerk gespeichert.« Mikhail zeigte auf einen breiten Schirm. »Bis ihr einen normaleren Sohn hervorbringt, den ihr als Erben benennen könnt. Der Geist von dem, der nicht ganz männlich ist, wird am Ende so leer sein wie seine Lenden. Er wird Euch nicht länger von Nutzen sein. Und keine Gefahr mehr darstellen.«

Ein dunkelhaariger Junge von etwa sechs Jahren wurde in den verspiegelten Matrixsaal geführt. »Vater«, sagte er und blickte wach und unerschrocken, »welche neuen Lektionen lerne ich heute über meine Gaben?«

»Das wirst du gleich sehen, mein lieber Felix«, sagte Lord Gareth trocken. »Das wirst du gleich sehen.«

Die Bilder entschwanden. Ein gelber Rauch quoll innerhalb des Portals aus grauem Nebel auf. Corrina fand sich in der Oberwelt schwebend wieder, sie taumelte und schlingerte über das tobende Meer aus Rauch.

Eine blaue Matrix schimmerte inmitten der Wolken. Carlos Stimme sprach. *Wir sind jetzt in Felix' Geist. Haltet Euch gut fest und schaut immer auf meinen Stein.*

... Ein Stemmen und Bohren. Geistige Schutzschilde bemühten sich verzweifelt, heil zu bleiben. Wulstige Finger griffen wie klaffende Mäuler zu, um begehrte Kraftjuwelen herauszupflücken. Etwas packte Corrina. Sie wurde durch einen gewundenen Zeittunnel geschleudert – als Beute von Händlern aus den Trockenstädten wehrte sie sich gegen Finger, die nach ihr grapschten. Ihre Hand fand den Griff des Messers ...

Ein Licht explodierte. Ein Schrei, den sie nur zu gut kannte, spaltete ihren Geist ... *Laufen, keuchen. Schwitzenden Händen entschlüpfen. Im Laufschritt einen Geheimgang in der Burg entlang, dann aus einer verborgenen Tür hinaus. Schneeflocken schnitten durch zarte Haut. Eine Decke aus schützendem Schnee. Zu den Bäumen, weg von dem eindringenden, schneidenden Schmerz. Laufen. Weit weg ...*

Die wirbelnden Nebel der Oberwelt, das vertraute blaue Licht von Carlos Matrix tauchten wieder auf. Corrina atmete schwer. Noch ein scheinendes Licht, eine feste Kugel, die einen kostbaren Schatz bewachte ...

Corrina fand sich zusammengekauert auf der steinernen Umrandung des Kamins wieder. Carlo lag ausgestreckt an ihrer Seite, neben ihm lag Felix. Blutrote Strahlen, das erste Licht des Morgens, fielen durch das Fenster.

Verwundert rieb sie sich die Augen. »Ist es ... ist es vorbei?« Carlo konnte nur erschöpft nicken. Felix drückte sich in die ungeduldige Umarmung seines Pflegevaters.

Corrinas Magen rumorte. Felix war also nicht »normal« genug für die Comyn-Herren. Deshalb hatten sie beabsichtigt, ihn ... Corrina fand keine richtige Beschreibung. Es war unvorstellbar und unaussprechlich. Den Eltern des Jungen waren *Laran*-Waffen wichtiger gewesen als ihr Kind.

Das letzte Bild, die feste Kugel aus Licht, flackerte kurz vor ihrem geistigen Auge auf. »Lord Serrano hatte keinen Erfolg, oder?«, fragte sie. »Felix' Kräfte sind immer noch in ihm verborgen.«

Carlo zerzauste seinem Pflegesohn das Haar. »Sie sind noch da, genau da drin.« Ein dankbares Lächeln breitete sich über sein Gesicht aus. »Wo sie nie für Kriege eingesetzt werden.« Felix spähte unter Carlos Arm hervor. Über seine Wangen liefen Tränen.

Der Mann zuckte leicht mit den Achseln. »Soviel ich weiß,

hat Lord Serrano nie Suchtrupps nach einem seiner Söhne ausgeschickt. Und ich erinnere mich, gehört zu haben, dass letztes Jahr ein Friedensvertrag unterzeichnet wurde. Die *Laran*-Waffen werden nicht mehr gebraucht – und Felix also auch nicht.«

Die grauen Augen des Jungen funkelten. Sein Blick huschte in der Hütte umher, er nahm die Felle in sich auf, den Esstisch, die Küchengeräte, den großen Waschzuber. Seine Augen waren nun wach, er starrte nicht länger mit dem ausdruckslosen Blick eines Wechselbalgs ins Leere.

Felix hob die Hände und strich über Corrinas Nase, über ihr langes rotes Haar. Er sah ihr mitten ins Gesicht und grinste breit. Die Strahlen des psychischen Kontakts griffen tastend nach Corrina.

Der Junge verzog die Lippen und zeigte in die Mitte des Raumes. Dann stieß er wiederholt einen zischenden Laut aus: »Z ... z ... z!«

Die hellen Augen strahlten. Das breite Grinsen wurde noch breiter. Carlos Gesicht glühte vor unbändigem Stolz, den Corrina in sich nachempfand. Felix nahm einen neuen Anlauf. Er öffnete die Lippen. »Z ... z ...« Er fasste Carlo und Corrina an den Händen. Und dann sprach er, laut und deutlich, nur ein einziges Wort.

»Zuhause!«

Über Margaret L. Carter, Leslie R. Carter und »Carmens Flug«

Margaret Carters Geschichten sind in vier der Darkover-Anthologien sowie in *Zauberschwestern* erschienen. Sie hat eine beeindruckende Liste von Veröffentlichungen sowohl wissenschaftlicher als auch belletristischer Art auf dem Gebiet Vampire und Vampirliteratur vorzuweisen. Zurzeit ist sie als Korrektorin bei einer kleinen, vierzehntägig erscheinenden Zeitschrift beschäftigt und hält gelegentlich Vorträge über ihre akademischen Spezialgebiete.

Die Idee der vorliegenden Geschichte stammt von ihrem Mann Leslie, der Kommandeur der U.S.S. Reid ist, einer in San Diego stationierten Fregatte. Zu seinen weiteren literarischen Verdiensten gehört ein Lehrbuch über den Einsatz von Marinegeschützen. Wenn ihn seine Marinekarriere nicht so in Anspruch nehmen würde, könnte er vielleicht mehr Geschichten schreiben ...

»*Carmens Flug*« ist die erste gemeinsame Arbeit der beiden, und ich denke, sie wird den Lesern gefallen. MZB

Carmens Flug

von Margaret L. Carter und Leslie R. Carter

Ohne Frage konnten der auffallend gefärbte Himmel und die bleiche, rote Sonne allein das Gänsehautgefühl nicht erklären. Carmen Delorien hatte während ihrer Laufbahn beim Raumfahrtdienst auf weit seltsameren Welten einen Landurlaub verbracht. Cottman IV sollte ihr dagegen regelrecht heimisch erscheinen. Die Bewohner waren immerhin Menschen, Gerüchten zufolge handelte es sich um die Nachfahren einer vor langer Zeit verschollenen terranischen Kolonie. Allerdings hatte Carmen bisher nicht gerade viel von der einheimischen Kultur gesehen. Diese Taverne in der Handelsstadt ähnelte den Raumhafenkneipen auf unzähligen Planeten. In ihrem Sicherheitstraining hatte Carmen gelernt, ihren Instinkten zu vertrauen. Aber diesmal schien es keinen Grund für das Unbehagen zu geben, das sie seit dem Verlassen des Schiffes empfand.

Sie versuchte das Gefühl mit einem langen Schluck von dem süßen, fruchtigen Wein hinunterzuspülen, den sie *Shallan* nannten. *Das ist ein ganz normaler Urlaubshafen hier,* sagte sie sich. *Wieso mache ich mir überhaupt die Mühe, an Land zu gehen? Wieso bleibe ich nicht an Bord, wenn ich sowieso nichts anderes tue, als mit anderen terranischen Beschäftigten billigen Fusel in mich hineinzuschütten?*

»Wie geht's, Delorien?« Ein lauter Bariton störte ihre Überlegungen. Carmen fuhr zusammen, wobei sie ihren Drink auf der zerkratzten Holzoberfläche des Tisches verspritzte. »Na, sind wir ein bisschen nervös?«, stichelte der dünne Blonde mit dem Schnauzbart, der neben ihr Platz genommen hatte. »Keine Freude am Nachtleben des malerischen Darkover?«

»Mensch, Slade, wie wär's mit einem ›Hallo‹ oder irgendwas, bevor du mir das nächste Mal ins Ohr brüllst?« Sie betrachtete Gary Slade, ebenfalls Angehöriger der Sicherheitsabteilung und einer ihrer engeren Freunde an Bord der *Arcturus*. Allerdings waren ihre Freundschaften samt und sonders kaum mehr als flüchtig zu nennen. Und obwohl ihr im Augenblick nicht nach Gesellschaft war, erklärte sie kurz ihre schlechte Laune und wiederholte laut ihre Überlegungen, dass sie nie aus der terranischen Zone hinauskam.

»Das lässt sich aber problemlos ändern«, sagte Gary. »Nach dem Briefing, das wir bekommen haben, sind die Darkovaner zwar nicht gerade verrückt nach uns, aber in letzter Zeit immerhin so weit aufgetaut, dass sie Terranern Reisen außerhalb der Zone gestatten. Wieso mietest du dir nicht einen Führer und siehst dir ein wenig von dem Land an? Vielleicht hast du es nur satt, ständig auf dem Schiff eingesperrt zu sein.«

Carmen drückte ihre Skepsis durch ein wortloses Brummen aus.

»Es dauert sowieso immer ein, zwei Tage, bis man sich an einen neuen Planeten gewöhnt hat.«

»Es ist aber mehr als das«, erwiderte sie. »So wie hier ist es mir noch nie gegangen.« Seit sie das Schiff verlassen hatte, quälte sie die Vorstellung, dass sich Augen auf ihren Rücken richteten. Sie hatte sich sogar ein paar Mal schnell umgedreht, um den imaginären Verfolger zu stellen. Nichts, kein einheimischer Wegelagerer, der es auf ihre Barschaft oder ihre Person abgesehen hatte. Doch das Gefühl wollte nicht vergehen, und das Jucken unter der Kopfhaut – wenn sie daran dachte – wurde immer stärker. Der Gedanke an einen Ausflug ins Landesinnere oder wenigstens einen Spaziergang außerhalb der Handelsstadt gefiel ihr. Gleichzeitig schreckte sie jedoch davor zurück. Sie wusste, sie würde da draußen Aufmerksamkeit erregen, nicht nur wegen ihrer Uniform. Zwar würde ihr schwarzes Haar sie nicht unbedingt von den Einheimischen abheben, der kurze Haarschnitt hingegen sehr wohl. Achtbare darkovanische Frauen schnitten sich die Haare nicht ab.

Ein dunkler, untersetzter Mann in der Uniform des Raumfahrtdienstes nahm geschmeidig auf der anderen Seite von ihr Platz. Diesmal war sie auf der Hut und zuckte nicht überrascht zusammen. »Anton Polaski von der *Iberia*«, stellte er sich vor. »Darf ich Ihnen einen Drink spendieren?«

»Ich hab schon einen.« Ungebundene Einzelgängerin, die sie war, hatte sie normalerweise keine Skrupel, sich in einer solchen Situation einen Gefährten für eine Nacht aufzugabeln. Aber heute Abend schien ihr die kurze Zerstreuung die Mühe nicht wert.

Polaski verstand, was sie ihm mit ihrer schroffen Antwort sagen wollte, und machte sich auf die Suche nach einer Erfolg versprechenderen Kandidatin.

»Ich hab keine Lust, herumzuhocken«, sagte Carmen zu Gary. »Ich glaube, ich mache noch einen Spaziergang und gehe dann zum Schiff zurück.«

Gary schüttelte in gespieltem Entsetzen den Kopf. »Das ist nicht die Delorien, die ich kenne. Vielleicht ist eine Krankheit im Anzug – du solltest lieber mal einen Arzt konsultieren.«

Sie beachtete ihn nicht weiter, sondern ließ ihr fast leeres Glas stehen und ging hinaus auf die Straße. Die kalte Luft drang schneidend durch ihre synthetische Kleidung; sie beneidete die Einheimischen um die Lederjacken und Pelzmäntel, die sie an ihnen gesehen hatte. *Dabei ist jetzt angeblich Frühling!*

Ohne lange zu überlegen, welche Richtung sie einschlagen sollte, schlenderte sie zum Tor des Raumhafens. Sie zückte ihren Ausweis und nickte der Wache zu, dann trat sie nach draußen. Der schwarze Himmel über ihr ließ die Nachtluft noch kälter erscheinen. Carmen zog ihren unzulänglichen Umhang fester um die Schultern und schritt forsch über den Vorplatz. Sie hatte keinen Blick für die Reihe von Läden, die Verpflegung für terranische Touristen anboten. Ihre unerklärliche Rastlosigkeit zog sie in die engen Kopfsteinpflastergassen.

Sie spazierte eine Stunde lang zwischen Reihen niedriger Steinhäuser umher, von denen viele mit Fenstern aus Buntglas verziert waren. Würzige Gerüche kitzelten ihre Nase. Sie hielt an einer Bude auf dem Alten Markt, um ein wenig Schmalzgebäck zu kaufen. Doch sie bereute es bald, davon gegessen zu haben – der kleine Imbiss tat ihrem nervösen Magen nicht gut. Zudem wirkten die neugierigen Blicke der Einheimischen wie versteckte Drohungen auf sie. *Vielleicht bin ich deshalb so schreckhaft – weil ich hier draußen im Mittelpunkt des Interesses stehe.* Aber Carmen wusste es besser; sie hatte sich in der Kneipe schon genauso gefühlt. Es kostete sie bewusste Anstrengung, die Hand von der Strahlenwaffe im Halfter zu lassen. *Pass auf, lass es bloß zu keinem Zwischenfall kommen.* Aus irgendeinem Grund waren die Leute hier empfindlich, was Feuerwaffen anging.

Als sie sich dabei ertappte, wie sie dem Stadtrand zustrebte, anstatt zur terranischen Zone zurückzukehren, zwang sie sich stehen zu bleiben und nachzudenken. Bis zum Zapfenstreich konnte es nicht mehr lange sein. Sie stellte sich vor, wie sie sich verirrte und zu ihrer Demütigung einen belustigten Darkovaner nach dem Weg fragen musste. Oder wie sie von einem jener hypothetischen Wegelagerer überfallen wurde.

Schluss jetzt damit, Delorien. Reiß dich am Riemen, sonst steckst du wieder mitten in Du-weißt-schon-was. Doch als sie den Weg in Richtung der Tore des Raumhafens einschlug, wurde das Kribbeln unter ihrer Kopfhaut schlimmer. Sie hatte das Gefühl, etwas vergessen zu haben, etwas, das sie hier draußen erledigen müsste. Carmen schüttelte den Kopf und rümpfte im Geist die Nase über diesen lächerlichen Einfall. *Vielleicht sollte ich tatsächlich zum Arzt gehen.*

Als Carmen am nächsten Morgen aufwachte, schwirrte ihr Gary Slades Vorschlag von einer Tour durch Thendara und Umgebung durch den Kopf. Heute schien es ihr keine schlechte Idee zu sein. Nur dass sie den Drang verspürte, mehr zu erkunden als ein paar Kilometer rund um die Hauptstadt. Aber warum auch nicht? Sie hatte den ganzen Tag frei; im Dienstplan war sie erst wieder um sieben Uhr am nächsten Morgen eingetragen. Damit blieb ihr ausreichend Zeit für eine private Expedition. Es gab Flieger zu mieten, und sie hatte genügend Geld gespart. Im Weltraum mangelte es an Gelegenheiten, ihren Lohn auszugeben.

Sie duschte eilig und begann zu packen. Die plötzliche Geschäftigkeit löste ein wenig den Druck in ihrem Kopf. Erst als sie halb fertig war, wurde ihr bewusst, was sie da tat. Sie hielt inne und starrte auf die Sachen, die sie aufs Bett gelegt hatte. Wozu brauchte sie das ganze Zeug? Fünf komplette Garnituren Kleidung, ein Erste-Hilfe-Kasten, Toilettenartikel – *Man könnte meinen, ich breche zu einem wochenlangen Campingurlaub auf, nicht zu einem kleinen Tagesausflug.* Sie hatte sich außerdem vorgemerkt, eine Wochenration Verpflegung anzufordern.

Aber was war so merkwürdig daran, Vorsichtsmaßnahmen zu treffen? Sie musste schließlich vorbereitet sein für den Fall einer Notlandung. Die Welt hier war rau; in manchen Gegenden waren die bewohnten Siedlungen klein und lagen weit verstreut.

Nachdem sie thermische Kaltwetterkleidung angelegt hatte, griff sie zu ihrer Strahlenwaffe. *Die sollte ich eigentlich nicht mitnehmen. Außerhalb von Thendara sind die Dinger verboten.* Aber sie brachte es nicht über sich, sie zurückzulassen. Sie steckte die Waffe in ihre Tasche.

Nach dem Frühstück meldete sie sich für den Tag ab. Sie hatte Gary gesagt, was sie vorhatte, wich aber seinen Fragen und denen ihrer anderen Tischgenossen aus. Und sie hatte ihnen deutlich zu verstehen gegeben, dass sie keine Gesellschaft wünschte. Eine Stunde nach dem Aufstehen war sie unten im Raumhafen und suchte sich einen Flieger aus.

Der Vermieter, ein drahtiger Mann mit dunklem Teint, war unschlüssig, was Carmens Vorhaben anging, ohne einen Piloten zu reisen. »Gesperrte Zonen, vertrackte Luftströmungen – es gibt Dutzende von Dingen, die Ihnen ein Bein stellen könnten. Nach den Vorschriften müssen Sie einen qualifizierten Führer haben.«

Carmen unterdrückte das Verlangen, den Mann anzuschreien. »Ich bin qualifiziert, die Dinger zu fliegen. Ich hatte dieselbe Grundausbildung, die alle bekommen. Und ich kann Karten lesen.«

»Es ist aber so gut wie illegal, Sie allein fliegen zu lassen.«

»Ich kann auf mich selbst aufpassen. Bleiben Sie einfach locker und vergessen Sie, dass ich hier war.« Sie blätterte ihm noch ein paar Scheine extra hin, um ihm das Vergessen zu erleichtern.

Murrend ging der Mann die Checkliste des leichten Zweipersonenflugzeugs mit ihr durch. Er informierte sie kurz über die wenigen Sektoren, die für Besucher von anderen Welten freigegeben waren, und ließ sie eine Erklärung unterschreiben und mit Daumenabdruck besiegeln, die seine Firma von der Verantwortung für ihr Schicksal entband.

Carmen spürte, wie ihr leichter ums Gemüt wurde, als sie vom Boden abhob und den Flieger nach Norden lenkte. Endlich hatte sie das Gefühl, sich in die Richtung zu bewegen, die sie einschlagen sollte. *Wieso sollte ich nach Norden? Was be-*

deutet das? Kopfschüttelnd wandte sie ihre Aufmerksamkeit dem Bordcomputer zu und holte sich die Karte der Landschaft unter ihr auf den Schirm. Die Gebiete, die von Rechts wegen besichtigt werden durften, waren in der Tat begrenzt. Sie schlug einen Kurs in Richtung des Sees von Hali ein.

Binnen Minuten hatte sie die Grenzen der Handelsstadt hinter sich gelassen und schwebte über unbebautem Land. Die Aussicht bestätigte, was sie über diesen an Bodenschätzen armen, unterentwickelten Planeten gehört hatte. Außerhalb Thendaras erstreckten sich riesige Weiten unbesiedelten Landes.

Wenige Stunden später erreichte sie Hali. Sie überlegte, ob sie landen sollte, um die Stadt und den geheimnisvollen See zu besichtigen. Als eines der berühmten Naturwunder Darkovers war der See nicht mit Wasser gefüllt, sondern mit einem Gas, das schwerer als Luft war. Ein Mensch konnte sogar atmen, wenn er in den See eintauchte – falls der Mangel an Kohlendioxid ihn oder sie nicht vergessen ließ, Luft zu holen.

Ich wollte doch eigentlich eine Besichtigungstour machen, oder? Wieso halte ich dann nicht hier? Aber bei dem Gedanken kribbelte es sie vor Ungeduld. Sie hatte keine Zeit zu vergeuden; sie musste sich beeilen. *Beeilen? Was glaube ich denn, wohin ich unterwegs bin?* Doch so irrational das Gefühl auch war, sie hielt nicht an. Es bestand nicht die geringste Notwendigkeit zu landen, da das Flugzeug einen Autopiloten hatte und eine zwar enge, aber zweckdienliche Bugtoilette. Sie wandte sich nach Nordwesten, zum Plateau von Armida.

Der Computer ließ ein Warnsignal ertönen, als sie von der erlaubten Zone wegsteuerte. »Halt die Klappe«, sagte sie zu ihm. Als das Geräusch erneut erklang, stellte sie die Audiofunktion ab. »Blöder Apparat.«

Der Nachmittag war schon fortgeschritten, als schließlich ein nagendes Hungergefühl in ihr Bewusstsein drang. Sie aß geistesabwesend. *Was habe ich hier draußen verloren? Nichts zu sehen außer Ackerland und Wald.* Überdies war ihr klar, dass man sie für diese Eskapade melden würde. Und dennoch konnte sie nicht umkehren. Jedes Mal, wenn sie es erwog, ertönte in ihrem Kopf ein Protestschrei.

Als der Abend dämmerte, hatte sie das Vorgebirge erreicht. Da sie wusste, dass sie im Dunkeln nicht über dieses zerklüftete Gelände fliegen konnte, setzte sie widerwillig auf dem ersten ebenen Geländestreifen auf, den sie fand. Sie lief hin und her, um ihre verspannten Muskeln zu lockern, kehrte aber bald zum Flieger zurück. Die Abendluft war ihr zu kalt. Nach einem weiteren faden Mahl aus gefriergetrockneten Lebensmitteln baute sie sich ein Nest im Pilotensitz, sperrte die fremdartigen Nachtgeräusche aus und schlief ein.

Am Morgen fühlte sich Carmen schlechter als am Abend zuvor. Sie erwachte mit Kopfschmerzen und einem steifen Hals. Es dauerte ein Weilchen, bis sie wieder wusste, wo sie war. *Was tue ich hier?*

Nachdem sie aus dem Flugzeug geklettert und herumgestampft war, um die Blutzirkulation in den Beinen in Gang zu bringen, wurde sie mit einem Schlag hellwach. *Dios! Ich habe um sieben Uhr Wache!* Selbst wenn sie sofort losflog, hatte sie keine Chance, es rechtzeitig bis Thendara zu schaffen. Jetzt würde sie nicht nur Schwierigkeiten bekommen, weil sie die erlaubte Zone verlassen hatte, sie war auch noch unerlaubt dem Dienst ferngeblieben. Ganz zu schweigen davon, dass die Mietdauer für den Flieger am Abend zuvor abgelaufen war, so dass sie ihn rein theoretisch gestohlen hatte.

Während sie einen Frühstücksriegel mampfte, überlegte sie, dass man womöglich Milde mit ihr walten ließe, wenn sie unverzüglich zum Raumhafen zurückkehrte und sich stellte. *Nein, ich muss weiter! Ich darf keine Zeit verlieren!*

Trotz ihrer wachsenden Überzeugung, dass sie im Begriff war, den Verstand zu verlieren, konnte sie das Gefühl der Dringlichkeit nicht abschütteln. Sie startete, sobald die rötliche Sonne vollständig über den Horizont gestiegen war.

Würde sie dieser groteske Zwang in die nördlichen Berge treiben, wo bekanntermaßen selbst erfahrene Piloten schon abgestürzt waren? Sie testete die Stärke dieses Zwangs, indem sie nach Süden steuerte. Das Ergebnis war ein Hämmern in ihrem Kopf, das sie nahezu erblinden ließ. Mit einem unartikulierten Stöhnen korrigierte sie ihren Kurs in Richtung Norden. Sofort verschwand der Schmerz.

Also gut, dann muss ich mich wohl damit abfinden. Was immer es ist, es geht hoffentlich eher zu Ende als mein Treibstoff und meine Vorräte.

Einige Stunden nach Sonnenaufgang knisterte das bis dahin stumme Funkgerät plötzlich los. Carmen, die in einer fast hypnotischen Benommenheit dahinflog, begriff eine ganze Weile nicht, dass die Stimme ihr Rufzeichen sendete.

»Sie sind wegen Eindringens in verbotene Zonen und Diebstahls eines Flugzeugs verhaftet. Kehren Sie um und finden Sie sich bei den folgenden Koordinaten ein.«

Carmen lauschte den Zahlen, ohne zu reagieren. *Wenn ich gehorche, bekomme ich es vielleicht nicht allzu dicke ab.* Aber schon bei dem bloßen Gedanken meldete sich ein stechender Schmerz zwischen den Augen. Als die Nachricht wiederholt wurde, schaltete sie das Funkgerät aus. Statt ihren Kurs zu ändern, erhöhte sie die Geschwindigkeit. Bei ihrem Vorsprung müsste sie ihr Ziel erreichen, bevor man sie einfing.

Welches Ziel? Erfahre ich denn nicht, wohin es mich zieht? Konnte dieser Drang eine Art Psi-Kraft sein, die auf sie wirkte? Entsprechende Tests hatten allerdings ergeben, dass sie so gut wie unempfänglich dafür war. Es gab Gerüchte, dass Darkover dem Verstand mancher Besucher von anderen Welten seltsame Dinge antat; aber für Carmen waren diese Gerüchte typischer Raumfahreraberglaube und übertrieben.

Sie fühlte sich dazu genötigt, die maximale Geschwindigkeit aus dem Flugzeug herauszuholen. Sie widersetzte sich jetzt nicht mehr, weil sie hoffte, den Zweck dieser Kraft, die auf sie wirkte, zu entdecken, wenn sie ihr nachgab. Wenige Minuten später surrte eins der Kontrollinstrumente warnend: Der Treibstoff wurde knapp.

Der Flieger war mit ausreichend Kraftstoff für den ursprünglich geplanten Tagesausflug versorgt worden, nicht für diesen Flug in die Wildnis. *Das war's, jetzt ist jeden Moment Endstation.* Ein Blick nach unten zeigte Carmen, dass das Gebiet nicht nur aus Wildnis bestand. Eine schmale Straße schlängelte sich durch den Wald, und in einiger Entfernung entdeckte sie gerodetes Land und eine Ansammlung von Gebäuden.

Der Flieger begann an Höhe zu verlieren. Carmen überblickte suchend den Wald nach offenem Gelände, in dem sie landen konnte. Nichts. Sie würde auf der Straße aufsetzen müssen. Sie drosselte die Geschwindigkeit und segelte nach unten. Schweiß trat ihr auf die Stirn, während sie manövrierte, um Ästen auszuweichen, die in die Straßenschneise ragten. *Ich bin Amateurin auf diesem Gebiet und keine Kunstfliegerin!* Dieser schmale Pfad aus festgestampftem Lehm würde auf einem zivilisierten Planeten nicht einmal als Straße durchgehen. Es gelang ihr dennoch, ohne Bruchlandung den Boden zu erreichen. Nachdem sie den Motor abgestellt hatte, holte sie zum ersten Mal seit fünfzehn Minuten tief Luft.

So, das war's, jetzt sitze ich fest. Ich bleibe einfach hier, bis mich der Flieger vom Sicherheitsdienst abholt. Der Eindringling in ihrem Kopf hatte allerdings andere Pläne. *Vorwärts,* schrie er, *du bist fast da, mach schnell!* Er wollte also, dass sie losmarschierte. Carmen bibberte schon beim Gedanken an die kalte Luft, selbst bei Tage. Hastig packte sie sich in ihre Thermokleidung. Bevor sie von Bord des Fliegers ging, holte sie die Strahlenwaffe aus der Tasche und steckte sie in ihren Gürtel. Sie erinnerte sich, dass in der Unterweisung von großen, Pelz tragenden Fleischfressern und bösartigen, flugunfähigen Vögeln die Rede gewesen war.

Sie verschwendete keinen Gedanken daran, wohin sie gehen sollte. Sie brach einfach in die Richtung auf, die ihrem Gefühl nach stimmte, nach Norden, immer die Straße entlang. Nach wenigen Minuten wurde aus dem Gehen ein Traben. Ein unerklärliches Bedürfnis nach Eile trieb sie an, obwohl die Höhe und die kalte Luft sie keuchen ließen.

Bald darauf hörte sie ein Stück weiter vorn, hinter einer Biegung, schwache Rufe. Es waren menschliche Schreie, vermischt mit einem unmenschlichen Knurren. Carmen verließ die Straße und kroch zwischen den Bäumen weiter. Obwohl die Verzögerung an ihren Nerven zerrte, schlich sie langsam und lautlos auf die Kampfgeräusche zu.

Augenblicke später erspähte sie aus ihrem Versteck die Kämpfenden. Die knurrenden Laute stammten von pelzigen Wesen mit Klauen und Reißzähnen, die aufrecht standen. Katzenmenschen – eine von mehreren nichtmenschlichen Arten, die auf Darkover heimisch waren. Carmen konnte sie nicht zählen, da sie ständig hin und her wogten – es mussten mindestens ein halbes Dutzend sein. Vor ihren Augen schlitzte eines der Wesen den Hals eines Mannes in einer grünen Tracht auf. Dieser ließ sein Schwert fallen und sackte zu Boden.

Von seinen Begleitern blieb niemand stehen, außer einer dunkelhaarigen Frau, die mit dem Rücken an der Flanke eines kleinen, pferdeähnlichen Tieres mit Geweih stand. Ein weiteres Tier lag tot auf dem Boden, die übrigen waren offenbar geflohen. Die Frau stieß nach einem der Katzenmenschen mit einem Stilett, das höchstens für rituelle Zwecke tauglich war.

Carmen wartete nicht, bis sie mehr gesehen hatte. Ohne nachzudenken tat sie, was sie im Sicherheitstraining gelernt hatte. In einem Durcheinander aus Armen und Beinen sprang sie auf die Katzenkrieger zu. Sie streckte den nächsten von ihnen mit einem hohen Fußtritt nieder. Ein Schlag in den Nacken brach einem zweiten das Rückgrat. Carmen wirbelte herum, um einen dritten niederzuschlagen, der hinter ihr lauerte. Mit dem vierten musste sie hastig verfahren und verpasste ihm einen Schlag, der ihn nur taumeln ließ. Als er sie erneut ansprang, machte sie ihn mit einem Kniestoß in den Bauch kampfunfähig.

Zum ersten Mal konnte sie einen Blick auf die darkovanische Frau werfen. Trotz der Behinderung durch das lange Kleid, das sie trug, gelang es der Fremden, einem der Angreifer das Messer in die Kehle zu stoßen. Doch ein Paar unverletzter Katzenmenschen näherte sich ihr, bevor sie ihre Waffe wieder herausziehen konnte.

Carmen stürzte sich auf die Kreaturen. Mit einer Reihe geschmeidiger Bewegungen schlug sie beide nieder. Einen Moment lang stand sie der Frau von Angesicht zu Angesicht gegenüber. *Warum kommt sie mir so bekannt vor?*

Bevor eine der beiden etwas sagen konnte, lenkte sie ein herausforderndes Knurren ab. Carmen fuhr herum und sah eine zweite Welle von Katzenkriegern vorwärts stürmen. Panik durchflutete sie. *Das sind zu viele – die schaffe ich nicht.* Automatisch zog sie ihre Waffe, stellte sie auf einen breiten Strahl ein und drückte ab. Die sechs Katzenmenschen in der vordersten Reihe sanken zu Boden. Die übrigen machten kehrt und flohen.

Die darkovanische Frau taumelte zu ihrem Reittier und klammerte sich Halt suchend an dessen Hals. Ihr linker Ärmel war aufgeschlitzt und ließ eine blutende Wunde sehen. *»Z'par servu«,* sagte sie, einer der wenigen Ausdrücke, die

Carmen verstand. Die Frau fügte noch ein oder zwei weitere Sätze an.

»Es tut mir Leid, ich spreche Ihre Sprache nicht«, sagte Carmen. Sie fühlte einen dumpfen Schmerz im Kopf und in den Rippen. Keuchend und schwindlig vor Anstrengung bemerkte sie jedoch, dass der Druck und das Gefühl der Dringlichkeit vollkommen verschwunden waren.

Die Frau sprach gestelztes Standard-Terranisch. »Meinen tiefsten Dank. Ohne Ihre Hilfe wäre ich jetzt zweifellos eine Geisel der Katzenleute. Ich bin Doria Lanart.«

Carmen stellte sich vor.

»Dieses Ding ...« Dorias Gesicht war leichenblass vor Anstrengung. »Das ist verboten.«

Carmen sah auf die vergessene Strahlenwaffe in ihrer Hand. Jetzt, da es zu spät war, fiel ihr das darkovanische Tabu in Bezug auf Distanzwaffen ein, das Besucher von anderen Welten gehalten waren, zu respektieren. Aber wenn sie das Verbot beachtet hätte, wäre die Dame jetzt tot oder in Gefangenschaft. Carmen steckte die Waffe wieder in ihren Gürtel. »Sie.« Sie starrte in die dunklen Augen der Frau. »Sie haben mich hierher gerufen. Es gibt keine andere Möglichkeit. Ich habe einen ... Zwang gespürt ... und jetzt ist er weg.«

Doria schaute verblüfft drein. »Unmöglich. Dafür reicht mein *Laran* bei weitem nicht. Ich war mein Leben lang praktisch kopfblind.«

»Irgendetwas hat mich jedenfalls gerufen.« Mit dem Abklingen des Kampffiebers spürte Carmen, wie die Erschöpfung an ihr zehrte. »Sollten wir nicht lieber von hier verschwinden, bevor diese Kreaturen einen neuen Versuch wagen?«

»Das ist wahr. Sie werden hinter mir reiten müssen.« Unmittelbar bevor sie aufstiegen, blickte Doria gebannt in Carmens Gesicht. »Jetzt sehe ich es erst – Ihr Gesicht ist ja das Abbild von meinem.«

Carmen starrte zurück. Es stimmte, abgesehen von der unterschiedlichen Hauttönung hätten sie Zwillinge sein können. Doria trug das schwarze Haar zwar zu einem langen Zopf geflochten, im Gegensatz zu Carmens kurzem Bürstenschnitt, aber die Farbe war dieselbe. Dorias Augen, die Form ihrer Nase und ihres Kinns waren identisch mit dem, was Carmen jeden Morgen im Spiegel sah. Die beiden Frauen waren sogar gleich groß. »Unmöglich«, flüsterte sie.

Doria stieg in den Sattel und half Carmen, die sich mühte, auf den Rücken des Tieres zu gelangen. »Manche *Leroni* behaupten, dass für jedes Lebewesen im Universum ein exakter Doppelgänger existiert. Aber ich habe den Eindruck, hier ist mehr am Werk.« Sie trieb das Tier an. »Dann mal los. Bis zu mir nach Hause ist es ein Ritt von weniger als einer Stunde.«

Sie waren erst einige hundert Meter weit gekommen, als das Geräusch eines Flugzeugmotors durch die Stille des Waldes dröhnte. Carmen blickte nach oben. »Sie sind hinter mir her. Ich habe ein paar Regeln missachtet, um hierher zu kommen.«

Einen Augenblick später war ein Trupp von Männern zu sehen; sie trugen die gleiche Tracht wie jene, die von den Katzenmenschen getötet worden waren. »*Domna* Doria!«, rief der Anführer, sobald sie in Hörweite waren. Er fuhr in seiner Sprache fort, und Doria antwortete ihm. Dann wechselte die Frau zu Terranisch und stellte Carmen vor. Der Anführer der Gruppe, ein älterer Mann mit wettergegerbtem Gesicht, entbot in stockendem Terranisch einen Gruß.

»Ein Mitglied meiner Eskorte, der über ein gewisses Maß an *Laran* verfügt, hat im Sterben einen Hilferuf gesendet«, erklärte Doria. »Die Leute hier sind meine Hauswachen, die als Reaktion auf den Hilferuf herbeigeeilt sind.«

Sie wurde von Motorengeräuschen unterbrochen, und der Flieger des Raumhafensicherheitsdienstes strich im Tiefflug über die Gruppe hinweg. Dann wendete er und setzte hinter Carmen und Doria zur Landung an.

Der Copilot stieg aus, eine Hand an der Waffe im Halfter. »Beamtin Delorien, ich verhafte Sie wegen unerlaubten Entfernens von der Truppe sowie wegen Diebstahls und Widerstands gegen die Staatsgewalt.«

Doria kniff wütend die Augen zusammen. »Diese Frau hat mir das Leben gerettet. Sie steht unter meinem persönlichen Schutz.«

»Ich bin überrascht, das zu hören«, sagte der Terraner. »Wir haben dort hinten eine Menge toter Katzenmenschen entdeckt, offenkundig durch eine Strahlenwaffe getötet. Soviel ich weiß, habt ihr Darkovaner ein Gesetz, das solche Waffen verbietet.«

»Das stimmt«, entgegnete Doria. »Aber auf meinem Grund und Boden ist das ein Fall für unsere Rechtsprechung. Wir werden entscheiden, ob die Umstände ihre Tat entschuldigen.«

»Delorien gehört unserem Personal an.«

»Müssen wir das mitten auf der Straße klären? Lasst uns alle zusammen nach Armida gehen und die Angelegenheit in Ruhe besprechen.«

Eine Stunde später saß Carmen vor dem Kamin in der großen Halle zu Armida, hinter dicken Steinmauern, die den kalten Wind des Hügellandes abwiesen. Gebadet und in einen schweren Bademantel gehüllt, schlürfte sie ein heißes, bitteres Getränk. Doria hatte sich auf dem Stuhl neben ihr niedergelassen. Der Kommandant ihrer Hauswache stand in respektvoller Entfernung. Mehrere Angehörige von Dorias Familie, deren Namen sich Carmen in ihrer Erschöpfung nicht gemerkt hatte, saßen in der Nähe der beiden. Die beiden Männer vom Sicherheitsdienst zogen es zwar vor, wie Wächter zu beiden

Seiten des Kamins zu stehen, ließen sich aber so weit herab, eine Tasse des wärmenden Getränks anzunehmen.

»Ich war gerade auf dem Rückweg von Verhandlungen mit der benachbarten Domäne«, begann Doria. »Da wir beide schwere Verluste durch die Katzenleute hinnehmen mussten, hoffte ich, eine gemeinsame Expedition gegen sie zu Stande zu bringen. Die Bestien haben anscheinend beschlossen, mich als Geisel zu nehmen, weil sie hofften, unseren Widerstand gegen ihre Angriffe auf diese Weise zu lähmen.«

»Warum sind die Katzenmenschen so feindselig?«, fragte Carmen.

Doria zuckte mit den Achseln. »Wer weiß? Vielleicht betrachten sie dieses Land immer noch als das ihrige und wollen uns, die Eindringlinge, vernichten. Da ich kein messbares *Laran* besitze, habe ich meine normalen Sinne geschärft, um damit die feinen Nuancen menschlichen Benehmens zu erkennen – so wie man Blinden ein äußerst scharfes Gehör nachsagt. Aber nichtmenschliche Wesen kann ich nicht deuten.«

Ein älterer Mann mit schütterem, rotgoldenem Haar, der überdurchschnittlich groß war für einen Darkovaner – Dorias Onkel, wie sich Carmen erinnerte –, sagte mit erkennbarem Stolz: »Doria besitzt eine fast magische Wahrnehmungsfähigkeit für menschliche Motive. Deshalb ist sie eine so geschickte Unterhändlerin und so beliebt.«

Doria wurde rot. »Du übertreibst. Ich hatte Glück, dass ich in Armida zur Welt kam«, erklärte sie Carmen. »Dort hat, sagen wir, unkonventionelles Denken eine gewisse Tradition. In den meisten Häusern der Domänen würde man einer kopfblinden Erbin mit Mitleid oder gar Verachtung begegnen.«

»Wenn Sie so hartnäckig behaupten, nichts von dieser Kraft zu besitzen, von der Sie ständig reden«, sagte Carmen, »wie haben Sie mich dann gerufen? Ich selbst bin praktisch ebenfalls psi-los.«

»Es muss eine Verbindung zwischen uns geben«, meinte Doria. »Wir sehen uns derart ähnlich, das kann kein Zufall sein.«

Ihr Onkel schaltete sich ein. »Man weiß, dass unser Volk von terranischen Kolonisten abstammt, auch wenn einige der Comyn das abstreiten. Vielleicht hattet ihr in ferner Vergangenheit einen gemeinsamen Vorfahren.«

Das erschien Carmen zu weit hergeholt. »Was würde ein gemeinsames Erbe, das so weit zurückliegt, ändern?«

Der Leutnant des Sicherheitsdienstes meldete sich zu Wort. Carmen sah ihn verdutzt an – sie hatte beinahe vergessen, dass er anwesend war. »Ich habe gehört, dass solche Konvergenzen vorkommen können«, sagte er. »Eine zufällige Neukombination der DNA könnte dazu führen, dass ihr fast identisch seid, oder?«

Dorias Augen leuchteten vor Aufregung. »Eine Ähnlichkeit, die so stark ist, dass sie unsere telepathische Unempfindlichkeit überwindet – so stark, dass sie selbst die Schranken der Zeit missachtet!«

»Das stimmt«, sagte Carmen. »Ich habe den Ruf gehört, *bevor* Sie in Gefahr waren.«

»Das erfordert weitere Prüfung«, sagte Doria. »Werden Sie lange genug bleiben, damit wir dieses Band zwischen uns erforschen können?«

Ihr Onkel – er hieß Kieran, wie sich Carmen nun erinnerte – sagte in strengem Ton: »Ein solcher Vorschlag darf nicht unüberlegt gemacht werden. Sicher, diese Frau hat dir das Leben gerettet, aber wenn sie als Gast unter uns weilen will, muss sie unsere Gesetze respektieren. Es gibt gute Gründe für das Verbot von Distanzwaffen. Du hast die verwüsteten Landschaften nicht gesehen, mein Kind – ich schon.«

Doria sah ihn stirnrunzelnd an. »Die Tradition von Armida ist Offenheit, nicht Starrheit.«

»Offenheit gegenüber neuen Ideen, aber nicht eine Einladung an chaotische Zustände.«

Der terranische Offizier mischte sich ein. »Moment mal, Sie vergessen hier eine Kleinigkeit. Delorien steht immer noch unter Arrest. Sie muss sich vor einem terranischen Gericht verantworten.«

Doria drehte sich zu ihm um. »Ist es nicht so, dass Ihre Regierung das Wohlwollen der Comyn gewinnen will? Die meisten aus unserer Sippe weigern sich, mit Ihnen zu verkehren. Ihr Gesandter sähe Carmen vielleicht lieber als Verbindungsoffizier zu Armida denn als warnendes Beispiel.«

»Nun, Delorien?«, sagte der Leutnant. »Haben Sie vor, auf Dauer zu desertieren?«

»Ich hatte niemals vor, zu desertieren, das Ganze war überhaupt nicht beabsichtigt.« Carmens Kehle war wie zugeschnürt vor Anspannung. Die faszinierende Entdeckung, die sie gemacht hatte, reizte sie. Darüber hinaus war für eine Einzelgängerin ohne familiäre Bindung das Erbe als solches bereits verlockend, wundersam und fremd. Gleichzeitig war ihre Loyalität für das Schiff und ihre Laufbahn nicht erloschen. Hin und her gerissen blickte sie in Dorias Augen, die ihre eigenen widerspiegelten. »Ich will das alles nicht einfach aufgeben. Ich möchte erkunden, wie weit dieses Band reicht. Aber ich gehöre immer noch dem Raumfahrtdienst an.«

»Dann müssen Sie mit uns zurückkehren«, sagte der Offizier, »sobald die Bedingungen einen Flug zulassen.«

»Also gut, ich werde meine Strafe annehmen.« Sie vermutete, dass die Chance auf eine dauerhafte Verbindung zwischen Terra und Darkover für mildernde Umstände sorgen würde, wie Doria angemerkt hatte. »Und wenn es sich irgendwie einrichten lässt, komme ich wieder.«

Über Marion Zimmer Bradley und »Rund zehn Minuten«

Dyan Ardais ist sehr viel populärer geworden, als ich bei seiner Erfindung je angenommen hätte; aber das trifft natürlich auf alle guten Schurken zu. Ich will wirklich nicht an all die Geschichten denken, die ich über ihn gelesen habe. (Übrigens erinnere ich mich immer noch mit Bedauern an eine bestimmte Geschichte über Kadarin, die in meinem Papierkorb landete, weil der Autor oder die Autorin es versäumt hatte, einen Namen anzugeben, so dass ich ihm oder ihr keinen Vertrag schicken konnte. Falls also der Autor von »In der Hölle bin ich ein Niemand« irgendwo da draußen ist und sich mit mir in Verbindung setzen möchte – ich würde die Story noch immer gern drucken. Ich bin überzeugt, den Darkover-Lesern würde sie gefallen.)

Die folgende Geschichte spielt natürlich in einem leicht veränderten Darkover und ist die Folge davon, dass ich mich gefragt habe, was geschehen wäre, wenn sich Dyan die Zeit genommen hätte, mit Regis Bekanntschaft zu schließen, bevor er sich in dessen Augen unwiderruflich unmöglich machte. MZB

Rund zehn Minuten

von Marion Zimmer Bradley

Dyan-Gabriel, der Regent von Ardais und Kadettenmeister der Burgwache, saß an einem wurmstichigen alten Schreibtisch im Stabsquartier unterhalb der Gardehalle. Hinter ihm schrieb sein Sekretär Listen, und am anderen Ende des Raumes stellte ein hünenhafter junger Mann namens Hjalmar einen nervösen Kadetten hinsichtlich seines Wissens über Waffen auf die Probe. Dyan warf einen Blick auf den Jungen und bemerkte seine seidig glänzenden Locken und den geschmeidigen, beweglichen Körper, aber er hatte jetzt keine Zeit für diese Beobachtungen. Ein andermal hätte er vielleicht auf den Namen des Kadetten geachtet, hätte vorsichtig und beiläufig ein paar Fragen gestellt, sich den Jüngling zur weiteren Beachtung vorgemerkt; hätte womöglich sogar ein, zwei nette, unverfängliche Worte an ihn gerichtet, die noch keine Verführung bedeuteten, nur damit der Junge wusste, dass Dyan bereit war und gewillt, ein freundliches Interesse für ihn zu hegen und vielleicht ein bisschen mehr.

Aber in diesem Augenblick galt seine Aufmerksamkeit einzig und allein seinem eigenen Unglück. Er zerknüllte den Brief in der Hand, als könnte er so gleichzeitig den Abt, der ihm diese unerfreuliche Nachricht geschrieben hatte, und die Nachricht selbst auslöschen. *Amory,* dachte er voller Qual, *Mein Sohn. Mein einziger Sohn, und ich habe ihn nicht einmal kennen gelernt.*

Er kannte genau die Stelle, unterhalb der Klippe, wo es passiert sein musste. Den Schülern und Novizen war es untersagt, dorthin zu gehen, aber der Platz lag vor unerwünschten Blicken gut geschützt, und so war es natürlich ein Lieblingsplatz der halbwüchsigen Jungen, wo sie ungestört reden und Geheimnisse austauschen konnten oder sich einfach davon erholten, achtundzwanzig Stunden am Tag unter strenger Aufsicht zu stehen. Und welcher vierzehnjährige Junge hätte sich über Gefahren den Kopf zerbrochen? Amory Di Asturien, genannt Ardais, seit Dyan ihn mit zwölf Jahren als Sohn anerkannt hatte – er hatte sicherlich nicht an Gefahren gedacht, an den alles zerschmetternden Steinschlag, der seinem Leben ein Ende gesetzt hatte.

Ich bin der Erbe von Ardais. Ich bin zweiundvierzig Jahre alt. Ich habe keinen Sohn, und ich werde nie mehr einen haben. Damals, vor vierzehn Jahren, konnte ich es mir hin und wieder noch zumuten, meine Abscheu, meine Angst vor Frauen zu überwinden. Jetzt nicht mehr. So gut kenne ich mich. Amory, Amory! Und ich habe ihn nie richtig kennen gelernt, denn nach dem kurzen Auflodern der Leidenschaft, als er empfangen wurde, wollte ich Sybella nie wieder sehen. Ich ließ den Jungen in ihrer Obhut, bis ich ihn nach Nevarsin schickte.

Wenn ich ihn besser gekannt hätte, wenn ich ihn doch nur bei mir behalten und als meinen Sohn erzogen hätte ... Dyan unterdrückte ein Schluchzen bei dem Gedanken, dass Amory in diesem Augenblick einer der jungen Kadetten unten im Aufenthaltsraum der Neulinge in der Kaserne hätte sein können.

Das ist die Strafe. Ich wollte nicht mit der Erziehung meines Sohnes belästigt werden. Ich dachte, wenn Hastur seinen Erben zur Erziehung nach Nevarsin schickt, dann müsste Amory dort auch gut aufgehoben sein. Hatte ich etwa nur Angst, der Junge könnte ein Urteil über mich fällen, mich verdammen, weil ich seine Mutter nicht geheiratet habe, oder schlecht von meinem Lebenswandel denken, weil ich Männer liebe?

»Lord Dyan ...«, sagte Hjalmar, und Dyan beherrschte mühsam seinen Gesichtsausdruck, zerknüllte den Brief und warf ihn außer Sichtweite. »Was gibt es?«, bellte er.

»Sir, Gareth Lindir sollte lieber Unterricht im Fechten nehmen; er weiß sehr wenig, er kennt nicht einmal die grundlegenden Verteidigungsstellungen.«

Dyan reckte grimmig das Kinn vor und hob den Blick zu dem immer kleiner werdenden Jungen. »Wo bist du verdammt noch mal erzogen worden, dass du überhaupt nichts gelernt hast?«

»Z-zu Hause, Herr«, erwiderte der Junge bebend.

»Und was um alles in der Welt hat sich dein Vater dabei gedacht, dich nicht anständig ausbilden zu lassen?«

»Mein Vater ist g-gestorben, als ich drei war, und m-m-meine Mutter hat sieben Töchter und k-ko-konnte es sich nicht leisten, einen Waffenmei-mei-mei...«

»Einen Waffenmeister anzustellen? Dann bist du also wie ein Muttersöhnchen aufgewachsen? Wer hat dich verdammt noch mal hier angemeldet?«

»Lord Lerrys Ridenow, H-Herr.«

»Ta-ta-tatsächlich?«, äffte Dyan den Jungen grausam nach. »Hör mit dem Gestottere auf, verdammt. Warum hat Ridenow das getan? Bist du ein Bastard von ihm?«

»N-N-Nein, Herr, meine M-Mu-Mutter ...«

»Wer war sie, seine Hure?«

Der Junge unterdrückte ein Schluchzen. Unter Tränen sagte er: »Seine Ba-Ba-Base, Herr.«

Dyan fühlte Wut in sich aufsteigen, aber er beherrschte sich. »Denkst du, du kannst lernen, dich halbwegs wie ein Soldat zu benehmen und nicht gleich zu Mama zu rennen, wenn es ein bisschen schwierig wird? Wirst du hart arbeiten, um die Fechtkunst und den männlichen Kampf zu erlernen?«

Der Junge schluckte. »Ich werde es ver-versuchen, Herr.«

»Also gut«, bellte Dyan. »Hjalmar, schaff den Bengel hier

raus und sorg dafür, dass er mir erst wieder unter die Augen kommt, wenn er etwas gelernt hat! Und du«, er funkelte den weinenden Jungen zornig an, »fängst damit an, dass du dir die Nase putzt und lernst, nicht jedes Mal in Tränen auszubrechen und zu heulen, wenn dir ein Offizier eine höfliche Frage stellt! Und steh gerade, verdammt noch mal!«

Gareth kämpfte gegen seine Tränen an und wischte sich verstohlen mit dem Ärmel die Nase ab. Er schluckte schwer und keuchte. »J-Ja, Herr.«

Dyan machte ein Furcht erregendes finsteres Gesicht, als Hjalmar den Jungen wegschickte. Mit was für Material er arbeiten musste! Vor einem Jahr hatte er, verführt und angelockt durch die reine Schönheit eines Kadetten, ein gewisses Interesse für diesen entwickelt. *Das* war vielleicht eine Katastrophe gewesen! Dieser Octavien, hübsch und weibisch, wie er war, hatte einfach nicht das Zeug zum Soldaten gehabt, und nicht einmal Dyans Ermutigung und Hilfe hatten ihn gegen das Kasernenleben abhärten können. Und als er aufhörte, ihn zu ermutigen und streng darauf bestand, dass Octavien das harte Leben der übrigen Kadetten zu teilen habe, war der Junge schlicht hysterisch geworden und hatte wirre Anschuldigungen gegen ihn erhoben. Dyan musste seinen gesamten Einfluss aufbieten, um ihn rasch und unauffällig wegzuschaffen, bevor es einen Skandal gab, der das gesamte Kadettenkorps erschüttert hätte.

Einen solchen Fehler würde er nicht noch einmal machen! Falls er sich dieses Jahr einen Favoriten in der Garde erkor, dann würde es vor allen Dingen ein solider, tapferer, männlicher Junge sein, der eines Tages einen guten Kadetten und Gardisten abgeben würde, einen, der sich ehrenhaft zu benehmen wusste, und nicht so eine mädchenhafte kleine Heulsuse, egal, wie hübsch sie war! Er hatte schon vor langer Zeit aufgehört, Ausreden für sein Interesse an Knaben vorzubringen, die ihn nun einmal mehr anzogen als jede Frau oder jeder Mann. Vor ein paar Jahren hatte ihn Kennard Altons älterer unehelicher Sohn so sehr an Kennard zu dessen Jungenzeit erinnert, dass er größte Mühe hatte, die Finger von dem kleinen Lewis zu lassen. Er hatte der Versuchung, Lew zu seinem Favoriten zu machen, jedoch widerstanden und sich stattdessen aus einem Gefühl der Verpflichtung und alter Zuneigung gegenüber Kennard heraus förmlich überschlagen, um besonders hart und streng zu seinem Sohn zu sein. Wenn Lew die Behandlung überlebte, die ihm im Kadettenkorps widerfuhr, so war Dyans Überlegung gewesen, dann hatte er sich seinen Platz als Kennards Erbe redlich verdient, und er hoffte, Kennard würde genauso streng mit seinem Sohn verfahren.

Er *hatte* es gehofft. Unter Qualen fiel ihm wieder ein, dass es mit allen Hoffnungen vorbei war, die er in seinen Sohn gesetzt hatte. Der Junge war tot.

»Sind wir jetzt bald fertig mit dieser vermaledeiten Geschichte?«, fauchte er Hjalmar an. »Wie viele von diesen verzogenen Bengeln muss ich mir heute noch anschauen?«

»Noch die beiden Kadetten Syrtis und Hastur, Sir.«

Und dann, dachte Dyan, *betrinke ich mich sinnlos, das lässt mich vielleicht Amory vergessen. Oder ich suche mir einen hübschen, willigen Jüngling für die Nacht und vergesse mit ihm die ganze Welt um mich herum.* Er verweilte in Gedanken einen Moment bei dem Kadetten Syrtis. Wie hieß der Junge wieder mit Vornamen? Danilo. Er hatte ihn für einen weiteren von Kennards hübschen Bastarden gehalten. Allerdings war – Avarra sei gepriesen – Kennard so mäßig, was Frauen betraf, dass man Dyan den Irrtum nicht vorhalten konnte, dem er als junger Mann unterlegen war. Er hatte nämlich geglaubt, Kennard sei einer von seiner Sorte, einer, der Männer liebte und sich der Hurerei und der Weiber völlig enthielt. Er glaubte immer noch nicht ganz, dass Danilo kein Alton-Bastard war;

ähnlich genug sah er ihm. Falls er keiner war, falls er nicht-adliger Abstammung war, umso besser, die Ähnlichkeit des Jungen mit Kennard konnte dann einer wie immer gearteten Entwicklung zwischen ihnen einen zusätzlichen Reiz verleihen. Mit großer Betrübnis dachte Dyan an die einzige Zeit echten Glücks in seinem Leben, an die er sich erinnerte. Damals war sein Vater noch bei Verstand gewesen – wenn auch schon bedenklich auf der Kippe –, und als er zum zweiten Mal geheiratet hatte, hatte Lady Rohana, seine Großmutter, Dyan zu Valdir Alton geschickt, damit er als Pflegesohn mit Kennard aufwuchs. Kennard, dachte Dyan, war der einzige echte Freund gewesen, den er je gehabt hatte.

Und dann hatte sich Kennard einen anderen *Bredu* erwählt, diesen verfluchten Terraner namens Lerrys Montray. Er war zum Studium nach Terra gegangen, und danach war er nicht mehr derselbe gewesen, was Dyan weder vergessen noch verziehen hatte.

Aber der kleine Danilo glich dem jungen Kennard aufs Haar, und wenn der Bursche nichtadlig war, würde er die Freundschaft und das Interesse eines Comynfürsten sicher begrüßen, der ihm Privilegien gewähren und Geschenke machen konnte – wie Dyan bemerkt hatte, kam der Junge so armselig daher, dass er kaum ein anständiges Hemd besaß. Ja, er würde mit Danilo reden. Sollte er ihn nun rufen lassen? Warum eigentlich nicht?

Ein paar freundliche Bemerkungen, ein, zwei Worte, die sein Interesse andeuteten. Der Junge war ein *Cristoforo;* Dyan, der Jahre bei den Brüdern verbracht hatte, um so viel wie möglich von ihren Heiltechniken zu lernen, dachte an ihre törichten Verbote hinsichtlich solcher Dinge. Er kannte natürlich die historische Grundlage dafür: In frühester Zeit, als die Ahnen der Hasturs ihr Blut mit den *Chieri* gekreuzt hatten, waren viele Männer *emmasca*, sexuell nicht eindeutig bestimmt, zur Welt gekommen, und die *Cristoforos,* denen ihre Erziehung oblag, hatten ein Zölibat durchsetzen müssen. Es hatte in jener alten Zeit einen Spruch gegeben: *Wenn du dich zu einem Mann niederlegst, kann es sein, dass du als Frau wieder aufstehst.* Solches war ein, zwei Mal einem Domänenerben widerfahren, und es konnte zumindest sehr peinlich werden, deshalb hatte das Verbot einen absoluten Charakter angenommen. Wie es sich jedoch mit den meisten Verboten in punkto Moral so verhält, war der eigentliche Grund dafür in Vergessenheit geraten, und es war zu einem bloßen ethischen Aberglauben geworden.

Wahrscheinlich würde es Dyan gelingen, den kleinen Dani durch Schmeicheleien aus seinen abergläubischen Hemmungen herauszulocken. Falls nicht, könnte es sogar ganz amüsant sein, ein wenig ... nun ja, Überredungskunst einzusetzen. Er stellte fest, dass er den Gedanken genoss, Dani könnte sich ein bisschen winden und aus albernen religiösen Erwägungen heraus ihm zu widerstehen versuchen. Es würde Spaß machen, den Jungen gegen seinen Willen zu verführen und zu beobachten, wie er sich krümmte. Ihm zu zeigen, wie kindisch seine Bedenken waren. Ein bisschen Widerstand würde die Sache aufregender machen. Octavien hatte sich am Anfang auch geziert, war schamhaft und schüchtern gewesen, aber das hatte Dyan recht schnell überwunden. Danilo würde vermutlich von der Aufmerksamkeit eines Comynherrn so geschmeichelt sein, dass er bestenfalls zum Schein Widerstand leistete, nur um die Form zu wahren, und in Wirklichkeit würde er überredet werden wollen, auch wenn er ein großes Theater um seine religiösen Skrupel veranstaltete!

»Soll ich den Kadetten Hastur hereinführen, Herr?«

Dyan zögerte. Schließlich sagte er: »Also gut.« Er würde sich Danilo bis zum Schluss aufheben, als Leckerbissen, Tröstung, etwas, womit er den Schmerz auslöschen konnte, der ihn zweifellos neu überfluten würde, wenn er es sich nach erfüllter Pflicht erlaubte, wieder an Amory zu denken. »Führ ihn herein.«

Regis Hastur war größer, als ihn Dyan von der Musterung am Morgen in Erinnerung hatte. Er trug immer noch diese reich verzierte Kleidung, die eher für eine Audienz oder ein Mittsommerfest gepasst hätte. Warum hatte niemand dem Jungen erklärt, was er anziehen sollte?

»Kadett Hastur meldet sich, Herr.«

»Setz dich«, sagte Dyan und deutete mit dem Kopf auf einen Stuhl. »Wie lautet noch dieser Kuddelmuddel von Namen, die sie dir gegeben haben? Regis-Rafael, oder?«

»Einfach Regis, Herr«, sagte der Kadett und wiederholte höflich alle vier oder fünf Namen, die er im Rat bekommen hatte. Dyan fragte ohne großes Interesse, warum er es nicht vorgezogen habe, sich nach seinem Vater Rafael nennen zu lassen – er und Rafael waren nicht die besten Freunde gewesen –, aber die Antwort des Jungen, er wolle nicht am Namen seines Vaters gemessen werden, bevor er es sich verdient habe, brachte eine ausgeprägte Saite in ihm zum Schwingen.

»Es muss schön sein«, sagte er und sah Regis in die Augen, »wenn man die Ehre seines Vaters hochhalten kann.« Jedermann wusste über *Dom* Kyril und sein verrücktes, ausschweifendes Leben Bescheid. Während er Regis einige Routineangelegenheiten über die Regeln für Kadetten erklärte, die Regeln, die Trinkgelage, Raufereien, Glücksspiel und Huren verboten, dachte er darüber nach.

Ist das der Grund, warum ich nie Frauen geliebt habe? Sah ich mich jedes Mal, wenn ich eine Frau anschaute, genau so geil und lüstern werden wie das alte Ungeheuer? Die Liebe von Männern, von Kameraden, erschien mir im Gegensatz dazu rein!

Er wies den gelangweilten Hjalmar an, den Jüngling in der

Fechtkunst auf die Probe zu stellen, und Regis ergriff das Schwert. Dyan sah mit rasch wachsendem Interesse zu, denn der Junge verfügte nicht nur über eine verblüffende Eleganz, die zu seinem guten Aussehen passte, sondern er hatte augenscheinlich auch eine gute Fechtausbildung genossen. Die Art und Weise, in der er einige grundlegende Kampftechniken vorführte, war kaum zu verbessern, und schon nach wenigen Augenblicken war klar, dass er Hjalmar mehr als nur gewachsen war. Man hatte Hjalmar allerdings aus genau diesem Grund für die Aufgabe ausgewählt; er sollte einen blutigen Neuling nicht einschüchtern.

»Gib mir das Schwert, Hjalmar«, sagte Dyan, griff nach dem hölzernen Übungsschwert und nahm eine gängige Duellhaltung ein. Während er die geschickten Schläge des Jungen parierte, hatte er Zeit sich zu fragen, ob er im Begriff war, sich zu blamieren; es wäre schockierend, wenn ein Kadett seinen Kadettenmeister entwaffnen könnte. Dennoch gefiel Dyan der Gedanke, dass der Erbe von Hastur, der in Müßiggang und Luxus hätte aufwachsen können, diese anspruchsvolle Kunst erlernt hatte, noch dazu so gut. Dank seines unerwartet anstrengenden Einsatzes – er hatte beschlossen, sich nicht von einem Fünfzehnjährigen besiegen zu lassen – gelang es ihm, Regis so weit zu bringen, dass er seine Deckung sinken ließ, und Dyan ihn mehrmals in Folge berühren konnte.

Regis senkte sein Schwert in der Annahme, er sei besiegt. »Ich bin gewaltig außer Übung, Captain«, sagte er.

Dyan fragte sich, wo der Junge so zu kämpfen gelernt hatte. In Nevarsin? »Hör auf, zu prahlen, *Chiyu*«, erwiderte er liebenswürdig. »Du hast mich ganz schön ins Schwitzen gebracht, und das schafft nicht einmal der Waffenmeister allzu häufig.« Er sah, wie Regis die Röte ins Gesicht stieg, und fragte sich, ob sein eigener Sohn ebenso schüchtern und bescheiden gewesen war oder auch nur halb so hübsch. Er würde es nie erfahren. Er überlegte gequält, ob Regis seinen Sohn gekannt hatte. Natürlich hätte er nicht gewusst, dass Amory sein Sohn war, da dieser immer noch den Namen seiner Mutter trug.

Einer plötzlichen Eingebung folgend, sagte er: »Da du bereits über einiges Geschick im Schwertkampf verfügst, könnte ich dich als meinen Adjutanten einteilen lassen. Das würde unter anderem bedeuten, dass du nicht in der Kaserne schlafen müsstest.« Es wäre angenehm, diesen jungen Verwandten in der Nähe zu haben. Ein männlicher Jüngling, etwas ungelenk und ungeformt noch, aber es wäre eine Freude, ihn zum Mann heranwachsen zu sehen, so wie er es bei seinem eigenen Sohn nie gekonnt hatte. Der hier war kein weibischer Jammerlappen wie Octavien Vallonde, sondern ein starker, intelligenter junger Mann. *Ich könnte ihm so vieles beibringen*, überlegte er ... Nicht einmal insgeheim dachte er an offene Verführung; wenn sie einander näher kamen, dann würde genügend Zeit sein, auch das zu erkunden, aber Regis war ihm im Rang ebenbürtig, überlegen sogar, und an Nötigung oder Überredung war nicht zu denken.

Sollte er allerdings aus freien Stücken anfangen, sich für mich zu interessieren ...

Doch der Jüngling antwortete errötend, eine solche Ernennung sei eine Auszeichnung für einen erfahrenen Kadetten; er würde sie lieber nicht annehmen, bevor er sie sich verdient habe.

Fast mehr gerührt, als er ertragen konnte, sagte Dyan: »Gut gesprochen, mein Junge. Ich wäre auf eine solche Antwort meines eigenen Sohnes stolz gewesen!«

»Ich wusste nicht, dass Ihr einen Sohn habt, Herr«, entgegnete Regis, und Dyan, der angesichts der plötzlichen Nähe zwischen ihnen dem Impuls, sein Herz auszuschütten, nicht widerstehen konnte, sagte: »Ich *hatte* einen Sohn. Er ... er kam bei einem Felssturz in Nevarsin ums Leben.«

Regis sah ihn teilnahmsvoll und entsetzt an. Besaß der Junge *Laran*, dass er Dyans Kummer und Schmerz so rasch auffing? »Das wusste ich nicht, Vetter – verzeiht mir! Aber, Lord Dyan«, fuhr er ein wenig förmlicher fort, weil ihm plötzlich wieder einfiel, dass er als Kadett zu seinem Kommandeur sprach, »Ihr seid noch kein alter Mann, Ihr könnt noch viele Söhne haben ...«

Dyan hob die Augen und begegnete dem Blick des Jungen. »Ich fürchte, das kann ich nicht«, sagte er. »Ich bin nicht für Frauen geschaffen und habe auch nie ein Geheimnis daraus gemacht. Ich habe mich ein einziges Mal dazu durchgerungen, meine Pflicht gegenüber meiner Sippe zu erfüllen. Das reicht.« Er erinnerte sich plötzlich daran, wo sie sich befanden und dass Hjalmar im Raum war und auf ihn wartete. Er holte tief Luft. »Jetzt ist nicht die richtige Zeit für solche Gespräche, Vetter. Wir sind im Moment beide im Dienst.« Er sah, wie der Junge augenblicklich wieder Haltung annahm.

Aus dem wird einmal ein Soldat und Staatsmann, ein besserer, als sein Vater je war. Irgendwie werde ich mir aus rechtlichen Gründen einen Erben adoptieren müssen, aber das hat noch keine Eile. Darüber zerbreche ich mir jetzt nicht den Kopf. Welche Pflicht ich gegenüber dem Rat der Comyn auch habe, ich werde damit fertig.

»Ich muss mich noch mit einigen dieser jungen Kadetten unterhalten, Vetter. Aber in etwa einer Stunde haben wir beide dienstfrei. Ich möchte mit dir reden.«

Regis lächelte bedächtig. »Es wäre mir eine Ehre, Herr.« Dyan sah den Hunger des Jungen; ein Mann aus seiner eigenen Kaste, einer, dem er sich anvertrauen konnte, dem er all die Dinge sagen konnte, die er seinem Großvater, der zu alt und zu gleichgültig war, um sich dafür zu interessieren, nie hatte sagen können. Er berührte Regis leicht an der Schulter.

Mit einem Lächeln sah er auf seinen jungen Verwandten

hinab und sagte: »Ich habe keinen Sohn, und du – du bist vaterlos. Aber wir sind verwandt, eng verwandt. In der Garde muss ich dich wie jeden anderen Kadetten behandeln ...«

Tief errötend sagte Regis: »Etwas anderes würde ich auch nicht zulassen.«

»Aber wir beide untereinander, außerhalb des Dienstes – nun, wir sind verwandt, und der Rat der Comyn wird eines Tages in deiner Hand sein, so wie er jetzt in meiner und Kennards ist. Ich werde es als Ehre und Privileg ansehen, dich in den Jahren bis dahin zu führen.«

Regis streckte dem Älteren beide Hände entgegen. Er hob die Augen und lächelte dieses atemberaubende Lächeln, bei dem Dyans Herz vor Freude einen Sprung machte. »Herr, ich – die Götter sind meine Zeugen, Dyan: Ich werde Euch ein Sohn sein, ich verspreche es.«

»Und ich dir ein Vater«, sagte Dyan und nahm Regis' Hände kurz in die seinen, »und mehr, wenn ich es kann.« Aber auf Regis' fragenden Blick hin lächelte er nur und sagte: »Alles zu seiner Zeit, du wirst noch erfahren, was ich meine. Geh nun, mein Junge, wir sehen uns, wenn es so weit ist. Mögen die Götter dich begleiten.«

Regis salutierte förmlich, der Moment der Vertraulichkeit war vorüber. Dyan sah ihm lächelnd nach und dachte versonnen an das kurze Gespräch. Er wusste, nichts würde je seinen Schmerz über Amorys Tod betäuben können. Aber die Warmherzigkeit, mit der Regis auf ihn reagiert hatte, zeigte ihm, dass der Junge ebenso hungrig nach enger Gemeinschaft, nach Zuneigung war wie – *wie ich es immer gewesen bin*. Eine Woge der Zuneigung und Zärtlichkeit für Regis Hastur durchflutete ihn.

»Ihr müsst immer noch Kadett Syrtis sprechen, Herr«, erinnerte Hjalmar.

»Syrtis.« Dyan furchte die Stirn. Ach ja, der hübsche Jüngling, der Kennards unehelicher Sohn hätte sein können. Aber warum sollte Kennard lügen? Außerdem machte sich sein Jugendfreund nichts aus Jungen; offensichtlich war er einfach nur ein Protegé oder ein armer Verwandter. Ach, es spielte auch keine Rolle. Er zuckte die Achseln, als er daran dachte, dass er eine Art Verbindung mit dem Jungen ins Auge gefasst hatte. Wäre ja noch schöner! Dani war ein *Cristoforo*, wozu sich also die Mühe machen? Er bevorzugte doch eher einen willigen Geliebten. Nicht einmal sich selbst hätte er eingestanden, dass er irgendwann einmal auf eine solche Beziehung zu Regis hoffte, aber er wusste ganz genau, dass er das Interesse an allem, was darunter lag, verloren hatte.

Regis brauchte unbedingt einen älteren Mann, der ihn leitete, unterrichtete, die Stelle eines Vaters einnahm – ihn liebte, gab Dyan zu. Und er selbst – sein ganzes Leben lang hatte er sich nach jemandem gesehnt, der ihn lieben, bewundern, zu ihm aufschauen würde. Er fasste den grimmigen Entschluss, dass ihn Regis nie anders als bewunderungswürdig erleben sollte. Er hatte das Gefühl, er würde vor Schmach sterben, falls Regis ihn je mit Missbilligung betrachten sollte. *Auch in mir,* beschloss er, *soll er die Ehre eines Vaters hochhalten können.*

»Jetzt nicht«, sagte er. »Wirf du einen Blick auf ihn, Hjalmar – ich kann mir vorstellen, dass er einiges Geschick im Fechten hat, wenn er Kennards Protegé ist. Und kümmere dich darum, dass der Junge anständige Kleidung bekommt – sag ihm, er muss eine Zierde für die Garde sein und wir dürfen ihn nicht so abgerissen herumlaufen lassen. Du kannst ihm die Bestimmungen ebenso gut vorlesen wie ich; ich denke, ich werde irgendwann ein offizielles Antrittsgespräch mit ihm führen, in den Vorschriften steht schließlich nichts davon geschrieben, dass ich es heute tun muss.« Er fuhr sich mit der Hand über die Stirn, seufzte und holte den Brief aus Nevarsin hervor. »Ich habe eine schlimme Nachricht erhalten, Hjalmar; sag meinen Adjutanten, sie sollen alles Übrige für heute an meiner Stelle erledigen.«

»Mein Beileid, Herr«, sagte Hjalmar mit rauer Anteilnahme. »Wir werden uns um alles kümmern. Hoffentlich geht die Angelegenheit gut für Euch aus, Herr.«

Dyan stand auf und verließ die Gardehalle. Er ahnte nicht, dass er in rund zehn Minuten die Geschichte Darkovers in einer Weise verändert hatte, dass sie nicht wieder zu erkennen war.

Über Patricia B. Cirone und »Der Preis des Sieges«

Außer in vier dieser Anthologien hat Pat in Marion Zimmer Bradley's Fantasy Magazine veröffentlicht sowie in meinen Sammlungen über die *Schwertschwestern*. Sie hat auch Geschichten in einigen anderen Anthologien publiziert.

Ich war immer schon neugierig darauf, wie sich ein *Chieri* wohl verhalten würde, wenn er in einem Turm lebte. Die folgende Geschichte greift diese Frage auf – und macht uns dabei mit einigen äußerst faszinierenden Charakteren bekannt. Genau darum geht es schließlich beim Schreiben – um die Möglichkeit, einige Zeit mit ebenso interessanten wie unterschiedlichen Leuten zu verbringen und »mehrere Leben« zu leben. MZB

Der Preis des Sieges

von Patricia B. Cirone

Der alte, abgewetzte Gurt riss plötzlich, und Grai stürzte mit rudernden Armen mitsamt Sattel, Taschen und Zaumzeug zu Boden. *Das war's dann wohl mit dem schwungvollen Auftritt,* dachte er, als er mit dem Gesicht fast auf der Erde lag und die Röte seine Wangen überzog.

»Meister Grai, habt Ihr Euch wehgetan?« Der stämmige, gutherzige Timmen sprang von seinem Pferd und zog Grai mühelos auf die Beine. Mit seinen großen Händen bürstete er den Staub von Grais Kleidung.

»Alles in Ordnung«, erwiderte der Gestürzte schroff und schob die Hände des Älteren beiseite. Es war schon schlimm genug, dass er vom Pferd gefallen war, er wollte nicht auch noch den Eindruck erwecken, als bräuchte er ein Kindermädchen.

»Natürlich, Meister Grai«, erwiderte Timmen steif. »Soll ich mich um die Pferde kümmern?«

Bei Avarra, jetzt hatte er den Mann gekränkt. Einen der wenigen, der in diesen harten, einsamen Jahren seiner Jugend nett zu ihm gewesen war.

»Ich ...«, setzte Grai an.

»Das wäre sehr hilfreich«, unterbrach eine geschmeidige Stimme. »Wir können uns leider hier im Turm keine Stallburschen leisten, deshalb müssen alle selbst anpacken, und unser kleiner ... Grai, nicht wahr? ... ist sicherlich sehr beschäftigt.«

Der elegante Fremde machte eine entlassende Handbewegung, und Grai hörte das hohle Klappern von Pferdehufen auf dem Pflaster des Hofes. Er zwang sich, den Tieren nicht sehnsuchtsvoll hinterherzublicken.

»Du bist also hier, um dein *Laran* überprüfen und ausbilden zu lassen«, sagte der Fremde. Er ließ den Blick langsam an Grai auf und ab wandern. »Das entsprechende Aussehen hast du jedenfalls«, sagte er zuletzt. Weder sein Tonfall noch das Funkeln in seinen Augen wirkten besonders freundlich.

»Das entsprechende Aussehen! Verdammter Atavismus!«, hörte Grai aus einem Fenster murmeln, das auf den Hof hinausging.

»Das Ding ist garantiert *unmännlich* wie sonst was«, fügte eine zweite Stimme kichernd an.

Grai hielt den Blick fest auf den Mann gerichtet, der ihn begrüßt hatte, und verfluchte innerlich sein silbriges Haar, die sechsfingrigen Hände und den schlanken, beinahe knochenlosen Körper. Er fühlte sich verletzt. Er hatte gedacht, wenigstens hier ...

»Wir werden sehen. Komm mit. Ich zeige dir dein Quartier im Turm. Ich bin übrigens Rudir. Der Bewahrer.«

»Ich ... es ist mir eine Ehre, *vai Dom,* dass Ihr mich persönlich begrüßt.«

»Ich war an der Reihe«, antwortete Rudir. »Hier in den Türmen teilen wir uns alle Pflichten«, sagte er hochmütig. »Das wird anders werden, als du es gewohnt bist. Keine Scharen von Dienern, keine verschwenderischen Bankette.«

Er stieß eine Tür auf. »Keine Haremsuiten.« Mit zusammengekniffenen Augen wartete Rudir auf Grais Reaktion.

Ausnahmsweise war Grai dankbar dafür, dass seine *Chieri*-Züge, die er von einem längst vergessenen Vorfahren geerbt hatte, schwer zu deuten waren. Nur wer ihn sehr gut kannte, bemerkte die geringfügigen Veränderungen, die seine Gefühle verrieten.

Grai nickte nur und trug seine Sachen in das schrankgroße Zimmer. Der andere seufzte, es klang enttäuscht.

»Es kommt nicht häufig vor, dass kleine Prinzen unter uns weilen. Für gewöhnlich verlangen sie, dass die Matrixtechniker alles stehen und liegen lassen und ihre Zeit damit verbringen, ihnen auf Schritt und Tritt zu folgen, bis sie ihr *Laran* gerade so weit beherrschen, dass sie einander umbringen können. Aber hier bleibt dein Rang draußen vor dem Tor. In einem Turm zählt nur *Laran*. Und solange du nicht bewiesen hast, dass du es in vollem Maß besitzt und souverän handhaben kannst, bist du nichts. Zweifellos eine beängstigende Abwechslung für dich.« Damit machte er auf dem Absatz kehrt und entfernte sich steifbeinig.

Grai hätte ihm gerne hinterhergemurmelt, dass er sich als der seltsam aussehende, atavistische siebte Sohn eines drittklassigen Königs, der ständig in die Kriege anderer Leute verwickelt war, sein ganzes Leben lang mehr oder weniger wie ein Nichts gefühlt hatte. Aber es wäre sinnlos gewesen. Der Mann hegte offensichtlich eine Abneigung gegen den Adel; wahrscheinlich war er ein nicht anerkannter *nedestro*-Sohn, der immer noch unter seinem Geschick litt. Widerspruch wäre nur Wasser auf seine Mühlen. Der einzige Weg, jemanden wie ihn zu erreichen, bestand darin, hart zu arbeiten und es ihm zu *zeigen*.

Genau das wollte Grai tun. Er war nicht hier, um zu lernen, wie man einen Verstand betäubte oder Waffen schleuderte. Wie Rudir ganz richtig bemerkt hatte, hätte er das zu Hause lernen können. Grai wollte sich echtes *Laran* aneignen. *Laran* von der Art, das wundervolle Türme und glatte, makellose Straßen schuf, das Regen für die Ernte herbeirief und das Land nährte. Dafür hatte er eine fünfzehntägige Reise zu einem Turm unternommen und Familie, soziale Stellung und den neuesten Krieg seines Vaters zurückgelassen.

Der Überprüfungsraum war größer als sein Zimmer, aber ebenso kahl. Zwei hohe Fenster ließen das Morgenlicht herein – eine willkommene Abwechslung zu den mit Brettern verbarrikadierten Fenstern auf dem Anwesen seines Vaters.

»Wozu bist du hierher gekommen?«, fragte der Mann unverblümt, nachdem er ihn überprüft hatte.

»Um mich im Gebrauch von *Laran* ausbilden zu lassen.«

»Wer sagt dir, dass du welches hast?«

»Was? Alle in meiner Familie sagen es. Und der fahrende *Laranzu* ... er hat mich angesehen.«

»Er hat dir gesagt, du hättest *Laran*?«

»Na ja, er meinte, es sei wahrscheinlich blockiert. Und die Experten im Turm könnten es zum Vorschein bringen.«

»Wir können nichts ›zum Vorschein bringen‹, was nicht da ist«, antwortete der Mann und schaute zornig.

»Aber er sagte, ich hätte Energien.«

»Jeder Mensch hat *Energien*; das bedeutet lediglich, dass du nicht *tot* bist.« Der *Laranzu* stand auf und bürstete die Vorderseite seines Gewandes ab, als wäre sie durch die Nähe zu Grai beschmutzt worden.

»Heißt das, ich werde wieder nach Hause geschickt?«, fragte Grai kleinlaut und machte sich auf das Schlimmste gefasst. Er taugte nichts auf einem Pferd oder mit einem Schwert in der Hand, er taugte nicht einmal zum Studieren. Er neigte dazu, sich auf abgelegene Pfade zu begeben und ihnen bis zu Ergebnissen zu folgen, die sich niemand sonst hätte träumen lassen – und die niemanden interessierten. Er hatte nicht damit gerechnet, dass er auch kein *Laran* haben könnte, obwohl er nie die Qualen der Schwellenkrankheit erfahren hatte, wie sie die meisten adlig Geborenen durchmachten. Er und die Amme hatten einfach gedacht, bei seinem Aussehen ...

Wenn er auch kein *Laran* besaß, konnte er ebenso gut auf dem Grund des Sees von Hali verschwinden. Sein Vater brauchte keinen siebten Sohn; und wie er viele Male deutlich gemacht hatte, brauchte er insbesondere keinen, der zu nichts nütze war.

»Nein.« Der *Laranzu* seufzte. »Du kannst genauso gut bleiben, bis Lauro wieder da ist. Er überprüft uns normalerweise, aber er ist unterwegs und spielt Kindermädchen bei irgendeinem kostbaren kleinen Prinzen. Es kommt selten vor, aber gelegentlich gibt es tatsächlich jemanden, dessen *Laran* hinter einer natürlichen Sperre blockiert ist. Nicht hinter einer, die durch *Laran* herbeigeführt wurde – die kann jeder blutige Laie entdecken –, sondern hinter einer natürlichen: psychische, entwicklungsbedingte, was immer du willst. Natürliche Blockaden zu erkennen, ist nicht meine Stärke. Ich bezweifle, dass du eine hast, aber wenn du schon den weiten Weg auf dich genommen hast, können wir auch auf Nummer Sicher gehen.«

»Wann ...?«, wollte Grai fragen, aber sein Tester war bereits hinausgegangen.

Grai seufzte. Er hatte gedacht, in den Türmen sei alles anders, das Offensein für die Emotionen anderer und das intime Arbeiten von Geist zu Geist würde die Leute freundlicher stimmen ... netter irgendwie. Aber sie behandelten ihn hier, wie er über weite Strecken im Hause seines Vaters behandelt worden war – wie jemanden, der nur im Weg ist.

Er spazierte zu den Ställen hinunter und schlug zwei Stunden damit tot, sein bereits gestriegeltes Pferd noch einmal zu striegeln. Er mochte kein Meister im Reiten sein, aber er mochte es sehr, wie sich Pferde anfühlten, alle Tiere im Grunde ... sie fühlten sich beruhigend an ... »richtig«.

Er konnte diese Empfindungen nie beschreiben, die er schon sein ganzes Leben lang hatte. Manche Dinge wie Tiere, Bäume oder handpoliertes Holz fühlten sich »richtig« an, während andere wie Waffen, laute Stimmen und, nun ja, Dinge, die mit Sex zu tun hatten und über die Jungen normalerweise kicherten und auf die sie erpicht waren, sich »nicht richtig« anfühlten, oder zumindest »im Moment nicht richtig«. Er seufzte. Er hatte einmal versucht, es seinen älteren Brüdern zu erklären, aber sie hatten ihn nur ausgelacht und ein großes Kind genannt. Vielleicht war er das ja immer noch – ein Kleinkind, das nur aus Gefühlen bestand und nichts konnte.

Grai drehte sich um und schleppte sich niedergeschlagen zu seinem Zimmer zurück.

Niemand rief ihn zum Abendessen. Vielleicht waren die Matrixarbeiter gerade mit einer wichtigen Sache beschäftigt. Vielleicht hatte man ihn schlicht vergessen. Vielleicht sollte er nicht warten, bis man ihn rief. Grai war nicht danach zu Mute, loszupirschen und festzustellen, welche dieser Möglichkeiten zutraf. Er aß ohnehin nie viel – noch eine seiner oft erwähnten Unzulänglichkeiten. Er kam leicht mit dem zurecht, was von der Marschverpflegung in seinen Satteltaschen noch übrig war. Bald würde er allerdings herausfinden müssen, wo und wann in diesem Turm gegessen wurde.

Nachdem Grai die letzten Krümel seiner Marschverpflegung verzehrt und mit ein wenig abgestandenem Wasser aus seinem Reiseschlauch hinuntergespült hatte, rollte er sich in der Nische des hohen, klapprigen Fensters seines Zimmers zusammen und träumte sich in den Schlaf. Was er am nächsten Morgen bedauerte, als er steif und schlaftrunken aufwachte, mit undeutlichen, verwirrenden Erinnerungen daran, die ganze Nacht durch Schneetreiben marschiert zu sein. Er streckte sich, so gut er es in der Einfassung des Fensters konnte, und sah in den Hof hinab. Dort herrschte nicht das geschäftige Treiben, das er gewohnt war. Keine Pferde oder Gespanne, kein Schwerttraining oder neckisches Gerede, keine rauen Stimmen, die umherhuschenden Dienern befahlen, sich beim Entladen von Kriegsgütern wie Schrapnell oder dem neuen *Haftfeuer* zu beeilen.

Hier war alles ruhig und friedlich. Zwei Gestalten überquerten in ein Gespräch vertieft den Hof. Sie hatten nichts von
der nervösen Hast an sich, wie sie die Soldaten seines Vaters
zeigten, und etwas an der Art, wie sie sich bewegten, legte den
Schluss nahe, dass sie äußerst wichtige Angelegenheiten be-
sprachen und nicht nur mit kriegerischen Heldentaten prahl-
ten oder derbe Witze austauschten.

Grai wollte so verzweifelt hierher gehören, dass er es beinahe schmecken konnte. Hier, wo *Laran* eine Kunst war, nicht
nur ein Mittel zum Töten; hier, wo Friede und Einklang seine
Tage beherrschen würden und keine rohen Stimmen die Luft
mit ihrem Gerede von Krieg und Töten erfüllten.

Wenn er herausfand, wo die anderen frühstückten, dann
konnte er vielleicht mit einigen von ihnen reden, die ersten
Freundschaften schließen und anfangen, das berauschende
Abenteuer eines Lebens im Turm zu erfahren.

Aber nachdem er die Küche (keinen Speisesaal!) gefunden
hatte, stellte sich das Frühstück als eine einsame Angelegenheit heraus.

»Der Zirkel is' zu beschäftigt, Junge, die können sich nicht
zu 'nem offiziellen Frühstück hinhocken«, spottete die Kü-
chenhilfe. »Die eine Hälfte is' vor Morgengrauen aufgestan-
den und die andere hat bis Mitternacht an den Relais gearbeitet und schläft jetzt.«

Enttäuscht und verlegen schlang Grai seine Schüssel Ge-
treide stumm hinunter.

Bei den nächsten beiden Mahlzeiten war es das Gleiche. Der
Zirkel aß nie zu normalen Zeiten, wie es schien, wenn überhaupt, schnappten sie sich nur etwas zu essen und trugen es
zu ihrem Arbeitsplatz oder in die Räume, wo sie wachten oder
sich zum Schlafen vorbereiteten. Ungeachtet der Bemerkungen, die Rudir bei Grais Begrüßung gemacht hatte, gab es sehr
wohl Diener, und die Matrixarbeiter wurden auch durchaus

bedient. In einem hatte Rudir allerdings Recht gehabt: Kein Mensch dachte daran, *Grai* zu bedienen.

Tatsächlich fand er am nächsten Morgen heraus, dass er für das Essen, das er verzehrte, bezahlen sollte, indem er selbst als Diener arbeitete!

»Komm mit«, kommandierte ein junger Bursche mit Flachshaar und X-Beinen, der auf den Namen Foran hörte.

»Dann ist Lauro also gekommen?«, fragte Grai erwartungsvoll.

»Lauro wird noch wochenlang weg sein – Monate vielleicht. Du glaubst doch hoffentlich nicht, dass du in der Zwischenzeit nur herumhocken, uns die Haare vom Kopf fressen und nichts arbeiten kannst, oder?«

»Nein, natürlich nicht. Aber was ... ? Wenn ich kein *Laran* besitze ...«

»Es gibt genügend zu tun, mein kleiner Prinz. Arbeit, die denjenigen von uns den Rücken freihält, die echte Aufgaben zu erfüllen haben.«

Grai seufzte. Er hatte es satt, kleiner Prinz genannt zu werden. Rudirs Spitzname schien an ihm hängen zu bleiben, anders hörte er sich zumindest nicht angesprochen – falls man überhaupt mit ihm redete. »Ich könnte in den Ställen helfen«, schlug Grai vor. Er mochte Pferde, und außerdem hätte er dann die Gelegenheit, mit Timmen zu reden.

»Um was zu tun?«, schnaubte Foran verächtlich. »Den leeren Boden zu schrubben? Du glaubst doch wohl nicht, dass wir die Pferde hier behalten haben, damit sie uns arm fressen, oder? Die haben wir gestern heimgeschickt.«

»Aber ... warum hat mir das niemand gesagt?«

»Wer bist du denn, dass du so etwas erfahren musst? Du hast hier nichts zu sagen, kleiner Prinz.«

Aber ich hätte gern Auf Wiedersehen gesagt, dachte Grai im Stillen.

»Aber was ist, wenn ich nach Hause geschickt werden muss?«, fragte er. Er fürchtete sich vor dieser Möglichkeit, aber es war klar, dass es so kommen würde, falls Lauro ihn für unzureichend befand.

»Dann erhältst du vom Turm eine Nachricht und wartest einfach, bis sie dich abholen«, erwiderte Foran blasiert. »Inzwischen ist das hier dein Arbeitsplatz.« Er führte Grai in einen hinteren Hofbereich, den dieser bisher noch nicht gesehen hatte. Mehrere überaus pelzige Wesen schnürten dort Bündel zusammen und hievten sie auf Karren.

»Ktel wird dir zeigen, was du tun musst«, sagte Foran, und in seinen Augen blitzte pure Bosheit. »Ich denke, das wirst du können.«

Foran machte kehrt und ging. Grai stand blinzelnd da und fragte sich, wo Ktel sein mochte. Er sah überhaupt keine Menschen in dem Hof.

Eines der kleinen Pelzwesen näherte sich ihm. »Komm«, sagte es mit starkem Akzent. »Ich zeigen.«

»Ich soll hier auf Ktel warten«, sagte Grai höflich und blinzelte überrascht.

»Ich Ktel.«

Grai betrachtete das kleine Geschöpf näher. »Aber ... du bist ja ein Bergmensch!«, rief er erstaunt. Er hatte von solchen Wesen gehört, die hoch oben in den Bergen hausten, aber er hatte noch nie eines gesehen. Er hatte immer geglaubt, sie könnten im Tiefland nicht überleben.

»Na«, sagte der andere und verzog das Gesicht. »Mütter waren Menschen, aber wir ...« – er zuckte mit den kleinen Schultern – »wir nur Arbeiter. Angepasst. Der *Leronis*, der uns entworfen hat, nennt uns Werkmensch, aber die meisten kürzen's ab zu Werkler.«

Er blinzelte mit seinen großen Augen gegen die Sonne und

wandte sich wieder dem Stapel von Bündeln zu. Grai folgte ihm wie in Trance.

Der Tag wurde zu einer heißen, schweißtreibenden Qual aus Bücken und Heben, Packen und Schieben. Die kleinen Päckchen, die in festes, öliges Tuch gewickelt waren, mussten in weitere Lagen des seltsamen Stoffs gebettet und in große Metallbehälter geladen werden. Wenn ein Behälter voll war, wurde er versiegelt und auf einen Karren gehoben – wozu Grai und mindestens sieben der kleinen Wesen nötig waren.

Sie machten nicht einmal eine Mittagspause. Anscheinend brauchten Werkmenschen oder Werkler oder wie immer sie hießen, kein Mittagessen. Wenigstens hörte sich Ktels Antwort danach an, als Grai fragte. Etwas an seiner Formulierung weckte allerdings den Verdacht, als wären nur die Leute im Turm der Ansicht, Werkler brauchten kein Mittagessen. Grai achtete nicht auf seinen knurrenden Magen und schuftete einfach weiter.

Als die rote Sonne träge hinter den Mauern versank, die den Turm umgaben, durften sie nach drinnen schlurfen, ein wenig Brot und Käse essen und zu ihren Zimmern hinaufstolpern. Jedenfalls stolperte Grai. Ktel und die anderen schienen die harte Arbeit gewöhnt zu sein.

Grai schlief, bevor sein Kopf das Kissen berührte.

... Kalte, dünne Luft glitt wie eisige Messer seine Kehle hinab, und der Wind fraß sich mit Kiefern voller scharfer Zähne durch die Schlitze in seiner Kleidung. Vorsichtig setzte er einen Fuß vor den anderen, atmete zweimal pro Schritt, es ging immer bergauf. Vor ihm lag eine Felswand, die vielleicht ein wenig Schutz für die Nacht bot. Falls er es bis dahin schaffte. Zwei Atemzüge, ein Schritt. Zwei Atemzüge, ein Schritt. Er konnte keine Energie erübrigen, um sich zu wärmen, nicht

einmal, um zu rufen. Das Banshee hatte die Tüte mit Lebens-
mitteln, die er in seiner Verzweiflung nach ihm geschleudert
hatte. Ein Glück, dass es ihn selbst nicht erwischt hatte. Oder
auch nicht. Zwei Schritte, atmen, Luft wie eisige Messer, zwei
Schritte, atmen.
    Die Felswand war erreicht ...

Er erwachte benommen und völlig erschöpft. Er hatte einen
sonderbaren Traum gehabt ... der aber schon wieder aus seinem Kopf entschwunden war. Bei Zandrus Höllen, war er
müde! Als hätte der Schlaf ihm weitere Energie entzogen, anstatt die Reserven aufzufüllen, die er am Vortag verbraucht
hatte.

Als Grai an diesem Morgen in den Hof hinausging, empfand er einen widerwilligen Respekt für die kleinen Pelzwesen. Sie arbeiteten bereits wieder hart, ohne ein Anzeichen
von der Mattigkeit, die seine Glieder bleischwer erscheinen
ließ. Ktel beäugte ihn und winkte ihn zu sich in eine Ecke.
Dort schufteten sie Seite an Seite in einem Takt, der Grai eine
Spur gemächlicher vorkam als am Tag zuvor.

Zu Mittag drehte sich Ktel um und reichte ihm ein kleines
Päckchen, das in weißes Papier gewickelt war. »Sitz«, sagte er
und deutete auf einen schattigen Winkel.

Verwirrt ging Grai dorthin und setzte sich.

»Iss«, sagte Ktel und zeigte auf das weiße Päckchen, das er
ihm gegeben hatte, bevor er sich wieder an die Arbeit machte.

Grai faltete das steife weiße Papier auseinander und fand
ein Stück *Jalap*, eine würzige Mischung aus frischem Gemüse
und Käse in einem dünnen, knusprigen Teigmantel.

»Aber was ist mich euch anderen?«

»Werkler nicht essen Mittag.«

»Dann esse ich auch nichts.«

»Du sein dumm. Wir sein klein, aber erwachsen. Du sein

110

jung, fast noch *Chieri*-Kind. Warum Menschen dich gefangen, wir nicht wissen.«

»Ich bin kein Kind. Und ich bin auch kein *Chieri*. Ich bin ein Mensch.«

Der Werkmensch sah ihn mit ungläubigem Blick an. »Iss«, wiederholte er nur und ging zurück an die Arbeit.

Grai gab auf. Der *Jalap* ließ ihm das Wasser im Mund zusammenlaufen, und seine Hände zitterten praktisch, so sehr verlangte ihn danach. Er aß ihn mit ungefähr drei Bissen und trank dazu einen Schluck aus seinem Wasserschlauch.

»Danke«, sagte er, als er seinen Platz neben dem kleinen Pelzgeschöpf wieder einnahm. Ktel brummte nur etwas.

Im Laufe des Tages lernte er sie alle besser kennen: Tig, mit dem gräulichen Pelz und seinem sarkastischen Humor; Loj, der Bergmenschlieder summte, damit die Arbeitszeit schneller verging; der junge Xir, der beim Gehen hüpfte und ständig Fragen stellte ... Grai fühlte mehr Kameradschaft unter diesen pelzigen, genetisch veränderten Wesen, als er je bei seiner eigenen Art empfunden hatte. Sie akzeptierten ihn nicht nur so, wie er war, mit seinen weißen Haaren und sechs Fingern und allem, ohne hinter seinem Rücken Bemerkungen zu machen oder plötzlich den Blick abzuwenden, wenn er sie ansah. Vielmehr lag es einfach an ihrer Lebensweise, sie freuten sich über jeden Tag und kannten weder Hass noch Intrigen, um sich gegenseitig zu beherrschen.

Er hoffte, mit den Leuten im Turm würde es ebenso sein, wenn sie sich erst einmal an sein Aussehen gewöhnt hatten.

Er hatte bisher jedoch kaum Kontakt mit dem Zirkel des Turms gehabt. Das meiste, was er von ihnen wusste, stammte aus aufgefangenen Gesprächsfetzen und drehte sich um Formeln, wofür auch immer, und schlaue Bemerkungen über Reaktionszeiten, maximierte Potenziale und zunehmende Reichweite. Er sehnte sich danach, das Wissen zu besitzen, um sich an solchen Gesprächen beteiligen zu können. Sein Geist bekam Flügel und folgte den schwer fassbaren Worten bis an den Rand der Welt, außerdem stellte er sich die großartigen Nutzungsmöglichkeiten von *Laran* vor und wollte daran teilhaben.

Seine nächtlichen Träume handelten allerdings nicht von *Laran*, sondern von Kälte. Kälte, die sich durch seine Kleidung fraß und seine langen, schmalen Füße erstarren ließ, bis selbst seine Knochen vor Kälte schmerzten.

Er musste weiter. Sie warteten auf ihn, seine Familie und seine Freunde, warteten darauf, ihn wieder in ihrer Mitte aufzunehmen. Er war zu lange auf der falschen Seite der Berge gewesen, zu lange verborgen zwischen den Menschen gewandert und hatte versucht, den Schaden wieder gutzumachen, den ihr Hass und ihre Gier dem Land zugefügt hatten. Er war so lange von ihnen getrennt gewesen, dass er keine Kraft mehr hatte, um seine Familie zu erreichen und Stärke aus ihrer Anwesenheit zu beziehen. Er war so schwach, er konnte nicht einmal mehr um Hilfe rufen. Und es war so kalt ... so bitterkalt.

Ich helfe dir, flüsterte Grai in seinem Traum. Er streckte die Hand aus und legte einen Arm um den anderen – oder war er es selbst? –, um den Schwankenden den eisigen Pfad hinaufzuführen. Der andere wandte erstaunt den Kopf, um Grai anzusehen, stolperte und fiel, fiel in einem Wirbel aus Dunst und Schnee, und Grai schwebte hoch in der Luft und sah zwischen den Wolken hinab auf eine zerklüftete, schneebedeckte Gebirgskette, in der Eisflächen wie blanke Messer neben dem nackten Felsgerippe glitzerten, das sie geschnitzt hatten.

Er kämpfte sich nach unten, fand die kleine, sich abmühende Gestalt, quälte sich durch den Schnee an ihre Seite und krabbelte Stein für Stein nach oben, während er den anderen hinter sich herzog. Er wusste nicht genau, wer er war, er selbst oder die Gestalt an seiner Seite – er schien abwechselnd in die Gestalt des einen oder des anderen zu schlüpfen. Der Feind war der Schnee, die Kälte. So viel wusste er.

Grai wachte auf und fand sich am Fuß seines Bettes kauernd wieder, die Arme so fest um die Knie geschlungen, dass er Krämpfe in ihnen hatte. Auf seinem Gesicht waren Tränen gefroren.

Nein, nicht gefroren. Nur klebrig und vertrocknet. Seine Beine schmerzten, als wäre er in der Nacht tatsächlich einen Berghang hinaufgekrabbelt, und im tiefsten Innern war ihm immer noch kalt, eisig kalt. Grai zitterte in der warmen, feuchten Luft des zeitigen Frühjahrs.

Er erntete komische Blicke, als er beim Frühstück um heißen Tee bat, aber der Tee tat ihm gut, er reichte bis in die kältesten Winkel seines Körpers und erwärmte sie auf ein normales Maß.

An diesem Tag fiel eines der Päckchen in den Öltüchern zu Boden.

Es ging blitzschnell. Xir, der über einen Witz lachte, den Tig gerissen hatte, hob eines der Säckchen hoch und machte kehrt, um es zu der Verladekiste zu tragen. Grai sah aus dem Augenwinkel, wie die Verpackung aufging, ein inneres Säckchen herausfiel und mit einem dumpfen Geräusch verkehrt herum auf dem Boden landete. Im nächsten Moment war Xir eine flammende Fackel.

Er hatte nicht einmal Zeit zu schreien. Der Übelkeit erregende Geruch des brennenden Fells raubte der Luft jeglichen Sauerstoff.

Grai begann loszurennen, aber Ktel packte ihn am Arm und riss ihn zurück.

Tig ergriff ein Ende des Sacks und schwang ihn von dem brennenden Klumpen weg.

»Xir!«, schrie Grai.

»Zu spät«, sagte Ktel, »zu spät.«

»Aber ... was ist da passiert?«

»*Haftfeuer*«, antwortete Ktel, und in seiner Stimme schwang Verwunderung. »Du noch nie gesehen *Haftfeuer?*«

»*Haftfeuer?*«, flüsterte Grai entsetzt.

»Was du denken, in Ölsäcken?«

»Ich ... ich hätte jedenfalls nie gedacht, dass ...«, flüsterte Grai. Es stimmte. Er hatte verladen und gestapelt, geredet und Witze gemacht, und nicht einen Augenblick hatte er sich gefragt, was er da eigentlich tat. Was in den kleinen Päckchen wohl sein mochte.

Er machte auf dem Absatz kehrt und rannte in den Turm. Dort schnappte er sich die erste Person, die er traf. Zufällig war es der Mann mit dem gepflegten Bart, der ihn überprüft hatte.

»Xir ist gerade verbrannt.«

»Wer?«

»Xir. Einer von den Werkmenschen.«

»Himmel, und das jetzt! Sei jedenfalls beim Saubermachen vorsichtig. Verwende das Öltuch und pass auf, dass du nichts davon an die Hände bekommst. Vermutlich wird sich Riori zwei, drei Tage vom Zirkel freinehmen wollen, um ein neues Exemplar in sich reifen zu lassen. Was für ein Ärger!«

»Das ist *Haftfeuer* da draußen!«

»Deswegen sagte ich ja, du sollst das Öltuch nehmen.«

»Ich meine, ihr stellt *Haftfeuer* her!«

»Natürlich ... was dachtest du, wer es herstellt?«

»Aber ich glaubte, nur Kriegs*laranzu'in* ...«

»Sei nicht albern, Kind. Umherziehende *Laranzu'in* sind gar nicht stark genug, um *Haftfeuer* herzustellen. Dazu braucht es hoch ausgebildete Matrixtechniker, die in einem Zirkel arbeiten. *Haftfeuer* wird ausnahmslos in Türmen hergestellt.«

»Aber wie könnt ihr nur? Wie können die Türme nur etwas so Schreckliches wie *Haftfeuer* herstellen?«

»Die Könige wollen es, also machen wir's.« Er zuckte die Achseln.

»Aber ihr könntet ihnen einfach sagen, dass ihr es nicht herstellen wollt!«

»Warum sollten wir das tun? Wir müssen essen, verstehst du? Meinst du vielleicht, wir haben Zeit, Felder zu bestellen und Vieh weiden zu lassen? Wir müssen unser Essen kaufen, und wir bezahlen mit Dienstleistungen dafür.«

»Aber von den Türmen erwartet man, dass sie nichts mit Kriegen zu tun haben!«

»Wer hat dir denn diesen Unsinn eingeredet, mein Junge? Deine Familie bestimmt nicht. *Laranzu'in* sterben genauso leicht wie Leervolk, wenn man sie durchbohrt oder verbrennt. Es liegt an uns, dafür zu sorgen, dass wir am Leben bleiben, und das tun wir, indem wir diejenigen mit den besten Waffen versorgen, die den Eindruck machen, als könnten sie uns am besten beschützen. O nein, wir beschäftigen uns sehr intensiv mit Kriegen, mein kleiner Prinz. Wir nehmen sogar die nutzlosen Söhne der Kriegsherren auf, wenn man uns darum bittet.«

Grai stand da, in seinem Kopf kreisten unzusammenhängende Gedanken um einen tauben Kern, während der andere sich entfernte. Als er mit zittrigen Knien in den Hof zurückkam, hatte man Xirs Überreste bereits weggefegt und die Arbeit wieder aufgenommen.

In dieser Nacht glitt er in unruhige Träume von Schmerz, Tod und Feuer, bei denen sein Körper brannte und jeder Nerv, jede Nervenbahn wie flüssig war vor Schmerz. Er nahm ihn mit in den Schnee.

Der Schmerz umgab ihn wie ein glühender Ball, spritzte grelle Muster in das gefrorene Weiß und färbte es mit Rot- und Orangetönen.

Du hast fast so viele Schmerzen wie ich, kleiner Bruder, *flüsterte eine Stimme in seinem Kopf, und im Schein seines geballten Schmerzes erspähte er die verschwommenen Umrisse einer Gestalt, die an der Schneewand kauerte; das lange, weiße Haar war mit Eis überzogen, die Haut war leichenblass – nur das intensive Funkeln der blauen Augen, die unter schneeverkrusteten Brauen hervorschauten, gab einen Hinweis darauf, dass die Gestalt noch lebte.*

Einen Schwindel erregenden Moment lang war Grai diese Gestalt, sah sich selbst durch ihre Augen und erinnerte sich an den langen, schmerzvollen Marsch über den sturmgepeitschten Pass. Dann wechselte er abrupt in seinen eigenen Körper, sein eigenes Bewusstsein zurück. Er schüttelte den Kopf, wobei der Schmerz in Wellen durch seine Adern lief und ihn in die Knie sinken ließ.

Du schläfst, kleiner Bruder, *flüsterte der andere.*

Nein, *dachte Gray. Das schien ihm nicht richtig zu sein. Das fühlte sich nicht an wie Schlaf. Diese Gestalt war real. Diese Gestalt war Nacht für Nacht in seinen Träumen durch die Berge gewandert, aber sie war irgendwie auch real.*

Du steckst mitten in der Schwellenkrankheit. Das schwächt deine Barrieren, und dein Geist schwirrt ungezügelt umher.

Nein. Das ist nicht die Schwellenkrankheit. Die habe ich nie durchgemacht, *protestierte Grai, und seine Stimme war ebenso ein Flüstern vor Schmerz wie die des anderen.*

Ein trockenes, heiseres Lachen bahnte sich einen zarten Weg in seinen Kopf. Du machst sie gerade durch, mein Junge.

Ich bin zu alt!

Alt! Du bist doch das reinste Kleinkind, noch nicht einmal alt genug, um sexuell zu erwachen! Aber geh jetzt, mein Kleiner. Du brauchst nicht bei mir zu sein, wenn ich sterbe.

Aber du wirst nicht sterben!

Doch, natürlich werde ich sterben, mein Kleiner. Ich schaffe es nicht über den Pass. Ich habe kein Essen und keine Reserven mehr, um Wärme zu erzeugen, ganz zu schweigen von der Energie, um weiterzugehen.

Ich habe Wärme. Ich verbrenne vor Wärme! *Grais Geist bewegte sich vorwärts, auf die schneeverkrustete Gestalt am Boden zu.*

Nein, kleiner Bruder, es könnte dich töten!

Lieber dabei sterben, einen anderen zu wärmen, als *Haftfeuer* zu verpacken oder Leichtflieger abzuschießen.

Ach, kleiner Bruder, dann hat es dich also zu den Menschen verschlagen? *Mitleid ätzte die dünne Stimme des anderen.*

Zu den Menschen? Ich *bin* ein Mensch.

Du magst als Mensch zur Welt gekommen sein, aber du bist ein *Chieri, erreichte ihn der Gedanke des anderen.* Komm näher, dann zeige ich es dir.

Grai kroch zu ihm, und während seine Wärme den anderen einhüllte, fluteten Bilder vom Alltagsleben der Chieri durch sein Gehirn. Das Lachen und die Freude, die Suche nach Wahrheit, die Liebe und das Mitgefühl. Hier waren sie, die Wettermacher, Beschützer der Bienen, Sucher des Lichts, für die er die Leroni *in den Türmen gehalten hatte. Sie waren nur wenige, aber so liebevoll und verwundert, warum die Menschen unbedingt in solcher Stärke zunehmen mussten, dass Überbeanspruchung und regelrechte Zerstörung das Land vergifteten, bis dessen Hässlichkeit derjenigen gleichkam, die in ihren Köpfen wucherte. Grai sah, wie die* Chieri *als Reaktion auf solche Hässlichkeit geschrumpft waren, wie ihre Zahl immer kleiner wurde bei dem verzweifelten Versuch, das Gleichgewicht der Fühlenden in einem überlasteten Land wiederherzustellen, und wie sie dann schließlich versuchten, die Welt selbst zu reparieren, und sich auf verborgenen Pfaden in die menschlichen Siedlungen schlichen, um dem Land Leben und Fruchtbarkeit zurückzugeben, den Schaden wieder gutzuma-*

chen, den ihre gleichgültigen, gierigen Verwandten angerichtet hatten.

Grai fühlte seine Sehnsucht und seine Verzweiflung wachsen, während der andere Kraft aus seiner Wärme gewann, Energie aus dem Feuergeflecht in seinen Adern bezog, wobei er behutsam wie ein Chirurg arbeitete und selbst beim Nehmen noch heilte und half, obwohl ihn das noch mehr erschöpfte.

Nimm, so viel du brauchst, *beharrte Grai.*

Nein, du hast mir genug gegeben, kleiner Bruder. Jetzt müsste ich es schaffen. Und selbst, wenn ich es nicht schaffe, gehe ich in dem Bewusstsein zum Schöpfer, dass ich dich nicht vor deiner Zeit mitgenommen habe. SCHLAFE, kleiner Bruder. *Und der Befehl tauchte Grai trotz seiner Proteste in tiefes Dunkel.*

Er erwachte unter Schmerzen, aber gesund. Vorsichtig tastete er mit seinem eben erwachenden *Laran* umher, konnte aber keinen Funken vom Geist des *Chieri* erhaschen. Hatte er es geschafft? Kämpfte er sich immer noch auf der anderen Seite des Walls um die Welt hinab? Oder war er tot und sein Geist in alle Winde zerstreut?

Grai war nach Weinen zu Mute. Er wollte nicht unter Menschen sein, mit ihrer Derbheit und ihrer Gier. Selbst die Arbeiter in den Türmen, die er aus der Ferne angebetet hatte, waren, wie sich nun herausstellte, besessen vom Gedanken an Lehm und Geld. Er wollte fliehen, aber wohin konnte er sich wenden? Ob Burg oder Turm, ob Wald oder Feld, überall würde ihn das Kriegsgeschehen mitreißen, würde man ihn zum Dienst zwingen und ihm befehlen, mit den Händen oder seinen Geisteskräften andere zu töten.

Er schluchzte und vergrub den Kopf im Kissen.

»Los, du Schlafmütze. Schaff deinen Prinzenarsch runter in den Hof und fang an, aufzuladen. Durch die Nachlässigkeit von gestern sind wir im Zeitplan zurück, deshalb heißt es heute doppelte Schicht für verhätschelte Prinzen.« Ein scharfer Schlag sauste auf Grais Hinterteil hinab.

Mit einem unterdrückten Aufschrei und zusammengebissenen Zähnen wälzte er sich aus dem Bett und stand auf. Was würde passieren, wenn er sich weigerte? Würden Sie ihn töten? Es wäre ihm fast lieber, als weiter in dieser Welt der Grausamkeiten und des Schmerzes zu leben.

»Los, beweg dich!«

Grai setzte sich mechanisch in Bewegung. Verzweifelt fand er sich beim Hantieren mit dem verhassten *Haftfeuer* wieder, lud es in Kisten und hievte die Kisten auf Karren.

»Diese Ladung geht zu Keriton«, verkündete eine Stimme. »Wie ärgerlich.«

»He, du da! Kleiner Prinz! Pack deine Siebensachen zusammen und sattle eins von diesen Chervines. Du musst die Lasttierkolonne mit Keritons Bestellung zu ihm hinausführen. Er sitzt so tief in den Bergen versteckt, dass er anders nicht zu erreichen ist.«

»Aber das habe ich noch nie gemacht«, protestierte Grai.

»Es gibt für alles ein erstes Mal«, wischte der andere den Einwand beiseite, ohne seinen üblichen Spott anzufügen.

Nachdem seine Proteste schon im Keim erstickt worden waren, fand sich Grai an der Spitze eines Zuges aus zwanzig Lasttieren wieder, die sich bei Anbruch der Nacht auf den Fuß der Berge zubewegten. Nach dem ersten Schock kam er zu dem Schluss, dass ihm die Sache sogar gefiel. Er mochte es, für sich zu sein, keinen Umgang mit Menschen zu haben, die an nichts anderes dachten, als wie sie einander noch »besser« umbringen konnten. Wenn er doch nur immer allein sein könnte!

Aber das würde schnell langweilig werden, erkannte Grai, als er am zweiten Reisetag abends an seinem Lagerfeuer saß. Bereits jetzt sehnte er sich danach, mit jemand anderem als einem Chervine zu reden – vielleicht wollte er auch nur hören, wie jemand eine Antwort gab. Es musste kein Mensch sein. Einer von den Werkmenschen wäre nett ... oder ein *Chieri* ... wie der in seinen Träumen.

Der Gedanke an den *Chieri* ließ ihn den ganzen folgenden Tag nicht los. Er dachte an die Wärme des anderen, an das freundschaftliche Gemeinwesen, das er ihm gezeigt hatte, das Versprechen von Wesen, die noch sanft waren und nach dem Guten strebten statt nach Krieg und Zerstörung.

Und wenn er ... ?

Er würde seine Familie nie wieder sehen. Der Gedanke tat ihm weh. So sehr sie ihn auch gehänselt und übergangen hatten, sie hatten ihn auf ihre Weise doch geliebt. Und er liebte sie. Aber er gehörte nicht zu ihnen.

Es würde mit den Jahren nicht leichter werden, sondern immer schwerer.

Je älter er wurde, desto weniger würden sie verstehen, dass er sich weiterhin »wie ein Kind« benahm und sich weigerte, ein Schwert in die Hand zu nehmen oder für die angebliche Ehre seiner Familie mit *Haftfeuer* zu werfen. Was an Liebe noch da war, würde sich in Widerwille verwandeln, vielleicht sogar in Hass. Und zwar nicht nur auf ihrer Seite. Ungeachtet seines Aussehens war er ein Mensch. Er würde lernen, den Hass zu erwidern.

Es sei denn er weigerte sich.

Es war besser, sie zu verlieren, solange er noch liebte, als zu lernen, wie man hasste.

Er änderte den Kurs der Lasttierkolonne und führte sie in die Berge, über das Vorgebirge hinaus. Immer tiefer drang er ein, und immer höher stieg er auf den Wall um die Welt zu, der auch jetzt im Hochsommer weiß aus dem Dunst ragte.

Würde es ihm gelingen, die Berge zu überqueren? Und wenn es ihm gelang, wie sollte er jene scheuen Geschöpfe finden, die für ihn die letzte Hoffnung auf geistige Gesundheit in dieser Welt verkörperten. Würden sie ihn überhaupt akzeptieren, roh und besudelt wie er war, und mit seinem Menschsein, das trotz seines Aussehens wie ein Geruch an ihm haftete?

Er ernährte sich von dem, was das Land hergab, und von den Köstlichkeiten, die man eingepackt hatte, um Keriton eine Freude zu machen, Leckerbissen aus einer zivilisierten Welt, auf Tuchfühlung verpackt mit dem tödlichen und widerwärtigen *Haftfeuer.* Letzteres wäre er gern losgeworden, wenn er gewusst hätte, wie. Aber er wagte es nicht, die Öltuchbeutel zu vergraben, weil er befürchtete, sie könnten aufreißen und sofort oder noch Jahre später Zerstörung bewirken. Vielleicht würden *sie* wissen, was zu tun war, falls er je bis zu ihnen gelangte.

Und so marschierte Grai weiter, beladen als würde er in den Krieg ziehen, stieg immer höher und wusste instinktiv, wo es zu dem Pfad ging, den jener andere genommen hatte. Es war seinem Bewusstsein eingebrannt wie Herzfeuer.

Lieber bei dem Versuch sterben, als ein Teil der Welt da unten im Tiefland zu werden, dachte er, als sich ringsum Eis und Schnee auszubreiten begannen und die Chervines sich auf der Suche nach Wärme näher aneinander drängten. Er ging unbeirrt weiter und erlebte nun in Wirklichkeit, was er bisher nur in diesen Träumen erfahren hatte: Kälte, Taubheit und Erschöpfung.

Es wäre besser, ich würde sterben, dachte er und setzte vorsichtig einen Fuß vor den anderen, zog das Leittier hinter sich her und machte den nächsten Schritt. *Es wäre besser, ich würde sterben.*

Aber wie könnte ich dich sterben lassen, kleiner Bruder? Du hast mir das Leben gerettet, als ich den Pass überquerte. Ich würde dir deine Tat schlecht vergelten, wenn ich nicht dassel-

be für dich täte, erklang eine kräftige, liebevolle Stimme in seinem Kopf.

Grai blickte auf, und eingerahmt von Schnee und Eis stand eine Gestalt mit schneeweißem Haar und lebhaften blauen Augen vor ihm.

Du bist uns willkommen und wirst es immer sein, kleiner Bruder, sagte die Gestalt und lächelte. *Komm und schließ dich unserem Wirken an.*

Grai fühlte, wie ihn eine Gemeinschaft aus Liebe und Hoffnung umgab.

Über Aletha Biedermann-Wiens und
»Kefan McIlroy sitzt in der Falle«

Aletha Biedermann-Wiens gibt ihr Debüt auf diesen Seiten. Im gewöhnlichen Leben hat sie zeitweise als Bibliothekarin eines Fernsehsenders gearbeitet – was, recht überlegt, gar nicht so gewöhnlich ist. Sie war auch schon Schmuckdesignerin für einen Laden in Oakland, Kalifornien, und arbeitet gegenwärtig bei einem Kundendienst in Concord, wo sie bei der Arbeit Arabisch lernt. Haben Sie sich je gefragt, warum sich angehende Schriftsteller ihren Lebensunterhalt auf so vielerlei und so ausgefallene Weise verdienen? Das liegt daran, dass Schriftsteller, wie jeder andere auch, der nicht auf Grund seines Vermögens unabhängig ist, Leib und Seele zusammenhalten müssen, während sie ihr Handwerk erlernen. Künstler werden nämlich notorisch schlecht bezahlt.

Diese Geschichte beantwortet eine Frage, die mir gelegentlich auch schon in den Sinn gekommen ist und die vielleicht eines Tages in einem Darkover-Roman wieder auftauchen wird: Was wäre, wenn jemand eine Form von *Laran* besäße, das sich bei Computern manifestiert? Da ich persönlich technophobisch veranlagt bin, würde ich es als Alptraum bezeichnen. Aber ich interessiere mich immer für die Lösungen anderer Leute zu Fragen, über die ich mir selbst schon den Kopf zerbrochen habe. Vor allem, wenn sich ihre Lösungen von meinen unterscheiden ...   MZB

Kefan McIlroy sitzt in der Falle

von Aletha Biedermann-Wiens

Er begleitete seine Schwester Megan nun schon zum tausendsten Mal, wie ihm schien, zur Näherin. Es war Frühjahr, und sie bereitete sich auf ihre Hochzeit vor. Sein Vater war auf einer Geschäftsreise im Süden, während sein Bruder den Laden in der Stadt führte, und so hatte er Megan am Hals. Sie fand auch das kleine rechteckige Ding auf der Straße; indem sie darauf zeigte, als ob es Dreck wäre, bemerkte sie, wie typisch es doch für die Terraner sei, etwas so Hässliches herzustellen.

Niemand sagte etwas, als er es sich genauer ansah. Er saß bei der Näherin in einem Sessel, so verwirrt, dass er sich diesmal nicht auf eine Tasse *Jaco* verabschiedete, und beobachtete, wie die Null aufleuchtete, als er das Ding zur Sonne neigte. Die Zahlen auf den Tasten des kleinen Instruments konnte er lesen. Er hatte in Nevarsin die Grundzüge der terranischen Sprache gelernt und ein wenig Rechnen. Eine Menge Rechnen sogar, und es hatte ihm Spaß gemacht. Er empfand die klare Logik als wohltuend. Aber dieses kleine Gerät hier konnte mehr als er. Die abgegriffene Gebrauchsanweisung steckte noch in dem dünnen Etui aus Leder. Er saß da, vergaß die Frauen völlig, und versuchte, aus der Anleitung schlau zu werden. π kannte er, aber was war Σ?

Er begann mit seinem *Laran* hinter die Tasten, ins Innere des Gehäuses zu schauen. Er hatte nie viel *Laran* besessen; keine Ausbildung wert, hatte die Heilerin gesagt, als seine Mutter sie vor Ungeduld kommen ließ, weil ihr Sohn die Schwellenkrankheit noch immer nicht bekam. Sein Vater hatte nur gebrummt, ein Comyn-Vorfahre unter acht Urgroßeltern sei ja auch kaum ein Grund zu der Annahme, dass der Junge über *Laran* verfügen müsse. Aber nun konnte er dem Weg des geringsten Widerstandes in dem fremden Material folgen, ohne dass er in seinen Sternstein blicken musste. Das fremde Material selbst schien zu ihm zu sprechen, so klar, nein, klarer, als es der Stein je getan hatte.

Er konnte der Struktur eines Pfades folgen, sah, wie er sich mit anderen Pfaden traf und wie sie sich zu präzisen Verzweigungen aufteilten. Wenn er »6« eintippte, konnte er spüren, was in den Pfaden des gesamten Systems passierte. »6,√«. Erstaunlich. »9,√«. Bei Zandrus Höllen, war es das, was die erste Zahl bedeutete?

Die binäre Sprache des Apparats war eine Offenbarung. Er begleitete seine Schwester nach Hause und ging anschließend los, um ein Mathematikbuch zu kaufen, mit dem er arbeitete, bis ihm die Augen weh taten. Ärgerlicherweise stellte der Apparat den Betrieb ein, sobald die Sonne unterging, deshalb arbeitete er in den Nächten mit dem Buch, und tagsüber, während er auf seine Schwester wartete, spürte er den Pfaden in dem Gerät nach. Die Pfade waren wie Tunnel für ihn, in denen er völlig frei war. Ausgelassen schlitterte er mit den anderen Impulsen dahin, stieg an den Toren um, verband sich und hüpfte wild in einem Wirbel aus Berechnungen umher, die mit einer unmenschlichen Plötzlichkeit und Korrektheit endeten.

Wenn ein kleines Gerät das konnte, eines, das so unbedeutend war, dass der Terraner, dem es heruntergefallen war, nicht Zeter und Mordio schrie, als er den Verlust bemerkte, was mochten sie dann noch auf ihrem Stützpunkt haben? Wie konnte er das herausfinden? Sein Vater ... sein Vater würde ihn höchstwahrscheinlich umbringen. Vater erwartete, dass sie sich von der Handelsstadt fern hielten, und erst recht vom Torplatz.

Er rang zwei Nächte lang mit einer Entscheidung, und in

der dritten verließ er leise das Haus und ging zum Tor. Als die uniformierten Wachen ihm keinerlei Beachtung schenkten, lehnte er sich an einen Pfeiler, als würde er auf jemanden warten, und begann die Apparate zu erforschen. Die Identifikationsgeräte waren phantastisch, und er fing gerade an, einige ihrer Befehle zu verstehen, als er die Glocken in der Burg ein Uhr schlagen hörte und merkte, wie spät es bereits war.

In der folgenden Nacht war er wieder da, und in der darauf ebenfalls, und nach etwa einer Woche fing er an, mit den Apparaten zu reden, versuchte ihnen Impulse zu schicken. Gelegentlich reagierten sie, indem sie sich öffneten, aber sie reagierten auch, indem sie laut schrillten, was ihn erschreckte. Eine Woche später blockierte er sie zu seinem Entsetzen allesamt. Er stand an den Pfeiler gelehnt, steif vor Angst, und die Wachen riefen nach drinnen, um Meldung zu machen. Er hörte die Verärgerung in ihren Stimmen. Sie schalteten auf Handbetrieb um, und als er sich eben so weit beruhigt hatte, dass er seinen Beinen zutraute, ihn wegzutragen, trat ein grauhaariger Mann aus einer Tür und stellte sich ihm in den Weg.

»Noch ziemlich spät unterwegs, was?«, fragte er in der Sprache der Stadtleute.

Kefans Mund war so trocken, dass er kein Wort herausbrachte.

»Hast du irgendein Problem, mein Sohn?«

»Nein, Herr, ich ... ich warte nur auf meinen ... meinen Onkel.« Er starrte den Mann aus großen Augen an. Aber als er zuckte und Anstalten machte, wegzurennen, legte ihm der Fremde barsch eine Hand auf die Schulter. »Wie heißt dein Onkel? Wir sehen nach und erkundigen uns, wie lange er noch ausbleibt.«

»Nein, nein, Herr, ich wollte nur ...«

»Beim Reparaturtrupp fangen sie schon an, ihren Dienstplan nach dir auszurichten. Jede Nacht, wenn du hier bist, spielt das Tor verrückt. Als sie mir erzählt haben, dass du nicht rothaarig bist, wollte ich ihnen erst nicht glauben.«

»Ich bin nicht ...«, protestierte Kefan.

»Nein?«

»NEIN!« Sie sahen einander an, bis Kefan den Blick senkte.

»Ich ... fühle sie einfach.«

»Du hängst jetzt seit drei Wochen vor dem Tor herum. Was würdest du noch gern besichtigen?«

»Zwei Wochen.«

»Zwei von euren Wochen – drei von unseren. Worauf hast du's abgesehen?«

»Wie kann ich Standard lernen, Herr, besser als in der Schule?«

»Hast du die Erlaubnis deines Vaters?«

»Ich bin schon fünfzehn. Mein Vater ist geschäftlich im Süden.«

»Fünfzehn ist für Terraner zu jung. Könntest du die Erlaubnis deiner Mutter bekommen?«

»Die Erlaubnis meiner Mutter!«, stieß Kefan geringschätzig aus.

»Ja«, entgegnete Jovin, während er ein Lächeln verbarg. »Eine schriftliche Notiz, von ihr unterschrieben, auf der steht, dass du im Raumhafen Unterricht nehmen darfst.«

Kefan funkelte ihn zornig an.

»Terranische Regeln«, sagte Jovin freundlich. »Komm mit der Erlaubnis wieder, und ich lasse dich herein.«

Kefan ging nach Hause und dachte daran, die Erlaubnis zu fälschen. Es war ihm nicht daran gelegen, einen Haushalt in Aufruhr zu versetzen, in dem ohnehin bereits helle Aufregung herrschte. Am nächsten Tag ertappte ihn sein Bruder dabei, wie er vor sich hin brütete, und fragte, was los sei.

»Würdest du mir einen Zettel unterschreiben, dass ich im terranischen Raumhafen Standard lernen darf?«

»Nie im Leben. Wieso willst du das tun?«

»Um herauszufinden, wie dieser Apparat funktioniert. Nur mit den Büchern, die ich gekauft habe, komme ich nicht dahinter, wozu er nützt.«

»Du bist verrückt.«

»Vielleicht. Vielleicht frage ich auch Mutter.«

»Lass dir nicht einfallen, sie so aufzuregen. Vater würde dir bei seiner Rückkehr ganz schön eine verpassen, wenn du sie jetzt reizt. Wozu brauchst du diesen Zettel?«

»Sie halten mich für ein Kind. Und das obwohl ich schon fünfzehn bin.«

»Mann, die Terraner sind solche Idioten. Wie hast du es nur bei ihnen ausgehalten?«

»Schlägst du mich, wenn ich gehe?«

»Wenn du Mutter aufregst, dann setzt es was.«

»Wie sieht ihre Handschrift aus?«

»Woher bei Zandrus Höllen soll ich das wissen? Sie hat mir nie einen Brief geschrieben. Die blöden Terraner würden ihre Schrift sowieso nicht kennen.« Kefans Bruder stampfte davon, und der Junge fälschte die Erlaubnis.

An diesem Abend ging er auf die Wachen zu. Sie deuteten ziemlich unhöflich mit dem Finger auf ihn, öffneten rasch die Fußgängertür und führten ihn zu ihrem gläsernen Wachhäuschen. Er wäre im siebten Himmel gewesen, wenn er sich nicht wie ein Gefangener gefühlt hätte. Aber der grauhaarige Mann, den er bereits kennen gelernt hatte, kam und stellte sich ganz höflich als Jovin McEnerny vor. Er akzeptierte den Zettel, befahl den Wachen, eine Kennmarke für Kefan anzufertigen, und führte ihn zu einem Gebäude, das sie »Lernzentrum« nannten und das ein kurzes Stück zu Fuß vom Tor entfernt lag. Dort setzten sie ihn auf einen Stuhl. Jovin warnte ihn, er werde sich komisch fühlen und solle nach Hause gehen, sobald das Band aus war.

Als es vorbei war, war ihm schwindlig und schlecht, aber die Angestellten halfen ihm wieder auf die Beine. Beim Hinausgehen sah er in einigen anderen Räumen des Lernzentrums Leute, die bewegte Bilder anschauten, Musikinstrumente spielten und, o Wunder, Mathematik studierten. Ihre Rechner funktionierten sogar auch im harten, grellen Kunstlicht der Terraner. Er ging zurück und fragte den Angestellten, was er tun müsse, um Mathematik zu studieren, und der Mann lachte.

»Wir haben zwar einige Bänder dafür, Gehirnstimulationsbänder wie du gerade eins benutzt hast, aber es ist ein wilder und verrückter Ritt, und die meisten Leute bleiben nicht im Sattel.«

»Ich probier's.«

»Nur ein Band pro Kunde und Abend. Komm morgen wieder, dann kannst du es versuchen.«

Kefan kam tatsächlich wieder und probierte das Band aus, aber die Sprache überwältigte ihn. Er riss sich aufgebracht den Kopfhörer von den Ohren, aber die Angestellte lächelte und machte ihm ein beschwichtigendes Handzeichen, auf dem Stuhl sitzen zu bleiben. Sie überprüfte sein Kennzeichen in einem Gerät und legte erneut ein Standard-Sprachband ein. Es erforderte weitere zwei Wochen Sprachunterricht, bis er die Ideen auf den Mathematikbändern begriff, aber dann war er einfach selig. Tagsüber begleitete er friedlich seine Schwester, abends schlich er aus dem Haus. Wenn er zwei Stunden später schwindlig vor neuen Gedanken zurückkam, machte er sich noch Notizen, bevor er in einen Schlaf sank, in dem Xeis und Ypsilons Kurven durch seine Träume zogen.

Sein Vater kam zurück, und die Hochzeit verlief reibungslos. Es dauerte einige Tage, bis sein Vater merkte, dass er immer spätabends nach Hause kam, und ihm in sein Zimmer folgte. Kefan war so hingerissen, dass es ihm egal war, er stand an seinem Schreibpult und schrieb beim Schein einer Kerze in sein Notizbuch, als sein Vater die Tür öffnete.

»Kefan ...«

»Einen Moment, bitte, Vater ...« Sein Vater ging zu ihm und blickte über Kefans Schulter auf die Seite: »$x^2/a^2 + y^2/b^2 - z^2/c^2 = 1$.« Nach einer Weile wurde ihm bewusst, dass sein Vater still war und ihn ängstlich ansah.

»Was ist das?«, fragte sein Vater; er klang nicht drohend.

»Das ist eine ...« Kefan überlegte, wie er »einflächiges Hyperboloid« ins Darkovanische übersetzen sollte. »Eine Figur wie diese«, sagte er und begann die taillierte Form zu skizzieren.

»Dein Bruder sagt, du hast dich die ganze Zeit mit Freunden herumgetrieben und nicht allzu viel angestellt, deine Mutter sagt, du warst bemerkenswert anständig – welche Verfehlung verschleierst du?« Sein Vater nahm auf dem Bett Platz. »Und wo hast du das hier gelernt?«

Kefan betrachtete den Mann und versuchte, sich seine Nervosität nicht anmerken zu lassen. »Bei meinen Freunden.«

»Niemand in Thendara beherrscht so viel Algebra.«

»Wir treffen uns einfach und ...«

»Ich habe mich in Nevarsin ebenfalls der Mathematik gewidmet, mein Junge, und ich war gut darin. Ich musste wie der Rest der Klasse meinen Abschluss machen und meinem Vater helfen, aber ich wusste, es gab noch mehr, und ich wäre gern geblieben, um es zu lernen. Du zeichnest mir hier eine dreidimensionale Figur mit einer Z-Achse, während wir in unseren Gleichungen nur mit zwei Variablen gearbeitet haben.«

Kefan sah seinen Vater an. Der ließ müde die Schultern hängen, seine Stirn war vor Sorge zerfurcht. »Ich hab es bei den Terranern gelernt, Vater.«

Sein Vater schloss die Augen und legte eine Hand an den Kopf. »Und sie haben dich gelassen?«, fragte er, ohne die Augen zu öffnen.

»Ja, Vater.«

»Sag bloß nichts zu deiner Mutter.« Sein Vater ging hinaus.

Kefan setzte seine Mathematik- und Sprachstunden fort; es schien eine nie versiegende Quelle von Bändern zu geben, und er durfte sogar die Computer benutzen, um analytische Geometrie zu betreiben. Wenn die Computer hin und wieder besetzt waren, konnte er es nicht erwarten, bis sie frei wurden. Er fand heraus, dass er mit Hilfe seines *Laran* die Kartenschlösser an den Bürotüren im Lernzentrum bedienen konnte, und er begann die Computer in leeren Büros zu benutzen. Mit geschlossenen Augen kauerte er vor ihnen im Sessel und klinkte sich, ohne die Geräte zu berühren, in den Strom von Impulsen ein, die durch die optischen und magnetischen Systeme liefen.

Natürlich erwischten sie ihn. Allerdings dauerte es eine Weile, denn der Sicherheitsdienst wollte zunächst nicht glauben, hinter wem sie her waren. Jovin bestand darauf, dass der Junge existierte, und aus den Unterlagen im Lernzentrum ging hervor, wann er jeweils gekommen war und was er studiert hatte. »Er kommt bald in die oberste Kategorie«, sagte die Angestellte lächelnd. An dem Abend, an dem sie ihn erwischten, ließen sie ihn ein Band beenden und folgten ihm über die Überwachungskameras, bevor sie ihn mit gezogenen Waffen stellten.

»Nur gut, dass die Bank nicht zwischen dem Lernzentrum und dem Tor liegt«, sagte einer der Raumpolizisten, als sie ihn zu Jovins Büro im Gebäude des Gesandten führten.

Kefan war beinahe erleichtert, dass sie ihm auf die Schliche gekommen waren. Er wusste, er wollte dorthin, wo diese Computer gebaut wurden, er wollte, dass die Tore auf seine Wünsche reagierten, seinen Pfaden folgten.

»Du weißt, was wir mit Hackern machen?«, fragte Jovin. Auf dem Namensschild auf seinem Schreibtisch stand »Stellvertretender Assistent des Gesandten«.

»Nein, Herr.«

»Wir bieten ihnen zwei Möglichkeiten: erstens, eine Bewährungsstrafe, damit sie verantwortungsbewusste Mitglieder der Gesellschaft werden; sie müssen für die Ausfallzeiten und die Reparaturkosten aufkommen, die sie verursacht haben, und künftig davon Abstand nehmen, Eigentum des Imperiums zu beschädigen. Zweitens, sie gehen irgendwohin, wo es keine Computer gibt und auch sonst nicht viel. Aber da du keinen ernsthaften Schaden angerichtet und die oberste Kategorie der Mathematikkurse erreicht hast, könnte es für dich noch eine dritte Möglichkeit geben.«

»Ja, Herr?«

»Die Angestellten des Lernzentrums schlagen vor, dich auf terranische Schulen zu schicken. Allerdings behauptet der Direktor hier entschieden, seine Schule sei nicht angemessen, man sollte dich besser nach Terra schicken. Im Stipendienfonds des Gesandten ist noch Geld, und es gibt Schulen in der Nachbarschaft der Computerzentren auf Terra, wo du während der Schulferien Arbeit finden könntest.

Du kannst es dir nicht leisten, dem Raumhafen die Ausfallzeiten zu erstatten; bislang beläuft sich die Rechnung auf mehr, als dein Vater in fünf Jahren verdient. Die Jugendmaßnahme würde dir keinen Spaß machen. Wir prüfen, für welche Studienorte du infrage kommst, klären die Formalitäten eines Stipendiums und helfen dir bei der Bewerbung für verschiedene Studienorte. Außerdem geben wir dir einen Job im Computerreparaturladen, bis du irgendwo angenommen wirst.«

Kefan starrte den Mann an, und als Jovin ihn fragend ansah, lächelte er und blickte zur Seite, zu nervös, um sprechen zu können. Er kam sich vor wie die Knospe einer *Klaedis*, deren sich ausdehnende Blüte gerade die Kelchhülle mit einem hörbaren Knall aufplatzen lässt und sich öffnet, so dass die leuchtend roten Blütenblätter wie durch einen Zauber beim ersten Kontakt mit der warmen Sonne im kurzen darkovanischen Sommer erscheint. Er sah Jovis erstaunt an.

»Ja, Herr. Danke, Herr.«

»Werden deine Eltern dich gehen lassen?«

»Ich bin fünfzehn.«

Verärgert wiederholte Jovin: »Wird ein Elternteil persönlich ein Formular hier im Raumhafen unterschreiben?«

»Ich glaube, ja, Herr.«

»Hier ist ein terranischer Chronometer. Du musst dich unverzüglich an terranische Arbeitszeiten gewöhnen – erwarte nicht, dass man dich im Reparaturladen bevorzugt behandelt. Sie sind sehr neugierig auf dich, aber du hast ihnen auch eine Menge Ärger gemacht, und wenn sie vorschlagen, dich zu der Erziehungsmaßnahme zu schicken, dann wird dieser Vorschlag einiges Gewicht haben.

Der Wecker ist auf 7:30 Uhr morgens gestellt. Sei um 8:30 Uhr hier. Und hacke gefälligst nicht mehr auf unseren Apparaten herum.«

Sein ganzes restliches Leben lang, so gut bezahlt und lohnend es auch verlief, konnte er nur selten der Versuchung widerstehen, in einen Computer einzudringen und seinen Schriftzug und eine winzige, leuchtend rote Blume zu hinterlassen: MCILROY WAR HIER.

Über Mary Ellen Fletcher und »Rosa, die Wäscherin«

Mary Ellen Fletcher sagt, sie schreibe seit der vierten Klasse, hätte aber nie etwas eingeschickt, wenn ihre Schwester nicht gewesen wäre. »Es brauchte drei Jahre an Ermahnungen und gutem Zureden, und selbst dann musste sie alles noch einmal für mich abtippen.«

Es liegt eigentlich auf der Hand, oder? Wir können eine Geschichte nicht kaufen, egal wie gut sie ist, wenn man sie uns nicht schickt. Wir sind froh, dass Mary Ellen ihren Mut zusammengenommen hat. Es wäre ein Jammer gewesen, wenn diese wunderbare Geschichte nie gedruckt worden wäre.

Auf den Blättern, die ich diesen Geschichten beilege, wenn ich sie lese, um eine endgültige Programmauswahl zu treffen, mache ich mir oft kleine Vermerke, aus denen hervorgeht, ob ich sie verwenden will. Zu dieser hier habe ich geschrieben: »Ungewöhnlicher Gebrauch von *Laran*.« Das ist natürlich etwas, wonach ich immer suche – und das ich nicht annähernd häufig genug erhalte.   MZB

Rosa, die Wäscherin

von Mary Ellen Fletcher

Willkommen, Fremder,
ich bin der Gastwirt in dieser kleinen Ortschaft namens
Lonolrrey, und ich kann Euch verraten, es stimmt, dass ein
Wirt so gut wie alles sieht, was es vom Leben zu sehen gibt,
einschließlich Geburt und Tod und dem meisten, was dazwischen liegt. Da Ihr hier fremd seid, steht Ihr vermutlich im Begriff, etwas zu sagen, das zu gezückten Messern und zerbro-
chenem Geschirr führen wird, deshalb dachte ich mir, ich be-
richtige Eure Meinung einfach und spare mir den Ärger, mein
Steingut ersetzen zu müssen.

Ihr wolltet gerade ein paar unfreundliche Bemerkungen
über Rosa hier machen. Sie mag ja fett und schon fünfzig sein,
aber sie ist immer noch bereit, ihr *Kihar* mit jeder verfügbaren
Waffe zu verteidigen, einschließlich meines guten Biers. Was
für Euch aber noch schlimmer ist – wenigstens die Hälfte der
Männer im Ort würden ihr wahrscheinlich beistehen, und das
Einzige, was die andere Hälfte davon abhält, ist der Umstand,
dass sie zu betrunken sind, um sich zu rühren. Nun sehe ich
natürlich, dass Ihr allein auf Euch aufpassen könnt und Eure
eigenen Freunde dabeihabt, aber nur ein Narr oder ein Betrunkener würde sich mit so vielen Gegnern anlegen, wenn es
nicht unbedingt sein muss, und ich würde meinen, Ihr seid zu
klug und noch nicht lange genug hier, um eins von beiden
sein zu können. Aber ich merke schon, Ihr fragt Euch, worum
es hier eigentlich geht, also lasst mich Euch ein wenig von
Rosa erzählen.

Zunächst einmal ist sie keine Angestellte von mir. Hätte ich
sie anstellen können, damit sie Männern Gesellschaft leistet,

ich hätte es getan, aber als ich es vor vielen Jahren einmal wagte, die Sprache darauf zu bringen, hielt sie mir ein Messer an die Kehle und erklärte mir, was ich Euch jetzt erkläre: dass sie noch nie einen Mann dafür bezahlen ließ, wenn er das Lager mit ihr teilte, aber dass sie keinem Treue schulde und tun und lassen könne, was sie will. Sie ist ein lüsternes Weib, aber sie hat ihre Arbeit. Wie sie Euch selbst versichern wird, ist sie die verflucht beste Wäscherin in sämtlichen Domänen, und solltet Ihr beobachten, dass die Männer ihr Geld geben, dann ist das der Lohn fürs Waschen, nicht für Liebesdienste. Dieses Gerede, jemand sei nur eine einfache Waschfrau, verstehe ich sowieso nicht, aber Rosa hat mir sogar ein kleines Andenken gezeigt, das in ihrer Familie seit ewigen Zeiten von der Mutter zur Tochter weitergegeben wird, wie sie sagt. Sie hat es mir damals, nach dem Tod meiner Frau gezeigt, als ich zu ihr kommen und mich an ihrer Schulter ausweinen durfte. Es war ein kleines Stück aus einem Material, das wie Glas aussah, aber so hart war, dass man es mit einem Hammer nicht zertrümmern konnte, und an der Rückseite war eine Stelle, an der laut Rosa eine Metallnadel befestigt war. Allerdings fehlte die schon, als ihre Mutter das kleine Ding vererbt bekam. In dem Glas waren ein paar Schnörkel, die Rosa zufolge beweisen, dass ihre Vorfahren hervorragende Wäscherinnen waren. Sie hat mir die Schnörkel sogar auf diesem Stück Schiefer hier nachgemalt, sehen Sie:

ROSALEEN MAGYAR
HAUSHÄLTERIN

Was so ein Ding tatsächlich bedeutet, weiß ich nicht, aber Rosa hält große Stücke darauf.

Seht Ihr den Mann da drüben, der neben Rosa sitzt und trinkt, den, der seine Finger nicht von ihr lassen kann? Ich wette, Euch fällt nur auf, wie lüstern er in ihre Richtung schielt. Schaut Euch genau seine Kleidung an. Natürlich hat ihn Rosa mit nach Hause genommen, und ich bin mir auch sicher, sie hat ihn mit ins Bett genommen, aber bezahlt hat er sie nur für die Rasur, den Haarschnitt und das Bad, und Ihr werdet feststellen, dass seine Kleidung gewaschen und sogar ausgebessert wurde, und von seinem Bierdunst abgesehen riecht er frisch wie Winterluft. Gestern Abend war er noch struppig, dreckig und stank heftig nach Chervines. Rosa hat ihn außerdem von einem Lästermaul und jähzornigen Bastard in den einigermaßen angenehmen Zechkumpan verwandelt, der er nun ist.

Als der Krieg seinerzeit viele Fremde hierher führte, habe ich mich immer gefragt, warum sich Rosa ausgerechnet die schlimmsten Burschen aussuchte und mit nach Hause nahm. Entweder stierten sie trübsinnig vor sich hin, waren garstig und aufbrausend oder der pure Abschaum. Rosa kann es viel besser haben, denn abgesehen von der Tatsache, dass sie in die Jahre kommt, ist sie durch und durch Frau, und jeder Mann hier weiß das. Vielleicht fließt Aillard-Blut in ihren Adern, aber sie sagt, wenn es so sei, dann stamme es von einem männlichen Vorfahren, und für die männliche Linie habe man sich in ihrer Familie nie interessiert. Jedenfalls, wenn sie fertig ist mit einem Kerl, dann ist er jemand, mit dem man durchaus selbst einen trinken würde. Rosa sagt, das habe alles damit zu tun, dass sie wieder sauber sind, sich richtig ausgeschlafen und eine anständige Mahlzeit zu sich genommen haben, aber ich habe jede Menge Leute gesehen, die oben bei *Dom* Corril im großen Haus wohnen. Dort können sie sich waschen, essen und schlafen wie nur irgendwo, aber es verändert sie nicht im Geringsten, jedenfalls nicht so, wie wenn sie bei Rosa bleiben.

Ich habe Rosa natürlich so manche erstaunliche Reinigungsarbeit tun sehen, aber eine bleibt mir am deutlichsten in Erinnerung, weil der Anlass so traurig war. Zu Beginn jenes Jahres, vor dem Tauwetter, hatte man den jungen *Dom* Edric auf der Totenbahre heimgebracht. Ich war dort, um zu helfen, weil sie einen starken Mann brauchten, um seinen Leichnam vom Wagen in die Wohnstube zu tragen. *Dom* Corril und seine Frau waren durch den Verlust ihres einzigen Sohnes so am Boden zerstört, dass sie zu nichts nütze waren, und ich musste Rosa holen lassen, damit sie den Toten herrichtete. Und so habe ich spätabends persönlich die Kessel mit heißem und kaltem Wasser geschleppt, wie Rosa es immer haben will, und bin dort geblieben, falls sie mich brauchte.

Die Tränen liefen Rosa übers Gesicht, und sie drehte ihren kleinen Talisman in den Fingern, als sie hereinkam. Edric war einer ihrer Lieblinge gewesen, und ihre älteste Tochter war ganz dicke mit dem Jungen, wenngleich natürlich keine Aussicht auf Heirat zwischen den beiden bestand. Sie zog ihm die Kleider aus und wusch ihn so zärtlich, als könnte er immer noch spüren, was sie tat. Manchmal muss sie Wunden zunähen, aber an dem Jungen war kein Kratzer, nur ein Ausdruck von unsäglichem Schmerz stand auf seinem Gesicht. Sie strich die Furchen in seinem Gesicht glatt, damit er ein bisschen mehr wie er selbst aussah, und band sein Haar teilweise am Hinterkopf zusammen, damit der gequälte Gesichtsausdruck nicht wiederkehrte. Dann kleidete sie ihn mit den schicken Sachen ein, die seine Mutter ausgesucht hatte. Der Junge hätte so etwas von sich aus nie getragen, aber wenn du erst mal tot bist, können dich deine Frau oder deine Mutter herausputzen, wie es ihnen gefällt.

Als Rosa die Kleider einsammelte, die sie dem Jungen ausgezogen hatte, fiel dieser kleine Stein klappernd auf den Boden. Ich bückte mich als Erster und hob ihn auf, und plötzlich erkannte ich ihn. Als die *Leronis*, die zu Besuch war, *Dom*

Edric den Stein geschenkt hatte, war der Junge so stolz gewesen, dass er ihn jedem zeigte. Damals war er durchsichtig blau gewesen und hatte gefunkelt, aber als ich ihn jetzt aufhob, war er stumpf und dunkelgrau.

Wie kann ein Stein die Farbe wechseln, fragt Ihr? Weder Rosa noch ich hatten eine Erklärung dafür, aber wir wussten beide, wie sehr der Junge ihn geliebt und immer in diesem kleinen Beutel um den Hals getragen hatte, auch dann noch, als er schon ein erwachsener Mann war und sein eigenes Schwert führte. Wir unterhielten uns eine Weile darüber, wie sehr er den Stein geliebt hatte, bis Rosa ihn in die Hand nahm und mit tränenüberströmtem Gesicht gelobte: »Ich mache ihn wieder sauber. Es muss eine Möglichkeit geben.«

Sie nahm ihn also mit. Als ich die Wäscherin am nächsten Tag sah, fragte ich sie danach. Sie sah tief enttäuscht aus. »Erst habe ich es mit meinen normalen Seifen probiert«, sagte sie, »dann mit heißem Wasser und schließlich habe ich ihn zu färben versucht. Es muss eine Möglichkeit geben.«

Das Thema wurde uns zur Gewohnheit. Etwa zwei Wochen lang erkundigte ich mich täglich nach dem Stein, und sie erzählte mir, dass sie versucht habe, ihn zu bleichen, dass sie ihn in die Sonne gelegt oder poliert habe, oder was auch immer.

Eines Tages sagte sie zu mir, sie habe ein paar *Kiriseth* Pflanzen aus dem Schnee spitzen sehen und wolle aus deren blauen Blüten und ihren besten Seifen und Kräutern einen Sud machen, um den Stein darin einzuweichen. Sie wollte nichts unversucht lassen, schreckte nicht einmal vor diesen giftigen kleinen Pflanzen zurück. Dann kam das Tauwetter, und wir waren beide zu beschäftigt, um uns über den kleinen Stein Gedanken zu machen. Der Geisterwind blies, und manche Tieflandbewohner waren an seine Auswirkungen nicht gewöhnt. Er hat mich selbst ein wenig mitgenommen, wenn auch nur in der Weise, dass ich achtzig Krüge Bier gezapft und von keinem einzigen Gast auch nur einen Penny verlangt habe. Aber die Armee lagerte damals in der Nähe, so wie heute auch, und es gab Schlägereien, Vergewaltigungen und Leute, die einfach in die Wildnis hinausliefen, und mittendrin schlug der Feind zu, dem der Wind ebenfalls zu schaffen machte. Als der Frost wieder einsetzte, gab es eine Menge aufzuräumen, und wir hatten alle Hände voll mit versprengten Soldaten und Verwundeten zu tun.

Dann kam Rosa eines Tages und zeigte mir den Stein, der wieder so blau war, wie er nur sein konnte. Er war die ganze Zeit in dieser Mixtur eingeweicht gewesen, und schließlich war er durch und durch sauber.

Ich erbot mich, ihn zu *Dom* Corril zu bringen, aber als ich ihm erzählte, ich hätte Edrics Stein, wurde er leichenblass und sagte, er wolle ihn nie wieder sehen, und hätte Edric kein *Laran* besessen, wäre er noch am Leben. Niemand weiß natürlich, was passiert wäre, aber in der Armee sind massenhaft Männer gestorben, die keinen blauen Stein hatten, deshalb gebe ich dem Ding nicht die Schuld. Ich mochte ihn jedoch auch nicht einfach wegwerfen oder verkaufen, deshalb habe ich ihn in das Glas da oben, auf dem obersten Regalbrett, gelegt.

Jetzt, da Rosa weiß, wie man die Dinger reinigt, ist sie zufrieden. Hin und wieder bringt sie mir einen neuen, so blau wie die anderen. Sie findet die Steine, wenn sie Adlige aufbahrt, die in dieser Gegend sterben. Ich glaube, inzwischen sind fünf Stück in dem Glas, und ich kann mir keine andere Wäscherin denken, die solche Anstrengungen wegen eines kleinen Steins unternommen hätte, wie Rosa es tat, und das, obwohl nicht einmal jemand verlangte, dass sie ihn sauber macht. Deshalb glaube ich in der Tat, dass sie wahrscheinlich die beste Wäscherin ist, die Ihr und ich je treffen dürften, und wem schadet sie schon, wenn sie fremden Männern Trost spendet. Wie sie selbst sagt, sie schuldet niemandem etwas.

So, Fremder, jetzt lasst mich Euch eine Runde aufs Haus spendieren, und denkt daran, solange Ihr keinen Vertrag über Reinigungsdienste abschließt, Rosa mit dem gebotenen Respekt anzusprechen und Eure Gedanken für Euch zu behalten.

Über Emily Alward und »Wie Motten ins Licht«

Emily Alward publiziert nicht zum ersten Mal in unseren Sammelbänden. Sie war bereits mit einer Geschichte in *Die Schwesternschaft des Schwertes* vertreten und arbeitet als Bibliothekarin. Es überrascht, wie viele Leute die Arbeit in einer Bibliothek mit dem Schreiben vereinbaren können. Sie sagt, ihre Stammkunden hätten ein großes Interesse an Science-Fiction, und sie werde nun das Vergnügen haben, einige Romane zu bestellen, um die Nachfrage zu erfüllen. Für mich wäre eine Tätigkeit als Bibliothekarin nie infrage gekommen; vielleicht bin ich einfach nur zu faul. Ich würde immer lieber lesen als schreiben und müsste mich sehr zusammennehmen, um die vielen verlockenden Bücher zu ignorieren, damit ich dazu käme, meine eigenen Worte aufs Papier zu bringen. Ich glaube, das ist einer der Gründe, warum ich überhaupt Schriftstellerin wurde. Niemand hat die Geschichten geschrieben, die ich lesen wollte, deshalb fing ich wie eine Besessene an, sie selbst zu schreiben.

Emily ist von Kentucky wieder nach Indiana gezogen und hat ein neues Haus an einem kleinen See. »Meine Hunde«, schreibt sie, »fühlen sich wie im Himmel, bei all den Opossums und dem Wild in den Wäldern und den Fröschen und Enten am Wasser.« Pass nur auf, dass sie keine Stinktiere oder Stachelschweine jagen, sonst könnten sie sich plötzlich ganz woanders wähnen als im Himmel! Emily Alward hat außerdem Geschichten in diversen Zeitschriften veröffentlicht.

MZB

Wie Motten ins Licht

von Emily Alward

Melisendre stand auf einem Felsvorsprung über dem trüben Wind River und lauschte dem Knistern der Luft. Orangerotes Feuer loderte hinter den fernen Bergen. Sie spürte, wie das Harz in den Ästen des Immergrüns auf den nahen Hängen kochte. Dann standen auch sie in Flammen.

Die junge Frau war voller Sorge und Entsetzen, denn in den Bergen fürchtete man keine Gefahr so sehr wie den Waldbrand. Sie betastete den kleinen Beutel, der ihre Matrix barg, bevor sie den blauen Stein schließlich hervorholte und ihn in zitternden Fingern hielt, während sie sich darauf konzentrierte, das Bild weiterzugeben.

Doch als sie mittels ihrer Matrix ausgriff, gelang es ihr nicht, eine Verbindung herzustellen, obwohl sie eine starke Telepathin war und der Turm nicht weit weg sein konnte. Ihre panische Angst floss in den Kristall ein und schickte unkontrollierte Energiestöße durch ihre ohnehin bereits bebenden Nerven. Die Berge verschwammen vor ihren Augen, in denen das Rot und Orange des Feuers jedoch weiter brannten. Der unbarmherzige Wind, von dem der Fluss seinen Namen hatte, fegte zu ihr herauf, aufgeheizt und Ekel erregend süß von den Ascheresten. Sie streckte die Hand aus, um sich an einem Fels festzuhalten.

Ihre Hand traf auf kaltes Metall.

»Du kannst das Feuer aufhalten.« Der Wind trieb ihr die Worte zu. Sie hörte eine Frauenstimme, sanft wie eine Wolke aus *Kiriseth*-Blüten und zugleich stark wie der Stahl, der in den Höhlen unweit der Ländereien ihrer Familie geschmiedet wurde.

Melisendre ließ Entschlossenheit durch ihren Kristall flie-ßen. Ihre Sicht wurde klar. Als sie sich umblickte, entdeckte sie niemanden. Ohne ihr Zutun schlossen sich ihre Finger um das Metall. Ihre Hand hob es hoch. Erstaunt blickte sie auf ein funkelndes Schwert. Blaues Feuer, wie das Licht in einem Ma-trixkristall, tanzte über die Klinge des Schwerts. Sie konnte es mühelos hochheben, doch sie spürte sein gewaltiges Gewicht. Die Frau schwang die Waffe, wie sie es bei ihren Brüdern mit ihren kurzen Kampfschwertern gesehen hatte.

Ein Teil des Feuers auf dem Hügel erstarb, doch dann loder-te es wieder auf und sprang über den Fluss.

Ich kann dieses Schwert nicht benutzen!, dachte sie voller Angst.

»Natürlich nicht. Das ist kein Gegenstand für dich. Ich gebe dir ein besseres Werkzeug«, meldete sich die Stimme wieder aus dem Wind und dem Feuer. Unsichtbare Hände entwanden das Schwert ihrem Griff.

Es fiel zu Boden und zerbrach. Melisendre starrte auf die Teile, die nun bar ihres zauberhaften Strahlens waren. Doch stumpf und nichtssagend, wie die Scherben nun aussahen, boten sie immer noch einen angenehmeren Anblick als die Erde unter ihnen. Seit Monaten ohne Wasser, war der Boden zu trockenen Klumpen zusammengebacken. Nichts konnte in ihm wachsen. Dahinter markierte ein ungesundes Grau Gebie-te, in denen die Gifte der Weltenzerstörer auch jetzt noch den Boden belasteten. Krakelige Pflanzen breiteten sich dort aus; sie hatten Dornen und schädliche Säfte. Melisendres Zirkel hatte versucht, Leute zu heilen, die von der Berührung mit diesen Pflanzen krank geworden waren, doch *Laran* konnte sie nicht heilen.

Melisendre zitterte. Ihre Hand ging wieder zum Sternstein, aber bevor sie ihn berühren konnte, schoss die andere Hand unfreiwillig nach oben. Eine Kupferschale fiel in ihre Hände.

So viel kostbares Metall in einem Gegenstand ließ ihr den Atem stocken. Komplizierte Muster waren in drei Viertel des inneren Randes gestochen. Sie erblickte Berge und Wasserfälle, Sterne, Monde und Blitzstrahlen. In den nicht verzierten Teil war eine kreisförmige Vertiefung gemeißelt, die einen großen Stein aufnehmen konnte. Sie war leer, aber Melisendre sah im Geiste ein hübsches Juwel darin eingesetzt, dessen rotes Glühen die Sonne darstellte.

Ein wohlriechender, minzeartiger Duft stieg von der Flüssigkeit am Boden der Schale auf. Melisendre hob sie hoch, um davon zu trinken und ihre ausgetrocknete Kehle zu erfreuen. Sofort wechselte das Metall in ihrer Hand von kalt zu warm. Die aromatische Flüssigkeit verdampfte in der trockenen Luft. Im Innern der Schale materialisierten sich glühende Kohlen.

»Erst die Arbeit, dann die Erfrischung.« Melisendre hörte förmlich den alten Spruch der Arbeiter in den Türmen, und zwar im Tonfall einer Rüge. Die Stimme war jetzt näher, sanft wie nur je, aber geschärft von der Sicherheit absoluter Autorität. »Du hast deine Aufgabe noch nicht erfüllt.«

Obwohl die Kohlen gleichmäßig brannten, wurde es Melisendres Händen seltsamerweise nicht zu heiß, die Schale zu halten. Sie fühlte eine Prickeln und dann einen überwältigenden Energiestrom, der in ihren Körper floss. Er glitt lautlos durch ihre Hände, die Arme empor und dann in alle Nerven und Muskeln. Die Schale zerrte mit der Beharrlichkeit eines ungeduldigen Liebhabers an ihrem Willen. Melisendre hielt sie, wie sie es verlangte, in Richtung der fernen Berge.

Die wütenden, orangeroten Flammen am Horizont verschwanden in einer rosigen, lichten Dämmerung. Die Brände auf den näher gelegenen Berghängen erloschen stockend. Melisendre sah ungläubig, wie sich der rissige Boden unter ihren Füßen mit einem Blütenteppich gelber und violetter Wildblumen bedeckte. Die Windstöße vom Fluss herauf verloren ihren bösartigen Charakter und strichen mit dem angenehmen Minzeduft der verschwundenen Flüssigkeit über ihr Gesicht. Auf der vergifteten Wiese erschienen wie von Zauberhand Bäume. Ein Rabbithorn sprang hervor, dann ein wildes Chervine. Melisendre seufzte, sie war erleichtert wie seit vielen Monaten nicht mehr. Die Natur kam endlich wieder ins Gleichgewicht.

Die junge Frau war körperlich nicht in der Lage, die Schale loszulassen, die Verbindung zu dem seltenen Metall und den glühenden Kohlen abzubrechen. Noch immer floss Energie in ihren Körper und erfüllte sie mit einer unvergleichlichen Freude. Und doch stritt in ihrer Seele das Entsetzen mit der Hochstimmung. Sie war nicht weniger als die Kupferschale oder das Schwert ein Werkzeug für die Zwecke eines unbekannten Wesens.

Dann ließ die Kupferschale zu, dass sie auf dem Boden abgestellt wurde. Um ihren Rand herum flackerten rote und blaue Flammen auf. In dem Feuer spielten sich Szenen ab – große Naturkatastrophen, Erdbeben, Stürme, explodierende Berge; Szenen von Gefangenschaft und Leid. Melisendre versuchte sich von dem Metall loszureißen. Da begannen ihre Hände zu brennen.

Aber erst als sich in den Flammen eine Gestalt erhob, in goldene Ketten gehüllt, die sie stolz wie ein Rangabzeichen trug, war die junge Frau in der Lage, die Schale loszulassen. Sie wich langsam zurück, sie spürte plötzlich den Wunsch, sich zu entfernen, befürchtete jedoch, die Feuergestalt zu verärgern.

Es war nur ein Traum, sagte Melisendre zu sich selbst, als sie bebend erwachte.

Wie der Jagdhund zum Wild ...?
Wie der Bär zur Honigwabe ...?

Unerbetene Sätze gingen Melisendre durch den Kopf, als sie die abgenutzte Treppe im terranischen Hauptquartier hinaufstieg. Sie unterdrückte sie und fragte sich, woher sie wohl kamen. Dabei wurde sie unangenehm daran erinnert, dass ihre Kollegen im Turm sie mit genau solchen Gedanken verspotten würden, wenn sie von ihrem Besuch hier wüssten.

Wie eine Blume den Leben spendenden Regen sucht ...?

Schon besser.

Tads Büro lag am hinteren Ende des schlecht beleuchteten Flurs. Bei der Raumtruppe hatten sie ihre eigenen Methoden, Missgunst auszudrücken.

Melisendre klopfte zwei Mal. Sie hörte ein gedämpftes »Herein!«, schlüpfte ins Zimmer und verriegelte die Tür lautlos. Es gab keinen Grund für Heimlichkeiten, aber allein die Atmosphäre im Gebäude schien ihr, einer Außenstehenden, zu gebieten, nicht aufzufallen.

Der Mann hatte vor Müdigkeit dunkle Ringe unter den Augen. Sein dunkelblondes Haar war struppig, und er war schlecht rasiert. Er saß vornübergebeugt an einem Schreibtisch und feilte an Diagrammen auf einem altmodischen Blatt Papier, blind für das Aufgebot an terranischer Technologie um ihn herum.

Er war noch immer der attraktivste Mann, dem Melisendre je begegnet war.

Sie durchquerte rasch den Raum und streifte dabei die rote Kapuze vom Kopf, um für seinen Kuss bereit zu sein.

»Danke, Melisendre«, sagte er, als sie den Korb mit Käse und Gewürzbrot auf seinen Schreibtisch stellte. »Ich bin heute noch zu nichts außer einer Tasse Kaffee gekommen. Diese verfluchten Berichte ...« Er stand wacklig auf und beugte sich über den Schreibtisch, um ihr einen Kuss auf die Lippen zu drücken. »Aber dafür nehme ich mir Zeit.«

Melisendre fühlte die Unsicherheit, die bei allen ihren Gesprächen mitschwang. Meinte er mit »dafür« sie und die Gelegenheit, ein paar vertrauliche Worte mit den Zärtlichkeiten auszutauschen? Oder meinte er nur, er werde sich Zeit zum Essen nehmen?

Sei's drum, sagte sie sich. *Du musst nicht alle seine Gedanken kennen.* Er war unter anderem deshalb so anziehend, weil ihr sein Geist verborgen blieb. Dass sie sich nicht mit allen seinen vorübergehenden Überlegungen und Launen beschäftigen musste. Dass er mehrere Dinge gleichzeitig meinen konnte; dass sie nie genau wusste, mit welcher verdrehten Vorstellung er sie als Nächstes überraschte. Das alles war ein Grund, warum sie glaubte, sich »in ihn verlieben« zu können, wie man bei seinen Leuten so sagte.

Aber hier war alles derart verschieden von Melisendres Alltag im geistigen Treibhaus des Turms, dass ihr diese Treffen jedes Mal ein bisschen wie ein Ausflug in die Oberwelt vorkamen.

Sie lächelte leicht und fing an, das Essen auszupacken. Er beobachtete sie, dann tat er seine Erschöpfung mit einem Achselzucken ab und erwiderte ihr Lächeln.

»Entschuldige bitte, dass ich dich nicht angemessener begrüßt habe. Da bringt mir Rotkäppchen einen Korb voll Leckereien, und ich brumme nur was von meinem Papierkram.«

»Ein ziemlich unmöglicher Wolf«, sagte sie leichthin. Sie hatte die terranische Sage vor einigen Wochen zum ersten Mal gehört, als Tad sie auf einen Ausflug mitnahm, bei dem auch die Familie des Koordinators dabei war. Es klang wie die Geschichten, die man den Frauen im Tiefland erzählte, damit sie nicht mit Männern tanzten, mit denen sie nicht verwandt waren, aber die Terraner schienen es offenbar für ein Kindermärchen zu halten.

»Ein müder«, fügte er an. »Aber das vergeht. Wir haben uns lange nicht gesehen, Meli.«

Sie seufzte. »Ja, ich habe dich auch vermisst, Tad. Aber wir haben wie verrückt in den Zirkeln gearbeitet und versucht, das tote Land ein bisschen wieder zu beleben. Und ich wusste, dass du hier Probleme hattest, die dich auf Trab hielten.«

Er stöhnte. »Vielleicht ist es an der Zeit, sie eine Weile zu vergessen. Komm her.« Er breitete die Arme aus, und Melisendre schmiegte sich glückselig an ihn. Es erstaunte sie immer noch, dass seine Berührung ihr wohl tat und nicht ein Gefühl der Verletzung verursachte, so wie es angeblich von der Umarmung eines kopfblinden Mannes zu erwarten gewesen wäre. *Vielleicht stimmt mit mir etwas nicht,* dachte sie wie so oft. Doch in diesem Moment war ihr das egal. Nach so vielen Tagen der Trennung wollte sie nichts weiter, als sich in ihrer gegenseitigen Zuneigung zu sonnen.

Tad wühlte in einem luftdichten Schrank und holte zwei kugelförmige Behälter mit einem eiskalten terranischen Getränk hervor. Sie schlürften es zum Essen und erzählten einander, was in der Zwischenzeit passiert war. Melisendre konnte Tad nicht erklären, wie es war, im Netzwerk der Matrizen zu arbeiten. Aber er interessierte sich dafür, was der Zirkel über den Zustand des ruinierten Landes herausgefunden hatte. Seine eigene Arbeit – oder zumindest die Arbeit, die er eigentlich tun sollte – beschäftigte sich ebenfalls mit Veränderungen, die den ganzen Planeten betrafen.

»Nicht, dass es in letzter Zeit groß vorwärts gegangen wäre damit«, sagte er fröhlicher, als Melisendre erwartet hätte. »Jedes Mal, wenn ich die Instrumente aufbaue, geht irgendwas schief. Vielleicht sollte ich mich gleich auf bürokratische Fleißaufgaben wie dieses Zeug hier beschränken, dann sind die da oben wenigstens glücklich.« Er blickte zornig auf das Ablaufdiagramm, an dem er gerade zeichnete.

»Tad, *Cario,* so einen aufgeblasenen Mist kann jeder machen. Du solltest deine Studien vorantreiben!« Sie sah ihn liebevoll, aber auch verärgert an. »Schaffst du es denn nicht, deine Experimente richtig aufzubauen? Ach, das ist bestimmt nur Wasser auf die Mühlen der Leute, die dich ohnehin ganz hier raus haben wollen.«

Melisendre tobte innerlich, wenn sie an Tads missliche Lage dachte. Seit seiner Stationierung in Thendara hatte er nichts als Ärger. Er hatte ihr erklärt, dass seine Theorie planetarer Störungen, die er bei einer Versammlung der hiesigen Gruppe der Imperialen Akademie der Wissenschaften vorgestellt hatte, einige terranische Führer beunruhigte. Die Sache mochte ja wissenschaftlich in Ordnung sein, meinten sie, aber politisch sei sie äußerst bedenklich und würde ihre darkovanischen Gastgeber beleidigen. Melisendre konnte das nicht verstehen. Alle wussten, dass Terraner gerne Kauderwelsch wie »nuée ardente« oder »pyroklastisch« benutzten. Und sein Vergleich von Sharra mit der terranischen Vulkangöttin Pele klang vernünftig. Jedenfalls hatte man ihn nach Port Chicago verbannt, wo er außer Sichtweite seiner Vorgesetzten war.

Melisendre konnte sein Exil nicht gänzlich bedauern, andernfalls hätte sie ihn nie kennen gelernt. Aber man hatte ihn gewarnt, man würde ihn bei einem weiteren Fehler auf einen Planeten verfrachten, der eine noch größere Strafe darstellte. Melisendre ertrug den Gedanken nicht. Tad war der erste Mann, den sie – zögernd – jemals zu lieben gelernt hatte.

»Dann wollen wir mal sehen«, sagte sie und ging zu dem Apparat. Dieser bestand aus einem Wirrwarr von kleinen Batterien, Drähten und Kunststoffsensoren. Im ersten Moment schreckte sie fast davor zurück. Doch dann begann sie seine Verbindung zur Hülle des Planeten zu begreifen. Sie konnte die verschlungenen Pfade verfolgen, die das Hin und Her von Kräften unter der Oberfläche sichtbar machten.

Sie blickte zu Tad auf und lächelte. Er jauchzte vor Freude, als ihm klar wurde, dass sie das Gerät intuitiv verstand. Melisendre begann, kleine Drähte entsprechend der planetarischen Kraftfelder umzustecken, die sie mit ihrem *Laran* wahrnahm. Das hier war nicht viel anders als die Operationen, die sie im Turm leitete. Tad verfolgte ihr Tun auf seinen Monitoren und programmierte das Protokoll seiner Experimente neu, so dass es zu ihren Änderungen passte.

Seine Müdigkeit war wie weggeblasen, und auch Melisendre fühlte, wie sich ihre Fertigkeiten mit jedem Schaltkreis, den sie anschlossen, vergrößerten. Erst als die nächtliche Arbeit fast beendet war, merkte sie, dass sie sich Tad näher fühlte als je zuvor. Durch das Gerät hatten sie eine geistige Einheit erreicht, die sie auf direktem Weg nicht erfahren konnten.

Sie ließen den Apparat so eingestellt, dass er sämtliche Daten aufzeichnete. Dann spazierten sie Hand in Hand durch die erste zaghafte Morgenröte zu Tads bescheidener Unterkunft und liebten sich.

Am folgenden Tag saß Melisendre mit düsterem Blick an einem Tisch, auf dem sich Lebensmittel türmten. Ihrer Gruppe war es nicht gelungen, die beiden Kinder zu finden, die sich beim Beerenpflücken in einem nahen Waldreservat verlaufen hatten. Melisendre hatte winzige Schimmer ihrer Energiefelder während der Suchaktion des Zirkels aufgefangen, aber es war unmöglich, eine Richtung zu bestimmen. Nun verfolgte sie die Arbeit der anderen zurück, um herauszufinden, wo sie in die falsche Richtung gegangen waren.

»Wenn wir engagierte Leute im Turm hätten, gäbe es nicht so viele Fehlschläge«, unterbrach eine knarzende Stimme ihre Gedanken.

»Wieso, was willst du damit sagen?« Melisendre sah Justin forschend an. Er war ein Pessimist, aber dass er seine Kollegen kritisierte, war ihr neu. »Wie kannst du das behaupten, wo sich Gabriela so ins Zeug legt?«

»Wie man es von einer Bewahrerin erwarten darf«, schoss er zurück. »Zum Singen gehört mehr, als Noten lesen zu können.«

»Falls du damit andeuten willst, dass sie leben sollte, wie es die Bewahrer in früheren Zeiten taten, ohne Kontakt zu anderen Menschen und der Außenwelt, dann kann ich dir nicht zustimmen«, erwiderte Melisendre in scharfem Ton. Ihrer Ansicht nach war Gabriela stets eine beispielhafte Bewahrerin gewesen: eine selbstbewusste Frau mittleren Alters, die sich sowohl um die Mitglieder des Turms sorgte, als auch die notwendige Objektivität besaß, um mit den stärksten Matrixkräften umgehen zu können.

»Nein, das habe ich nicht gemeint.« Justin zuckte die Achseln und griff nach einem Laib Brot. Er stopfte sich absichtlich den Mund voll, damit er nicht weiterreden konnte. Aber durch Melisendres Schilde drangen Wellen lange verhehlter Abneigung. Sie fing Justins Unzufriedenheit darüber auf, dass sich Gabriela manchmal an den Freizeitaktivitäten der übrigen Turmmitglieder beteiligte und über die Anstrengungen auf dem Laufenden blieb, die man in Thendara zur Bildung einer neuen Regierung unternahm. Doch stärker als sein Entsetzen über die Bewahrerin war seine Wut auf Melisendre.

Wie kann eine Technikerin, deren Herz nur halb dem Turm gehört, einen Zirkel leiten. Kein Wunder, dass wir die Kinder nicht finden, wenn sich dein Innenleben zur Hälfte außerhalb des Turms abspielt! Kennst du uns überhaupt gut genug, dass du unsere Gaben bündeln kannst?

Melisendres erster Impuls war, durch seine Schilde zurückzuschlagen und Justin zu erklären, dass ihn ihr Leben außerhalb des Zirkels nichts anging. Er hatte ihre Kompetenz stets auf heimtückische Weise infrage gestellt, seit sie seine Einladung, mit ihm ins Bett zu gehen, zurückgewiesen hatte. Aber sie gebot sich Einhalt. Hier standen größere Dinge auf dem

Spiel als ihr oder Justins Zorn. Zwietracht innerhalb eines Arbeitszirkels war gefährlich.

Als sie kurz die Gedankenstränge im Raum sondierte, erkannte sie, dass die anderen Justins Zweifel teilten. Melisendre sperrte sich tatsächlich gegen das pausenlose Schrillen der alltäglichen Emotionen der anderen. Da konnten ihre Kollegen ihren Selbstschutz leicht als Desinteresse missverstehen. Die meisten von ihnen mochten die junge Frau trotzdem, aber eine Liaison mit einem Terraner ging über ihr Verständnis.

Ihre Selbstsicherheit schwand, als die Botschaften zu ihr durchdrangen. Sie brachte noch genügend Stolz auf, um vom Esstisch in ihr Quartier zu fliehen, bevor sie sich fragen musste, ob die Anschuldigungen möglicherweise zutrafen.

Als ihr nach einer Weile immer noch der Gedanke zusetzte, sie könnte dafür verantwortlich sein, dass sie die Kinder nicht fanden, und sie würde den psychischen Kontakt des Zirkels durch ihren Eigensinn zerstören, suchte sie ihre Bewahrerin auf.

Gabrielas Gemach spiegelte ihre Tugenden wider: Es war großzügig, fröhlich und heiter. Die kluge Frau öffnete die Tür mit einem Kopfnicken, bevor Melisendre überhaupt geklopft hatte, und fragte: »Was kann ich für dich tun, *Chiya*?«

Melisendres Sorgen sprudelten nur so hervor, halb in Worten, halb in unausgesprochenen Bildern. Die Bewahrerin lauschte beidem, dabei schaute sie nachdenklich drein, sagte aber nichts, bevor Melisendre zu Ende geredet hatte.

Dann sprach sie schließlich. »In gewisser Weise hat Justin völlig Recht.«

Ihre Worte trafen Melisendre wie ein Schlag; sie war dennoch klug genug, vorläufig nichts zu erwidern. Gabriela fuhr fort. »Glaubst du, ich weiß nicht, warum du Schranken um dich herum aufbauen musst? Gerade hier im Turm, wo der

Tradition zufolge immer so viel Gemeinschaft unter den Mitgliedern herrscht?«

Melisendre sagte nichts.

»Nur weil jemand die Schwellenkrankheit überlebt und ein paar Kunststücke erlernt, ist er noch lange kein starker Mensch. Die Leute haben Ängste und Bedürfnisse. Wenn sie nicht angemessen damit fertig werden, strecken sie die Hand nach Hilfe aus. Und wenn es im Bereich ihrer Möglichkeiten liegt, dann tun sie das selbst durch ein fremdes Bewusstsein. Du bist sehr einfühlsam, Meli, du willst unbedingt helfen, wenn dich ihr Flehen erreicht. Aber es kann dich zerreißen, wenn man so viel von dir verlangt.«

Melisendre fragte sich plötzlich, ob Tads Anziehungskraft teilweise darin bestand, dass sich seine Forderungen an ihr Mitgefühl auf das beschränkten, was er ihr jeweils erzählen wollte.

Gabriela seufzte und fuhr fort. »Justin hat Recht, die Tradition hat gewisse Vorzüge. Die Ausbildung der Bewahrerinnen – bis zu Dorilyn von Arilinn – lehrte Methoden, wie man Distanz wahrte, ohne an Einfühlungsvermögen zu verlieren. So gesehen würdest du bestimmt davon profitiert haben, Melisendre. Allerdings würde ich diese Lebensweise keiner Frau gern aufgenötigt sehen.«

Melisendre schauderte bei der Vorstellung, wie schmerzhaft es sein musste, der Liebe für immer zu entsagen. »Glaubst du, an Justins Idee, dass meine geteilte Loyalität die Arbeit des Zirkels stört, könnte etwas dran sein?«

»Nein. Meines Erachtens sind da andere Kräfte im Spiel. Ich bin auch der Ansicht, dass du deinen Freund Tad Casley zur Erholung gebraucht hast. Dennoch ...« Gabriela erhob sich aus ihrem Sessel und begann vor den schmalen Fenstern auf und ab zu laufen. »Dennoch möchte ich dich bitten, dir zu überlegen, ob du dich nicht lieber von ihm trennen willst. Nicht weil an eurer Beziehung etwas falsch wäre, sondern um des Turms und unserer Welt willen.«

Melisendre stockte der Atem. Noch bevor sie die nächsten Worte hörte, wusste sie, was Gabriela fragen wollte. Eine freudige Hochstimmung erfüllte sie. Alles schien sich in einen Plan zu fügen, den die Gottheiten vor langer Zeit entworfen hatten. Aus ihrem Traum erinnerte sie sich an den mächtigen Energiefluss, der durch ihren Körper geleitet wurde und die Wunden der Welt heilte. Während rein theoretisch zwischen ihrer Arbeit als Technikerin im Zirkel und den Aufgaben einer Bewahrerin nur ein geringer Unterschied bestand, war es dennoch ein gewaltiger Sprung, was Ansehen und Nähe zur Macht betraf. Seit den ersten zarten Regungen ihres *Larans* hatte sie davon geträumt, Bewahrerin zu werden.

»Du bist die Einzige hier, die infrage kommt«, sagte Gabriela. »Ich beabsichtige, mein Amt niederzulegen, sobald ich eine Nachfolgerin finde. O nein«, widersprach sie lachend, als sie die Frage auffing, die Melisendre durch den Kopf schoss, »nein, ich habe nicht jemanden kennen gelernt, den ich heiraten möchte, jedenfalls noch nicht. Aber Lord Regis hat mich gebeten, nach Thendara zu kommen und ein Ausbildungsprogramm für die neuen Telepathen im Rat einzurichten. Viele von ihnen haben mehr *Laran* als Verstand, wie du dir vorstellen kannst, und es ist nicht zweckmäßig zu erwarten, dass die wenigen verbliebenen Türme sie alle ausbilden. Es handelt sich um eine wichtige Aufgabe. Aber die Türme als Zufluchtsort vor politischen Machenschaften offen zu halten, ist ebenfalls wichtig.«

Melisendre lächelte, sie empfand Sympathie und Bewunderung für diese kraftvolle Frau. Sie hätte Gabriela gern ihren Wunsch erfüllt und sich bereit erklärt, ihre Nachfolge anzutreten, so dass sie beide die wichtige Arbeit tun konnten, die sie gern tun wollten. Die Leiterin des Zirkels wusste, sie würde nach nur wenigen Wochen intensiven Trainings in der Lage sein, die Pflichten einer Bewahrerin zu erfüllen. Sie war schon im Begriff, Ja zu sagen.

Dann dachte sie an Tad. An seine halb scherzhaft gemeinten Sticheleien, wenn sie sich nach längeren Trennungszeiten wieder trafen, an seine intensive Konzentration auf seine wissenschaftlichen Rätsel, seine gleichbleibende Zuneigung zu ihr. Zwar wurde von Bewahrerinnen nicht mehr erwartet, dass sie jungfräulich waren, aber eine Frau konnte diese Arbeit nur leisten, wenn sie sich während ihrer Amtszeit der Liebe enthielt. Melisendre glaubte nicht, dass sie es ertragen könnte, sich von Tad zu trennen.

»Ich muss darüber nachdenken«, murmelte sie. Sie war innerlich hin und her gerissen zwischen ihren gegensätzlichen Wünschen. Die Entscheidung würde später nicht leichter sein, aber vielleicht zeigte ihr die Göttin den Weg.

Gabriela nickte, sie verriet keine Überraschung. »Versuchen wir die Kinder zu finden«, sagte sie nüchtern. Sie holte ihren strahlenden Matrixstein hervor. Melisendre griff nach ihrem eigenen. Gemeinsam beschworen sie je ein Bild in beiden Kristallen, fügten sie zusammen und vergrößerten das schwache Zittern von Lebenskraft, das daraus hervorschien. Nach einigen Minuten nahmen wild übereinander getürmte Felsblöcke im Hintergrund Gestalt an. Melisendre erkannte das Gebiet; es lag nicht weit entfernt. Gabriela schickte die Nachricht mit einem *Kyrri* los und wusste, Leute aus dem Ort würden die Kinder noch am selben Nachmittag wohlbehalten nach Hause bringen.

Es war ein gutes Zeichen, dachte Melisendre.

Am selben Abend tappte ein *Kyrri* zu ihrem Zimmer hinauf. Er gestikulierte in der unaufgeregten Weise, mit der diese Geschöpfe an alle Dinge herangingen, aber Melisendre fing einen Anflug von Unruhe hinter dem Ruf auf. Sie kleidete sich rasch zum Schutz gegen die Kühle der Herbstnacht an und beeilte sich, den Rufen zu folgen.

Tad wartete direkt vor dem Turm, er lief auf und ab und starrte in den Boden, als wollte er ihn für alle Zeiten verfluchen. Man brauchte kein *Laran*, um seine Not zu erkennen. Er blickte auf, als Melisendre durch den Schleier schritt, aber zum ersten Mal, solange sie ihn kannte, lächelte er nicht, als er sie kommen sah.

»Wir müssen reden«, sagte er düster. Sie fiel in Gleichschritt mit ihm, und die beiden gingen schweigend den Weg zur Ortschaft hinab. Melisendre ertappte sich bei dem verzweifelten Wunsch, sie könnte in seinen Geist eindringen und an einem noch so winzigen Punkt einen psychischen Kontakt herstellen, und sei es nur, um ihn zu trösten. Es war sicher schwer, überlegte sie, wenn man mit seinen Gedanken auf sich allein gestellt war, bis man ein schreckliches Ereignis mit Hilfe von Worten erzählen konnte.

Am Ortsrand entdeckten sie ein schäbiges Gasthaus. Dort konnten sie sich ohne weiteres unterhalten, die wenigen anderen Gäste hatten schon viel zu tief ins Glas geschaut, als dass sie wegen eines Angehörigen der terranischen Raumtruppe und einer feuerrot gelockten Matrixtechnikerin zu starren angefangen hätten. Melisendre bestellte verdünnten Wein. Damit hatte sie wenigstens etwas in den Händen, bis Tad ihr erzählen konnte, was passiert war.

»Als wir diesen Apparat eingestellt haben«, begann er, und seine Stimme war kaum lauter als ein Flüstern, »sind dir da irgendwelche Verbindungen aufgefallen, die abgenutzt oder wacklig gewesen wären?«

»Nein«, sagte sie. »Mir schien alles ganz stabil zu sein.«

»Hattest du irgendwie das Gefühl, dass etwas nicht stimmt?

Ich weiß, das ist unwissenschaftlich, aber ich vertraue deiner Wahrnehmung.«

»Nein«, wiederholte sie, und hätte gern ausgedrückt, wie richtig sich an diesem Abend alles angefühlt hatte. Allerdings traute sie sich nicht, es zu sagen, denn offensichtlich war anschließend irgendetwas fürchterlich schief gegangen.

»Genau das hat Michaels auch gesagt. Er hat die Versuchsanordnung gestern überprüft. Wenn irgendwer auf diesem gottverlassenen Planeten Bescheid wissen müsste, dann er. Er sagt, es war alles perfekt geeicht, keine fehlerhaften Sensoren, nichts, was hätte versagen dürfen.«

»Und?«

»Das Ding ist heute Nachmittag explodiert. Der ganze Raum ist in die Luft geflogen.«

Die Bilder erschienen direkt in ihren Kopf, während Tad erzählte. Sie sah überall Glas, Kunststoffsplitter und verbogenes Metall herumliegen, verkohlte Bodenbretter, zerfetztes Papier und geschmolzene Disketten. Wer oder was auch immer das Gerät in Stücke riss, hatte bei dem Angriff nicht an Wut gespart.

»Tad, *Cario,* es tut mir so Leid. Du bist doch nicht verletzt worden? Oder jemand anderes?«

»Nein.« Tad schluckte und wich ihrem Blick aus. »Zum Glück kam niemand zu Schaden. Ich ... ich habe zwei Tage Zeit, um den Planeten zu verlassen.«

»Aber du kannst nichts dafür!«, protestierte sie. »Sie können dich doch nicht bestrafen, nur weil du Pech gehabt hast.«

»Bei der Raumtruppe ist kein Platz für Leute, die ständig alles verpfuschen. Das hat jedenfalls der Koordinator gesagt. Er war ziemlich anständig. Hat angeboten, mir einen Job bei einem Bergwerksunternehmen auf Achterrein Fünf zu verschaffen. Außerdem bleibt immer noch der nucidische Asteroidengürtel, wo sie händeringend Personal suchen. Auf diese

Weise könnte ich der Truppe weiterhin angehören und mir nach fünf Jahren oder so vielleicht wieder eine Beförderung auf einen anständigen Posten verdienen.«

»So können sie dich nicht behandeln!«, rief sie. »Es ist ungerecht und gefühllos. Gabriela kennt Lord Regis persönlich; wenn er mit eurem terranischen Gesandten spricht, werden sie sich die Angelegenheit sicher noch einmal überlegen. Lass mich sehen, was ich tun kann.«

»Das würde nichts ändern, *Caria*. Die terranische Bürokratie ist nun einmal gefühllos. Ich bin nicht so wichtig, dass ich mich gegen das System durchsetzen könnte. Ich bin einfach nur ein kleiner Mitarbeiter, der anscheinend nichts als Mist baut, seit er auf diesem Planeten gelandet ist.«

»Nein, das stimmt nicht. Du hast mich glücklich gemacht«, sagte Melisendre. Sie langte über den Tisch und legte ihre Hand auf seine. Zum ersten Mal an diesem ganzen fürchterlichen Abend lächelte er.

»Dann wird mir die Zeit nicht vergeudet erscheinen, die ich hier verbracht habe. Ich verschwinde einfach, bevor ich dein Leben auch noch verpfusche.«

»Und wenn ich das nicht will?«

»Dann kannst du mit mir kommen. Ich werde dich nicht darum bitten, Melisendre. Du hast deine Arbeit, dein ganzes bisheriges Leben hier auf Darkover, und ich habe nicht viel zu bieten. Aber wenn du mit mir kommen möchtest, werde ich dich stets lieben und in Ehren halten.«

Mehr gab es nicht zu sagen. Sie bezahlten den Wein und gingen. Als sie sich an der Weggabelung trennten, tauschten sie einen bittersüßen Kuss und verabredeten, sich am folgenden Abend ein letztes Mal zu treffen.

Während Melisendre zum Turm zurückging, schob sie den unerfreulichen Gedanken beiseite, dass das Schicksal ihr die Entscheidung abgenommen hatte. Jetzt, da man Tad des Planeten verwies, konnte sie sich ihren lebenslangen Traum erfüllen und Bewahrerin werden.

Es schneite in den Hellers.

Allerdings schneite es immer in den Hellers, deshalb achtete Melisendre nicht weiter darauf, als sie im Hof ihrer morgendlichen Hausarbeit nachging. Thistlewaite war ein kleines, alles andere als wohlhabendes Pachtgut, weswegen Melisendre schon im Morgengrauen auf den Beinen war, um die Hühner zu füttern und den Hof zu fegen, anstatt wie eine richtige junge Comyndame warm und gemütlich im Bett zu liegen. Erst als sie versuchte, die kleinen weißen Hügel von ihrem Umhang zu schütteln, und es nicht vermochte, nahm sie die Witterung zur Kenntnis.

Eine nicht greifbare Spannung lag knisternd in der Luft. Der Schnee haftete wie weißer Sirup auf allen Oberflächen. Die Hühner, die zuvor fröhlich gegackert hatten, verstummten und drängten sich in ihrem kleinen Verschlag zusammen. Eine dichte Wand aus Nebel und schweren Flocken verdeckte die Sicht auf die nahen Berge. Die Stille schmerzte in den Ohren.

Als sich Melisendre gerade bückte, um das letzte Ei aufzuheben, explodierte die Welt. Donner krachte durchs Tal. Der Boden unter Melisendres Füßen schwankte wie Gelatine. Sie packte einen Pfosten und hielt sich verzweifelt daran fest, während Erde, Himmel und Horizont sich rings um sie im Kreis drehten. In der winzigen Kapelle ertönten die Glocken, ihr heiseres Läuten wurde vom plötzlich pfeifenden Wind aufgenommen und weggetragen.

Diamantweißes Eis und aufgeladene Luft kämpften gegeneinander. Blitze zuckten durch den Schleier aus Dunst und Schnee und tauchten die Welt in ein frostiges Licht. Ihre Helligkeit schmerzte Melisendre in den Augen. Es war, als würde sie in das Herz einer starken Matrix schauen.

Eine Flammenwand loderte auf den Gipfeln auf, die das Pachtgut umgaben. Im selben Augenblick stürzte das Herrenhaus in sich zusammen.

»Das ist das Ende der Welt, oder?«, fragte Melisendre.

Die alte Frau trug den groben Sternstein und den Kräuterbeutel einer Volks-*Leronis*. Ihre Augen blickten durch Melisendre hindurch, als sie antwortete.

»Das ist nur die Göttin, die tobt, weil sie aus ihrer Welt gerissen wurde. Sie trauert, seit dieser Verrückte ihre Ketten verloren und der Comynherr sie weggebracht hat, aber nun – denk an mich, *Chiya,* die Welt wird nicht mehr richtig funktionieren, bis sie einen Weg zurück nach Hause findet.«

Melisendre krümmte sich unbehaglich. Die alte Frau musste wirres Zeug reden, der Sturm hatte sie wohl aus der Bahn geworfen. Doch ihr Haus war das einzige, das im Dorf noch stand. Melisendre nickte ihr dankend zu und ging.

Einen Moment lang glaubte die junge Frau, sie sei vom Dorf direkt zum Turm gegangen. Sie rührte sich, als sie aus dem Traum aufwachte, und vergrub sich in die Wärme und den Schutz ihrer Bettdecken. Aber sie konnte nicht schlafen. Ein schimmernder Lichtstreifen tanzte über den Steinboden. Sie stand auf und folgte ihm zum Fenster, wo sie nach dem vertrauten Antlitz von Mormallor Ausschau hielt.

Heftiger Schneefall trübte den Blick auf den Ort, den Melisendre sonst von ihrem Fenster aus sehen konnte. Kein Mond ließ sich am Himmel blicken, aber in der Ferne zuckten sporadisch Blitze.

Sie wusste, dass sie diesmal nicht träumte. Der Traum hatte von Ereignissen aus ihrer Kindheit gehandelt, von Ängsten, die sie hinter sich gelassen hatte, als sie zum Turm kam.

Doch irgendetwas rief sie aus jener Zeit.

Eine nicht zu Ende gebrachte Aufgabe.

Etwas, das sie tun musste, um das Land zu heilen, die Welt wieder in Ordnung zu bringen.

Sie fror sich auf den steinernen Stufen fast die Füße ab, als sie die lange Wendeltreppe hinabschlich, die zu der kleinen Höhle unter dem Turm führte. Sie hatte keine Schuhe angezogen, weil sie unmittelbaren Kontakt zur Erde haben musste.

Die roh behauenen Steine waren feucht von dem im Fels eingeschlossenen Wasser. Das Wasser würde nun bald herausfließen, die Risse im ausgedörrten Boden kitten und den verwüsteten Wäldern und Wiesen neues Leben bringen.

Sie bog ein letztes Mal scharf um eine Ecke und gelangte an eine Gabelung im Tunnel. Von dem Treppenschacht zur Linken floss Energie, die sie sanft in ihren Strom zog. Sie wusste zweifelsfrei, welchen Weg sie einschlagen musste, obwohl sie die Treppe noch nie so weit hinabgestiegen war.

Wie Motten ins Licht ...

Sie hatte andere Stimmen im Kopf gehört, als sie die Stufen zu Tads Büro hinaufgestiegen war. Es waren die schwachen Schattenbilder dieses Rufes gewesen. Er klang in ihren Adern wider und versprach Vollendung.

Versprach Macht.

Die uralten Türangeln quietschten, als sie die Tür aufzog. Die winzige Höhle sah aus wie eine steinerne Honigwabe. Blasses, blaues Licht sickerte aus den Wänden. Natürliche Matrixkristalle leuchteten matt inmitten des gewöhnlichen Gesteins und warteten auf die Leben spendende Berührung einer Bewahrerin.

Melisendre schritt mitten durch die Höhle auf den größten der in den Fels eingebetteten Kristalle zu.

Vorsichtig zog sie daran. Der Kristall fiel in ihre Hand, wobei ein Lichtband durch ihn hindurchflammte. Ihre Hände begannen zu leuchten. Pulsierende Energie stieg in ihrem Körper auf, ein beruhigender Impuls, genau wie das vereinte *Laran*, das sie im Zirkel steuerte.

Sie fühlte, wie die nächste Welle sie erbeben ließ. Hellblaue und diamantweiße Flammen schwebten über dem Kristall. Sie hielt ihn mit ausgestrecktem Arm von sich. Feuer flackerte über ihre Haut, aber sie spürte keinen Schmerz. Stattdessen durchflutete sie eine süße, schmeichelnde Wärme.

Die wunderschöne Kupferschale, die sie in einem ihrer Träume gesehen hatte, erschien vor ihrem geistigen Auge. Sie sah sich selbst, wie sie die Höhle verließ und zu dem Schrank ging, in dem sie die Schale finden würde, wie sie wusste, und wie sie den funkelnden Sternstein in die Vertiefung einsetzte, in die er gehörte. Sie würde die Schale hochhalten und mächtige Heilimpulse über das Land schicken.

Sie sah wieder auf ihre Arme und Hände hinab, auf die hübschen Regenbogenfarben in dem Feuer, das sie umgab. Für einen Moment sah sie zwei Paar Hände und Arme, fast als würden sich die Umrisse einer anderen Frau in ihren Körper schieben.

Melisendre öffnete die Hände, um den Kristall fallen zu lassen.

Er fiel nicht.

Ein Schrei wollte aus ihrer Kehle dringen. Doch Melisendre unterdrückte ihn, denn der Schrei führte Sharras Lieder mit sich.

Das Schiff brauchte lange Minuten, bis es die Schwerkraft von Cottman IV überwunden hatte. Der terranische Passagier murmelte, dass der Planet wohl versuche, seiner Abreise eine letzte Schwierigkeit in den Weg zu legen.

»Sie ist nicht hinter dir her, *Cario*. Die Göttin verfolgt ihre eigenen Ziele. Bestimmt wird alles viel besser, wenn wir erst im Asteroidengürtel, außerhalb ihrer Reichweite sind.« Die rothaarige Frau seufzte und rutschte in ihrem Sitzgurt umher; sie wünschte, sie wären bereits auf dem interstellaren Teil der Reise. Nur zu gern hätte sie sich an Tads Schulter geschmiegt, um sowohl ihn als auch sich selbst zu beruhigen.

Ihre Hände juckten heftig in den Verbänden. Der terranische Arzt, der sie behandelt hatte, hatte gesagt, ihre Verletzungen würden heilen. Melisendre selbst war sich dessen nicht so sicher. Sie hatte ganze Streifen von Fleisch aus ihren Händen gerissen, nur so konnte sie den Matrixstein loswerden, der sich mit ihr verbunden hatte. Die terranische Medizin konnte zwar gewöhnliche Verbrennungen und Wunden heilen, aber sie wusste, ihre Verletzungen waren anders. Sie würde von Glück sagen können, wenn ihre äußere Erscheinung sich irgendwann normalisierte und nur der Schmerz blieb.

Die Druckbereiche in der Kabine verschoben sich. Melisendre blickte auf den Sichtschirm und sah, dass das Schiff gewendet hatte. Darkover verschwand rasend schnell aus dem Blickfeld, und die große rote Scheibe der Sonne schrumpfte vor ihren Augen. Die Fragen, die sie während der letzten beiden Tage rücksichtslos aus ihren Gedanken verbannt hatte, fluteten zurück.

Traf es zu, wie die alte Frau gesagt hatte, dass der Planet erst wieder gedeihen würde, wenn die Frau mit dem Flammenhaar einen Weg zur Rückkehr gefunden hatte? Hätte sie sich von der Göttin überschatten lassen sollen?

Melisendre schauderte bei dem Gedanken, wie nahe sie daran gewesen war, keine andere Wahl zu haben.

Wenn die Warnung zutrifft, wird eine andere Leronis *oder ein* Laranzu *den Ruhm ernten können, sie an die Kette zu legen. Ich habe nicht die Kraft, Sharra zu beherrschen.*

Das Signal für Entwarnung leuchtete auf, und Melisendre löste ihren Sitzgurt und ging zu Tad, um nahe bei ihm zu sein.

Nun begann ihr neues, ihr gemeinsames Leben. Sie würde ihm ebenso viel Liebe beweisen, wie er ihr angeboten hatte.

Er glaubte, dass sie sich die Hände bei einem Unfall mit dem Herd im Turm verbrannt hatte. Sie schwor sich, ihn nie erfahren zu lassen, warum sie die Entscheidung getroffen hatte, mit ihm zu gehen.

Über Judith Kobylecky
und
»Eine neue Sicht«

Judith Kobylecky äußert zu Beginn ihres Anschreibens, mit dem sie ihre Biografie auf den neuesten Stand bringt, die Hoffnung, dass wir vom Feuersturm in den Oakland Hills verschont wurden.

Hier und in Greyhaven bestand keine Gefahr; aber wir konnten das Feuer sehen und riechen. Während es wütete, fühlten wir uns wie Bewohner Darkovers, wo immerzu der Geruch von Feuer in der Luft liegt. Der Waldbrand selbst hat uns nur knapp verfehlt; man hat ihn gut eine Meile entfernt zum Stillstand gebracht.

Judith schreibt weiter, dass sich an ihrer Biografie nicht viel geändert habe, seit sie zuletzt in einer meiner Anthologien publizierte. »Die Kinder sind zwei Jahre älter ... und sie scheinen praktisch über Nacht zu wachsen. Anna ist jetzt acht, Ian fünf, und die Kleinste, Emma, ist zwei. Was mir an Kindern mit am besten gefällt, ist die Möglichkeit, ihnen interessante Dinge zu zeigen; so viel man ihnen auch beibringt, sie sind immer für noch mehr offen.« (Aha, ganz nach meinem Geschmack – eine geborene Lehrerin.) »Wir müssen uns zwar ganz schön abstrampeln, um uns zu behaupten, aber es macht großen Spaß.«

Judith hat außerdem eine »artige, aber gutmütig verrückte Hündin, die sich von ihren wilden Raubtiervorfahren so weit entfernt hat, dass wir beide fast in Ohnmacht fielen, als wir inmitten der ausgestopften Tiere buchstäblich über eine Maus stolperten.« So eine Hündin habe ich auch; Signy ist mehr Wolf als Hund, und wie alle Wölfe ist sie sehr furchtsam. Der übliche böse Wolf aus den Märchen macht mich nicht besonders an; meine wilde, böse Signy hat ihre erste Ausbildungsstunde größtenteils zwischen mir und der Wand versteckt absolviert.

Es gab bisher nicht viele Darkovergeschichten, die unter den Terranern angesiedelt waren; nach Ansicht unseres verstorbenen

Herausgebers Don Wollheim bewahrten nur wenige solche Geschichten die echte Atmosphäre Darkovers. Diese hier, finde ich, bewahrt sie sehr gut. MZB

Eine neue Sicht

von Judith Kobylecky

Mhari sah zu, wie die nächste Gruppe von Touristen durch die niedrige, mit Schnitzwerk verzierte Tür ins Haus kam. Alle beklagten sich beim Eintreten bitterlich über den Eisregen draußen, aber nicht ein Einziger war angemessen gekleidet für dieses Wetter. *Gütige Avarra*, dachte sie, *die Terraner sind schon ein sonderbares Volk.*

Als sie ihnen beim Abtrocknen half, wurde ihr klar, dass diese Gruppe besonders schwer zufrieden zu stellen sein würde, aber sie war zuversichtlich, mit ihnen fertig zu werden. Immerhin hatte ihr Gönner, Lord Regis Hastur, persönlich ihr Ausbildungsjahr bei einer *Leronis* angeordnet und ihr das nötige Startkapital aus seinen eigenen Einkünften vorgeschossen. Als ein Kind der Handelsstadt staunte sie immer noch, dass der oberste aller Hasturs sich nicht nur die Zeit genommen hatte, ihre Idee mit ihr zu besprechen, sondern auch seinen unschätzbaren Rat hinsichtlich der unbedingt notwendigen Illusionen beigesteuert hatte. Dabei hatte er stets hervorgehoben, wie wichtig es sei, Brücken zwischen den beiden Kulturen zu schaffen, indem man den Terranern einen Blick auf die Welt aus darkovanischer Sicht erlaubte. Sie war unglaublich stolz darauf, dass sie ihre Sache so gut gemacht und ihn nicht enttäuscht hatte.

Die Idee war im Grunde ganz einfach. Täglich landeten die riesigen terranischen Sternenkreuzer zur routinemäßigen Wartung und zum Auftanken auf dem Raumhafen in Thendara. Das bedeutete für die Passagiere eine Verzögerung, die gar mehrere Tage in einem nüchtern-zweckmäßigen Raumhafen andauern konnte, wo es so gut wie nichts Interessantes zu tun gab. Nur ein Bruchteil des eigentlichen Thendara stand ihnen offen, und die dort gebotenen Zerstreuungen waren zum Teil zu grobschlächtig für das, was die meisten Leute suchten. Mhari bot ihnen eine Alternative an, die unterhaltsam war und gleichzeitig einen Überblick über Kultur und Geschichte Darkovers lieferte, aber der wahre Nutzen bestand aus ihrer Sicht in der Beschäftigung der einheimischen Kunsthandwerker, für deren schwierige Existenz sie Verständnis hatte. Als ihr Vater an diesem vernichtenden Leiden erkrankte, hatte ihre Mutter trotz des angesehenen Namens ihrer Familie ganz schön zu kämpfen gehabt, um sie mit ihrer Weberei durchzubringen. Mhari selbst hatte in ihrer Kindheit und Jugend den Terranern auf dem Markt in der Handelsstadt bunte Tücher und süße Kuchen verkauft. Wie viele andere hatte sie Zuneigung zu den Terranern und ihrer komischen Art entwickelt, denn sie waren freundlich gewesen und hatten ihr Essen und extra Münzen mit nach Hause gegeben. Als vor einigen Jahren dann unerwarteterweise ihr *Laran* zum Vorschein kam, schien die Idee, die beiden Völker zusammenzubringen, nur natürlich zu sein. Seit damals arbeitete sie auf dieses Ziel hin.

Mhari sammelte die Handtücher ein und dirigierte die Terraner zu dem lodernden Feuer, das eigens für sie vorbereitet war, denn sie wusste, dass ihnen selbst die behagliche Wärme im Gebäude noch kalt erschien; und wenn sie nicht aufpasste, konnte das womöglich bei einem von ihnen zur Unterkühlung führen. Sie ließ den Blick über die Gruppe schweifen, die sich um den Kamin drängte, und fragte sich wie jedes Mal, was sich die Leute beim Ankleiden am Morgen eigentlich gedacht hatten. Da war beispielsweise ein Paar in identischer Kleidung; die beiden trugen ein feingestricktes Gewebe in einer leuchtenden Farbe, die im rötlichen Licht, das durch die schmalen Fenster strömte, zu fluoreszieren schien. Ein anderer Mann hatte ein Hemd an, auf dem, soweit Mhari sich den terranischen Schriftzug zusammenreimte, eine typisch kryptische Aussage stand: »Ich habe auf dem Psakrens-Mond getanzt.« Er war in Begleitung einer Frau, die Mühe hatte, sich in der wohl engsten Kleidung zu bewegen, die Mhari und – wie sie aus den entsprechenden Reaktionen schloss – auch ihre Arbeiter je gesehen hatten. Das Erstaunlichste daran war, dass die Frau in dieser Aufmachung überhaupt so weit gekommen war. Selbst in der vergleichsweise unvoreingenommenen Handelsstadt lief sie damit ernsthaft Gefahr, von den konservativeren Bewohnern gesteinigt zu werden. Das Ganze wirkte ungefähr so bequem wie eine von Zandrus harmloseren Höllen. Es war mehr als offensichtlich, dass niemand von den Leuten auch nur einen Blick in das Vorbereitungsmaterial geworfen hatte, das Mhari vom Terra-Reisebüro hatte verteilen lassen. Später, wenn sie mehr Zeit hatte, würde sie darüber lachen und versuchen, die Broschüren bunter zu gestalten, um die Aufmerksamkeit ihrer Kunden zu erregen. Mit Hilfe ihrer Assistentin verteilte sie Umhänge, die den doppelten Zweck erfüllten, ihre Besucher zu wärmen und zugleich die Empfindsamkeit der Bewohner Thendaras zu schützen. In der Regel genossen es ihre Gäste, den schweren, handgearbeiteten Wollstoff zu tragen; das gehörte zu dem Konzept des Eintauchens in eine fremde Welt, das sich selbst bei den übersättigtesten Touristen als erfolgreich herausgestellt hatte. Die Mundpropaganda war so positiv, dass inzwischen auch alteingesessene Bewohner des Raumhafens kamen, und die meisten Gäste reisten immerhin mit soliden Ansätzen zu einem Verständnis der darkovanischen Kultur wieder ab. Es war stets eine Genugtuung, das Überlegenheitsgefühl zu erschüttern, das so viele von ihnen mitbrachten.

Dennoch, diese Gruppe hier war schwierig. Mhari konzentrierte sich auf das *Laran,* das sie von einem entfernten und unbekannten Vorfahren geerbt hatte, und überprüfte rasch die Anordnung der kleinen Sternsteinsplitter, die im Raum verteilt waren. Sie waren lediglich von einer Größe, die auf dem Markt frei erhältlich war, aber die junge Frau benutzte sie, um die Illusionen zu verstärken, die sie für ihre Besucher spann, wobei sie immer vorsichtig darauf achtete, die Leute nicht zu beunruhigen. Allerdings waren die Terraner derart an die Finessen ihrer eigenen Technik gewöhnt, dass sie wie selbstverständlich annahmen, Mhari würde nur irgendwelche besonders raffinierten Bildschirme einsetzen. Sie bezweifelte, dass ihre Gäste sich von dieser Annahme abbringen ließen, selbst wenn sie es versuchen würde.

Während die Fremdenführerin sich vorbereitete, demonstrierten ihre Arbeiter eifrig ihr Können und beantworteten Fragen. Die Zeiten waren dermaßen schlecht für kleine Kunsthandwerker, dass viele von ihnen trotz ihrer Fertigkeiten hungerten. Deshalb war es auch nicht schwer, die normalerweise streng auf ihre Unabhängigkeit achtenden Thendaraner dafür zu gewinnen, ihr Können vor den Touristen zu zeigen; alle waren zum Teil auf Grund ihrer erwiesenen Toleranz gegenüber den sonderbaren Verhaltensweisen der außerweltlichen Besucher ausgewählt worden. Falls es gelang, die wohlhabenden Terraner so weit zu erziehen, dass sie die handgefertigten Waren zu schätzen lernten, hoffte Mhari, dass sehr viel Menschen mehr von ihnen profitieren würden, als die wenigen, die sie hier beschäftigen konnte. Die Handwerker waren ein wesentlicher Teil des Erlebnisses, da die Terraner das vollständige Fehlen maschinenproduzierter Waren auf dieser Welt nur mit Mühe begriffen. So konnten sie der Gelegenheit, einen Gegenstand in den verschiedenen Stadien seiner Herstellung tatsächlich in die Hand zu nehmen, meist auch kaum widerstehen. Aber offenbar war das bei dieser Gruppe nicht so.

Die Terraner waren inzwischen ein wenig aufgetaut und unterhielten sich vor Mharis Leuten, als ob diese nicht da wären. Sie musste eine neue Weberin warnend ansehen, die an den Bemerkungen der Besucher bereits Anstoß nahm. Unter ihrem Blick begnügte sich die Frau damit, die Fremden zornig anzustarren. Mhari beeilte sich mit ihren Vorbereitungen, während die ignoranten Touristen weiter untereinander sprachen.

»Und dieses Loch hier soll eine Touristenattraktion sein?«

»Ich glaube, es ist einfach eine Art Laden mit ein bisschen Atmosphäre. Ambiente, du weißt schon.«

»Diese Sachen können nicht handgemacht sein. Wer so was tun würde, müsste ja verrückt sein.«

»Wenn sie tatsächlich auf diese Weise leben, dann kann man es unmöglich Leben nennen.«

Mhari verdoppelte ihre Anstrengungen und konzentrierte sich. Ströme von Ruhe flossen entlang der Sternsteinsplitter, manche davon sorgsam umgeleitet, so dass sie die anderen Darkovaner beruhigten, die alle drauf und dran waren, die Geduld zu verlieren. Die Fremdenführerin fühlte mit ihnen, sie hatte selbst Mühe, sich zu beherrschen. Nach einigen vergeblichen Versuchen fand sie endlich die Tonlage, auf die diese Ansammlung von besonders schwierigen Individuen reagierte, und verstärkte mit Hilfe der Steine die Illusionen, die ihre Rede begleiteten. Sie hieß die Terraner als Gäste in ihrem Haus willkommen, und mit einer nach oben gerichteten Geste schien die Decke zu verschwinden, und die Monde Darkovers vollführten ihren Tanz am Firmament. Mhari griff zu ihrer *Ryll* und spielte eine begleitende Melodie, die noch mehr zu dem Gefühl beitrug, in einen Wachtraum zu verfallen. Die Gruppe hielt den Atem an, als die Wände verschwanden und sie sich mitten in einem der ausgedehnten Urwälder Darkovers wiederfanden, zu ihren Füßen blühten die ersten duftenden Schneeglöckchen des Winters. *Jetzt hab ich sie,* dachte Mhari.

In diesem Moment flog die Eingangstür krachend auf und zerstörte auf schmerzliche Weise die Illusion, die sie so sorgfältig gesponnen hatte. Ein junger und sehr wütender rothaariger Mann platzte mitten in die Gruppe und sah Mhari finster an. »Gratuliere, *Mestra*«, begann er in sarkastischem Tonfall. »Ihr habt für diese Terraner einen Karnevalsverein aus Darkover gemacht. Was für ein stolzer Moment für Thendara, so tief zu sinken.«

Sie hatte den Mann bereits früher gesehen und wusste, dass er ihr Unternehmen missbilligte. Manchen Leuten war eben nicht einmal *Dom* Regis Schirmherrschaft genug. Die Wahrheit war, dass Mhari die Comyn bis auf einige bemerkenswerte Ausnahmen aus tiefster Seele verabscheute, besonders wenn sie jung waren und so aufgeblasen daherkamen wie dieser hier. Es war ihr nicht entgangen, dass er absichtlich in der Sprache der Fremden redete, damit alle Anwesenden seine Beleidigungen verstehen konnten, und sie machte sich auf Ärger gefasst, während sie über ihre beschränkten Möglichkeiten nachdachte und beschloss, noch am selben Abend den Wachdienst der Entsagenden anzuheuern. Beinahe hätte sie laut losgelacht, als die beiden Seiten, der Comynfürst und die Terraner, sich mit dem identischen Ausdruck eines blasierten kulturellen Überlegenheitsgefühls ansahen. Die Sache verlief offenkundig nicht so, wie es der junge Mann erwartet hatte; diese Terraner besaßen nicht einmal genügend Verstand, um zu begreifen, dass sie nun eigentlich tödlich beleidigt sein müssten. Und um alles noch schlimmer zu machen, begannen einige der Handwerker bereits über seine Frustration zu kichern. Zu ihrem Bedauern konnte Mhari ihrem ersten Impuls nicht folgen – sie alle hinauszuwerfen und von vorn zu beginnen.

»Aha, sehr gut«. Einer der Touristen trat vor und musterte interessiert das Schwert des Comynfürsten. »Jetzt kommt die Show langsam in Fahrt.«

»Wisst ihr was«, sagte eine andere. »Das muss einer von den Herrschern dieser gefrorenen Lehmkugel von Planeten sein. Die haben alle dieses Inzuchtaussehen.«

Der junge Mann sah die Frau an, die gesprochen hatte, und schürzte verächtlich die Lippen.

»Na ja, man kann es allerdings auch übertreiben«, flüsterte sie ihrem Begleiter indigniert zu. Er nickte und antwortete, ohne auch nur die Stimme zu senken: »Dieses Theaterzeug ist ja schön und gut, aber was sie hier wirklich bräuchten, wäre eine Art Tour.«

»Eine Tour wollt Ihr haben?« Der junge Mann machte eine ausholende Armbewegung, und schon fand sich der verblüffte Terraner inmitten eines Wirbels aus bunten Farben wieder. Mhari war völlig überrascht; sie hatte keinesfalls mit mehr als einer Schimpftirade gerechnet. Sie schrie, er solle aufhören, sprang zwischen die nun verängstigten Touristen und zerrte den überraschten Comynfürsten von ihnen weg. Der wäre nicht einmal auf die Idee gekommen, dass es jemand wagen könnte, ihn anzurühren. *Nun ja,* dachte Mhari grimmig, *wir stecken eben alle voller Überraschungen.* Bevor er sich von ihr losriss, schien die Luft in sich selbst zusammenzufallen und sie verschwanden aus dem Raum.

Die nächsten Minuten waren voller unaussprechlicher Schrecken. Mhari und der Rothaarige bemühten sich, den Wirbelwind unter Kontrolle zu bringen, den er verursacht hatte. Sie taumelten durch Darkovers Raum und Zeit, um sie herum wurden Herrscher gekrönt und entthront, und Menschen aus verschiedenen Zeitaltern stiegen aus Ruinen empor, um in einem rauen Land um ihr Überleben zu kämpfen. Ein Wirbel aus Bildern zog in Gedankenschnelle an ihnen vorbei, sie rasten durch Wälder, in denen noch *Chieri* tanzten, und wurden von der Gewalt eines Schneesturms auf den Passhöhen der Hellers fortgerissen. Mhari dachte, sie würden alle den

Verstand verlieren, bis sich Zorn und Misstrauen, die eine Zusammenarbeit zwischen ihr und dem Comynfürsten zunächst blockiert hatten, angesichts ihrer schrecklichen Lage schließlich erschöpften, so dass sie sich zusammentun und die Situation unter Kontrolle bringen konnten. Die wie verrückt kreisenden Bilder wurden langsamer, und nach einem heftigen Ruck fanden sie sich an der Stelle wieder, an der sie gestartet waren. Die Handwerker saßen immer noch in verblüfftem Schweigen, was zu Mharis großer Bestürzung bedeutete, dass so gut wie keine reale Zeit verstrichen war. Ihre Angestellten stürzten beinahe hysterisch vor Erleichterung herbei und halfen ihr, nach den Terranern zu sehen, die glücklicherweise alle überlebt hatten, allerdings mit befremdlichen Veränderungen. Das Paar mit der aufeinander abgestimmten Kleidung war völlig von Schnee bedeckt, in den Händen hielten sie *Kyorebni*-Federn, an ihrer Hüfte baumelte ein Dolch. Die Kleidung eines Mannes war vollständig gewendet, seinen Kopf zierte ein Gewinde aus *Kireseth*-Blumen, und viele andere trugen nun Kilts oder gestrickte Umhängetücher. »Das war aber mal eine aufregende Tour«, hörte Mhari jemanden leise murmeln. Die anderen stimmten ehrfürchtig nickend zu.

Kurz darauf zog eine äußerst respektvolle Touristengruppe ab, voll beladen mit handgefertigten Waren, deren vorzügliche Qualität und seltene Schönheit sie nun zu würdigen wussten. An diesem einen Tag hatten Mharis Leute so viel verdient, dass sie ihre Häuser den ganzen Winter über warm halten konnten, und sie selbst würde in der Lage sein, mit der Rückzahlung ihrer Schulden an *Dom* Regis zu beginnen.

Die Fremdenführerin brachte ihre Gäste an die niedrige Eingangstür, dann schenkte sie zwei Tassen heißen *Jaco* ein, verfeinert mit einem Schuss von dem feurigen thendarischen Weinbrand. Die brachte sie zu dem Comynsprössling, der immer noch wie betäubt wirkte, und setzte sich neben ihn auf die

Bank vor dem Kamin. Er nahm die angebotene Tasse dankend entgegen und begann nachdenklich: »Ich vermute, unsere telepathischen Gaben passen so perfekt zueinander, dass sie sich verbanden, bevor wir beide wussten, wie uns geschah. Aber ich verstehe immer noch nicht, wie wir das gemacht haben.«

Mhari zuckte die Achseln. »Das weiß ich auch nicht, aber es war phantastisch, oder?«

Er lachte, und die junge Frau, die nun das Gefühl hatte, als hätten sie sich schon immer gekannt – was nicht verwunderlich war, da sie gerade so viele Menschenalter gemeinsam durchlebt hatten –, fand es an der Zeit, dass er noch mehr lachte. »Ich würde sagen«, antwortete er, »das war eine Tour, an die sie noch lange zurückdenken werden.«

»Meint Ihr, es ließe sich wiederholen? Ein wenig geordneter, natürlich.«

Er blickte überrascht und neugierig auf. »Wäre interessant, es zu versuchen.«

»Sagt, *vai Dom,* habt Ihr je über eine Laufbahn im Bildungswesen nachgedacht?«

Er lächelte ihr über seine Tasse hinweg anerkennend zu, und die beiden stießen wortlos auf eine neue Idee an.

Über Lynn Michals und »Die Wahl«

Lynn Michals ist achtundzwanzig und arbeitet noch an ihrer Dissertation; wenn sie damit fertig ist, hat sie einen Doktortitel in englischer Literatur. Zusammen mit ihrer Geschichte »Building« in *Die Tänzerin von Darkover* ist das hier ihr einziges Prosawerk. Sie schreibt, sie sei fast ihr ganzes Leben lang in der Schule gewesen, erst habe sie das kirchliche Schulsystem in New Orleans erkundet, dann sei sie nach Cornell getürmt und nun mache sie ihren Doktor am John Hopkins. Zwischen Cornell und Hopkins hat sie ein Jahr ausgesetzt und half mit, eine Burg in Wales auszugraben, »wo ich Splitter von mittelalterlichen Hammelknochen ausbuddelte, die irgendwer vor sechshundert Jahren hinter der Küche zum Abfall geworfen hat«. Sie »verbrachte einen Sommer auf den Friedhöfen von New Orleans mit der Arbeit für eine historische Gesellschaft, die versuchte, die Namen und Daten auf zerfallenden Grabsteinen aufzuzeichnen, bevor sie völlig unleserlich wurden«. Sie bezeichnet sich als »Schubladenautorin, die einen netten Ort sucht, um an die Öffentlichkeit zu gehen«. Sie sollte bei uns mitmachen; wir sind vielleicht nicht alle so gebildet – manchmal habe ich das Gefühl, ich bin die einzige Autorin in diesen Anthologien, die keinen höheren Abschluss hat –, aber wir sind nett, vor allem, wenn man uns Geschichten wie diese schickt.   MZB

Die Wahl

von Lynn Michals

Noch bevor das Blut getrocknet war, hatten die Balladen-
verkäufer Donal Hodges Opfergang in den Höhlen von
Corresanti zu einem großartigen neuen Lied verarbeitet. Die
Nachfrage war groß, wie bei allen seinen Abenteuern. Große
Barden schmetterten die mitreißenden Verse ebenso wie dritt-
klassige Jahrmarktssänger; von den Hellers bis zu den Ebenen
von Arilinn ließen Dorfmusikanten ihr Publikum bei den
Gräueln erschaudern, die Gregori Altons Friedensmann
durchlitten hatte, um seinen Herrn vor den Katzenmenschen
zu retten.

Aber niemand sang ein Lied über die Folgen von Corresanti.

Niemand sang von einem verstümmelten Kämpfer, der in
einem dunklen, kleinen Raum lag und wünschte, er wäre tot.
Niemand sang von einem Adligen in den besten Jahren, der
krank vor Gram war und lieber in Zandrus neunter Hölle gewesen wäre als zu einem solchen Preis am Leben.

Drei Monate nach Corresanti saß Gregori Alton dem hun-
dertneunundfünfzigsten Mittwinterfest in Armida vor und
machte ein Gesicht wie ein Verdammter. Niemand erhob das
Wort, um ihn aufzuhalten, als er aus dem Festsaal stakste; er
war seit drei Monaten gereizt und unbeherrscht.

»Lord Alton ist heute Abend nicht er selbst«, entschuldigte
sich die *Leronis* von Armida bei dem Fremden, der neben ihr
saß, einem gut aussehenden jungen Herrn mit rotem Haar und
grünen Augen. »Im Grunde glaube ich, er wird nie wieder er
selbst sein«, fuhr sie fort. »Sie sind beide noch halb verrückt.
Eingeschlossen in ihrer persönlichen kleinen Hölle – ich kann
zu keinem der beiden vordringen.«

Der Fremde nickte mitfühlend, und die *Leronis* vergaß ihre übliche Zurückhaltung und erzählte weiter.

Gregori ging schweigend über die Flure Armidas, hinter ihm huschte der junge Cedric Syrtis-Alton in der Position des Friedensmannes her – eine Position, die drei Jahrzehnte lang Donal Hodge innegehabt hatte.

»Warte hier«, befahl Gregori, als sie vor der Tür zu Donals Zimmer ankamen.

»*A vies ordonnes ...«,* begann Cedric, aber Gregori war bereits weg. Er schlug die Tür hinter sich zu, durchschritt den dunklen, kleinen Raum und beugte sich weinend über den zerschmetterten Körper in dem schmalen Bett.

Ihr hättet mich sterben lassen sollen, Herr, sagte Donal lautlos, ohne jegliches Mitleid zuzulassen.

»Aber du bist mein Friedensmann, Donal«, erwiderte Gregori. »Ohne dich wäre ich verloren. Ohne dich *bin* ich verloren, *Bredu.«*

»Ich bin ein blinder Krüppel!«, fauchte Donal. Er holte tief Luft und beruhigte seine Stimme. »Dein Friedensmann steht da draußen im Flur, Greg. Syrtis-Alton ist jung und stark, der Sohn einer loyalen Familie – du bist eine lebende Legende für ihn. Sei nett zu dem Jungen, und er wird dir gute Dienste leisten. Er schickt sich viel mehr als dein Friedensmann, als ich es je tat.«

Es war ein ziemlicher Skandal gewesen, damals, vor dreißig Jahren, als der sechzehnjährige Erbe von Armida und ein junger Spion, Lustknabe und Mörder aus den Straßen Thendaras, einen feierlichen Eid schworen, der sie auf Leben und Tod miteinander verband. Donal hatte sich jedoch als beispielhafter Friedensmann erwiesen, und nachdem sein aufopferungsvoller Heldenmut drei Jahrzehnte lang laut in den sieben Domänen verkündet worden war, erinnerte sich außer dem Helden selbst kaum noch jemand daran, dass seine Geschichte einst in der Gosse der alten Stadt begann.

»Der Junge ist ein Idiot«, brummte Gregori. »Zuckt jedes Mal zusammen wie ein Karnickel, wenn ich ihn anschaue. Er hat einen lärmenden, undisziplinierten Verstand, außerdem ist er dumm wie Bohnenstroh.«

Ein Anflug von Donals altem, boshaftem Grinsen spielte über sein vernarbtes Gesicht. Ungeachtet seiner selbstlosen Worte freute er sich zu hören, dass sein Nachfolger noch immer weit davon entfernt war, seinen Platz auszufüllen.

Auf der anderen Seite der geschlossenen Tür lief Cedric auf und ab, er hielt die kräftigen Schultern straff und hatte eine Hand auf das Heft seines Schwerts gelegt; dabei kam er sich dramatisch unbeholfen und fehl am Platze vor.

Unten, im großen Festsaal, sprach die *Leronis* von Armida immer weiter, der Kummer, der sich seit Corresanti in ihr angestaut hatte, fand durch das teilnahmsvolle Schweigen des Fremden plötzlich ein Ventil. »Götter über und unter uns, hört mir nur zu! Warum erzähle ich Euch das alles?«, fragte sie schließlich, über sich selbst verwundert.

»Wozu sind die Götter da, wenn nicht, um sich die Sorgen der Welt anzuhören?«, fragte der Besucher zurück, wobei hinter seinem Lächeln das kalte Feuer aller neun Höllen schimmerte.

Der Gott der Wahl, der Herr über Gut und Böse, fegte die Krumen von seinem Schoß, schob seinen Stuhl zurück und verbeugte sich höflich.

»Bitte, entschuldigt mich«, sagte er. »Ihr habt heute Abend nichts weiter von mir benötigt als mein Schweigen. Donal Hodge hingegen wird sich vielleicht mehr für ein anderes Geschenk interessieren. Jedenfalls ist er nun bereit für mich.«

Donal, von der Illusion des Augenlichts befreit, erkannte

Zandru im selben Moment, in dem der Gott durch die geschlossene Tür seines kleinen, dunklen Zimmers glitt.

»Warum haben sie Euch nach mir geschickt und nicht Mutter Avarra?«, fragte er, im Glauben, sein Tod stünde unmittelbar bevor. »Ich kann so oder so nicht mit Euch gehen. Ich wünschte von Herzen, ich könnte es, aber mein Herr hat mir keine Genehmigung erteilt.«

»Aber ich bin gar nicht hier, um dir den Tod anzubieten, Donal Hodge«, antwortete Zandru und setzte sich auf den Bettrand. »Trotz aller Beschädigungen ist dein Körper noch für mindestens dreißig weitere Jahre gut. Du kannst, ernährt und beherbergt von Lord Altons Wohltätigkeit, noch sehr, sehr lange darin leben, als alter, blinder Krüppel in einem Stuhl am Feuer. Aber du hast eine Wahl. Wenn du es wünscht, gebe ich dir den Körper von Syrtis-Alton. Er ist, wie du selbst sagtest, jung und stark. Ihm haben die Katzenmenschen nicht die Augen ausgekratzt. Er hat deinen Platz eingenommen. Wenn du in seinen Körper schlüpfst, könntest du deinem Herrn bis ans Ende seiner Tage dienen. Was ist, im Vergleich dazu, schon das Leben eines ausgesprochen dummen Jungen wert?«

»Zandru!«, flüsterte Donal, wie betäubt vor Verlangen. Er hätte seine Zustimmung am liebsten sofort herausgeschrien, bevor er seine einzige Chance auf ein Wunder verlor. Aber stattdessen hörte er eine kleine, leise Stimme in seinem Kopf, dieselbe Stimme, die er dreißig Jahre lang jedes Mal vernommen hatte, wenn er in Versuchung war, einen Mann zu töten, der sich ergeben hatte, einen Gefangenen zu schlagen oder einen unziemlichen Vorteil zu nutzen, um dem Herrn seines Herzens zu dienen. *Das würde Greg bestimmt nicht gefallen,* sagte die Stimme nur. Gregori Alton war die erste Person in Donals Leben gewesen, die Menschen nicht wie Dinge behandelte, welche man für seine eigenen Zwecke benutzt –, so hatte die Bekanntschaft mit Gregori aus einem mordenden Stück Abschaum einen ehrenwerten Mann gemacht.

»Danke für Eure Freundlichkeit, mein Herr. Aber ich kann Euer Geschenk nicht annehmen«, sagte Donal.

»Ach, ich verstehe nichts von Freundlichkeit, mein Sohn. Und auch nichts von Grausamkeit, was das angeht«, entgegnete Zandru, und Belustigung stand in den grünen Augen. »Ich bin einfach nur an Wahlmöglichkeiten interessiert. Ziehst du es wirklich vor, blind und lahm zu leben und irgendwann zu sterben? Denk an deine Gefühle, wenn das nächste Mal Angreifer aus dem Gebiet von Aldaran herabstürmen und dein Lord Alton ihnen allein entgegenreitet, nur mit einem dummen Jungen als Schutz an seiner Seite. Willst du diesen Schmerz wirklich aushalten?« Die Stimme des Gottes war kühl, aber Donal spürte, dass ein Licht das Zimmer erstrahlen ließ, das er nicht sehen konnte.

»Ja, selbst das will ich ertragen«, antwortete Donal. In seiner Kehle brannten Tränen, die er nicht mehr vergießen konnte, aber seine Stimme war fest.

Das unsichtbare Licht verblasste.

»Du hast deine Wahl getroffen«, sagte Zandru. »Aber ich habe Gefallen an dir gefunden, Donal Hodge. Auch wenn du mein Geschenk zurückgewiesen hast, werde ich für dich tun, was ich kann.«

Zandru küsste Donal auf die Stirn und verschwand.

In einem anderen Zimmer der schlafenden Burg erwachte der Herr von Armida in kaltem Schweiß, als die Hand des Gottes ihren Griff von ihm löste. Schaudernd stieß er einen Seufzer der Erleichterung aus und betrachtete den Jungen, der ruhig auf einem Feldbett an der Tür schlief. Dann tastete er nach Donals Bewusstsein. »Bredu, *ich habe gerade geträumt, dass ich den kleinen Syrtis-Alton getötet habe«,* weinte Gregori lautlos. *»Es war grässlich. Ich habe völlig die Beherrschung* *verloren und seinen Geist zerbrochen. Und dann – und das ist der wirklich schauderhafteste Teil – öffneten sich seine Augen, und du hast mich durch sie hindurch angesehen, du hast in seinem Körper gelebt. Du wusstest, was ich getan habe. Das konnte ich nicht ertragen, und deshalb habe ich mich in mein eigenes Schwert gestürzt.«*

»Nur ruhig, Herr; es ist ja nicht wirklich passiert«, erwiderte Donal und zitterte plötzlich vor Dankbarkeit für die Kraft, die ihn Zandrus Geschenk zurückweisen ließ. Der Gott hatte nicht gelogen, als er Donal die Chance anbot, Gregori bis an dessen Lebensende zu dienen; er hatte nur nichts davon erwähnt, dass der erste Tag von Donals neuer Dienstzeit der letzte von Gregoris Leben gewesen wäre.

Am nächsten Morgen fand Donal eine wunderschöne Harfe am Fuße seines Bettes vor. Wäre ein solches Geschenk von einem Mitmenschen gekommen, hätte es förmlich nach Mitleid gestunken, aber nicht einmal Donal Hodge war zu stolz, von einem Gott Gefälligkeiten anzunehmen. Sanft strich er über die Saiten des Instruments, und seine narbenübersäten Hände fanden bald zu ihrer einstigen Fingerfertigkeit zurück. Er spielte all die Lieder für sich, die er vor langer Zeit gelernt und wieder vergessen hatte, Lieder über Zeit, Veränderung und Möglichkeiten, und dann lachte er, fast lautlos, über seine Monate der Verzweiflung. Auch wenn die Balladensänger es nie feiern würden, bedeutete dieses stille Lachen einen Sieg, der nicht minder heroisch war als Donals berühmteste Triumphe über Horden kreischender Katzenmenschen, wütende Angreifer oder illegale Zauberer.

Donal band sich ein schwarzes Tuch über die leere Stelle, wo seine Augen hätten sein müssen, klemmte sich Zandrus Ebenholzharfe unter den Arm und riss die Tür seines kleinen, dunklen Zimmers auf. Zum ersten Mal zeigte er sein verdrehtes Bein, die schiefen Schultern und das verwüstete Gesicht im unbarmherzigen Licht des Tages. Langsam und mit hoch erhobenem Kopf humpelte er die breite Treppe hinab.

Kinder, Diener und die gesamte Altonsippe kamen gelaufen, um ihn zu sehen – um den blinden Krüppel anzustarren, der früher Lord Altons berühmter Krieger gewesen war.

»Wenn ihr weiter glotzt wie die Karpfen, dann werfe ich euch alle in den Fischteich, ihr verdammten ungezogenen Narren!«, donnerte Gregori. Er bahnte sich einen Weg durch den Menschenauflauf und reichte Donal den Arm, überglücklich, dass dieser endlich die Kraft zum Weiterleben gefunden hatte. »Was starrt ihr überhaupt alle so? Seht ihr nicht, dass es unser Donal ist?«

Blind, lahm und bis zur Unkenntlichkeit von Narben entstellt, ein Harfenspieler eher als ein Krieger, blieb Donal, was er für Gregori immer gewesen war: sein *Bredu*. Noch dreißig Jahre lang wandelte er mit einer Hand auf Gregoris Schulter durchs Leben und sah die Felder und Ebenen von Armida durch dessen Augen.

Nach der Ballade von Corresanti gab es keine Lieder mehr über Gregori oder Donal. Mitten in einer der wüstesten Epochen der langen und äußerst turbulenten Geschichte Darkovers, während ringsum das Land brannte und Fehden wüteten, genoss das Volk von Armida unerklärlicherweise dreißig goldene und unpoetische Jahre des Friedens. Denn obwohl er nichts von Freundlichkeit oder Grausamkeit wusste, hatte Zandru Gefallen an Donal Hodge gefunden und versprochen, für ihn zu tun, was er konnte.

Und die Götter halten Wort.

Über Patricia Duffy Novak und »Ein geringeres Leben«

Etwas, das ich gern sehe in diesen Anthologien, ist die Wiederkehr beliebter Figuren. Die Leser früherer Bände werden in dieser vorzüglichen Geschichte von Pat Novak Coryn und Arielle aus *Herrin der Stürme* wieder erkennen.

Pat schreibt: »Anders als die meisten Autoren, die Sie veröffentlichen, habe ich derzeit keinen Roman in Arbeit. Ich bin hauptberuflich (zwölf Monate im Jahr) an der Auburn University beschäftigt, im Fachbereich Landwirtschaftliche Ökonomie und Ländliche Soziologie. Der Job hält mich ziemlich auf Trab. Ich habe außerdem einen Mann (James), eine unaufhörlich plappernde zweijährige Tochter (Sylvia) und mehrere Katzen und Hunde.« Na, etwas hat sie wenigstens mit uns anderen gemeinsam. Sie hat außerdem einige Geschichten in den Sammlungen über die *Schwertschwestern* sowie in *Marion Zimmer Bradleys Fantasy Magazine* veröffentlicht. Das alles zeigt uns, dass eine Schriftstellerin die Zeit zum Schreiben nie *hat*; sie *nimmt* sie sich.   MZB

Ein geringeres Leben

von Patricia Duffy Novak

Die Straße von Thendara nach Hali war weder lang noch gefährlich, aber Renata fuhr trotzdem nicht auf ihr. Sie erwartete ihren Pflegesohn Ari stattdessen am Höllenblutpass, wo die Straße von Thendara nach Aldaran in die östliche Route nach Hali mündete.

Renata sah aus dem Rückfenster der Kutsche zu den tief über dem Weg hängenden dunklen Wolken und betete, dass die Winterstürme nicht hereinbrachen, bevor sie und Ari wohlbehalten in Aldaran angekommen waren. Sie wusste, sie hätte nicht so lange im Tiefland bleiben sollen, aber sie hatte ihre Familie seit Jahren nicht besucht und sich nur ungern wieder von ihren Angehörigen getrennt. Doch die Pflicht hatte ein Ende des angenehmen Aufenthalts erzwungen. In knapp zwei Wochen wurde Renatas leiblicher Sohn Brenton nach der uralten Zeremonie als Fürst von Aldaran gekrönt, und sie musste dabei sein, um ihm die Herrschaft über das Reich zu übergeben.

Sie beendete ihre Regentschaft nicht ungern, sie empfand ihre Pflichten als Domänenherrin eher als Bürde denn als Vergnügen. Aber wenn sie in die Zukunft blickte, sah sie nur lange, leere Jahre vor sich. Ihr Leben würde an Wichtigkeit einbüßen, auch wenn sie den Anforderungen Aldarans noch nicht entronnen sein würde. Sie musste die Vorbereitungen für Brentons Heirat abschließen und die Geburt seiner Söhne erwarten – und dabei Brentons Frau sorgfältig überwachen, um sicherzustellen, dass kein weibliches Kind von ihm lebend zur Welt kam. Brenton trug das tödliche Rockraven-*Laran* in sich, das Vermächtnis seines längst verstorbenen Vaters; die

Sturmgabe, das furchtbare *Laran* der Blitze und des Zorns, das so leicht außer Kontrolle geriet und ohne Unterschied Tod und Verstümmelung brachte. Ein *Laran,* das gnädigerweise bei männlichen Nachkommen rezessiv war, bei weiblichen aber tragischerweise dominant.

Für einen kurzen Moment schien es Renata, als würde sie das Gesicht eines jungen Mädchens vor dem drohenden Himmel sehen, von Blitzen erleuchtet. Doch sie schloss die Augen vor der Erinnerung und zwang ihre Tränen zurück; sie wollte den alten Schmerz auf keinen Fall noch einmal durchleben. So viel Tod und Leid!

»Sie kommen, Herrin.« Die Dienerin, die Renata in der Kutsche begleitete, klopfte an das frostbeschlagene Fenster. Die Domänenherrin folgte dem weisenden Finger der Frau und erblickte die kleine Schar der Ponys, kaum größer als Punkte am Horizont.

Renata schickte einen Gedankenfunken voraus. *Ari?*

Hier, Pflegemutter! Ich habe jemanden mitgebracht. Eine Überraschung.

Renata ließ ihren Geist über Aris Gruppe schweben und fing einen Funken *Laran* auf, das zwar nicht zu ihm gehörte, aber ein quälend vertrautes Muster hatte. Sie bohrte ein bisschen tiefer, aber sanft, um die Privatsphäre des anderen zu achten. Dann wusste sie Bescheid.

Coryn? Er musste es sein. Und doch war er so anders. Es war achtzehn Jahre her, seit sie einander in der telepathischen Verbindung berührt hatten. Achtzehn Jahre. Damals war er ihr Bewahrer gewesen. Sie würde diese Berührung nie vergessen.

Er gab leicht nach und ließ sie ein wenig tiefer tasten, jedoch nicht allzu weit. Dann spürte sie die endlose Folge von Schranken, die er errichtet hatte. Selbst Renata mit ihrer voll ausgeprägten Alton-Gabe wäre es schwer gefallen, diesen Widerstand zu durchdringen. Natürlich versuchte sie es gar nicht. *Ihr erweist uns eine große Ehre, Bewahrer,* sagte sie durch die Verbindung, steif und unbehaglich ob dieser unerwarteten Begegnung. *Z'vai par servu.*

Sie fing eine plötzliche Gefühlsregung aus Coryns Richtung auf, Reue oder Trauer vielleicht; es war so schnell vorbei, dass sie es nicht feststellen konnte. Aber sein Gedanke kam wie ein telepathischer Seufzer. *Ach, Renata. Wir waren früher einmal Freunde.*

Und sind es noch. Sie war sich jedoch nicht sicher, ob sie Coryn ohne Bitterkeit gegenübertreten konnte. Aris Mutter, Arielle, war Renata teurer als eine Schwester gewesen. Vor ihrem geistigen Auge erschien das Bild Arielles, wie sie auf Burg Aldaran im Sterben lag, Coryns Kind unter ihrem Herzen. Renata schloss ihre Schranken fester und hätte dabei fast die Verbindung abgebrochen.

Pflegemutter? Hell und klar kitzelten Aris Gedanken den Rand von Renatas Bewusstsein, und sie fasste neuen Mut.

Ja, mein Sohn? Die Domänenherrin fühlte, wie Coryn den Kontakt abbrach und sie ungestört mit Ari kommunizieren ließ.

Ich habe den vai Tenerezu *zu Brentons Krönung eingeladen. Bist du darüber erzürnt?*

Nicht doch. Sein Kommen ist eine Ehre für uns. Coryn von Hali lässt sich selten zu einer Reise überreden. Sie ließ ihre Gedanken sanft, wie eine warmherzige Umarmung über Ari streichen. *Ich habe dich vermisst, mein Sohn.*

Ich dich auch. Sie berührten sich in Gedanken leicht und liebevoll, bevor sie sich wieder trennten.

Die kleine Schar Reiter, es waren insgesamt vier, kam über den letzten Hügel. Ohne auf die Hilfe einer Dienerin zu warten, öffnete Renata die Tür der Kutsche und sprang auf die Schotterstraße hinaus.

Ari war als Erster aus der Gruppe bei ihr. Er sprang von seinem Pferd und lief ihr das letzte Stück entgegen, dann umarmte er sie auf eine raue, aber herzliche Art. Als er sie losließ und seine alten Freunde in ihrem Gefolge begrüßen ging, machte Renata einen entschlossenen Schritt auf die Pferde zu, den Blick auf die eine, dunkel gewandete Gestalt geheftet, die noch nicht abgestiegen war. Die beiden anderen aus der Reitergruppe, Leibdiener nach Kleidung und Benehmen, standen nahe beieinander und hielten ihre eigenen Pferde sowie das von Ari.

Als Renata näher kam, stieg Coryn mit einem eleganten Schwung aus dem Sattel. Er war immer noch gertenschlank und beweglich, aber die Domänenherrin konnte sein Gesicht nicht sehen, das unter der Kapuze seines Umhangs verborgen war.

Renata streckte die Hand aus, und Coryn ging ihr entgegen, wobei er unterwegs die Kapuze vom Kopf streifte. Sein flammend rotes Haar war noch kaum von grauen Strähnen durchsetzt, und sein Gesicht trug immer noch den Stempel der Hastur: das überheblich hochgereckte Kinn, die scharf geschnittenen Wangen und Nase. Doch wenn sie sich nicht im Geist berührt hätten, Renata hätte ihn womöglich nicht wieder erkannt. Der Glanz war aus seinen Augen verschwunden, sein Mund drückte Teilnahmslosigkeit aus. Hier und da zeigten seine Wangen Spuren längst verheilter Narben; sie entstellten ihn nicht, aber sie verliehen seinem Gesicht einen härteren Zug, als es Renata in Erinnerung hatte. Er war ein gut aussehender junger Mann gewesen. Man konnte ihn vielleicht immer noch als gut aussehend bezeichnen, aber er wirkte ein wenig leblos.

Er strich mit den Fingern leicht über ihre Hand, die federartig sanfte Berührung von Telepathen. »Renata«, sagte er, lächelte aber auch jetzt noch nicht. »Es ist so viele Jahre her. Ich hätte dich schon früher einmal besuchen sollen.«

»Besser jetzt als gar nicht, Coryn«, entgegnete sie. »Es ist uns eine Ehre.« Sie benutzte die vertraute Anrede und bemerkte einen Anflug von Wärme in seinen Augen.

All die Jahre seit Aris Geburt hatte Renata Coryn die Schuld an Arielles Tod gegeben und vergessen, dass auch er an dieser Tragödie gelitten hatte, dass er mit Arielle seine Jugend und sein Glück verloren hatte. Doch nun, da sie das Leid aus seinem Gesicht sprechen sah, brachte sie es nicht über sich, ein Wort von dem bitteren Vorwurf zu äußern, den sie in ihrem Herzen trug. Nichts machte Arielle wieder lebendig, und wie man gerechterweise sagen musste, hatte Coryn bis vor kurzem nicht gewusst, dass er der Vater von Arielles Kind war. Das war Arielles Entscheidung gewesen: Sie hatte Renata das Versprechen abgenommen, Ari erst dann zu Coryn zu schicken, wenn der Junge groß genug war, um im Turm von Hali arbeiten zu können. Und soviel Renata wusste, hatte sich Coryn größte Mühe mit Ari gegeben, nachdem er es erfahren hatte. Allein schon um des Jungen willen hätte Renata Coryn freundlich in Armida aufgenommen. Aber als sie nun seine fremd gewordenen Gesichtszüge betrachtete, erinnerte sie sich daran, dass Coryn auch ihr Freund gewesen war. Während ihrer eigenen Dienstzeit in Hali hatte sie ihn geliebt wie einen Bruder. Es war höchste Zeit, dass ihr Zorn verrauchte.

Während Ari Renatas Gefolgsleuten dabei half, ein Essen am Straßenrand herzurichten, fasste Coryn die alte Freundin leicht am Arm und führte sie ein Stück weg. »Ich hatte Angst, du würdest mich fortschicken«, sagte er mit entwaffnender Offenheit. Er war immer ein selten feinfühliger Telepath gewesen, und Renata zweifelte nicht daran, dass er einige ihrer unausgesprochenen Gedanken aufgeschnappt hatte, trotz ihres Bemühens, sie vor ihm zu verbergen.

Die Frau begann eine höfliche Verneinung zu murmeln,

aber Coryn zuckte mit den Achseln und fuhr fort: »Es spielt keine Rolle. Ich hätte darauf bestanden, mitzukommen, ob du mich hier haben wolltest oder nicht. Aris Ausbildung ist noch nicht ganz beendet. Er sollte den Turm eigentlich nicht verlassen, aber er war nicht davon abzubringen, an Brentons Krönung teilzunehmen. Ari ist seinem Pflegebruder sehr zugetan.«

»Ja«, bestätigte Renata. »Und auch Brenton liebt Ari sehr. Es hätte ihn tief betrübt, wenn Ari nicht gekommen wäre. Aber warum sollte der Junge nicht reisen? Ich kann mich bei anderen Bewahrern in Ausbildung an keine solchen Beschränkungen erinnern.«

»Ari ist ein Hastur. Und zwar doppelt. Er hat die Gabe in der starken Form von mir, aber in einer schwächeren Version auch von Arielle – obwohl sie sich bei Arielle selbst nie manifestierte. Die di Asturiens sind mit den Hasturs eng verwandt, und obwohl in Arielles Adern auch ein wenig Aillard-Blut floss, hat sie ihm doch die Hastur-Gabe vererbt.«

Renata schüttelte den Kopf. »Und deshalb ist er nicht an der Schwellenkrankheit gestorben, wie es Hastur-Kreuzungen gern tun. Er hat Glück, finde ich, dass er von seinen Eltern kompatible *Laran*-Gaben mitbekommen hat.«

»Ja, er hat großes Glück, und er wird ein herausragender Bewahrer werden. Aber vielleicht begreifst du, als Angehörige der Altonsippe, das Wesen des Hastur-*Larans* nicht ganz.«

Seine Miene belebte sich, als er von seiner Matrixarbeit sprach, der einzigen Leidenschaft, die sein Leben beherrscht hatte. Und unter den harten Linien des Männergesichts erblickte Renata die weichen Züge des Jugendlichen, als den sie ihn gekannt hatte. Aris Züge. Die beiden waren sich sehr ähnlich.

»Wir sind Quelle und Abfluss«, sagte Coryn. »Alton und Hastur. Ihr Altons seid Sturmböcke, mit gewaltiger *Laran*-

Energie. Wir Hasturs erzeugen wenig eigene Energie, aber wir kanalisieren und vermehren die Ströme. Das ist der Grund, warum ein richtig ausgebildeter Bewahrer aus der Hasturlinie mit gewaltigen Matrizen arbeiten kann, mit Zirkeln von zwanzig und mehr Teilnehmern.«

Renata nickte, und Coryn fuhr fort. »Um allerdings Zirkel von dieser Größe kontrollieren zu können, müssen wir Hasturs lernen, uns vollständig zu öffnen. Wir sind verwundbar, bis wir die komplette Kontrolle erlangt haben, bis wir genügend Barrieren aufgebaut haben, um die Energie ohne Gefahr für uns selbst kanalisieren zu können. Ari hat gelernt, sich zu öffnen, aber seine Barrieren sind noch nicht vollständig ausgebildet. Er hätte wenigstens noch sechs Monate im Turm bleiben müssen.«

Renata spürte, wie ein kalter Wind von den Bergen an ihrem Umhang riss. Sie fröstelte. »Aber du glaubst doch wohl nicht, dass Ari in Aldaran in Gefahr ist, oder? Es herrscht Friede. Brenton ist der Tochter von Scathfell versprochen. Unsere alten Zwistigkeiten sollten mit dieser Heirat der Vergangenheit angehören.«

Coryn hielt die Hände von sich. »Mein *Laran* erlaubt mir nicht, in die Zukunft zu schauen. Ich weiß nicht, was geschehen wird. Ich weiß nur, dass ich Ari lieber weiterhin bei uns in Hali in Sicherheit gesehen hätte. Aber das wollte er nicht, also bin ich mitgekommen.«

Obwohl sein Tonfall unbekümmert klang, konnte Renata seine Angst fühlen, und sie wandte ihm das Gesicht zu, während ihr selbst das Herz schwer vor Furcht wurde. »Welche Gefahr du auch siehst, ich bitte dich, sag es mir.«

Er schüttelte den Kopf und musterte sie mit einem Blick, in dem keine Täuschung lag. »Ich würde dir nichts verheimlichen, was Ari oder das Wohlergehen deiner Domäne betrifft, Renata. Wenn ich ehrlich bin, ich weiß nicht, warum ich mich fürchte. Ari ist der Grund für meine Ängste, das ist alles, was ich erkenne.«

»Ich bin froh, dass du gekommen bist, Coryn«, sagte sie und meinte es aufrichtig. »Wenn irgendjemand in den sieben Domänen Ari vor Unheil bewahren kann, dann bist es du.« Dann lächelte sie zaghaft, während ihre Angst abflaute. »Und es tut gut, alte Freundschaften zu erneuern.«

Sie nahm ihn bei der Hand, nicht mit der leichten Berührung des Telepathen, sondern in einen festen Griff. Bei dieser Berührung blitzten Gedanken an Arielle unerbeten in Renata auf: leuchtendes Haar und ein weißes Gesicht, trübe Augen, eine schmale Hand, welche die ihre umklammerte, so wie sie jetzt die von Coryn hielt.

Und selbst durch Coryns Barrieren fühlte Renata einen stechenden Schmerz, der so heftig war, dass sie beinahe ohnmächtig geworden wäre. Dann fing sich der Mann wieder, zog seine Hand zurück und stand bleich und zitternd neben ihr.

Renata tastete mit ihrem *Laran*, vermochte Coryns Barrieren jedoch nicht zu durchdringen. Welche Dämonen ihn auch hetzten, er behielt sie für sich.

»Komm«, sagte Renata freundlich. »Das Essen ist fertig. Sie warten schon auf uns.« Coryn sagte nichts mehr, während die beiden zu den anderen zurückgingen.

Die Reise nach Aldaran verlief ereignislos. Das Wetter blieb mild, und es gab keinerlei Zwischenfälle. Sie waren nur zwei Tage unterwegs und erreichten die Burg am frühen Nachmittag, als die rote Sonne langsam hinter die Gipfel der Hellers zu sinken begann.

Renata bedauerte fast, dass die Reise so kurz gewesen war. Aldaran war voller Gäste – die Familien und das Gefolge der Bergfürsten, die alle gekommen waren, um vor Brenton niederzuknien und ihn zum rechtmäßigen Herrscher der Domäne auszurufen –, und sie war pausenlos damit beschäftigt, sie zu unterhalten. Ari sah sie häufig genug; der Junge hatte Feiern und Festgelage immer gemocht. Coryn hingegen ließ sich kaum blicken, und manchmal hatte Renata den Eindruck, als ginge er ihr aus dem Weg, aber sie konnte sich nicht vorstellen, wieso.

Der Morgen von Brentons Inthronisation dämmerte grau und feucht herauf. Den ganzen Tag über, während sie mit einer Gruppe ihrer Gäste nach der anderen zusammenkam, hörte sie Donnergrollen, obwohl der Sturm sie bis zum späten Nachmittag noch immer nicht erreicht hatte. Das Wetter schien völlig natürlich zu sein, kein Werk von Hexerei, aber es gefiel ihr nicht. Seit Donal durch die Hand seiner eigenen Schwester Dorilys gestorben war, hatte Renata Donner nie mehr ohne Furcht hören können.

Unmittelbar bevor die Feierlichkeiten beginnen sollten, rief sie ihren Sohn zu einer Privataudienz. »In wenigen Minuten«, sprach sie, »werde ich meinen Platz als Regentin räumen. Du weißt, dass es immer mein Wunsch war, dich mit Allira, der Tochter von Scathfell, verheiratet zu sehen, um so den alten Streit zwischen unseren Familien zu beenden. Aber ich würde dich nicht in eine lieblose Ehe zwingen. Das Mädchen hat die letzten Jahre als meine Pflegetochter hier gelebt und gefällt dir offenkundig.« Sie hob abwehrend die Hand, als Brenton sprechen wollte. »Nein, lass mich ausreden. Du musst mir jetzt sagen, ob du eine andere heiraten möchtest. Das Eheversprechen ist nicht unbedingt bindend. Wir können unseren Zwist mit Scathfell auch auf andere Weise beilegen.«

Brenton verneigte sich kurz und lächelte. »Ich wünsche diese Ehe aus ganzem Herzen, Mutter. Allira hätte ich mir selbst auch als Braut ausgesucht, unabhängig davon, wer ihre Eltern sind.«

Renata sah ihrem Sohn forschend ins Gesicht; die breite

Stirn und die sommersprossige Nase glichen ihrem Antlitz, aber er hatte die Augen seines Vaters, ausdrucksstarke Augen, die seine Gedanken klarer übertrugen, als es sein *Laran* tat. Sie sah, dass er die Wahrheit sagte.

Brenton nahm Renatas Hand und schloss sie in seine beiden Hände. »Ich bin froh, dass du in Aldaran bleibst, Mutter. Ich weiß, es ist selbstsüchtig, aber ich bin es gewohnt, mich auf deinen Rat zu stützen, und fühle mich noch nicht bereit, ohne ihn auszukommen.«

Renata lächelte. »Du wirst ein weiser Herrscher sein, Brenton, ein besserer als ich, denn du wurdest für diese Rolle erzogen. Aber ich bin froh, dass du noch Zweifel hast. Zu viel Stolz und Selbstsicherheit können ins Verderben führen.« Bei diesen Worten dachte sie an den alten Mikhail, ihren verstorbenen Gatten, dessen Stolz seine Tochter Dorilys zerstört und seinen Pflegesohn Donal das Leben gekostet hatte. Brenton wusste nicht viel von dieser Geschichte; sie hatte ihn in dem Glauben aufwachsen lassen, er sei der Sohn des alten Mikhail – ein rechtliches Märchen, das ihm erlaubte, die Erbschaft anzutreten. Sein wahrer Vater, Donal Delleray, Mikhails geliebter Pflegesohn, besaß nicht einen Tropfen Aldaranblut. Und auch aus diesem Grund war Renata begierig auf die Allianz mit Scathfell, weil diese wieder Aldaranblut in die Linie bringen würde.

»Dann geh, mein Sohn, und sei versichert, dass ich sehr zufrieden mit dir bin«, sagte Renata. »Kümmere dich um deine Gäste. Ich werde in Kürze bei euch sein.«

Brenton empfing sie am bogenförmigen Eingang zum Festsaal und geleitete sie durch die Menge. In seiner gefütterten Brokatjacke aus rotbrauner Seide sah er hübsch und stattlich aus und wirkte älter als seine achtzehn Jahre. Bei seinem Anblick schwoll Stolz in Renatas Brust – Stolz und eine schmerzliche Liebe. *Das ist mein Sohn, mein Fleisch und Blut, und er wird der Herr von Aldaran sein.*

Als sie die vornehmen Gäste begrüßte, sah sie Coryn von Hali am Rande stehen, er hatte die Arme vor der Brust verschränkt, seine Miene war frostig. In dieser Haltung erinnerte er sie an eine zusammengerollte Felsenschlange, und sie verstand nun, warum man ihn von einem Ende des Tieflands bis zum andern fürchtete – was sie früher nie begriffen hatte. Ein solches Maß an *Laran*, in einem einzigen Menschen konzentriert, war in der Tat beängstigend.

Renata verbeugte sich vor ihm, und er erwiderte die Geste, aber sie sah seinen Augen an, dass er nicht in der Stimmung für ein Gespräch war. Deshalb setzte sie am Arm ihres Sohnes ihren Weg durch die Menge fort, bis schließlich alle an der langen Tafel auf dem Podium Platz nahmen. Als sie sich setzte, erblickte sie Ari, der die Position des Friedensmannes hinter Brenton einnahm. Das sonst ausdrucksstarke Gesicht des Jungen war leer und nichtssagend, und sie überlegte kurz, ob er etwa krank sei, aber für solche Sorgen war im Augenblick keine Zeit. Sie würde ihn sich ansehen, wenn die Zeremonie vorüber war.

Ein Haushofmeister reichte Renata das Szepter von Aldaran, und als sie es nahm und dreimal in der Luft schwenkte, verstummten die versammelten Gäste und nahmen ihre Plätze am Tisch ein. Renata erhob sich. »Heute«, begann sie, »gebe ich die Regentschaft von Aldaran auf. Ich entsage der Herrschaft über die Domäne.« Sie übergab das Szepter dem Haushofmeister, der sich verbeugte und vor Brenton niederkniete. »Mein Sohn«, sagte Renata, »Brenton Aldaran, der sein ganzes Leben unter euch gelebt hat ...«

Sie brach ab und wankte erschüttert, als ein *Laran*-Befehl in ihr Bewusstsein schnitt. *Renata, halt Ari fest! Halt ihn sofort fest!*

Es war die Stimme des überwachenden Bewahrers, und sie reagierte ohne nachzudenken. »Halt!«, sagte sie mit ihrer Befehlsstimme, und im gesamten Saal wurde es totenstill. Sie suchte Aris Bewusstsein – und traf auf das eines Fremden, der sich des Körpers des Jungen bemächtigt hatte. Mit Hilfe ihres *Larans* hielt sie Ari bewegungslos fest. Als sie sich ihm zuwandte und sah, was der Junge in der Hand hielt – eine Strahlenwaffe, die auf Brentons Hinterkopf zielte –, wäre ihr die Kontrolle beinahe entglitten. Aris Finger zuckte bereits am Abzug, aber als Reaktion brandete Renatas Energie neu auf und sie hielt ihn sicher.

Aus den Augenwinkeln sah Renata, wie Coryn aus dem ansonsten reglosen Saal stürmte. Einen Moment später fühlte sie eine Explosion, und gewaltige Energiewellen breiteten sich im Saal aus. Sie blickte auf die Steinwände der Burg, erstaunt, dass sie nicht zu Staub zerfielen. Dann erkannte sie, dass nur eine Explosion von *Laran*-Energie stattgefunden hatte, als wäre eine große Matrix verpufft.

Ari stürzte nach vorn und sah sie nun wieder aus seinen eigenen Augen an. »Mutter?«, sagte er. »Wie bin ich hierher gekommen?« Er starrte entsetzt auf die Waffe in seiner Hand. »Und was ist das?«

Renata antwortete nicht. Sobald sie bemerkte, dass Ari wieder er selbst war, machte sie kehrt und stürzte hinaus, sie folgte Coryn durch die verwinkelten Korridore von Aldaran, zur Quelle der Explosion.

Blauer Rauch wehte aus der offenen Tür eines nur selten benutzten Raums. Renata blieb beinahe das Herz stehen, als sie über die Schwelle trat. Auf dem kalten Steinboden lagen fünf Männer, alle soeben verstorben, soweit Renata feststellen konnte. Vier von ihnen kannte sie dem Gesicht nach nicht, aber ihr rotes Haar und die schwarzgoldene Tracht wiesen sie als *Laranzu'in* von Scathfell aus. Der fünfte hielt einen faustgroßen Sternstein in der ungeschützten Hand, und Renata hatte nun keinen Zweifel mehr über die Ursache der Explosion. Coryn hatte die Matrix mit der bloßen Hand vernichtet.

Sie kniete auf dem kalten Steinboden nieder und untersuchte den erloschenen Sternstein in Coryns leblosen Fingern. Obwohl seine Hand eigentlich zu Asche hätte verbrannt sein müssen, entdeckte sie nur eine ganz leichte Brandspur. Er sah unverletzt aus, aber Renata fühlte nicht einen Hauch von Lebenskraft. Selbst bei einem Bewusstlosen hätte ein derart mächtiges *Laran* wahrnehmbar sein müssen.

Aus dem Bild, das sich ihr bot, konnte sie rekonstruieren, was vorgefallen war. Die *Laranzu'in* von Scathfell hatten einen Matrixzauber auf Ari angewandt, der, wie Coryn warnend gesagt hatte, nur allzu offen für sie war. Coryn hatte es irgendwie gespürt. Er hatte den Zauber gebrochen, indem er die Matrix in die bloße Hand nahm und so die Verräter um den Preis seines eigenen Lebens tötete.

»O Coryn, Coryn«, sagte sie laut und vergrub das Gesicht in den Händen, während die Tränen zu fließen begannen.

Nur wenige Augenblicke kniete sie dort allein, dann hörte sie Bewegung auf dem Flur. Sie blickte auf und sah Brenton im Eingang stehen, flankiert von einer Gruppe Soldaten Aldarans. Dann drängte Ari, indem er die Soldaten beiseite stieß, in den Raum und stürzte neben Renata nieder.

»Vater!«, schrie er. »O nein!« Er warf sich auf Coryns Brust, richtete sich aber eilig wieder auf, Erstaunen im Blick. »Er atmet! Ich habe es gespürt.«

Renata umfasste Coryns Handgelenk und spürte tatsächlich den Puls. Aber wie kam es, dass er kein Signal psychischer Präsenz aussandte, wenn er lebte? »Coryn?« Sie schüttelte leicht seine Hand.

Als der Totgeglaubte zögernd die Augen öffnete, lag Verständnis in seinem Blick, aber noch immer fühlte Renata nichts durch die *Laran*-Verbindung. »Du lebst?«

Er lächelte schwach. »Sieht so aus.« Das Lächeln erstarb. »Aber vielleicht hätte ich besser mit den anderen sterben sollen. Ich bin kopfblind, Renata, wie du wahrscheinlich schon gemerkt hast.«

Die Angesprochene senkte, zu keinem Wort fähig, den Kopf, aber Ari starrte entsetzt auf Coryn, der bisher der mächtigste Telepath in den sieben Domänen gewesen war. »Wieso, Vater? Warum hast du eine Matrix in die bloße Hand genommen?«

»Diese Männer aus Scathfell wollten dich als Werkzeug benutzen, um deinen Pflegebruder zu töten. Und es hätte auch funktioniert, wenn ich nicht das Pulsieren einer Matrix des fünften Grades gespürt hätte – die außerhalb eines Turms unter keinen Umständen enthüllt werden darf.«

Er wandte sich an Renata. »Das ist also das Komplott, das ich befürchtete. Und ich bin froh, dass ich es rechtzeitig entdeckt habe, auch wenn es mich jeden Funken *Laran* gekostet hat, den ich je besaß.«

»Coryn«, sagte Renata, »wir können noch nicht wissen, ob du auf Dauer kopfblind bleibst. Du hast einen gewaltigen Schlag erhalten und irgendwie diese Energie kanalisiert, so dass sie dich nicht völlig verbrannt hat. Vielleicht stehst du nur unter Schock. Ich lasse einen Zirkel aus Tramontana kommen, dann wissen wir Bescheid.«

»Ja«, erwiderte er, doch Renata wusste, er hatte sich bereits mit dem Schlimmsten abgefunden. »Aber ihr müsst eure Zeremonie zu Ende bringen, und zwar rasch! Du hast deinen Anspruch aufgegeben, aber Brenton hat die Herrschaft noch nicht angenommen. Deshalb hat Scathfell genau in diesem Moment zugeschlagen. Wäre es ihm gelungen, Brenton zu töten, wäre der Weg für ihn frei gewesen, denn Aldaran hätte keinen ernannten Herrscher gehabt. Und noch hat es keinen. Geht«, sagte er, »ihr alle. Ich bin körperlich nicht schwer verletzt, und ich brauche kein Gefolge!«

Renata stand auf und wandte sich an die Wachen. »Lord Coryn hat Recht. Führt Brenton zurück in den Festsaal. Und du, Brenton, nimmst sofort dieses Szepter entgegen. Die hübschen Reden lassen wir diesmal aus.«

Während alle anderen davoneilten, drehte sich Renata wieder zu Coryn um, der sich langsam vom Boden aufrappelte. »Hier, nimm meinen Arm«, bot sie an. »Ich führe dich in ein Zimmer, nicht weit von hier. Dort kannst du dich ausruhen. Ich schicke dir einen Diener.«

»Wie du willst.« Er stützte sich auf Renata, und sie hielt ihn. Sie war keine kräftige Frau, aber Coryn war eine geringe Last, und sie konnte ihn mühelos hinausgeleiten.

Als sie in den großen Saal zurückkehrte, brach der Sturm, der sie seit dem Morgen bedroht hatte, endlich los und tobte um die Mauern der Burg.

Es folgten schwierige Tage für Renata. Zunächst gab es das Problem Scathfell. Loren, Lord Scathfell, hatte die Verschwörung freimütig und unverfroren eingeräumt und mit dem Finger anklagend auf Brenton gezeigt. »Aldaran steht von Rechts wegen mir zu«, sagte er. »Es ist kein Geheimnis, dass der alte Mikhail nicht der Vater von diesem Bengel ist.«

»Ruhe!«, setzte Renata ihre Befehlsstimme ein weiteres Mal ein. Dann wandte sie den Kopf, um zu sehen, welche Wirkung diese Mitteilung auf Brenton hatte.

»Ach, Mutter«, sagte dieser, als er wieder Herr seiner Stimme war, denn Renatas Befehl hatte auch auf ihn gewirkt. »Das weiß ich doch seit Jahren! Ich habe es in den Gedanken einer Dienerin aufgeschnappt, als mich die Schwellenkrankheit zum ersten Mal befiel. Sie war erleichtert, dass ich kein Aldaranblut in mir habe, was zu solchen Zeiten oft tödlich ist!«

»Dann wusstest du also die ganze Zeit Bescheid«, erwiderte sie. »Aber es spielt keine Rolle. Aldaran gehört dir.« Sie drehte sich zu Loren um und blickte in das hochnäsige, trotzige Gesicht. »Brenton ist Mikhails rechtmäßiger Erbe. Ihr selbst habt geschworen, seinen Anspruch zu unterstützen. Eure Tochter sollte mit ihm verheiratet werden. Eure Enkel hätten Aldaran regiert.«

»Und jetzt, Gnädigste?«, höhnte Loren. »Wollt Ihr einen neuen Krieg anzetteln? Denn ich werde Scathfell nicht kampflos hergeben.«

»Ihr solltet mich ansprechen«, sagte Brenton. »Ich regiere von nun an diese Domäne. Und ich möchte nur ungern gegen meinen zukünftigen Schwiegervater kämpfen.«

Scathfell blieb der Mund offen stehen, er starrte Brenton und Renata an. Der junge Regent lächelte verbissen. »Eure Tochter«, sagte er, »hatte mit Euren heimtückischen Plänen nichts zu tun. Und sie will mich heiraten, ob Ihr einverstanden seid oder nicht. Wie immer Ihr Euch entscheidet, es wird wieder Aldaranblut in die Linie zurückkehren. Ihr könnt mir entweder Treue geloben, diesmal jedoch unter einem Wahrheitszauber, oder Eure einzige Tochter verlieren.«

Zuletzt gab Scathfell nach. Damit war dieses Problem zumindest vorläufig gelöst. Der Verrat blieb ungesühnt, aber es würde keinen Krieg in den Bergen geben, jedenfalls vorläufig nicht.

Dann war da noch Coryn. Der Zirkel aus Tramontana traf ein, und als sie ihn untersucht hatten, sprach Rosaura, die Überwacherin, mit Coryn und Renata. Rosaura war Coryn noch nie von Angesicht zu Angesicht begegnet, aber sie hatte viele Male in den Relais mit ihm zusammengearbeitet und war daher mit seinem *Laran*-Muster vertraut.

»Ihr seid nicht kopfblind, Coryn«, sagte Rosaura, »nicht im üblichen Sinne. Euer *Laran*-Zentrum ist nicht zerstört. Als Ihr diesen Schlag erhieltet, sind Eure Schutzschilde verrutscht und eingerastet. Jetzt könnt Ihr sie nicht mehr herablassen, um Euer *Laran* zu gebrauchen.«

Coryn nahm diese Neuigkeit ohne sichtbare Gefühlsregung auf. »Kann man etwas dagegen tun?«

Rosaura zuckte die Achseln. »Das weiß ich nicht. Ich konnte diese Schilde nicht aus dem Weg räumen, Coryn. Diese Gabe habe ich nicht.« Sie sah Renata an. »Aber unter uns ist eine, die es vielleicht vermag.«

Renata griff sich an die Kehle. »Ich? Aber es ist Jahre her, seit ich mein *Laran* für eine Sache von Bedeutung eingesetzt habe.« Und sie hatte Coryns Schilde gefühlt. »Es könnte ihn töten, wenn ich versuchte, den psychischen Kontakt zu erzwingen.«

»Dieses Risiko würde ich eingehen«, sagte Coryn. »Ich bitte dich, es zu versuchen, Renata.«

Die ehemalige Domänenherrin krümmte sich in ihrem Sessel. Wie konnte sie ihm seine Bitte abschlagen, nachdem er ihren Sohn und ihre Domäne gerettet hatte? Sie sah Rosaura an, aber die Frau hielt ihr Gesicht abgewandt und ihren Geist fest verschlossen. Von dieser Seite hatte Renata keine Hilfe zu erwarten. Sie würde ihre Entscheidung allein treffen müssen.

»Also gut«, sagte sie bedächtig. »Aber ich will dich keinesfalls töten, Coryn. Du musst mir vertrauen. Du darfst dich nicht gegen den Kontakt wehren.«

»Ich werde dir vertrauen, Renata.« Dann wandte er sich an Rosaura. »Ich will nicht unhöflich sein, und ich bin dankbar für die Hoffnung, die Ihr mir gemacht habt, aber es würde mir leichter fallen, diese Sache mit Renata allein anzugehen.«

Rosaura nickte. »Es steht mir nicht zu, gekränkt zu sein, Coryn. Ihr müsst tun, was Ihr für das Beste haltet.«

Nachdem Rosaura gegangen war, verabreichte Renata Coryn die Droge *Kirian*, die telepathische Barrieren abbauen half. Anschließend legte er sich nieder und bereitete sich darauf vor, in eine leichte Trance zu fallen.

»Einen Moment noch, Coryn«, sagte Renata, woraufhin er die Augen öffnete und sie ansah. »Ich hatte das Gefühl, als würdest du mir aus dem Weg gehen, als gäbe es ein Geheimnis, das ich nicht erfahren sollte. Was immer es ist, du musst auch das preisgeben.«

Er wandte den Blick ab. »Ich hatte dich nicht wieder sehen wollen. Ich habe mich zu sehr vor den Anschuldigungen gefürchtet, die ich möglicherweise in deinen Gedanken lesen würde, wie sehr du dich auch bemühen würdest, sie zu verbergen.«

Renata berührte ihn leicht an der Schulter, es war kaum ein Klaps mit den Fingerspitzen auf der dunkelblauen Seide seines Übergewandes. »Ich habe dir tatsächlich jahrelang die Schuld an Arielles Tod gegeben. Aber Arielle trug die Gene der Aillards in sich; sie hätte bei der Geburt eines jeden Kindes sterben können, das mit *Laran* gesegnet war.«

Coryn erwiderte nichts, und Renata nahm neben ihm auf dem Bett Platz und zog ihren Sternenstein aus einer Falte ihres Gewandes. »Gibt es noch etwas, Coryn?«

Er sah sie kurz an, dann wich er ihrem Blick rasch aus. »Da ist noch etwas, aber es wäre mir lieber, du würdest es aus meinen Gedanken erfahren als aus meinem Mund. Ich werde dir keinen Widerstand leisten, Renata.«

»Gut, wie du meinst.« Sie konzentrierte sich, zwang sich, in Coryns versiegelten Geist zu greifen und drückte dagegen, wie der Sturmbock, als den er sie bezeichnet hatte. Zunächst stieß sie nur auf Widerstand, aber dann begannen die Schilde zu schwanken und schwächer zu werden, und sie berührte Schicht um Schicht von Coryns Erinnerungen: seine langen

Jahre im Turm, als buchstäblicher Gefangener seiner Besessenheit von *Laran*, ohne Kontakt zu menschlichen Bedürfnissen und Gefühlen. Sie durchlebte mit ihm seine Begegnung mit Ari, die Erkenntnis, dass der Junge sein Sohn war, seine schmerzlichen Bemühungen, wieder zu einem Menschen zu werden.

Dann kam sie zu den stärksten Schilden, welche die schmerzlichsten Erinnerungen von allen bewachten. Sie teilte seinen Kummer und seine Schuldgefühle wegen Arielle mit ihm und zwang ihn, sich diesen Gefühlen in vollem Ausmaß zu stellen, sie zu akzeptieren und weiterzuleben.

Tränen fielen auf ihre Hände, und sie wusste nicht, ob sie von Coryn oder von ihr selbst stammten. Als die letzte Schranke fiel, verbanden die beiden sich in altvertrauter Harmonie. Die Berührung seines *Larans* war in den Zirkeln immer sanft und beruhigend gewesen, und sie war es auch jetzt, als Renata und Coryn in einer Vereinigung verschmolzen, die weit intimer war als Sex.

Sie erfuhr, was er vor ihr hatte verbergen wollen, eine simple Sache: Dass er sie begehrte, wie ein Mann eine Frau begehrt. *Aber Coryn,* sagte sie durch die Verbindung, *warum hast du das vor mir geheim gehalten? Mit solchen Dingen hatten wir in den Zirkeln doch alle zu tun.*

Ich habe derartige Empfindungen sehr, sehr lange nicht erlebt, antwortete er. *Ich habe wie ein Mönch gelebt in Hali und nichts begehrt als meine Matrixarbeit. Ich dachte, ich sei über das Verlangen nach einer Frau hinaus. Mögen die Götter mir beistehen, Renata, ich bin kein zwanzigjähriger Jüngling mehr. Ich kann dich nicht benutzen und wieder fallen lassen. Ich habe dir nichts zu bieten: kein Land, keine Titel, keine Ehren. Und ich kenne dich, Renata, du bist voller Mitgefühl. Du würdest dich mir hingeben, weil ich es wünsche. Aber so will ich dich nicht, nicht weil du Mitleid hast!*

*Mitleid? Nein, Coryn, kein Mitleid. Ich war ebenfalls ein-
sam. Einsamer, als du dir vorstellen kannst.*

Er streckte die Hände aus und fasste sie an den Schultern,
da flossen Renatas eigene Erinnerungen in die Verbindung
ein und vervollständigten die Vereinigung. Renata wollte sich
nie wieder von Coryn trennen, weder jetzt noch irgendwann.
Seine geistige Berührung fühlte sich an wie die warmen Wellen des Wolkensees in Hali, Wellen, die weder Wasser noch
Luft waren, sondern eine angenehme Mischung aus beiden.

Ihre Lippen trafen sich, und Renata schmiegte sich an ihn,
bis sie die Grenzen ihrer jeweiligen Persönlichkeiten nicht
mehr wahrnehmen konnte. Sie hatte so lange ohne diese Form
der Liebe gelebt, dass sie das beinahe unerträgliche Vergnügen vergessen hatte, das solche Nähe bereiten konnte. Nun
war Coryn hier, nicht mehr kalt, streng und distanziert, sondern warm, bebend und lebendig; doch nicht nur das: Er ent-
fachte eine Leidenschaft in ihr, von der sie geglaubt hatte, sie
sei mit Donal gestorben.

Als die beiden schließlich nebeneinander lagen, warm, zufrieden und dem Schlaf sehr nahe, küsste er sie sanft auf die
Stirn und sagte: »Du hast mir mein *Laran* zurückgegeben. Und
etwas noch viel Wichtigeres dazu.«

Sie setzte sich auf und berührte sein Gesicht. Nur ungern
erzählte sie ihm alles, was sie durch die Verbindung erfahren
hatte. »Du besitzt noch *Laran,* Coryn, aber du konntest diesem
Schlag nicht unverletzt entrinnen. Du bist nicht mehr, wie du
einmal warst. Deine Schilde haben sich verändert und verschoben, du hast sie nicht mehr völlig in der Gewalt. Du darfst
nicht Bewahrer bleiben, du solltest nicht einmal in den Zirkeln
arbeiten. In einiger Zeit, vielleicht, aber nicht sofort.«

»Ich weiß«, sagte er. »Glaubst du, ich habe die Veränderungen nicht bemerkt? Ich werde mich wohl nach Carcosa begeben. Ich kann zwar nicht behaupten, dass mein Bruder Regi-

nald übermäßig erfreut sein wird, mich zu sehen, aber ich besitze keine eigenen Ländereien.«

Da er ungeschützt war, wusste sie, was er wollte, was sein Stolz ihm zu fragen verbot. »Bleib hier, Coryn. Nur eine Zeit lang, bis du nach Hali zurückkehren kannst.«

Sie fühlte sowohl das Verlangen als auch die Furcht in ihm. »Es ist nicht leicht, mit mir zu leben. Ich bin kein höflicher Mensch. Ich habe ein fürchterliches Temperament.«

Er sagte es ernst, aber Renata lachte. »Das weiß ich doch alles. Und du singst falsch, es sei denn, deine Stimme ist mit dem Alter besser geworden.«

Er legte in gespielter Überraschung die Hand an die Brust. »Meine Stimme? Wie mich das verletzt, Renata! Ich hatte gehofft, meinen Ruhestand als Tenor in der Oper von Aldaran zu verleben.«

Sie lächelte über seinen Scherz, dann wurde sie wieder ernst. »Denkst du, es wird dich zufrieden stellen, hier zu bleiben? Du bist an die Macht und die Aufregungen im Turm gewöhnt. Wirst du mit einem geringeren Leben glücklich sein?«

Er nahm ihre Hand. »Kein geringeres, *Chiya*. Ein anderes Leben, vielleicht. Ich werde so lange bleiben, wie du mich lässt. Ich verspüre nicht das geringste Verlangen, zu meinem alten Leben zurückzukehren. Das ist die eine Wahrheit, die ich endlich erkannt habe, Renata. Als ich dachte, ich würde auf Dauer kopfblind bleiben, da hat mir das nicht viel bedeutet, solange du und Ari in Sicherheit wart. Weißt du, dass Ari mich nie ›Vater‹ genannt hat, bis er dachte, ich sei tot? ›Bewahrer‹, ›*vai Tenerazu*‹ oder ›Lord Coryn‹, aber niemals ›Vater‹. Es gibt wichtigere Dinge als *Laran*. Und ich preise die Götter, dass sie mich das endlich begreifen ließen.«

Dann schloss er die Augen und entschwebte in einen sanften, ruhigen Schlaf. Renata lag neben ihm, sie schlief nicht, sondern dachte zurück an Liebe und Verlust, an das Toben der

Stürme in diesen unruhigen Bergen. Sie wusste nicht, was die Zukunft ihr und Coryn bringen würde, und sie war froh über ihre Unwissenheit, dankbar, dass sie nicht die Gabe der Vorausschau besaß.

Coryns Atem blies warm an die nackte Haut ihres Arms, seine stolzen Hasturzüge wirkten weicher im Schlaf. Er hatte seine Rolle als Bewahrer beiseite gelegt, und zumindest für eine Weile war er nicht mehr Coryn von Hali, sondern lediglich Coryn Hastur von Carcosa, der jüngere Sohn ohne Landbesitz. Renata jedoch war noch immer Lady Aldran, und tausend kleine Sorgen erforderten ihre Aufmerksamkeit. Widerwillig stand sie auf und kleidete sich an, aber in der Tür blieb sie stehen und blickte noch einmal auf den schlafenden Mann. Sie wusste, was immer die Zukunft brachte, diese Erinnerung an gemeinsame Freuden würde ihr bleiben. Das reichte; mehr verlangte sie nicht.

Über Glenn Sixbury und »Sommerstürme«

Glenn schreibt, er sei »mit einem Trick zum Schreiben von Science-Fiction gebracht worden. Auf bestem Wege, durch meinen Kurs für kreatives Schreiben die große Literatur zu entdecken ...« (aha, das war es also; ich rate jungen Autoren immer, diesen Kursen fernzubleiben) »... und mich dabei zu Tode zu langweilen, entdeckte ich ein elektronisches Fanzine namens *FSF/NET*. Ich mochte SF, aber man hatte mir immer erzählt, das sei keine richtige Literatur. Dennoch beschloss ich, meine seriöse Schriftstellerkarriere aufs Spiel zu setzen, indem ich mich daran versuchte.« (Das kann nur ein Scherz sein; seit der Ilias handelte es sich bei großer Literatur meistens um Fantasy. Was man heute als zeitgenössische Literatur bezeichnet, wurde einst als Groschenromane für Hausmädchen erfunden, denen eine klassische Bildung fehlte und denen man deshalb nicht zutraute, dass sie die großen Klassiker verstanden – und die waren Fantasy.)

Zurzeit wartet er darauf, dass »bei meinem ersten Roman die Tinte trocken wird«. Bis diese Anthologie erscheint, dürfte das Manuskript zumindest über einige Lektorenschreibtische gewandert sein. (Eine ziemlich schräge Metapher, ich kann mir genau vorstellen, wie ein neuer Roman versucht, auf einem überladenen Lektorenschreibtisch voranzukommen.)

Glenn hat eine Frau namens Brenda, eine fünfjährige Tochter, die Amanda heißt, und einen zwei Jahre alten Sohn, Brian. Sein Vater, Robert Sixbury, hat zwei Wochen vor der Aufnahme dieser Geschichte in meine Anthologie einen Herzinfarkt erlitten, deshalb möchte Glenn sie ihm gerne widmen.   MZB

Sommerstürme

von Glenn Sixbury

Als Mergo Mikhael sah, errötete sie und zog sich auf die Beine, die Hände zu Fäusten geballt. »Das war das Respektloseste, Gleichgültigste, was du je getan hast. Die arme, liebe Judith, um die ich mich in diesen letzten Monaten gekümmert habe, wie du weißt, und der ich nach besten Kräften geholfen habe. Sie lag da und wartete darauf, zur letzten Ruhe gebettet zu werden, bis ihr liebloser Bruder, der *Herr* von Aldaran verspätet zur Beerdigung seiner eigenen Schwester erschien. Du hast dir selbst Schande bereitet.«

Mit zitternden Fingern massierte Mikhael seine Schläfen. Hinter seinen Augen hatte ein stechender Schmerz eingesetzt, der sich nun über die gesamte Stirn ausbreitete. Beinahe hätte er entgegnet, dass es Judith nicht mehr kümmerte, was er tat, aber er hatte sich in sein Schlafgemach zurückgezogen, um zu entspannen – nicht, um mit Tante Mergo zu streiten. Ohne die Stimme zu heben, sagte er: »Ich bin nicht absichtlich zu spät gekommen, und ich schäme mich ja auch ...«

»O ja, davon bin ich *überzeugt*.« Sarkasmus klebte an ihren Worten wie Harz an einem Baum. »Ich nehme an, irgendeine *äußerst wichtige* Angelegenheit hat deine Aufmerksamkeit beansprucht, eine dringliche Sache, die nicht warten konnte.«

Fast hätte er der alten Frau die Wahrheit gesagt: dass er unbedingt allein sein musste, um seinen inneren Frieden wieder zu erlangen, indem er beobachtete, wie der Sturm von den Bergen heranrückte – aber dann hätte seine Tante das Thema niemals ruhen lassen! *Wenn ich einfach still bin, vielleicht geht sie dann wieder,* dachte er.

Mergo war eine jüngere Schwester von Mikhaels Großvater, dem ersten Lord Aldaran. Sie lebte erst seit dem letzten Jahr auf der Burg Aldaran, nachdem ihr Bruder schon fünf Sommer zuvor verstorben war. Als junger Mann hatte Mikhaels Großvater die Domäne den Hellers abgerungen, einer der wildesten Gegenden Darkovers. Es war nicht leicht gewesen, und aus seiner Familie hatte niemand freiwillig mitgeholfen; doch nun, da die Wildnis beinahe besiegt und die Domäne eingerichtet war, strebten die übrig gebliebenen Mitglieder der alten Familie eifrig nach engeren Familienbanden. Mikhael hatte sich über ihr Verhalten geärgert, aber er hatte sich nie viel aus seiner Großtante gemacht.

Mergo schob sich an ihm vorbei, ging jedoch nicht zur Tür, sondern schleppte sich zum Kamin. Im Gegensatz zu den Frauen, die in den Hellers aufwuchsen, war sie schwerfällig, mit einem unförmigen, wogenden Leib und einem aufgedunsenen Gesicht. Sie hatte ihr bestes rotes Gewand zum Begräbnis getragen und Mikhael an Darkovers blutrote Sonne erinnert, tief stehend, aber nahe wie ein Sonnenuntergang zu Mittsommer.

Der junge Mann machte sich seine eigene Erscheinung bewusst: ein dunkelblaues Gewand unter einem dekorativen Lederwams, samtene Kniebundhosen, ein juwelenbesetzter Gürtel, die schwarzen Locken ordentlich um das Adlergesicht frisiert, das er von seinem Großvater geerbt hatte. *Warum kleidet man sich eigentlich für eine Beerdigung in seine besten Sachen?*

Mergo wühlte in einem kleinen Beutel, zog etwas zwischen ihren feisten Fingern hervor und hielt es nahe ans Feuer. Als sie sich zu Mikhael umdrehte, hatte sie eine brennende Zigarette in der Hand.

Sie wussten beide, dass Mikhael es hasste, wenn sie rauchte. Er dachte kurz daran, seine Tante zu bitten, die Zigarette auszumachen, aber sie hielt sie so deutlich von sich gestreckt, als wollte sie sicherstellen, dass er sie auch sah. *Sie will mich nur reizen!*

Als Mergo näher trat, brannte ihm der widerliche Rauch in der Nase. »Wenn doch nur dein Großvater noch leben würde, der würde dir schon Respekt beibringen.« Sie hielt inne, zog an der Zigarette und schürzte die Lippen, dann blies sie einen blaugrauen Dunst aus, der um Mikhaels Kopf schwebte wie Wolken um einen schneebedeckten Berg. Sie lächelte, als sie ihn husten sah. »Ich werde nie verstehen, wie du dich Lord Aldaran nennen kannst. Manchmal glaube ich, die Frau meines Bruders hatte eine Vorliebe für das Wachpersonal.«

»Genug!«, brüllte Mikhael. *Aldaran! Immer nur Aldaran!* Noch bevor er laufen konnte, hatte man ihm seine Verpflichtungen gegenüber der Domäne beigebracht. Und nur für Aldaran hatte er Judith an Donalt verheiratet.

Seit dem Tag ihrer Hochzeit war sie unglücklich gewesen und mit einer Jammermiene in der Burg herumgeschlichen wie ein kleines Mädchen, das über den Verlust seiner Lieblingspuppe trauert. Er hatte angenommen, dass sie nur Zeit brauchte, und Donalt dazu überredet, auf Burg Aldaran zu bleiben, indem er vorgab, Hilfe mit der Domäne zu benötigen. Er hätte seiner Schwester gern erklärt, dass es keine andere Möglichkeit gegeben hatte, dass ihr Ehegelübde zwei Domänen zusammenschweißte und beide stärkte. Es war politisch notwendig und eine Sache, die sie gemeinsam durchstehen würden – aber er war nicht für sie da gewesen, als sie ihn am meisten brauchte.

Es gab immer Feuerlinien zu überprüfen, Arbeiten an der Burg zu überwachen, Felder zu besichtigen, er war in den letzten beiden Monaten mehr unterwegs gewesen als zu Hause. Als man ihm mitteilte, dass Judith sich das Leben genommen hatte, konnte er sich mühelos einreden, dass alles anders gekommen wäre, wenn er nur bei ihr gewesen wäre, um mit ihr zu sprechen. Aber er brauchte Mergo nicht, damit sie ihn daran erinnerte. Er wedelte den Rauch der Alten von seinem Gesicht weg und sagte: »Ich habe nicht um mein Los gebeten!« Mit erhobener Faust fügte er hinzu: »Manchmal wünschte ich, ich wäre nicht mehr Lord Aldaran!«

Mergo sah ihn höhnisch an und lächelte schief. »Pass auf, worum du betest«, erinnerte sie ihn, »es könnte wahr werden.« Dann drückte sie ihre Zigarette am Bettpfosten aus und schleppte ihren aufgedunsenen Körper im weiten Bogen um Mikhael herum zur Tür, die sie hinter sich schloss.

Während Mikhael sie davonschlurfen hörte, blickte er mit finsterer Miene aus seinem Schlafzimmerfenster, wo wirbelnde Schneeflocken vor der vereisten Scheibe Menuette tanzten. *Alles, was ich will, ist meine Ruhe!* Aber er wusste, die würde er nicht bekommen. Jeder verfügbare Raum auf Burg Aldaran war mit Gästen vollgepackt, und wegen der eingeschneiten Berge würde tagelang niemand abreisen können.

Ein Klopfen an der Tür veranlasste ihn, sich vom Fenster wegzudrehen, aber er reagierte nicht weiter. Mergo hätte sogar Zandrus Gebieterin sein können. *Hat sie mich für heute nicht genug gequält?*

Aber es war Rafe D'Asturien, der vorsichtig eintrat. Rafe war Mikhaels Friedensmann, sein bester Freund, sein *Bredu*. Er besaß zwar kein *Laran*, aber er hatte Mergo auf ihrem Rückzug im Flur gesehen, und er kannte Mikhael gut genug, um den Schmerz in seinen Augen zu bemerken. »Ich hätte nicht kommen sollen«, sagte er. »Ich werde den Wartenden sagen, dass heute keine Audienzen stattfinden. Es ist nicht fair von ihnen, auch nur zu erwarten ...«

»Nein, nein«, sagte Mikhael und fuchtelte mit der Hand in der Luft herum. Noch hatte er seinen Titel nicht abgegeben. »Führ sie in den großen Saal. Ich werde sie empfangen.«

Rafe zögerte, er wollte widersprechen, Mikhael überreden,

sich Ruhe zu gönnen, und sei es nur für diesen einen Tag. Doch dann entschied er, dass Arbeit seinen *Bredu* vielleicht ablenkte, und er folgte seufzend den Befehlen seines Herrn.

Den ganzen restlichen Tag hieß Mikhael Leute in seinem Empfangssaal willkommen. Die meisten Gäste waren nur erschienen, um ihr Mitgefühl auszudrücken, aber einige nutzten die Gelegenheit, um eine Gunst zu erbitten oder ein Geschäft vorzuschlagen. Als der Strom der Leute schließlich zu einem Rinnsal wurde, betrat Rafe den Raum. Mikhael glaubte, er wolle verkünden, dass niemand mehr kam, aber stattdessen entschuldigte sich der Friedensmann. »Ich bedaure zutiefst, aber ich habe versucht, ihn zu überzeugen, dass die Sache besser ein andermal geklärt werden sollte, aber ...«

»Doch ich wollte nicht hören!«, dröhnte eine Stimme vom Eingang her, und Samels Delleray, Donalts Vater, stürmte in den Saal.

Samels hatte einen Oberkörper wie ein Fass, sein zerfurchtes Gesicht wurde geziert von einer rotbraunen Mähne mit grauen Strähnen und einem hellbraunen Bart. Als junger Mann hatte er an der Seite von Mikhaels Großvater gegen die Ya gekämpft. In den letzten Jahren war er zum Herrn der Domäne westlich von Aldaran aufgestiegen.

Mikhael nahm eine aufrechte Haltung an und versuchte nicht daran zu denken, dass er seine Schwester auf Samels Beharren hin in eine unerwünschte Ehe gezwungen hatte. »Seid gegrüßt, Lord Delleray. Bitte richtet Eurem Sohn mein Beileid aus. Gewiss betrauert er den Verlust meiner Schwester beinahe ebenso sehr wie ich.«

Samels tat die Bemerkung mit einer Handbewegung ab und antwortete in eintöniger Redeweise. »Es ist in der Tat traurig, wenn eine Frau, die so gut Kinder gebären könnte, sich vor der Geburt auch nur eines einzigen Sohnes das Leben nimmt.«

Mikhael schnappte nach Luft. »Ich verstehe nicht, was die

Geburt eines Kindes mit dem Tod meiner Schwester zu tun hat«, murmelte er schließlich.

»Aber das ist genau der Grund, warum ich hier bin, um mit Euch zu sprechen, Mikhael. Weniger als ein Jahr ist vergangen, seit wir übereingekommen sind, unsere Domänen durch eine Heirat zu vereinen. Ich frohlockte über die Verbindung, doch es ist nicht dazu gekommen. Mein Sohn hat keine Braut mehr, ich habe keine Enkel, und das Jahr zieht ins Land.«

Mikhael schluckte die Galle, die ihm in der Kehle brannte, und wischte sich mit dem Handrücken den Schweiß von der Stirn. »Ich verstehe nicht«, stammelte er. »Judith ist tot. Ihr kommt am Tag ihres Begräbnisses zu mir, um was zu sagen? Wozu erzählt Ihr mir das?«

Samels schaute überrascht. »Ich dachte, das sei klar«, erwiderte er. »Ich bin kein junger Mann mehr. Mein Sohn braucht noch immer eine Braut, und Ihr habt eine zweite Schwester.«

»Nein!« Mikhael sprang von seinem Sessel auf und stürzte auf Samels zu. Er nahm nicht wahr, dass der Ältere rückwärts taumelte und nach seinem Schwert griff, er sah auch nicht, dass Rafe quer durch den Raum auf ihn zurannte. Er bemerkte nur Samels Augen, die vor Überraschung und Entsetzen weit aufgerissen waren, und seinen offen stehenden Mund, der eine Reihe gelber Zähne entblößte. Er streckte die Hände aus, wollte sein Gegenüber packen, drücken, verletzen. Er achtete nicht auf die Schwertspitze an seiner Brust, aber bevor die Waffe durch sein Gewand drang, wurde er von starken Armen zurückgezogen und in seinem Ohr ertönte eine beschwichtigende Stimme.

»Ganz ruhig, Mikhael«, sagte Rafe. »Das ist alles nur ein Missverständnis.«

Mikhael hörte die Worte, doch er befolgte sie nicht. Er wehrte sich gegen die Umklammerung seines Friedensmannes, der nicht loslassen wollte und ihm die Arme fest gegen den Körper presste. »Verschwindet!«, fauchte Mikhael. »Geht! Hinaus aus dieser Burg mit Euch. Hinaus aus Aldaran!«

Samels klappte den Mund zu, aus seinem Entsetzen wurde Zorn. Rafe versuchte es noch einmal, seine Stimme klang ruhig und beherrscht. »Der Sturm, *Bredu*. Er kann nicht gehen. Er ist unser Gast.«

Der Sturm. Endlich verstand Mikhael. Er nahm das heftige Schneetreiben zur Kenntnis und fühlte die beißende Kälte der Winde in den Hellers. »Der Sturm«, murmelte er und hörte auf, sich zu wehren. Rafe spürte die Veränderung und ließ ihn los. Mikhael strich seine Kleidung glatt und sagte: »Ich habe es natürlich nicht so gemeint, *Dom* Samels. Niemand könnte heute Nacht außerhalb der Burgmauern überleben.«

»Nein, Sohn Aldarans, da irrt Ihr Euch.« Samels Augen leuchteten vor unabänderlicher Entschlossenheit, sein Mund war schmal und verkniffen. »Ich habe Eure Gastfreundschaft kennen gelernt, und ich kann darauf verzichten. Ihr seid noch jung. Ich habe zu Mittwinter in diesen Bergen gewohnt und hatte nichts als eine Höhle als Schutz. Ich komme schon zurecht. Um Eure eigene Sicherheit solltet Ihr Euch von nun an hingegen Sorgen machen.«

Seine Stiefel quietschten auf dem Marmorboden, als er kehrtmachte und raschen Schritts den Saal verließ. »Nein«, sagte Rafe und wollte ihm folgen, aber Mikhael hielt seinen Friedensmann am Arm fest.

»Lass ihn gehen. Er ist ein sturer alter Mann. Wenn er im Sturm umkommen will ... ich bin nicht traurig darüber.«

Rafe schüttelte den Kopf. »Er wird nicht sterben, Mikhael – der nicht. Er wird wiederkommen.« Dann blickte er seinem Herrn mitten ins Gesicht und fügte an: »Begreifst du, was du da eben getan hast, *Bredu*?«

Mikhael dachte darüber nach und war einen Moment lang

versucht, Samels zu folgen und sich zu entschuldigen. Dann nickte er. »Ich weiß, was ich getan habe, Rafe, aber ich bin nicht traurig darum. Für ihn war Judith nichts weiter als ein Stück Zuchtvieh. Und schlimmer noch, er kehrte zurück, um sich zu beschweren und Ersatz zu fordern – wie ein Reiter mit einem neu erstandenen Pferd, das lahmt, weil man es falsch behandelt hat. Nein, ich bedaure einzig, dass ich ihn nicht getötet habe«, fügte er an. »Oder er mich.«

Der Schneesturm hatte in den zwei Tagen seit Lord Dellerays Aufbruch zwar nachgelassen, aber noch immer häuften sich schwere Verwehungen innerhalb der Burgmauern an, und der Wind rüttelte weiterhin an den Fensterläden.

Mikhael konnte unmöglich in Erfahrung bringen, ob Lord Delleray ein so großartiger Überlebenskünstler in den Hellers war, wie er behauptet hatte, oder ob er umgekommen war, bevor er die Einmündung zur Straße erreicht hatte, die zur Burg hinaufführte.

Aber eins wusste Mikhael genau: *Wenn er überlebte, kam er zurück.*

Wieder einmal musste Aldaran verteidigt werden. Die Verantwortung lastete auf dem jungen Regenten wie Schnee auf einer Felswand, bevor ihn eine Lawine löst. Seit er zu Lord Aldaran geworden war, hatte er um Titel und Domäne kämpfen müssen. Sein Durchhaltevermögen war inzwischen schütter wie das Haar eines alten Mannes.

Da ergriff ein Tagtraum, eine süße Einbildung von ihm Besitz. Er sah sich als Bauer, der in einem kleinen Häuschen lebte und das Land bestellte, an seiner Seite eine tüchtige, gesunde Frau und eine Schar Kinder – weder Politik noch Verantwortung, außer für die Ernte und die Familie.

Plötzlich unterbrach ein Geräusch seine Phantasie, ein leises

Knirschen von Holz und Metall. Mikhael drehte sich um und sah sich Elholyn gegenüber, die ihn schüchtern anlächelte.

Sie war durch die Wand gekommen, durch eine geheime Tür, wie sie in den meisten Räumen der Burg eingebaut war. Sie wandte sich um und drückte auf die linke Seite der massiven Tür, damit diese sich um die Metallachse drehte, die durch ihre Mitte verlief; ein Ende kreiste zurück in die Wand, während das andere aus dem Tunnel nach vorn kam. Als beide Enden auf die Wand trafen, fügten sich die Umrisse der Tür perfekt in das Zierwerk des Raumes, und sie war nicht mehr zu erkennen.

Abgesehen von einer Hand voll vertrauenswürdiger Architekten und Bauleuten, waren Mikhael und Elholyn die Einzigen, die von der Existenz dieser Türen wussten. »Am Anfang habe ich die Dinger ja nicht gemocht«, sagte die junge Frau, »aber an Abenden wie heute sind sie ganz praktisch.«

»*Praktisch* ist wohl kaum das passende Wort«, erwiderte Mikhael und dachte fünf Jahre zurück, als der alte Hauptturm von Aldaran gefallen war und der Bandit Beltran Mikhael und seine Schwestern in einem Schlafgemach eingesperrt hatte. Ihr Vater war in jener Schlacht ums Leben gekommen. Nicht ganz ein Jahr später war Lori, ihre jüngste Schwester, gestorben, als sie ein Kind von Beltran gebar, so wie ihre Mutter bei Loris Geburt gestorben war. Jetzt, da auch Judith tot war, lebte von der ursprünglichen Familie außer Mikhael nur noch Elholyn, Judiths Zwillingsschwester. »Mit diesen Tunnels und Türen wird uns nie wieder jemand einsperren können«, stellte er nüchtern fest.

Elholyn schüttelte den Kopf, und ihr langes, blondes Haar breitete sich über die Schultern aus. Sie trug nur ihr schweres Nachthemd und ein Paar wollene Bettsocken. Sie ging zu Mikhaels Bett, legte sich darauf und schmiegte sich in ein Kissen. »Es ist traurig, nicht wahr?«

Mikhael setzte sich neben seine Schwester aufs Bett. »Was ist mit dir?«

Aus blauen Augen sah sie ihn an. Ihr Blick war kalt und leer, ohne das Feuer, das ihm normalerweise innewohnte. »Es ist traurig, dass nur noch wir beide übrig sind. Ich vermisse die anderen.«

Mikhael wollte etwas Tröstliches sagen, aber die Worte blieben ihm im Hals stecken, als er an einen Mittwinterabend vor langer Zeit dachte. Damals war die Familie noch vollständig; sie hatten Gewürzkuchen am Kamin gegessen und fröhliche Lieder gesungen.

»Und jetzt bist du auch gegangen«, fuhr Elholyn fort. »Ja, natürlich, du bist noch hier, aber in deinem Herzen ist kein Leben mehr. Ich fühle mich jetzt sehr häufig, als wäre ich ganz allein.«

Mikhael sprang vom Bett auf und entfernte sich einige Schritte; ihm war plötzlich nicht wohl in seiner Haut. »Ich kann es nicht ändern«, sagte er. Gedanken an Judith quälten ihn; Bilder von dem Abend, als ihn bei seiner Heimkehr am Tor Tränen und gedämpfte Stimmen erwartet hatten. »Ich wollte das nicht, Elholyn. Ich würde alles geben, *alles*, um sie zurückzubringen.«

»Glaubst du ich nicht? Denkst du, du musst das hier als Einziger durchstehen?«

»Warum nicht? Es war meine Verantwortung. Ich bin Lord Aldaran. Ich habe sie gezwungen, jemanden zu ehelichen, den sie nicht ehelichen wollte; ich bin derjenige, der sie unglücklich gemacht hat.«

»Du hast getan, was du tun musstest.«

Mikhael setzte zum Widerspruch an, aber Elholyn brachte ihn mit einer Handbewegung zum Schweigen. »Mikhael, du *bist* Lord Aldaran, ich weiß, ich weiß. Neuerdings redet man Frauen ein, sie würden nichts von Politik oder den Mühen der

Verantwortung verstehen, aber als ich ein Kind war, da war das noch anders. Großvater hat mir immer von den Zeiten erzählt, als Frauen sich ihre Männer *und* ihre Liebhaber selbst aussuchten. Er gab weitschweifige Geschichten zum Besten, warum er in die Hellers gekommen war und warum er eine neue Domäne gründen wollte. Großvater sagte, die Leute seiner Welt würden zwar wachsen, aber da, wo er herkam, wüchsen sie in die falsche Richtung. Es gebe immer schlechte Menschen, sagte er, die alle anderen auf den leichten, aber falschen Weg führen wollten. Er wollte nur ein paar Leute den richtigen Weg aufzeigen.«

Mikhael wollte Elholyn widersprechen, aber der sanfte Tonfall ihrer Stimme schmeichelte seinen Ohren, und er fühlte sich nicht mehr als Lord Aldaran. Es war, als wäre er wieder ein kleines Kind, der kleine Bruder, der seiner älteren Schwester lauscht. »Wie glaubst du, hätte Großvater gehandelt?«

Elholyn lächelte freundlich und stand auf. »Er hätte gesagt, du hast getan, was alle Herren von Aldaran tun: das, was ihrer Ansicht nach das Beste für die Domäne ist.« Sie stellte sich auf die Zehenspitzen, umarmte Mikhael zärtlich und küsste ihn auf die Wange. Dann drückte sie gegen die Wand und stieß die Geheimtür auf.

»Elholyn«, sagte Mikhael und beobachtete, wie sie sich beim Klang seiner Stimme anmutig umdrehte. »Ich kann mich nicht erinnern, dass Großvater je etwas von alldem gesagt hat.«

Elholyn lächelte dünn und ließ den Blick langsam durch das Zimmer schweifen. »Es ist das, was er zu sagen versuchte, wenn man genau hinhörte.«

Auch nachdem Elholyn gegangen war, blieb ein warmes Leuchten im Raum zurück, und Mikhael schlief zum ersten Mal seit Tagen wieder ruhig.

Nach einer Pause in der hintersten Ecke der Burgwehr machte sich Mikhael auf den Weg zur Vorderseite. Ein durchdringender Nordwind peitschte um seine Schultern, und er zog den Nachtumhang fest um seinen Körper. Seit drei Wochen unternahm er solche nächtlichen Spaziergänge. Außer damals, als Elholyn in sein Zimmer gekommen war, hatte er seit Judiths Tod nicht mehr gut geschlafen. Die Spaziergänge halfen ihm, sich zu entspannen.

Als er zur Vorderseite der Burg kam, blieb er stehen. Er schaute über das mondbeschienene Land und wünschte sich zum wiederholten Male, sein Großvater oder sein Vater wäre noch am Leben. Sie würden wissen, was jetzt zu tun war, besser als er. Mikhael sah in ihnen immer noch die wahren Herren von Aldaran.

In der Ferne sah er den ersten Hauch von Sonnenlicht als unheimliches Leuchten am Horizont. Fasziniert beobachtete er den Beginn eines weiteren Sonnenaufgangs, und einmal mehr flößte ihm die tiefrote Schönheit von Darkovers Morgensonne Ehrfurcht ein. Doch als das erste blutrote Tageslicht ins Tal fiel, zuckte er zusammen und spähte angestrengt gegen die gleißenden Strahlen.

Eine Armee trottete schwerfällig den Weg zur Burg herauf. Samels Delleray war zurückgekehrt.

Mit seinem Sternstein in der Hand wartete Mikhael auf das Eintreffen der anderen. Unmittelbar nach der Entdeckung von Samels' Armee hatte er eine Sitzung des Zirkels von Aldaran einberufen. Er erinnerte sich nur zu gut daran, wie die alte Festung Aldaran vor fünf Jahren an Beltran gefallen war. Der Bandit war bis vors Haupttor marschiert, ein hoffnungsloser Angriff, da die Verteidiger der Burg bereitstanden. Dann hatte der rothaarige Anführer den Sternstein unter seinem Umhang hervorgeholt und innerhalb von Augenblicken bewirkt, was keine Armee vermocht hätte: Er hatte fast alle Verteidiger der Festung getötet und die äußere Mauer zerstört, so dass seine Bande ohne Gegenwehr hineinstürmen konnte.

Der Zirkel von Aldaran hatte sich stets im Sonnenzimmer getroffen, wegen dessen heiterer Ausstrahlung. Auf dem Fensterbrett standen Pflanzen, kompliziert gemusterte Teppiche schmückten die Wände, und ein kreisrunder, fein gearbeiteter Kristall krönte den Kaminsims. Judith hatte diesen Raum geliebt und war oft hierher gekommen, wenn sie Sorgen hatte.

Tante Mergo hatte sich um die Dekoration des Raumes gekümmert, und beispielsweise auch den Kristall über dem Kamin besorgt. Kostbar und zerbrechlich wie er war, hatte sie ihn persönlich von ihrer letzten Reise ins südliche Flachland mitgebracht, wo sie den anderen, älteren Zweig der Familie Aldaran besuchte. Mikhael verstand bis heute nicht, wie es einem so grausamen Menschen gelingen konnte, eine derart freundliche Atmosphäre zu schaffen.

Elholyn traf als Erste ein, dann der sechsfingrige Stephen – einer der ursprünglichen Diener seines Großvaters – und der junge Petran, ein Stallbursche, dessen *Laran*-Gaben sie im letzten Frühjahr entdeckt hatten. Judiths Fehlen wurde von allen als klaffende Lücke empfunden.

Als alle Platz genommen hatten und bereit waren, zog Mikhael an einem Lederriemen um seinem Hals und holte seinen *Laran*stein unter dem Gewand hervor. Nachdem er die schützende Seidenhülle entfernt hatte, blickte er tief in die Feuer, die im Innern des Steins tanzten. Ein *Laranzu*, der einmal bei ihnen zu Besuch gewesen war, hatte die blauen Juwelen Sternsteine genannt und erklärt, wie man Kräfte mit Hilfe von Kristallen verstärken konnte. Mikhael wusste nur, dass die Sternsteine eine Notwendigkeit waren, eine Möglichkeit, die Domäne und seine Familie zu beschützen.

Der junge Regent entspannte sich und ließ seine Gedanken

die Energie des Kristalls anzapfen. Sein Bewusstsein erweiterte sich, und er fühlte Elholyns Anwesenheit im Raum; aber die Wahrnehmung war schwach, als wäre sie weit entfernt. Er konzentrierte sich noch stärker und versuchte sich vorzustellen, wie er auf seine Schwester zuging, aber eine klebrige Wolke aus blaugrauem Rauch versperrte ihm den Weg.

Mikhael beschwor in seiner Phantasie einen Sturm herauf, der den Rauch beiseite blies, woraufhin ein Bild von Elholyn die Hand ausstreckte und die seine ergriff. *Ich habe Mühe, Mikhael.* Die Gedanken der jungen Frau waren immer noch schwach, wie eine Fahne, die in einer steifen Brise flattert. *Ich weiß nicht, ob wir das schaffen.*

Wir müssen, dachte Mikhael, wissend, dass Elholyn die Worte im Kopf hören würde, wie er die ihren vernahm. *Denk an Beltran. Wir dürfen es nicht noch einmal geschehen lassen.* Er lieh seiner Schwester seine Kraft und versuchte, das Band zu stärken, aber je mehr er drängte, desto stärker wurde der Widerstand.

Für einen Augenblick erreichte Elholyn die anderen, und Mikhael fühlte die kräftige, kühle Gegenwart des alten Stephen ebenso wie Petrans leichteres, unstetes Durcheinander von Gedanken. Dann brach der Kontakt zu Stephen und Petran ab, und er hörte Elholyns qualvollen geistigen Aufschrei. *Es ist zu schwer!* Sie besaß das stärkste *Laran,* deshalb hatte sie immer als Mittelpunkt, als die Bewahrerin fungiert; aber nicht einmal sie konnte alle beisammen halten.

Mikhael hatte das Gefühl, als könnte sein Verstand jeden Moment zerspringen, aber er dirigierte seine Energiereserven in die Verbindung, bis der Widerstand nachließ. Die Kraft begann zu fließen, aber etwas stimmte nicht – es lief fürchterlich schief.

Mikhael! Es tut weh! Elholyns Gedanken schnitten ihn wie Glasscherben, und er versuchte aufzuhören, den erzwungenen

Kontakt abzubrechen, aber er konnte es nicht. Plötzlich waren sie auf einer grauen, konturlosen Ebene, ein Sturm raste grollend auf sie zu, er jagte gezackte Blitze über den endlosen Himmel. Diese verformten sich augenblicklich zu blauen Streifen von Energie, die sich zu einem wilden Wirbelwind zusammenzogen, ein Wirbelwind, der sie einschloss und ihnen Hände und Gesichter erfrieren ließ, obwohl er in ihrem Kopf brannte wie ein Feuer in den Hellers zu Mittsommer. Mikhael hörte Elholyns Seele in schrecklicher Angst nach ihm schreien, aber er konnte nichts tun; in wenigen Augenblicken würde ihre geistige Verbindung noch einmal kurz aufflackern wie ein Docht ohne Kerze und sich dann in nichts auflösen.

Ein Bild von Elholyns schmerzverzerrtem und verzweifeltem Gesicht schwankte näher. Ihre geistigen Angstschreie waren verstummt. Nun konzentrierte sie sich und griff nach den blauen Blitzen. Er verstand jetzt, was sie vorhatte, und versuchte, zu ihr zu gelangen und sie aufzuhalten, aber er war zu schwach, zu leer und erschöpft.

Elholyns Finger schlossen sich um den Blitz, und sie zog ihn zu sich, zog ihn ganz in ihren Körper, bis zyanblaue Flammen um ihren Kopf und ihre Schultern tanzten und ihre Augen wie Sternsteine leuchteten. Sie schrie, als die Energie durch sie hindurchfloss, aber sie kämpfte, unterwarf die Strömungen ihrem Willen und lenkte sie wieder nach außen, direkt in das Auge des Sturms. Es gab eine mächtige Explosion, gleißendes blaues Licht traf in Mikhaels Augen, und die Erschütterung schlug in seinem Bewusstsein ein.

Da verblasste die graue Ebene, und das blaue Licht verlosch zu Schwärze.

Mikhael erwachte, in seinem Kopf hämmerte es wie die Schläge der Schmiede. Benommen öffnete er die Augen und setzte sich auf; er zitterte. Er war nicht mehr im Sonnenzimmer – je-

mand musste ihn in sein Schlafgemach getragen haben. Von
Westen her dehnten sich die Schatten weit in seinen Raum
aus: Die Sonne ging eben unter.

Rafe trat ein und lächelte gezwungen. »Dacht' ich's mir
doch, dass ich dich hier drin rascheln hörte.« Er versuchte,
fröhlich zu klingen, aber seine Stimme brach, genauso wie damals, als er Mikhael mit der Nachricht über Judiths Tod am
Tor empfangen hatte.

»Elholyn ist tot, hab ich Recht?«

»Nein, nein«, sagte Rafe und schüttelte den Kopf. »Aber sie
ist noch nicht außer Gefahr. Wenn du kannst, solltest du zu
ihr gehen.«

»Ich kann«, sagte Mikhael, aber als er aufstand, fasste er
sich an den Kopf und sank zurück aufs Bett. »Vielleicht brauche ich aber Hilfe. Ich fühle mich schrecklich.«

Rafe legte sich einen Arm seines Herrn um die Schulter und
trug ihn halb zu Elholyns Zimmer. Unterwegs versuchte er,
Mikhaels unausgesprochene Fragen zu beantworten.

Als Erstes berichtete Rafe von Samels. Dessen Armee hatte
genau außer Reichweite der Bogenschützen kampiert. Sie
schienen mit dem Angriff bis zur Dämmerung warten zu wollen, aber Rafe musste einräumen, dass kurz nach Errichtung
des Lagers einige der Männer, die auf den Mauern Wache
standen, von Dämonen überfallen worden waren, die aus dem
Nichts auftauchten und sie verhöhnten. Mikhaels Befürch-
tung, diese Schlacht würde mit *Laran* ausgefochten werden,
hatte sich bestätigt.

Die Nachrichten über Elholyn waren noch schlimmer. Niemand wusste, was genau geschehen war, aber sie hatte das
Bewusstsein noch nicht wieder erlangt und wies an mehreren
Stellen ihres Körpers Verbrennungen auf. Am schlimmsten
sahen ihre Hände aus, aber die Heiler machten sich mehr Sorgen wegen einiger innerer Verletzungen. Noch konnte es nie-

mand mit Bestimmtheit sagen, aber wegen der Lage der Verletzungen hatte man die Hebamme der Burg gerufen, und sie teilte die Ansicht der Heiler: Sämtliche Fortpflanzungsorgane der jungen Frau waren irreparabel beschädigt.

Rafe führte Mikhael in Elholyns Zimmer. Mehrere Personen standen um ihr Bett, aber diejenige, die Mikhael als Erste bemerkte, war Mergo. Die alte Frau drehte sich um und starrte ihn wütend an. Er beachtete sie nicht und näherte sich unsicheren Schritts dem Bett. Seine Hand lag noch immer auf Rafes Schulter.

Doch als er das Lager fast erreicht hatte, zwängte Mergo ihren breiten Körper zwischen Mikhael und seine Schwester. »Hast du noch nicht genug angerichtet?«, fuhr sie ihn an.

Der Regent versuchte, an ihr vorbeizukommen, aber Mergo blieb mühelos vor ihm stehen. »Ich habe schon immer gewusst, dass du nicht stark genug bist, um diese Burg zu verteidigen, aber musstest du deine Schwester mit ins Verderben stürzen? Hat dir Judith nicht gereicht?«

»Hör zu, du alte Vogelscheuche«, sagte Rafe und trat vor Mikhael, »er ist hier, um seine Schwester zu sehen. Du lässt ihn jetzt in Ruhe, oder ich werfe dich eigenhändig über die Burgmauern.«

In Mergos Augen blitzte es, aber als Rafe die Hand nach ihr ausstreckte, wich sie zurück. Mikhael fasste Rafe am Ellenbogen und zog ihn zurück. »Nein«, krächzte er, »sie hat Recht. Ich habe Elholyn zu weit getrieben. Sie wusste, dass etwas nicht stimmte, aber *ich* habe es erzwungen, und wir haben eine Art von nicht beherrschbarem Rückfluss erzeugt. Ich konnte nichts mehr machen, aber Elholyn gelang es schließlich, uns loszureißen. Wenn sie es nicht getan hätte, wären wir jetzt beide tot.«

Mikhael spähte um Mergo herum zu seiner Schwester. Ihre Hände waren bandagiert, ihr Körper von einem leichten Laken bedeckt. Sie schlief und lag so still, dass sie hätte tot sein können. Dem jungen Mann zog sich der Magen zusammen, während er nach Luft rang. Tante Mergo hatte Recht: Erst hatte er Judith getötet – und jetzt beinahe auch noch Elholyn. Tränen traten ihm in die Augen, er machte auf wackligen Beinen kehrt und floh aus dem Zimmer, ohne sich von Rafe helfen zu lassen.

Als Mikhaels Kopf endlich klar wurde, fand er sich auf der vorderen Burgmauer wieder. Die Sonne war untergegangen, mächtige Sturmwolken bedeckten den Abendhimmel. Samels' Lager war noch sichtbar, es erhob sich neben der Straße wie eine vollgesogene Zecke an der Flanke eines Pferdes.

Der Regent erkannte, dass er genau auf diesen Fall so oft gehofft hatte: Wenn er Samels die Burg und die Domäne übergab, müsste er nicht länger Lord Aldaran sein.

Er schauderte.

Die Gedanken, die er einst gehabt hatte – dass er ein armer Bauer sein wollte, der sich um nichts weiter sorgen musste als um Frau und Kinder –, kamen ihm nun so albern vor wie ein angenehmer nächtlicher Traum am helllichten Vormittag.

Von Norden wälzten sich neue Wolken heran, und der Wind blies Mikhael schneidend ins Gesicht. Zweifellos zog ein Sturm auf; es konnte passieren, dass die Schlacht bei Schneefall geschlagen wurde – vorausgesetzt, Samels' *Laranzu* ließ überhaupt ein normale Schlacht zu.

Mikhael zog seinen Sternstein heraus, um den anrückenden Sturm zu untersuchen, ein Kniff, den er als Kind gelernt hatte. Er blickte tief in den Kristall und projizierte seine Gedanken jenseits der Burgmauern auf den heranziehenden Sturm.

Die Erkenntnis dämmerte ihm nur langsam, eine verschüttete Erinnerung, eine Erinnerung aus der Kindheit, an die er seit Jahren nicht gedacht hatte: Er benutzte sein *Laran*. Es gab keinen dichten, klebrigen Rauch, keinen Widerstand. *Wir könnten einen Zirkel bilden!* Mikhael vergaß den Sturm und hastete zum Hauptgebäude. Er musste auf der Stelle Stephen und Petran finden!

Dieses Mal versammelten sie sich nicht im Sonnenzimmer. Mikhael befahl Stephen und Petran, heimlich zu den Ställen zu kommen und schlich selbst ebenfalls dorthin. Er hatte keine Ahnung, was zuvor schief gelaufen war, aber er wollte es auf keinen Fall noch einmal dazu kommen lassen.

Während er darauf wartete, dass die beiden sich davonstahlen, beobachtete er den heranziehenden Sturm und begriff mit einem Mal, dass die sich auftürmenden Wolken und der schneidende Wind Energie enthielten. Langsam nahm in ihm eine Idee Gestalt an, und als er sich mit den anderen auf dem strohbedeckten Fußboden zusammensetzte, wusste er, was sie zu tun hatten.

Diesmal verhinderte nichts eine Verbindung, und Mikhael stellte fest, dass er die Energie des Zirkels fast ebenso gut lenken konnte wie Elholyn. Er schickte ihr vereintes Bewusstsein hinaus in die Nacht, und indem sie den bereits existierenden Sturm verstärkten, erhöhte er dessen natürliches Potenzial und verwandelte einen kleinen Frühlingsschneeschauer in einen ausgewachsenen Blizzard, der es mit seinen heftigen Winden und dem Schneetreiben mit jedem Wintersturm aufgenommen hätte.

Die Arbeit war anstrengend, und kurz vor Morgengrauen konnte Mikhael den Zirkel nicht mehr zusammenhalten. Er ließ ihn sich auflösen und führte die beiden in die Burg zurück. Sie bestellten ein Mahl und heiße Getränke aus der Küche, und nachdem sie gespeist hatten, traf Rafe mit guten Neuigkeiten ein: Als der Sturm in der Nacht schlimmer geworden war, hatten sich Samels' Männer – in der Erkenntnis, dass sie im Freien nicht überleben konnten – größtenteils ergeben, und erst vor wenigen Minuten hatten Verteidiger aus der Burg Samels selbst ohne Gegenwehr gefangen genommen!

Die Schlacht war vorüber, und Aldaran hatte gesiegt.

Mikhael nahm auf seinem Weg die Treppe hinauf vier Stufen auf einmal und rutschte an jeder Ecke auf den glatten Steinen aus. Er kam gerade aus Elholyns Zimmer. Sie lebte noch, aber man hatte ihm berichtet, dass sie kurz vor Morgengrauen beinahe gestorben wäre. Ein Heiler hatte sie röcheln hören, als er sich ihrem Zimmer näherte, und Mergo an ihrem Bett angetroffen, bei dem Versuch, sie zu *retten*. Mit Hilfe des Heilers war es dann gelungen, ihre Atmung wieder zu normalisieren.

Die Nachricht bestätigte, was Samels Delleray nach seiner Kapitulation gesagt hatte. Nachdem er Essen und frische Kleidung bekommen hatte, hatte ihn Mikhael im Empfangssaal begrüßt. Der alte Mann hatte befürchtet, man würde ihn töten, aber der Regent nahm seine Entschuldigung an und eröffnete ihm, er sei frei. An diesem Punkt brach der erstaunte alte Krieger zusammen und schrie: »Ich hätte der alten Hexe niemals trauen dürfen!« Dann erklärte er, dass er nach seinem Rauswurf aus Aldaran erkannt habe, wie gefühllos sein Verhalten gewesen sei. »Da traf die Botschaft ein, die mich vor Euch warnte«, fuhr er fort. Er verzog angewidert das Gesicht und stapfte wütend auf und ab. »Darin stand, ihr hättet vor, mich anzugreifen, mir meine Domäne wegzunehmen und sie Aldaran einzuverleiben; und ich, die Götter mögen mir beistehen, habe es geglaubt. Es war töricht, aber die alte Hexe schrieb, sie würde mich warnen, weil ich einer der engsten Verbündeten ihres Bruders gewesen sei. Außerdem behauptete sie, wenn ich sofort angreifen würde, könnte sie einen schmerzlosen Sieg garantieren - es hatte irgendwie mit einem *Laran*-Kristall zu tun, den sie angeblich besaß.«

Während Mikhael nun zum Sonnenzimmer rannte, entwirrte er den Faden der Ereignisse seit Judiths Tod. Alle Unglücksfälle ließen sich zu einer Person zurückverfolgen: Mergo! Der junge Mann glaubte nun nicht mehr, dass Judiths Tod ein Selbstmord gewesen war. Aber sie war seit Wochen durcheinander gewesen, und als man sie im Sonnenzimmer fand, einen eilig hingekritzelten Zettel in der Hand, hatten alle angenommen ...

Bilder blitzten vor seinem geistigen Auge auf, als er durch die Gänge lief: Judith, wie sie tot und bleich dalag; Mergo, ein höhnisches Grinsen auf dem feisten, faltigen Gesicht, vor dem Rauch aufstieg; Elholyn, von blaugrauen Wolken und Blitzen umgeben. Nach einer letzten Biegung hielt er im Sonnenzimmer, und seine Augen suchten den Kaminsims ab – der Kristall war verschwunden! Er machte auf dem Absatz kehrt und rannte zu Mergos Zimmer, Angst schnürte ihm mit kaltem Griff die Eingeweide zusammen. Wenn die alte Frau den Kristall bereits an sich genommen hatte, war sie vielleicht schon aus der Burg geflohen. Aber als er in ihr Zimmer platzte, stand Mergo seelenruhig neben dem Bett und packte sorgfältig Kleidungsstücke in eine Reisetasche.

Mikhael blieb in der Tür stehen, beugte sich vor und stützte schwer keuchend die Hände auf die Knie. Suchend blickte er den Raum ab. »Suchst du das hier?«, fragte Mergo und zog den Kristall aus ihrer Tasche.

Mikhael fiel auf, dass der Kristall merkwürdig aussah; es brannte in den Augen, ihn anzuschauen. Dann drehte Mergo an ihm, und ein tiefes Brummen setzte zwischen Mikhaels Ohren ein, es bewegte sich langsam hinter seine Augen und verursachte ihm Kopfschmerzen. Er rieb sich die Stirn und ging auf seine Tante zu. »Leg den Kristall weg, Mergo. Ich durchschaue alles, du machst deine Lage nur noch schlimmer.«

»Ich fürchte«, erwiderte die alte Frau und hielt den Kristall vor sich, »du siehst das völlig falsch.« Dann langte sie zwischen ihre Brüste und berührte etwas, woraufhin ein rasender Schmerz durch Mikhaels Kopf fuhr und ihn so hart traf, dass er in die Knie ging. Zu spät wurde ihm klar, dass er nicht allein hätte kommen dürfen. Der Schmerz wurde immer schlimmer, der Regent stürzte vornüber und lag ausgestreckt und zu keiner Gegenwehr fähig auf dem Boden. Er biss die Zähne aufeinander, stöhnte und wälzte sich auf den Rücken. Derweil schleppte sich Mergo quer durch das Zimmer, bis sie drohend über ihm stand, einen Anflug von Lächeln im feisten Gesicht.

»Du warst noch nie besonders helle. Selbst jetzt begreifst du nichts.« Mikhael sah wegen des Schmerzes nur noch verschwommen, aber als sie sich zu ihm herabbeugte, erkannte er das blaue Funkeln eines Sternsteins zwischen ihren Fingern. »Ich wollte es wie einen Unfall aussehen lassen«, fuhr sie fort. »Schließlich hätten es die treuen Ritter und Diener der Burg nicht mit Freude aufgenommen, wenn ich euch drei getötet hätte. Aber jetzt spielt das wohl keine Rolle mehr. Wenn die letzten Nachfahren meines Bruders tot sind, wird die wahre Aldaranfamilie – nicht irgendein unehelicher Zweig von ihr – die Domäne notfalls mit Gewalt einnehmen.«

Während Mergo sprach, ließ ihre Konzentration nach, und das Pochen in Mikhaels Kopf wurde ein wenig schwächer. Da er nun in der Lage war sich zu bewegen, versuchte er von seiner Tante wegzukriechen, er wollte sich unbedingt von dem Kristall und dem Schmerz entfernen.

»Es ist eigentlich ein Glücksfall«, sagte Mergo, die einen Schritt hinter ihm blieb, »dass du nie dazu ausgebildet wurdest, dein *Laran* zu gebrauchen. Inzwischen ist es jetzt eine Wissenschaft – allerdings machen sie immer noch Fehler. Dieser Kristall hätte euch gestern alle zusammen töten sollen. Ich gebe zu, es hat nicht ganz gereicht. Immerhin hatte ich die Schwelle ziemlich hoch angesetzt; der Kristall wirkte bis zu einem bestimmten Punkt nur als Dämpfer. Bis du die Sache vorangetrieben hast, war es harmlos. Das ist das Komische dabei.«

Mikhael berührte eine Wand, aber er wusste nicht genau, welche. Er sah noch immer nur verschwommen und zitterte unkontrollierbar. Er hätte niemals gedacht, dass ihm etwas derartige Schmerzen bereiten könnte.

»Dieser Kristall hat andere Eigenschaften. Zum Beispiel ist er auf mich abgestimmt. Wenn man *Laran* einsetzt, verzerrt und verstärkt dieses normalerweise die geistige Energie und leitet sie zurück. Man sendet sie wieder aus, und das *Laran* leitet sie erneut zurück, bis man die Verbindung überlastet und sie irgendwann abreißt. Wenn ich meinen Kristall benutze, passen die Muster genau zusammen. Er verstärkt zwar ebenfalls die Energie, aber ich kann sie kontrollieren und nach Belieben steuern. Natürlich ist es eine sehr heikle Angelegenheit, einen solchen Kristall auszurichten und im Gleichgewicht zu halten. Es erfordert eine gewaltige Anstrengung, aber du würdest dich wundern, was manche *Laranzu'in* für ein Stück von einer Domäne tun.«

Mergo wandte sich ab und legte den Kristall auf einen Stuhl an der Wand. Sofort ließen Mikhaels Schmerzen ein wenig nach, und er setzte sich aufrecht hin.

Mergo hatte ihren Tabaksbeutel hervorgezogen und drehte sich eine Zigarette. »Weißt du was«, sagte sie, »mir ist gerade etwas eingefallen. Vielleicht sollte ich dich gar nicht töten. Ich könnte dir einfach die Intelligenz wegätzen. Du bliebest am Leben, und ich, als deine liebende Tante, könnte mich um dich kümmern.« Die alte Frau zündete ihre Zigarette an und blies eine Rauchwolke in Richtung Decke. »Natürlich müsste ich dann einen meiner Neffen zum künftigen Regenten der Domäne heranbilden, aber wenn dein Gehirn nur noch Matsch ist, würde sich vermutlich niemand vom Personal der Burg darüber beschweren. Was hältst du davon?«

Mikhaels Kopf war nun teilweise klar, und er stellte fest, dass er mit dem Rücken an der Geheimtür des Raumes lehnte. Er überlegte, wie er sie zu einer Flucht nutzen könnte, und dabei fiel ihm etwas auf: Wenn er sie auf seiner Seite in die Wand drückte, würde das andere Ende herauskommen und könnte gerade noch den Stuhl erwischen, auf dem der Kristall lag.

Nachdem Mergo eine Rauchwolke in Mikhaels Gesicht geblasen hatte, legte sie die Zigarette neben den Kristall auf den Stuhl. »Da du keine Meinung zu haben scheinst, treffe ich die Entscheidung eben allein.« Sie langte nach dem Kristall. »Und ich glaube, es ist besser, du bist halb am Leben als tot.«

Mikhael blieb keine Zeit mehr, um zu überlegen, ob sein Plan gelingen würde. Er stemmte sich mit seinem ganzen Gewicht in die Tür, die sofort aufschwang. Er prallte mit dem Kopf auf den Steinboden des Tunnels, und Mergo kreischte, als der Kristall von dem Stuhl fiel. Der Regent lächelte, als er den Klang von Glas hörte, doch dann stöhnte er auf, als der Kristall über den Holzboden rollte.

Er war nicht zerbrochen!

In Mikhaels Kopf hämmerte es immer noch, aber er versuchte halb stolpernd, halb kriechend in den Geheimgang zu entkommen. Er stieß mit den Füßen gegen die Tür, verfehlte sie jedoch. Da war auch schon Mergo neben ihm und trat ihm mit ihren Reisestiefeln heftig in die Rippen. »Das war dumm von dir«, keifte sie, und ihre riesige Brust wogte auf und ab. Sie hielt den Kristall über den am Boden Liegenden und versprach: »Ich werde es so schmerzhaft wie möglich machen.«

Mikhael drehte sich auf den Rücken. Mergo liebkoste ihren

Sternstein. Ihr Gesicht war ruhig und ausdruckslos. Sie konzentrierte sich auf den Kristall, und der junge Mann hielt instinktiv die Arme vors Gesicht – als könnte er so den Schlag abwehren.

Aber es kam keiner.

Als die alte Frau den Kristall aktivierte, verzerrte sich ihr Gesicht in Todesqualen. Sie taumelte gegen die Wand, um ihren Kopf herum tanzten blaue Funken. Ihre Augenlider flatterten, und ihr Mund öffnete sich zu einem lautlosen Schrei.

Dann brach sie zusammen, und ihr massiger Körper landete mit einem dumpfen Aufprall auf dem Boden. Der Kristall fiel ihr aus der leblosen Hand und rollte vor Mikhaels Füße.

Elholyns Hände waren beinahe verheilt; es würden zwar Narben zurückbleiben, aber sie würde ihre Finger wenigstens gebrauchen können. Mikhael hatte die Verbrennung hinausgeschoben, bis es ihr gut genug ging, dass sie zu den Ställen kommen konnte. Sie hatte vor allen anderen das Recht, es zu tun, und als alle um die Schmelzgrube versammelt waren, gab ihr Mikhael das Signal. Mit leidenschaftsloser Miene warf sie den Kristall in die heißen Kohlen und trat einen Schritt nach hinten neben Mikhael. »Bist du dir sicher, dass er danach unschädlich ist?«

»Ja«, sagte er und legte einen Arm um sie. »Der *Laranzu* hat mir versichert, dass die Struktur im Innern des Kristalls künstlich ist. Wenn er schmilzt, wird er einfach wieder zu Glas – harmlos wie eine Fensterscheibe.«

Rafe trat zu ihm. »Wozu erfindet jemand so ein Ding?«

»Es wurde ursprünglich als Dämpfer geschaffen«, antwortete Mikhael. »Es hat einfach *Laran* abgeleitet. Erst als Mergo die Struktur ändern ließ, so dass der Kristall sämtliches *Laran* außer ihrem eigenen verstärkte und verzerrte, machte sie ihn gefährlich. Eigentlich ist es jammerschade. Die innere Struktur wurde teilweise zerstört, als ich ihn von dem Stuhl warf, sonst hätte ich ihn von dem *Laranzu* vielleicht wieder in einen Dämpfer zurückverwandeln lassen.«

Elholyn stieß ihn hart in die Rippen. »Nein, das hättest du nicht.«

»Wahrscheinlich nicht, aber ich glaube immer noch, dass man so ein Ding verwenden könnte, um einen *Laran*-freien Ort zu schaffen.«

»Den habe ich längst schon«, sagte Rafe grinsend und tippte sich mit dem Finger an die Stirn.

Über Alexandra Sarris und »Gewissen«

Alexandra Sarris ist in Kalifornien als Psychotherapeutin zugelassen und hat mehr als zweiundzwanzig Jahre lang in Berkeley und Oakland gelebt, bevor sie letztes Jahr nach Santa Fe zog. Sie konnte sich immer vorstellen, irgendwann zurückzukommen, aber der Feuersturm von Oakland hat dazu geführt, dass sie ihre Meinung änderte. Sie gibt gerne »Workshops und Kurse über das Kind im Erwachsenen, die seelischen Ursachen von Übergewicht und die Suche nach der Göttin in uns, aber anscheinend bin ich auch als Exorzistin gefragt und helfe Leuten, mit Sekten zurechtzukommen«. Sie stimmt meiner Ansicht zu, dass die aufregendsten Werke auf dem Gebiet der Fantasy Literatur größtenteils von Frauen stammen. Ich denke, das ist im Großen und Ganzen unumstritten, seit Mary Shelley *Frankenstein* schuf. Man sehe sich außerdem nur an, wer seit den 50ern die meisten Magazine schreibt. Diese Aussagen lassen sich belegen, trotz der modernen Vertreterinnen der Bücherfrauen, die uns einreden wollen, dass Autorinnen im Bereich Science-Fiction und Fantasy zum ersten Mal in den 60ern mit Joanna Russ und Ursula LeGuin in Erscheinung traten. Dem ist nicht so, und ich kann's beweisen ... außerdem war ich dabei und habe mit den besten wie mit den schlechtesten von ihnen Magazine gemacht. MZB

Gewissen

von Alexandra Sarris

A ber er muss welches haben!«, protestierte Lady Armina, und in ihrer Stimme lag eindeutig Verwirrung wegen ihres Sohnes Vardin.

Dorian Aillard sah sie an, ein verwundertes Stirnrunzeln trat auf sein schmales, fein geschnittenes Gesicht. Lady Arminas Reaktion kam ein wenig unerwartet. Immerhin war er ein ausgebildeter *Laranzu* und wusste, wonach er Ausschau halten musste, wenn er Vardin auf *Laran* überprüfte. Der Junge hatte eine geringfügige Gabe erkennen lassen, aber nichts, was man in einem Turm gebrauchen könnte.

»Es tut mir Leid, Lady Armina«, sagte Dorian freundlich. »Ich weiß, wir hoffen immer, dass unsere Kinder unsere Gaben mitbekommen haben.« Vor allem, wenn wir unser Zuchtprogramm so eifrig betrieben haben, dachte er.

»Nein, nein«, widersprach Armina, und ihre Stimme nahm eine gewisse Schärfe an. »Ich kann nicht glauben, dass Ihr ihn richtig überprüft habt.« Dorian unterdrückte einen Seufzer. Wieder mal eine hysterische Mutter, dachte er kurz; sie musste aber den Kern seiner Gedanken aufgeschnappt haben, denn ihr Mund wurde schmal, und sie funkelte ihn zornig an. »Dann erklärt mir doch bitte, was sich abspielt, wenn er in Trance fällt. Ich weiß übrigens, was eine Trance ist, danke«, fauchte sie, bevor er etwas erwidern konnte. »Wenn er sich allein niederlegt, ist er oft völlig weggetreten, und es braucht einiges, ihn zu wecken.«

»Vielleicht hat er einen besonders tiefen Schlaf«, schlug Dorian vor und gestand sich ein, dass er die Frau nur zu besänftigen versuchte.

»Ich kenne den Unterschied zwischen tiefem Schlaf und einer Trance«, gab sie zurück. »Deshalb wollte ich ihn ja überprüfen lassen. Er ist auf alle möglichen Hirnkrankheiten untersucht worden, aber es ist alles in Ordnung. Er verhält sich, als träte er aus seinem Körper.«

Ein eisiges Gefühl von Gefahr machte sich in Dorians Eingeweiden bemerkbar. Konnte es sein, dass der Junge, unausgebildet, wie er war, in die Oberwelt ging? »Aber ich habe ihn überprüft«, argumentierte er halb für sich selbst. Es war ausgeschlossen, dass er sich irrte – obwohl er eine Reihe von Beispielen kannte, in denen *Laranzu'in* ein tief verborgenes *Laran* übersehen hatten. »Ist jemals etwas wie die Schwellenkrankheit bei Vardin aufgetreten?«

Die Mutter schüttelte den Kopf. »Nicht so, dass es ernsthaft aufgefallen wäre. Nicht wie bei Armand.« Armand war ihr erster Sohn und zurzeit in Neskaya. Er war einer ihrer stärksten *Laranzu'in*, wirkungsvoll und tödlich. Dorian hatte großen Respekt vor Armand Leynier, und er nahm sich vor ihm in Acht. Seine Fertigkeiten waren vielfältig – und sein Temperament nicht minder. Aber bei Vardin sah die Sache ganz anders aus.

»Manchmal überspringt das *Laran* ein Kind«, erklärte er vorsichtig, aber sie schüttelte den Kopf.

»Ich weiß, dass etwas mit ihm passiert«, sagte sie mit Bestimmtheit, »obwohl er es vor mir zu verbergen versucht.« Sie hielt inne und beugte sich näher zu Dorian. »Vier von meinen fünf Kindern haben *Laran*, deshalb würde es mir nichts ausmachen, wenn eines keins hätte«, fügte sie hinzu, und in ihrer Stimme lag eine leichte Zurechtweisung. »Aber irgendetwas ist merkwürdig an Vardin. Bitte überprüft ihn noch einmal. Vertraut dem Gefühl einer Mutter.«

Dorian verbeugte sich ergeben und machte sich auf den Weg zu seinem Zimmer. Er brauchte ein wenig Zeit für sich allein, um sich vorzubereiten. Die Symptome klangen, als würde Vardin in die Oberwelt gehen, dabei schien der Junge seinen Sternstein jedoch nicht zur Ausrichtung zu benützen. Bei der Überprüfung hatte er kaum mehr als minimale telepathische Fähigkeiten gezeigt. Und dennoch ... Dorian beschloss, seine Gedanken besser bedeckt zu halten. Falls Vardin tatsächlich *Laran* besaß, dann sollte der Junge möglichst wenig von seinen Absichten erfahren.

In seinem Zimmer angekommen, holte Dorian seine Matrix hervor und konzentrierte sich auf deren kristallblaue Facetten. Lady Armina glaubte, ihr Sohn tue etwas in Trance. Dorian spürte das vertraute Wohlgefühl, als ihn der Kristall in sein Inneres zog. Er ließ seinen Geist über das ganze Haus ausschweifen und dann allmählich über das ganze Anwesen, ohne zu wissen, wonach er suchte. Vielleicht nur nach einer Unregelmäßigkeit im Muster, nach einer Art Unvereinbarkeit, etwas, das die Anwesenheit eines unerwarteten Talents anzeigen könnte. Er vermochte die Leute, die *Laran* besaßen, auf Anhieb zu entdecken. Armina und ihr Mann Curran strahlten es aus. Er bemerkte ein paar Knoten mit größerer Intensität als normal – wahrscheinlich *nedestro* Kinder oder Diener mit einem gewissen Maß an *Laran*.

Ein plötzliches Unbehagen ließ ihn am ganzen Körper kribbeln. Da war etwas, aber als er bestimmen wollte, wo es war, verschwand es, und alles war wieder so ruhig wie vorher. Dorian glitt ins Bewusstsein zurück und deckte seine Matrix ab. Er beabsichtigte herauszufinden, was mit Vardin vor sich ging. Das war nun keine simple Überprüfung mehr; er würde bis in die Zellen des Jungen vorstoßen, wenn es sein musste.

Er läutete einem Diener und bat ihn, Vardin zu ihm zu schicken. Als *Laranzu* empfand er die Ehrfurcht gebietende Anforderung an diese Stellung, und er bemühte sich um die Kraft, seinen Willen auf die bevorstehende Aufgabe zu richten. Er konzentrierte sich, atmete langsam und gleichmäßig, bis ihn eine innere Ruhe erfüllte.

Es klopfte zaghaft an die Tür.

»Herein«, sagte er laut, und die Tür ging auf. Ein etwa sechzehnjähriger Junge mit scharf geschnittenen Gesichtszügen schlüpfte ins Zimmer. Das hellbraune Haar, das ihm ins schmale, blasse Gesicht fiel, verlieh ihm einen Anschein von Verstohlenheit und Misstrauen. Als Dorian auf einen Stuhl gegenüber von ihm deutete, schlich der Junge hin und setzte sich so vorsichtig auf die Kante, als wollte er jeden Moment wieder aufspringen. Bei ihrem letzten Gespräch, überlegte Dorian, war es ganz anders gewesen. Da war Vardin unbekümmert, beinahe gleichgültig aufgetreten. Diesmal wirkte er besorgt. Vielleicht ahnte er teilweise, was Dorian vorhatte.

»*Vai Laranzu*«, grüßte der Junge stockend und lächelte dünn und zurückhaltend. Sein Blick glitt von Dorians Augen zu Boden. Der alte Mann holte tief Luft und ließ seine innere Ruhe ausstrahlen, bis sie den Raum erfüllte. Dabei bemerkte er, wie Vardins Nervosität langsam dahinschwand, bis sich der Junge schließlich auf seinem Stuhl zurücklehnte und schwer seufzte. Er wirkte nun deutlich entspannter.

»Vardin, ich möchte, dass du mir von deiner Trance erzählst«, bat Dorian mit leiser, aber eindringlicher Stimme, mit deren Hilfe er oft störrischen Personen, die man nach Hali brachte, beim Verhör widerwillige Geständnisse entlockte. Die Folgen waren manchmal nicht angenehm für sie.

Der Junge hielt den Atem an und murmelte dann wie unter einem Zauber: »Ich gehe weg, in Gedanken.«

»Wie meinst du das?«, drängte Dorian und versetzte Vardin einen gedanklichen Stoß.

»Ich ... ich träume von fernen Orten, die ich gern besuchen möchte.« Dorian fing Bilder auf, wie sich der Junge die Trockenstädte vorstellte, wo er unter einer heißen Sonne ritt.

Dann ein Bruchstück von seiner Vorstellung, wie es am Meer war. Aha, entschied Dorian, Vardins *Laran* ist nicht viel mehr als eine ausgeprägte Fähigkeit zu Tagträumen, er konnte sich tief in seinen eigenen Gedanken verlieren. Einige Augenblicke später entließ er den Jungen aus seiner geistigen Kontrolle; Vardin sackte auf dem Stuhl zusammen.

»Was war los?«, fragte er verwirrt.

»Du warst auf Reisen«, sagte Dorian freundlich. »Gefällt dir das?«

Vardins Miene hellte sich auf. »O ja«, stimmte er leidenschaftlich zu. »Ich würde gern in die Ferne reisen.« Er zuckte die Achseln. »Aber ich weiß, dass ich es nie tun werde. Ich bin nicht kräftig genug für anstrengende Ritte und Arbeit.«

Ach ja, dachte Dorian. Er kannte diesen Typus bereits – den schwächlichen Sohn, so verzärtelt, dass er außerhalb des Hauses oder gar der Domäne kaum noch überlebensfähig war. »Na, da gibt es bestimmt eine Möglichkeit«, sagte er aufmunternd. Er sprach noch eine Weile mit dem Jungen darüber, wie er seine lebhaften Tagträume Wirklichkeit werden lassen könnte, bevor er Lady Armina Bericht erstattete.

Ein Junge, der sich in seinen lebhaften Träumereien verfing – das war eine einfache Erklärung, die sie akzeptieren konnte. Dorian empfahl, dem Knaben Fechtunterricht zu geben, damit er allmählich die Kraft aufbaute, die er brauchte, um seine Träume wahr werden zu lassen. Armina gab sich zwar nach außen einverstanden, aber Dorian sah, wie sie bei dem Gedanken zusammenzuckte, ihrem schwächlichen Sohn dabei zu helfen, von ihr loszukommen. Sie hatte ihre Aufgaben bei den anderen Kindern wohl erfüllt. Alle waren in einem Turm untergebracht oder gut verheiratet. Jetzt war ihr nur mehr das zweitjüngste Kind geblieben.

Dorian ließ Lady Armina auf ihrer Sonnenterrasse zurück und ging wieder in sein Zimmer. Seine Arbeit hier war zweifellos beendet, und er würde am nächsten Morgen nach Hali aufbrechen – falls kein Sturm aufkam. Er sehnte sich nach dem Turm mit seiner mutterleibartigen Nähe und dem intensiven Kontakt zu den Kollegen bei der Matrixarbeit. Es hatte etwas Erhebendes und Gewaltiges, die Fäden ihrer Energie aufzunehmen und zu einer Kraft zusammenzuschweißen, die er lenken und führen konnte. Es juckte ihn in den Händen bei dem Gedanken, den vertrauten Druck seines Zirkels wieder zu spüren.

Als er aufwachte, stellte er fest, dass über Nacht tatsächlich ein Sturm aufgekommen war; der Wind heulte und tobte vor seinem Fenster und peitschte Graupel über die sanft gewellten Hügel. In gewisser Weise begrüßte Dorian die Verzögerung, denn er war viele Wochen lang in den vom Krieg zerrissenen Ländereien unterwegs gewesen, hatte nach geeigneten Kandidaten für die Türme gesucht und natürlich die Stärken und Schwächen der kriegführenden Domänen abgeschätzt. Diese Reise hatte ihren Tribut gefordert, und er konnte ein wenig Ruhe gebrauchen. Ob er wollte oder nicht, er musste nun wenigstens einige Tage bei den Leyniers verbringen. Vielleicht war es eine gute Gelegenheit, Vardin bei der Verwirklichung seiner Tagträume zu unterstützen, vielleicht konnte er ihm sogar ein paar Kniffe beibringen, die ihm halfen, sein schwaches *Laran* zu steuern.

Zuvor jedoch wollte er sich beim Turm von Hali melden, um die anderen wissen zu lassen, wo er war. Er holte seinen Sternstein heraus, konzentrierte sich auf dessen kristallblaue Tiefen und projizierte ein Bild des Matrixzirkels im Turm. Plötzlich schoss ein scharfes, klares Bild heraus. Sein Freund, der Techniker Rakhal Storn, begrüßte ihn mit ernster Miene. Dorian fühlte die Angst, die von ihm ausstrahlte.

»Was ist?«, fragte er. »Was ist passiert?«

»Diesmal war es Erlanna«, antwortete Rakhal. Dorian hielt

erschrocken den Atem an. Eine ihrer besten neuen *Leroni*. »Erst vor zwei Tagen.«

»Wie viele sind es damit?«

»Fünfzehn.« Dem *Laranzu* lief es vor Entsetzen kalt über den Rücken. Irgendwie starben ständig Matrixarbeiter, und niemand wusste, wieso. Hali hatte es zuvor schon einmal erwischt, während Neskaya am schlimmsten betroffen war – sieben Verluste in ebenso vielen Wochen. Nur Tramontana war bislang verschont geblieben. Und jetzt war es wieder geschehen.

»Wie ist sie gestorben?«, fragte er, obwohl er die Antwort ganz genau kannte.

»Sie bekam Krämpfe, und dann war sie tot«, sagte Rakhal verbittert.

Dorian seufzte schwer. Die gleichen Symptome wie bei den anderen. Seine Kollegin war in der Oberwelt getötet worden. Nach den ersten Zwischenfällen hätten sich die Türme beinahe untereinander befehdet, da jeder die anderen beschuldigte, ihr *Laran* als Werkzeug im Interesse einer Domäne einzusetzen, mit dem Ziel, die anderen Türme zu vernichten. Erst ein Wahrheitszauber hatte diesen Verdächtigungen ein Ende bereitet. Jetzt glaubten alle, dass ein *Laranzu* oder eine *Leronis,* der oder die zu einem großen Haus gehörte, einem ehrgeizigen Kriegsherrn zu Diensten war, um die Türme zu zerstören. Eine solche Strategie konnte, wenn sie fortgesetzt wurde, sogar Erfolg haben, weil sie die so sorgsam kultivierten Zuchtlinien von *Laran* auslöschte und die Türme schwach und verwundbar zurückließ.

»Wir müssen diesem Abtrünnigen Einhalt gebieten«, knirschte Rakhal.

»Dann müssen wir ihn suchen«, sagte Dorian mit Nachdruck. »Er ist ein Mensch, er existiert. Deshalb müssen wir die Oberwelt durchstreifen und ihn finden. Dann verfolgen wir ihn zu seinem Körper zurück und stoppen ihn. Lass uns alle Türme rufen, damit sie Suchtrupps in die Oberwelt entsenden.«

»Ich werde Kontakt mit ihnen aufnehmen«, sagte Rakhal erleichtert und brach die Verbindung ab. Nur Minuten später, wie es schien, spürte Dorian jenes vertraute Zerren in seinem Geist, und nachdem er seinen Sternstein freigelegt hatte, fand er Rakhal wartend vor.

»Wir haben vereinbart, heute Nacht anzufangen – alle Türme. Wir müssen diesen Mörder erledigen, und wenn wir alle zusammen suchen, werden wir ihn früher oder später finden.«

Obwohl er sich nicht im Turm aufhielt und damit verwundbarer war, beschloss Dorian, sich ebenfalls dem Hali-Zirkel in der Oberwelt anzuschließen. Vielleicht hatte er von seinem außerhalb gelegenen Beobachtungsposten eine andere Sicht.

»Sei vorsichtig«, mahnte Rakhal.

Als Dorian auf seinem Bett lag und sich auf die bevorstehende Aufgabe vorbereitete, erschauderte er von einer Vorahnung, dazu hatte er den Gedanken, er könnte diese Nacht möglicherweise nicht überleben; allerdings besaß er nicht die Aldaran-Gabe der Zukunftsschau. Aber er verdrängte entschlossen alle Gedanken und Ängste aus seinem Kopf, beruhigte und konzentrierte sich, so dass er ganz auf seine Aufgabe ausgerichtet war: jenen Abtrünnigen zu finden, der *Leroni* auf die in der Oberwelt wirkungsvollste Weise tötete – dort, wo Gedanken tatsächlich töten konnten.

Er spürte diese vertraute Befreiung, als er aus seinem Körper glitt und in das Grau der Oberwelt eintauchte. Er überflog die Landschaft, entdeckte aber nichts Ungewöhnliches. Mit unfehlbarer Gewissheit begann er in Richtung des Turms von Hali zu gehen. Das beruhigende Klirren der silbernen Schnur erinnerte ihn an die Verbindung zu seinem Körper. Mit Hilfe seiner Gedanken fertigte er eine Art Energieschild an, das ihn vor einem allzu realen Unheil schützen sollte.

Allmählich nahm er andere Gestalten wahr, die sich am Horizont bewegten, und erkannte die vertrauten Energien seines Zirkels in Hali wieder. Plötzlich hörte er ein merkwürdiges Schwirren hinter sich und duckte sich instinktiv. Er spürte einen heftigen Schlag im Rücken, der ihn zu Boden warf und beinahe benommen machte. Sofort sandte er einen Gedanken aus, der seinen Schild verstärken sollte. Er merkte, dass der Schmerz nicht schlimm war; es war vor allem dieser seltsame Aufprall gewesen, der ihn niedergestreckt hatte. Dorian drehte sich herum, damit er sehen konnte, wer ihn von hinten angegriffen hatte. Dabei fiel ein silbriges Geschoss von seinem Rücken, es sah aus wie ein geschwollener, stummelartiger Pfeil. Er betrachtete ihn entsetzt. Wäre er nicht geschützt gewesen, hätte ihn dieses Ding auf der Stelle getötet.

Ein junger Mann kam lächelnd auf ihn zu, er hielt eine Waffe in den Händen, in der ein ähnliches Geschoss steckte, und richtete sie auf Dorians Brust. »Ich kenne dich«, stieß Dorian erschrocken hervor. »Du bist Vardin Leynier.« Seine Mutter hatte Recht gehabt, dachte er lächerlicherweise, er hat tatsächlich etwas getrieben – *Leroni* umgebracht!

Vardin machte ein finsteres Gesicht, als er den Pfeil auf dem Boden liegen sah. »Du müsstest eigentlich tot sein«, murmelte er und starrte Dorian zornig an. Seine Stimme war wie Gift.

Den *Laranzu* überkam ein Gefühl der Kälte, als er den Jungen reden hörte. »Warum tust du das? Für wen kämpfst du?«

»Für mich«, sagte Vardin. »Ich komme liebend gern in die Oberwelt und sehe euch dabei zu, wie ihr euch mit euren *Laran*waffen bekämpft. Erst den einen, dann den anderen – wie ihr euch vernichtet, erst für diesen kleinen Vorteil, dann für jenen. Deshalb habe ich mir überlegt, dass es doch ein Riesenspaß sein müsste, euch alle in Verwirrung zu stürzen.« Seine Erscheinung strahlte Hass aus.

»Indem du uns tötest«, sagte Dorian ruhig.

»Ja«, stimmte Vardin lächelnd zu. »Und ihr habt nichts gemerkt. Das war der größte Spaß bei der Sache – zu beobachten, wie ihr alle herumrennt und euch gegenseitig beschuldigt.«

Dorian machte sich hinsichtlich dieses Jungen nichts mehr vor. Das alles war ein Spiel für Vardin, ein tödliches, aber herrliches Spiel. Er selbst war jedoch offenbar der Erste, der überlebt hatte – bis jetzt. Er gab sich aber keinen Illusionen hin – Vardin würde versuchen, auch ihn zu töten. Dorian brauchte nur ein paar Sekunden, um seine Aufmerksamkeit auf den Zirkel von Hali zu konzentrieren. Mit seinen Kollegen würde es ihm ein Leichtes sein, dieses Kind zu überwältigen. Aber er hatte keine Vorstellung, wie schwierig es ohne sie werden könnte. Immerhin war der Junge offensichtlich weitaus stärker als irgendjemand vermutet hatte – und er hatte es nur zu gut zu verbergen gewusst.

»Krieg ist kein Spaß«, sagte Dorian.

»Warum seid ihr dann alle so versessen darauf, immer bessere und tödlichere Waffen zu erfinden?«, gab Vardin zurück. »Wenn es euch keinen Spaß machte, würdet ihr euch nicht die ganze Zeit bekämpfen und neue, schreckliche Methoden der Vernichtung ersinnen.« Er sah den *Laranzu* an, und seine Miene wurde ausdruckslos und glasig.

»Egal, was sie für Gründe haben, Menschen töten einander nicht aus purem Spaß; wir sind keine Tiere, die andere Tiere nur aus Freude am Töten jagen.« Aber Vardin lachte nur laut. Wenn unsere Kinder so viel Spaß daran haben, dachte Dorian, dann stimmt mit diesem Krieg wahrhaftig etwas nicht. »Wir benutzen unser *Laran* nicht in dieser Weise«, fügte er an.

»Ihr vielleicht nicht«, sagte der Junge herablassend, »aber

ich bin meine eigene Macht. Ich bin stark, niemand sagt mir, was ich zu tun habe. Niemand!« Dorian fühlte die Feindseligkeit und den Hass, die den hochnäsigen Worten zu Grunde lagen, wie einen Peitschenhieb. »Ich will euch alle sterben sehen!«

Was hatte diesen Jungen nur so krankhaft werden lassen? Er musste es herausfinden. »Warum willst du uns töten? Du musst doch einen Grund haben. Ich kann nicht glauben, dass du es nur tust, weil es dir Spaß macht.« Vardin lächelte ihn an.

»Wer hat dir wehgetan?«, fragte Dorian – und plötzlich wusste er es. Vardin – das schwächste von fünf Kindern, bei allen anderen war das *Laran* stark ausgeprägt, besonders bei Armand, dem ältesten, klügsten, arrogantesten. »Es muss schwer gewesen sein, in deiner Familie aufzuwachsen, vor allem mit Armand«, sagte er ruhig. Vardins Hand, in der er die Waffe hielt, zuckte. Er stieß ein Knurren aus und richtete sie auf Dorians Brust.

»Nur noch eins«, sagte Dorian rasch. »Wie hast du mich getäuscht, als ich dich geprüft habe?«

»Ich bin weggegangen«, sagte Vardin. »Ich bin abgetaucht und habe Euch mit meinem geistlosesten Teil zurückgelassen. Das habe ich schon vor langer Zeit gelernt. Auf diese Weise habe ich in meiner Familie überlebt. Ich war nicht mit derselben Form von *Laran* gesegnet wie die anderen, aber ich habe mir geschworen, es ihnen zu zeigen.« Er lachte höhnisch. »Ich habe euch alle hereingelegt.« Er drückte ab, und das Geschoss explodierte auf halbem Weg, ohne Schaden anzurichten.

Eine Art Kraftschild strahlte um den überraschten Jungen herum. Er schlug hilflos danach. Dorian atmete erleichtert auf, während die Mitglieder des Zirkels von Hali sich um ihn scharten – Rakhal, Jorana, Aliana, Gervis, Kaylin. Der *Laranzu* fühlte sich schwach und zittrig. Vielleicht hätte er den

Schuss ablenken können, aber er war froh, dass er es nicht versuchen musste. Rakhal Storn umarmte ihn stürmisch.

»Wir hatten solche Angst, dass wir es nicht bis zu dir schaffen würden, bevor er wieder angreift«, sagte er.

»Woher habt ihr es gewusst?«

»Wir sahen dich auf uns zukommen, dann spürten wir alle plötzlich diesen heftigen Schmerz – da wussten wir, du wirst angegriffen«, sagte Jorana.

Dorian holte tief Luft. »Wir müssen verhindern, dass er das jemals wieder tut«, sagte er inbrünstig. »Aber ich finde nicht, dass es richtig wäre, ihn zu töten.«

»Ich habe eine Idee«, sagte Aliana. Die anderen hörten schweigend zu, während sie ihren Vorschlag kurz umriss, und nickten dann zustimmend.

»Was für eine passende Bestrafung«, sagte Dorian. »Da wird er genügend Zeit haben, darüber nachzudenken, was er getan hat.« Sie konzentrierten als Gruppe ihren Willen, und binnen Minuten war die Sache vorbereitet. Gemeinsam näherten sie sich dem gefangenen Vardin.

»Was wollt ihr?«, fragte er. Seine Stimme klang dünn innerhalb des Schilds. »Wie könnt ihr mich so festhalten?«

»Glaubst du etwa, du kannst der Kraft eines *Laran*-Zirkels widerstehen?«, fragte Rakhal. »Du wirst niemanden mehr töten, Vardin Leynier.«

Eisenhände hoben den Übeltäter hoch und schleiften den sich Windenden und Wehrenden unsanft zu einem dunkelgrauen Würfel von der Größe einer Zelle. Der Junge strampelte hilflos und versuchte sich zu befreien. Aliana stieß eine schmale Tür auf und trat zur Seite, während die anderen Vardin hineinwarfen.

»Dieser Raum wurde aus dem vereinten *Laran* unseres Zirkels gewoben«, sagte Dorian. »Du kannst ihm nicht entfliehen. Es wäre uns zwar ein Leichtes, dich zu töten, aber wir finden, es ist eine weitaus bessere Strafe, wenn du leiden musst für die Qualen, die du anderen bereitet hast.«

»Nein!«, kreischte Vardin und warf sich gegen die Tür. Gervis schleuderte ihn gleichgültig an die gegenüberliegende Wand, von der er leicht benommen zurückprallte.

»Vielleicht sind andere in ferner Zukunft eher geneigt, dich freizulassen, wenn sie glauben, du hast genug gelitten.« Dorians Züge wurden hart. »Wir sind es nicht.«

Vardin starrte ihn zornig an. »Ich werde Euch ewig hassen!«, zischte er.

»Mag sein«, entgegnete Dorian. »Übrigens, dein Körper kann nicht mehr aufwachen, weil dein Bewusstsein hier ist. Auf Wiedersehen.« Seine Begleiter schlossen die Tür, und er selbst sperrte mit einem verschnörkelten Kupferschlüssel ab. Dann hielt er den Schlüssel hoch. »Den wollen wir zusammen mit der dazugehörigen Geschichte im Turm von Hali aufbewahren, so dass ein gnädigerer *Laranzu* zu einem späteren Zeitpunkt diese Kreatur vielleicht freilassen kann.«

Dorian warf einen letzten Blick auf den Würfel. Es war still darin. »Gehen wir nach Hause«, sagte er.

Sie machten kehrt und verschwanden aus der Oberwelt, wo Vardin ins Nichts schrie, während in der wachen Welt sein lebloser Körper zurückblieb, unveränderlich und reglos, ein bloßes Gefäß, seines Bewusstseins entleert.

Über Charley Pearson und »Scham«

Charley Pearson teilt mit, diese Geschichte sei die erste, die er verkauft hat. Tatsächlich sei das meiste, was er schreibt, geheim, und er führt zusätzlich eine »kleine Pressenotiz« an. Er arbeitet nämlich seit vielen Jahren als Ingenieur beim Nuklearantriebsprogramm der Marine und das dürfte der Grund für all diese geheime Schreibtätigkeit sein.

»Vor vier Jahren«, berichtet er, »habe ich in einem Anfall von Selbstgefälligkeit beschlossen, ich könne belletristische Texte genauso leicht verfassen wie ›technisches Zeug‹, und das auf der schwachen Basis, dass ich seit rund fünfundzwanzig Jahren Science-Fiction- und Fantasy-Geschichten lese.« (Ich wünschte, die Hälfte meiner Autoren wäre auch nur annähernd so gut vorbereitet!) Er vermutet, dass er nicht in mein normales Schema angehender Schriftsteller passt. Warum nicht? Schriftsteller gibt es in allen Größen und Farben. Viele sind Universitätsangehörige; einige der besten sind Wissenschaftler – oder haben Sie noch nie etwas von Hal Clement gelesen? Manche sind Hausfrauen, andere Bibliothekarinnen; eine ganze Reihe sind Lehrer, und einer meiner besten Krimischreiber (Dick Francis) war früher Jockey. Häufige Jobwechsel und das Halten von Katzen sind allerdings für eine Schriftstellerkarriere nicht zwingend erforderlich.

Charley schreibt, dass er zwei Töchter habe, sich aber weiter mit Gewalt die Zeit zum Schreiben nehme. Ich denke, die meisten von uns würden ihm darin zustimmen, dass es mehr im Grunde nicht braucht, höchstens noch eine Schreibmaschine oder einen PC. Natürlich kann man mit einem Stift in ein Notizheft schreiben – aber wer außer unseren Kameraden in der siebten Klasse wird das lesen?

MZB

Scham

von Charley Pearson

Ich kann nicht in einen Turm gehen, Vater.«
Garrett stand am Fenster seines Zimmers, die Strahlen der untergehenden Sonne färbten sein Gesicht blutig rot. Das Klirren von Pferdegeschirr lenkte seine Aufmerksamkeit von seinem zornig blickenden Vater ab. Die *Leronis* und ihre Wachen. Die Vertreterin des Turms von Neskaya, die gekommen war, um ihn in sein vermeintliches neues Heim zu bringen.

Allerdings würde er sie nicht begleiten.

»Du wirst zumindest nach unten gehen und sie begrüßen. Ich kenne die Kraft deines *Laran*, wenn du nicht zu faul bist, es einzusetzen. Die Türme brauchen dich, und du kannst nicht ewig hier bleiben. Ich werde mir die Familie nicht von eifersüchtigen jüngeren Söhnen spalten lassen. Du bist bereits fünfzehn und über das Alter hinaus, eine Entscheidung für dein Leben zu treffen. Geh nach Nevarsin, wenn du nicht in den Turm willst.«

»Niemals!« Er war schließlich kein *Cristoforo*. Abgesehen davon würden sie seinen kranken, verdorbenen Geist dort genauso schnell aufdecken wie die Techniker im Turm. Seine gewalttätigen, brutalen Visionen. Heiliger Dulder, warum war er überhaupt auf dieser Welt? Wenn sein Vater nur wüsste ...

Aber darin bestand ja das ganze Problem, oder? Dieser Mann, den er Vater nannte, hatte ihn nicht gezeugt. Dieser Mann hatte denjenigen getötet, dem der Titel eigentlich zustand. Hatte ihn gejagt und abgeschlachtet.

Avarra sei Dank dafür. Denn sein wahrer Erzeuger war ein Räuber gewesen, der Garretts Mutter auf einer Reise zu ihren Verwandten aus dem Hinterhalt überfallen hatte – er hatte ihre Begleiter ermordet, ihren Schmuck gestohlen, sie vergewaltigt und als vermeintlich tot liegen lassen. Garretts nächstältester Bruder hatte ihm die Geschichte im Laufe eines wüsten Streits vor vielen Jahren genüsslich erzählt. Die Tatsache, dass sein Bruder dafür geschlagen wurde, hatte Garretts schwache Hoffnung zerstört, dass die Geschichte vielleicht gelogen sein könnte.

Dennoch hatte es *Dom* Esteban irgendwie fertig gebracht, ihn sein Leben lang genau wie einen leiblichen Sohn zu behandeln. Garrett schauderte; er selbst könnte niemals so milde sein. Schon gar nicht, da er wusste, zu welchen Gedanken ein solcher Sohn des Schreckens fähig war. Und was für Unheil ein solcher Sohn anrichten könnte, falls er je die Beherrschung verlor, etwa beim Anblick des dunkelhaarigen Dienstmädchens, wenn es ihm im Flur zulächelte, oder dieser Freundin seiner Schwester, oder ... oder praktisch jeder anderen Frau ...

Er ließ seine Schilde herabsausen, als sein Vater die Stirn runzelte. Hatte er es bemerkt? Hatte er eine Ahnung, was für einen verbogenen, wahnsinnigen »Stiefsohn« er in seinem Haus aufgenommen hatte? Garrett unterdrückte sein Zittern und wartete, aber sein Vater schien nur über seine nicht endende Kompromisslosigkeit erbost zu sein, das Geheimnis war offenbar noch nicht gelüftet. Sein Vater hatte allerdings Recht – er musste weggehen. Selbst hier, in seinem eigenen Zuhause, wurde er unvorsichtig; und nun wartete unten eine alte *Leronis*, die selbst von einem anderen Raum aus seine verborgensten Gedanken lesen konnte. Er würde seiner ganzen Familie Schande bereiten, falls irgendwer je in seinen Geist eindrang, falls jemand wahrnahm, welch hässliche Träume ihm beim Anblick der Schwestern, Töchter oder Ehefrauen anderer Leute durch den Kopf gingen. Heilige Avarra, warum musstest du alle Frauen so begehrenswert machen?

Und warum kann ich keine ansehen, ohne dass ich sie nehmen will ... packen und ...

Jemand schrie. Götter, er hatte seine Schilde verrutschen lassen! Pass auf, du Trottel! Er rannte hinter seinem Vater die Treppe hinab und klammerte sich immer fester an seine Schilde, so fest, wie er es noch nie versucht hatte. Nichts durfte nach draußen dringen. Nicht seine Gedanken, nicht seine Pläne – gar nichts. Er hielt den Beutel fest, der ihm um den Hals hing, den Beutel mit seinem Sternstein. Kraft, heilige Göttin, um deiner eigenen Töchter willen, gib mir Kraft.

Sein Vater kniete neben der *Leronis*. Garrett bemerkte ihre gerötete Wange, als er zu den beiden trat.

»Entschuldigt bitte, *Dom* Esteban«, sagte die Frau und nahm einen Becher warmen Wein von Garretts Vater entgegen. »Ich weiß nicht, was ich gefühlt habe, es erschien mir so ... beleidigend. Aber es war verschwommen und schnell wieder weg. Ich bin wohl nur müde von der Reise.« Sie schlug die Kapuze ihres tiefgrünen Wollmantels zurück, um zu trinken, und ihr üppiges, glänzendes Bronzehaar fiel auf ihren Rücken, locker zusammengehalten von einer kupfernen Klammer in der Form einer *Kiriseth*-Blüte. Eine zierliche Hand strich über eine lose Locke, und Garrett erstarrte, während er verfolgte, wie sie ihre Fassung wiedergewann. Er war erleichtert, dass sie die Quelle des widerwärtigen Angriffs nicht ausgemacht hatte. Sie war unglaublich empfindsam! Noch nie war er so kurz davor gewesen, eine Frau tatsächlich mit seinen abscheulichen Gedanken zu behelligen.

Sie drehte sich abrupt um und sah Garrett an, dann erhob sie sich und machte einen Schritt auf ihn zu.

Er stand wie angewurzelt da. Sie war gar nicht alt. Sie war kaum älter als er. Ihre Augen leuchteten grün wie ihr Mantel. Nein, nicht so dunkel, aber ihre Augenbrauen waren dicht und dunkel, und erst ihre Wimpern und ihr Mund ... Er konnte sich nicht konzentrieren. Sein Verstand schweifte von den Einzelheiten ab, und er trat einen Schritt vor. Sie war wunderschön. Umwerfend. So ruhig, selbstsicher, beherrscht, und sie arbeitete in einem Turm, also musste sie intelligent sein. Wie konnte eine solche Frau existieren?

»Garrett, wo bleiben deine Manieren?«, tadelte sein Vater.

Er errötete und verbeugte sich. »Verzeiht mir. Ich bin Garrett, der vierte Sohn von *Dom* Esteban Ardais. Ich ... das heißt mein Vater meint, ich soll ... also ... mit Euch gehen.« Er würde es nicht tun. Das hatte er bereits entschieden. Warum sagte er es dann nicht? Was war überhaupt los mit seinem Mundwerk? Er stotterte doch sonst nie!

Sein Vater setzte dazu an, die Frau vorzustellen, aber sie unterbrach ihn und sprach für sich selbst. »Ich bin Alicia aus dem Turm von Neskaya. Ich bin Eure Eskorte. Mein Kollege Donal hat mir von Eurer schrecklichen Schwellenkrankheit und von Eurer Stärke bei den nachfolgenden Überprüfungen berichtet.« Sie runzelte die Stirn, als sei sie sich über etwas unschlüssig.

Was gut möglich war, dachte Garrett. Er hatte seine Schilde so dicht heruntergelassen, dass sie ihn höchstwahrscheinlich für kopfblind hielt. Und wenn schon? Es war besser, als sie seine schmutzigen Gedanken lesen zu lassen. Vielleicht würde sie sich weigern, ihn mitzunehmen.

Jetzt war ein Gedanke da. Aber warum hinterließ er eine so schmerzende, sehnsuchtsvolle Leere?

Nein. Er konnte es sich nicht leisten, sie zu mögen. Er musste einen Grund finden, ihr aus dem Weg zu gehen. Ihre Narbe. Ja, vielleicht würden manche Männer diese Verbrennung auf der einen Seite ihres Gesichts wenig anziehend finden. Wie war sie dazu gekommen? Ein Unfall mit *Laran*? Bei der Bekämpfung eines Waldbrandes? Es spielte keine Rolle.

Ihre grundlegende Schönheit schien trotzdem durch, und ihre Haltung drückte solchen Stolz aus, sie war ... einfach perfekt.

»Garrett!«

Gewaltsam wandte er den Blick ab und sah seinen Vater an. Was war los?

»Glotz nicht so«, zischte *Dom* Esteban und sah die Frau noch einmal rasch an. »Lasst uns nun zu Abend essen. Du kannst danach zu Ende packen.«

Er sollte also unverzüglich abreisen. Als sich Alicia umdrehte, musste er plötzlich blinzeln. Sein Vater glaubte doch wohl nicht, dass er auf ihre Narbe gestarrt hatte wie der letzte Straßenbengel? Hatte er etwa den Ruf, derart unhöflich, so bar jeden Anstands zu sein? Er folgte den beiden langsam zum Speisesaal. Ja, wahrscheinlich hatte er diesen Ruf. Er hatte sich angewöhnt, Versammlungen von Leuten seines Alters zu meiden. Beim letzten Mittsommerfest war er entsetzt vor einem Mädchen geflohen, das mit ihm getanzt und ihn dann voller Eifer in eine stille Ecke geführt hatte. Welche Gerüchte hatte das entfacht oder regelrecht auflodern lassen? Hielt man ihn für einen Sandalenträger? Oder war es dem Mädchen zu peinlich gewesen, sein »mangelndes Interesse« zuzugeben?

Er schnaubte. An Interesse mangelte es ihm ungefähr so sehr wie einem *Cralmac* an Zähnen. Er besaß viel zu viel davon, und er hatte es nicht im Entferntesten unter Kontrolle. Es war wirklich am besten, wenn er als jemand bekannt war, dem man lieber aus dem Weg ging, aus welchen Gründen auch immer. Mochte Avarra dem Mädchen oder der Frau beistehen, die in seiner Nähe war, wenn ihm endgültig die Zügel seiner wilden Phantasien entglitten. Zumindest würde seiner Mutter – möge Evanda ihr Frieden schenken – das Wissen um das Versagen ihres jüngsten Sohnes erspart bleiben.

Das ganze Abendessen über versuchte die *Leronis* Alicia ihn ins Gespräch einzubeziehen, während sie höflich auf die neugierigen Fragen nach den Türmen Antwort gab, die sein Vater und andere ihr stellten. Garrett wich ihren Blicken aus, bewunderte jedoch ihre Anmut, ihren Witz, ihr Lachen, sobald sie und sein Vater ihn nicht beobachteten. Sie hatte sehr viel mehr zu bieten als alle Frauen, die er kannte, so viel, dass alle anderen zur Bedeutungslosigkeit verblassten. Er war hingerissen. Er kannte die Anzeichen. Wen interessierte noch die willige Hingabe eines dummen, hirnlosen Mädchens, das nichts anderes wollte als der derbste Straßenjunge? Wie ungleich wertvoller war die liebende Hingabe einer Frau, die sich nicht zu unterwerfen brauchte, einer Frau, die alles gab, weil sie es ihm geben *wollte* ... als könnte irgendeine Frau, wenn sie die Wahl hätte, auch nur einen zweiten Blick auf ihn in Betracht ziehen. Als sollte irgendeine Frau sich überhaupt hingeben müssen, nur um die Begierden eines widerwärtigen Mannes zu erfüllen.

Und doch konnte er an nichts anderes denken, als diese Frau zu nehmen, wenn er die Möglichkeit hätte ... und sie zu zwingen ...

Er mahlte mit den Zähnen und versuchte an etwas anderes zu denken. Irgendetwas anderes. Er war ein verdorbener, törichter, schändlicher Junge, zum Mann herangewachsen, ohne auch nur den Verstand von Durramans Esel entwickelt zu haben, und auf dem besten Weg, seine ganze Familie in den Ruin zu führen, wenn er nicht von hier wegkam, bevor er den letzten kargen Rest von Anstand verlor.

»... *Laran*«, hörte er. Aha. Sein Vater und *Domna* Alicia sprachen über ihn.

»Da ist etwas, aber es ist unglaublich wild«, sagte Alicia. »Seid Ihr sicher, dass er es nicht völlig unterdrückt hat?«

»Nein«, erwiderte sein Vater und beugte sich nahe zu ihr, aber Garrett hörte ihn trotzdem. Seine Schilde waren massiv wie eh und je, aber er hatte sich darauf konzentriert, nur seinen eigenen geistigen Unrat zu unterdrücken; die anderen hörte er nach wie vor. »Nein, er heilt hin und wieder etwas – ein Pferd, einen Falken –, und obwohl ich ihn noch nicht danach gefragt habe, bereitet mir mein Geschwür keine Probleme mehr, seit ich vor einem Monat darüber geklagt habe.«

Garrett blinzelte und stierte auf seinen Teller. Bei Zandrus Gruben! Von wegen raffiniert angestellt. Überall auf diesem verfluchten Anwesen gab es Spione. Oder er war einfach nachlässig gewesen. Wenn sie geglaubt hätten, dass er kein *Laran* mehr besaß, hätten sie die *Leronis* vielleicht nicht gerufen. Das hätte er schon die ganze Zeit tun sollen – es besser verstecken. Verflixt und zugenäht.

»Jedenfalls«, sagte sein Vater, »hat er auch noch andere Interessen. Er scheint ganz ordentlich lesen und rechnen zu können, und letztes Jahr hätte er bei irgendeinem törichten Experiment mit Blitzen beinahe die Scheune abgefackelt, vielleicht versucht er ja diese terranischen Wissenschaftler nachzuahmen.« *Dom* Esteban schmunzelte, woraufhin die Frau lächelte und zu ihm herübersah.

Diesmal schaute Garrett nicht rechtzeitig weg. Alicia fing seinen Blick auf, sie hielt inne, und langsam erstarb ihr Lächeln. Der Junge sprang auf und stürzte aus dem Speisesaal, vorbei am Friedensmann seines Vaters und ohne auf die Rufe hinter ihm zu achten. Sie hatte es gesehen, oder jedenfalls beinahe. Nein, sie musste es bemerkt haben. Er würde sich nur den Mund verbrennen, wenn er sich als unschuldig hinstellen wollte. Er rannte ins Freie, schlug die schwere Holztür hinter sich zu, um den weißen Flockenwirbel draußen zu halten, und kämpfte sich gegen den Wind zur Scheune vor. Ein schwacher Wutschrei in der Ferne, aus der Richtung von Scaravel, kündete den Beginn der Bansheezeit an; im Sommer kamen sie nie so weit von den Bergen herab. Er warf einen Blick zum

Haupttor, aber es war geschlossen und die Wachen standen auf ihrem Posten, alles war in Ordnung.

Er betrat die Scheune und stapfte zu der Stelle, wo sein Sattel und sein Zaumzeug an der Wand lagen; in seinen Satteltaschen hatte er einen Reservemantel, den er jetzt gut gebrauchen konnte. Sieh nach den Pferden, befahl er sich. Er musste irgendetwas tun, um auf andere Gedanken zu kommen, Gedanken, die nichts mit dieser *Leronis* zu tun hatten. Er schritt die Reihe der Boxen entlang, schüttete Futter nach und schlug Eis von den Rändern der Wassertröge. Die Pferde des Turms hatten Klasse, genau wie ihre eigenen. Er sprach mit jedem einzelnen und gab ihnen getrocknete Früchte, damit sie seine Stimme und seinen Geruch kennen lernten, dann bog er in den rückwärtigen Gang ein und begann die Boxen auszumisten. Er lächelte, als er mit der letzten fertig war, und fragte sich, was sein Vater wohl sagen würde, wenn er wüsste, dass ein Sohn von Ardais sich solch niedrigen Beschäftigungen hingab. Aber Schnee und Dunkelheit ließen nicht zu, dass er mit Hochgeschwindigkeit auf dem schnellsten Pferd, das er finden konnte, durch den Wald jagte, was er sonst immer am liebsten tat, wenn es darum ging, einen klaren Kopf zu bekommen.

Er legte die Mistgabel weg und sah zu dem verkohlten Fleck im Dach hinauf, wo der Blitz eingeschlagen hatte. Diese Geschichte würde ihm sein Vater wohl bis in alle Ewigkeit vorhalten, aber es war wirklich ein ziemlich lustiges Erlebnis. Es hätte ihn nicht so verlegen machen dürfen, dass *Dom* Esteban sie der Frau aus dem Turm erzählt hatte.

Verdammt, er dachte schon wieder an sie.

Die Tür auf der anderen Seite der Scheune ging knarrend auf, und nach einer Weile schnappte sie wieder zu, so dass das Heulen des auffrischenden Windes erneut nur gedämpft zu hören war. Garrett zog sich in eine dunkle Ecke zurück, von wo aus er den Mittelgang überblicken konnte.

»Garrett?« Eine zaghafte Stimme. Die Stimme von Alicia. Was hatte sie hier draußen zu suchen? »Garrett, dich bedrückt doch etwas. Wo bist du? Willst du nicht mit mir sprechen?«

Er spähte hinter der Box hervor. Sie war allein, aber wenigstens war sie vernünftig genug gewesen, ihren warmen Mantel anzuziehen, bevor sie hier herauskam. Der Schein der Fackel reflektierte von den rötlichen Strähnen in ihrem Haar wie Sternschnuppen in der Nacht. Sie war besorgt um ihn. Was für eine wunderbare, was für eine törichte Frau.

Sie drehte sich um und sah genau in die Richtung seines Verstecks. Er zuckte zurück; wie konnte sie ihn ertasten? Er war abgeschirmt, verdammt! So gut er es eben konnte, so wie Donal, ihr Freund im Turm, es ihm beigebracht hatte, als er vor ein paar Jahren zu Besuch war.

Ihr Freund im Turm. Götter, er kannte sie nicht einmal, und doch war er eifersüchtig, obwohl er Donal mochte, ihn bewunderte wie seinen ältesten Bruder. Hatte seine Dummheit denn nie ein Ende? Er stolperte rückwärts, als sich ihre Schritte näherten. Sie konnte nicht wissen, dass er hier draußen war. Sie konnte ihn nicht wirklich spüren. Sie riet nur, keine Frage.

Er stieß mit der Hand gegen eine Leiter, die an der Wand hing, und er blickte hastig nach oben. Genau, der Heuboden; dort konnte er sich verstecken. Er hob die Leiter vom Haken, lehnte sie an den Rand des Heubodens und huschte hinauf. Dann schlich er lautlos hinter einen Heuballen. Sie würde bald aufgeben oder woanders nach ihm suchen. Das Stöhnen des Windes wurde lauter, als wollte er sie beide auffordern, die Scheune zu verlassen und ins Haus zurückzukehren.

»Garrett, ich weiß, dass du hier draußen bist. Ich habe Fußspuren entdeckt, die der Wind noch nicht verweht hatte.«

Ihr heiligen Götter, dachte er. Er war so eifrig mit seinem *Laran* beschäftigt, dass er an weltlichere Hinweise nicht den geringsten Gedanken verschwendet hatte. Aber er könnte die

Scheune durch eine andere Tür bereits wieder verlassen haben. Sie konnte nicht wissen, dass er immer noch hier war, oder? Das Geräusch, mit dem ihr Mantel über den strohbedeckten Boden streifte, erreichte das Ende der Boxen, dann sah er die Leiter beben. Sie würde doch nicht etwa versuchen hinaufzusteigen?

Sie stieg hinauf. Er blickte sich um, aber der Heuboden war klein und führte nirgendwohin. Er saß in der Falle. Na wunderbar! Das hatte er einfach phantastisch gemacht.

Ihr Kopf erschien über dem Rand, und sie suchte den Heuboden mit den Augen ab. Sie schien ihn nicht zu sehen, aber sie hielt inne, konzentrierte sich kurz und blickte dann genau auf seinen Heuballen. Sie schaute nicht allzu glücklich drein.

»Hör zu«, begann sie. »Du bist hier. Lass dieses Spiel. Ich muss dich beurteilen, selbst wenn du nicht mit mir gehen willst. Je schneller wir die Sache hinter uns bringen, desto eher bin ich wieder weg und du kannst weiter mit deinem Vater über deine Zukunft streiten!«

Garrett antwortete nicht. Er kauerte sich hinter den Heuballen und überlegte, was er falsch machte. Er dachte, seine Schilde seien perfekt. Was sah sie? Und warum war sie überhaupt ganz allein hier draußen? Wo waren ihre Wachen oder ihre Reisebegleiterinnen?

Die Leiter knarrte. Plötzlich war das Geräusch von reißendem Stoff zu hören, ein unterdrückter Fluch, das Schaben von Holz auf Holz, ein Schrei, ein Splittern und Krachen – dann herrschte eine schreckliche Stille.

Garrett sprang hinter dem Heu hervor und stürzte zum Rand des Heubodens. Unten lag Alicia mit verdrehten Gliedern in den Trümmern der Leiter, reglos, einen Fuß zwischen den Sprossen eingeklemmt, der Saum ihres Mantels hing ihr zerfetzt um den Knöchel.

Er sagte nichts. Ihr Fluch hatte schon alles ausgedrückt. Er rutschte über den Rand, hielt sich einen Moment fest und ließ sich dann fallen. Unten holte er seine Matrix hervor und beugte sich über Alicia. Ihr Kopf machte keinen allzu üblen Eindruck, wenn man bedachte, dass sie das Bewusstsein verloren hatte; die schlimmste Verletzung war der Knochen, der aus ihrer Wade ragte. Er hob ihren Körper so weit an, dass er die Überreste der Leiter unter ihr hervorziehen und eine Hand voll Stroh unter ihren Kopf stecken konnte. Dann begann er, sich ihrem Bein zu widmen, er richtete es vorsichtig gerade und desinfizierte den Knochen, während dieser unter die Haut glitt, dann konzentrierte er sich darauf, den Bruch zu heilen. Sie hatte Glück im Unglück gehabt – keine geplatzten Arterien.

Als der Knochen gerichtet und zusammengewachsen war, flickte er der Reihe nach Muskeln, Bänder und Haut, wobei er unzählige kleine Blutgefäße wieder miteinander verband. Er hatte keine Ahnung, wie lange er gearbeitet hatte, als er sich schließlich schaudernd zurücklehnte und geistesabwesend in seiner Tasche nach ein wenig Trockenobst suchte. Ihr Bein sah anders aus, nun, da es verheilt war. Jetzt war es nicht länger eine bloße Aufgabe. Es musste zwar noch gewaschen werden, wegen des getrockneten Blutes und allem, aber es schien nun wieder ein wohlgeformtes, hübsches Bein zu sein, und es war verbunden mit einem so schönen, verlockenden ... Avarra sei Dank war sie bewusstlos; bei einem derart intimen Kontakt hätte er seine Gedanken niemals verbergen können, seine furchtbaren Vorstellungen, wie er diese Frau nehmen und ...

Ihre Augen waren offen. Zandrus Schatten, sie lag da und beobachtete ihn, las ihn, er war völlig ungeschützt, er musste zu heilen sein, sie ...

Sie lächelte? Götter, was hatte sie vor, was würde sie ...?

Sie schüttelte den Kopf. »Ich werde nichts tun«, sagte sie leise.

Garrett starrte sie an. Er wollte sich erst zurückziehen und seine Schilde errichten, aber sie lag einfach nur da und sah ihn an. Schließlich gab er auf und ließ die Schilde wieder sinken. Es war hoffnungslos, sie hatte ohnehin alles gesehen, sie wusste, wer er war. Was für eine entsetzliche Bedrohung er darstellte.

Dann blinzelte er. »Nichts?«, sagte er. »Gar nichts?«

Ihr Lächeln wurde breiter. »Nun ja, vielleicht nicht ganz.« Sie setzte sich langsam auf. Er begann zurückzuweichen, aber sie streckte die Hände aus und verschränkte sie fest hinter seinem Kopf. Und dann zog sie ihn sachte, ganz sachte nach vorn, während er in ihre glänzenden, schimmernden Augen blickte. Noch näher zog sie ihn, und dann gab sie ihm einen Kuss – einen langen, nicht enden wollenden Kuss, der mehr Vergnügen enthielt als seine Träume Schrecken. Langsam löste sich seine Angespanntheit, und er erlaubte sich, ihr Geschenk zu genießen.

Sie trennten sich, als eine Fackel an der Wand zischend erlosch. Alicia lachte, und Garrett lächelte knapp als Antwort; zitternd half er ihr auf die Beine. »Es ist ... äh ... Zeit, zurückzugehen«, murmelte er schließlich und blickte zur Seite. Beim besten Willen fiel ihm nichts Intelligenteres ein. »Warum haben Euch Eure Begleiterinnen allein hier herauskommen lassen?« Er begann Teile der Leiter einzusammeln und in eine Ecke zu werfen.

»Niemand weiß, dass ich hier bin. Sie haben mich auf mein Zimmer gebracht, und als alle weg waren, habe ich mich nach draußen geschlichen. Und du bist anscheinend bekannt dafür, dass du gern davonläufst.«

»Ja, und umso mehr solltet Ihr ...«

»Garrett?«

»Ja, *Domna*.«

»Halt den Mund.«

»Ja, *Domna*.«

»Es heißt übrigens *Mestra*.«

»Oh, Entschuldigung ...«

»Oder *vai Leronis*.«

»Ja, natürlich. Ich ...«

»Aber für dich Alicia.«

»Ich ... ich meine ...«

»Außerdem brauchen wir in der Tat Schlaf. Wir brechen morgen in aller Frühe auf.«

Er hörte auf, den Boden um ihre Absturzstelle herum zu säubern. Ohne ein Wort trat er die letzten Trümmer der Leiter mit dem Fuß zur Seite und wandte sich abrupt ab.

Alicia machte zwei Schritte auf ihn zu, packte ihn an den Schultern und drehte ihn herum. »Glaubst du, du bist der erste Heranwachsende, der den Kopf voller Phantasien hat? Glaubst du, deine Träumereien von Frauen wären einzigartig?«

»Nein«, sagte er bitter. »Die Welt ist voller Vergewaltiger und noch schlimmeren Leuten. Ich versuche, keiner von ihnen zu werden und mich nicht in ...«

Sie riss ihn an sich und küsste ihn erneut. Diesmal dauerte es nicht so lange, aber er entspannte sich schneller.

»Begreifst du denn nicht?«, fragte sie nach einer Weile. »Ich sehe deine Ängste. Aber diese Träume, das bist nicht *du*. Du bist nicht ein Abbild des Mannes, der deine Mutter überfallen hat. Was durch deinen Kopf spukt, ist nichts weiter als eine Überdosis jugendlicher Lust. Wir können dir helfen, deine Gedanken zu steuern, sie zu verbergen, wenn du es willst, ohne gleichzeitig den Rest deines Bewusstseins auszusperren. Wir können dir helfen, sie in befriedigendere Phantasien fließen zu lassen, wenn du uns nur lässt. Gib uns eine Chance, bitte!«

Garrett starrte sie an. Sie wies ihn nicht zurück. Sie hatte genau gesehen, was er war, allen Schmutz, den er je heraufbeschworen hatte, und sie wollte dennoch, dass er mit ihr in den Turm ging. Er konnte es nicht glauben. Das war nur wieder eine Phantasie, ganz sicher.

»Nein«, sagte sie und strahlte wie der Frühling. »Genauso wenig, wie es eine Phantasie ist, dass du mich hübsch findest, mich, mit der hässlichsten Narbe der ganzen Hellers.«

»Sie ist nicht ...«

»Psst. Genug jetzt. Oder muss ich mir noch einmal das Bein brechen und dich zwingen, deine Schutzschilde herunterzufahren, bevor du überzeugt bist?«

»Du hast doch nicht ... willst du etwa behaupten, du hast dir das Bein absichtlich gebrochen?!«

»Na ja, natürlich habe ich ...«

»Das hast du nicht! Du warst ohnmächtig! Ich habe dich gesehen ...«

»Ich kann alles abschirmen, was ich ...«

»Nicht so, unmöglich. Ich weiß ...«

»Ach, jetzt weißt du auf einmal ...«

Sie stritten während des ganzen Rückwegs zum Haus. Am Morgen darauf fingen sie von vorn an, als Alicia entdeckte, dass ihre Narbe mitten in der Nacht ohne jede Erlaubnis entfernt worden war. Garrett sagte seinem Vater Lebwohl, ohne sich von Alicias wütenden Ausfällen stören zu lassen, und *Dom* Esteban stand nur kopfschüttelnd da, als die beiden, zankend wie ein altes Ehepaar, mit ihrer Eskorte davonritten.

Der alte Mann seufzte. Er verstand seinen jüngsten Sohn noch immer nicht. Und es sah ganz danach aus, als sollte es dabei auch bleiben.

Über Diana L. Paxson und »Im Grenzgebiet«

Diana L. Paxson zählt zu den Juwelen in meiner Krone junger Autorinnen – obwohl sie, wie ich selbst auch, nicht mehr so ganz jung ist.

Unlängst kam sie zu mir herüber und borgte sich einen ganzen Stapel Bücher über das abgelegene Gebiet der Psychologie, das von multiplen Persönlichkeiten bevölkert wird. Sie behauptete, die Bücher für einen anderen Zweck zu brauchen, aber ein paar Tage später stand sie mit dieser Geschichte vor meiner Tür. Sehr vieles von Dianas historischer Prosa ist so traurig und hemmungslos düster, dass es eine Freude war, diese weitaus unbeschwertere Geschichte zu lesen. Ich habe einmal eine Kurzgeschichte aus der Sicht einer multiplen Persönlichkeit geschrieben, die verrückt werden musste, um ihre geistige Gesundheit wiederzuerlangen. Nachdem mich Diana daran erinnert hatte, sagte sie: »Und jetzt habe ich den Therapeuten nachgeliefert.« Und das ebenfalls auf Darkover ...

Diana hat auch ihre Biografie auf den neuesten Stand gebracht und vom abschließenden Band *Das Feuerjuwel* ihrer phantastischen Westria-Reihe erzählt, von dem historischen Roman über Fionn MacComhail (gesprochen ›Finn MacCool‹, falls Sie nicht Gälisch können), an dem sie zusammen mit Adrienne Martine-Barnes arbeitet, und von einer neuen Trilogie über die Siegfriedlegende namens *Wotans Kinder*. Sie komponiert und spielt außerdem Musik für die keltische Harfe, und wie wir alle bringt sie Ehe, Kinder und Arbeit unter einen Hut. Sie hat Beiträge für fast alle dieser Anthologien geliefert.

MZB

Im Grenzgebiet

von Diana L. Paxson

Nun, Leutnant Berenstein, sind Sie auf die Bedingungen im Grenzgebiet gut vorbereitet?«, sagte eine tiefe, belustigte Stimme neben mir.

Ich legte mein Taschenlesegerät seufzend auf den zerkratzten Metalltisch in der Lounge des Truppentransportunternehmens und fand mich damit ab, dass der Artikel über persönliche Integration bei xerasischen Metamorphosen der zweiten Phase in den *Jahresheften des Imperialen Instituts für Psychologie* wohl ungelesen bleiben würde.

Sergeant Randall vom Sicherheitsdienst, der gerade von seinem Urlaub auf Prima zurückkehrte, hatte mich bereits während der ganzen Reise mit seinen Ratschlägen beglückt. Er schien zu glauben, dass eine junge Frau, die allein unterwegs war, grundsätzlich Führung brauchte, selbst wenn sie sein vorgesetzter Offizier war. Er meinte es gut, aber vielleicht wartete ich schon ungeduldiger auf die Landung, als mir bewusst war, denn das breite Grinsen über dem grauen Bart des Sergeanten veranlasste mich zu einer unwirschen Antwort.

»Sergeant, ich weiß nicht, was ich Ihrer Meinung nach wohl erwarte. Dark... Cottman IV mag ungewöhnlich sein, aber Menschen bleiben sich von einer Welt zur anderen auf deprimierende Weise gleich. Ich bin zuversichtlich, dass mich meine Ausbildung zu professionellem Handeln befähigt, was immer mir auf dem Planeten auch begegnen wird.«

Ich wusste genau, wie aufgeblasen das klang, auch wenn ich es nie zugegeben hätte. Die Spaceforce hatte mir mein gesamtes Medizinstudium finanziert, und ich hatte bei der Offiziersausbildung sehr gute Noten bekommen, aber mir waren die Grenzen simulierter Bedingungen nur allzu bekannt. In diesem Moment gab es einen leichten Ruck, die metallenen Bodenplatten begannen zu fibrieren, und ich erkannte, dass der Transporter angedockt hatte.

»Cottman IV oder *Darkover?*«, sagte der Sergeant lachend. »Ich hab's gehört! Ich kann mir genau vorstellen, welche Videos Sie immer angeschaut haben – voller rothaariger Schwertkämpfer und Zauberinnen in tiefroten Schleiern!«

Ich funkelte ihn zornig an. Darkovers Ruhm hatte sich dank der Popkultur über das ganze Imperium ausgebreitet, er stand jedoch in keinem Verhältnis zu seiner Bedeutung, wenn man bedachte, dass es immer noch eine geschlossene Welt der Kategorie D war. Die Bewohner des Planeten waren gerade noch so weit menschlich, dass sich der durchschnittliche Bürger des Imperiums mit ihnen identifizieren konnte, und andererseits exotisch genug, um die romantischsten Vorlieben zu kitzeln.

»Oder glaubt ihr Psychodoktoren nicht an Romantik? In Thendara mögen sie die Terraner sowieso nicht«, sagte der Sergeant. »Und seit der Sharra-Geschichte sind wir auf dem Land auch nicht mehr willkommen.« Er verzog das Gesicht. »So richtig willkommen ist die Militärpolizei allerdings nie. Aber sich selbst scheinen sie hier auch nicht viel lieber zu mögen.« Wir blickten beide auf, als ein schriller Warnton erklang. Unsere Mitreisenden stellten ihre Getränke ab und begannen ihr Gepäck einzusammeln, wobei sie laut durcheinander redeten.

»Ich muss los.« Ich stand auf und zupfte meine schwarze Uniform mit dem dezenten rotblauen Äskulapstab des Medizinischen Dienstes, Abt. Psychiatrie, auf dem Kragen zurecht, während der Sergeant mich prüfend musterte. Ich klappte mein Lesegerät zu und stopfte es in meine Umhängetasche. Mehr hatte ich nicht zu tragen, aber ich wollte einen Platz weit vorn in der Schlange ergattern.

Er nickte. »Ende der Reise. Na, dann auf Wiedersehen, Leutnant Doktor C. Berenstein. Wofür steht übrigens das C? Es kann nicht so schlimm sein, junge Frau«, sagte er aufmunternd. »Und es wird mir die Erinnerung versüßen, wenn ich diesen schwarzen Lockenschopf mit einem Namen in Verbindung bringen kann.«

Wäre ich ihm rangmäßig nicht überlegen gewesen, hätte er vielleicht mehr als onkelhaft geklungen, aber seine Unterhaltung hatte immerhin eine langweilige Reise belebt. Er hatte eine Antwort verdient, nur von mir würde er sie nicht bekommen.

»Auf Wiedersehen, Sergeant Randall«, ließ ich ihm keine Chance und schob mich durch die Menge in Richtung Ausgang.

Ich war entschlossen gewesen, Cottman IV wie jede andere Dienstverpflichtung zu behandeln, und zumindest in den ersten Monaten schien es auch weiter nichts zu werden. Der Raumhafen war das Drehkreuz für diesen Sektor des Imperiums, und für Verwaltung, Unterhalt und Sicherheit wurde Personal gebraucht. In der terranischen Zone, die um den Raumhafen herum aus dem Boden geschossen war, gab es zahlreiche Institute, die sich dem Studium der darkovanischen Kultur widmeten, bevor diese verschwand, dazu einige gewöhnlichere Dienste wie den medizinischen, dem ich zugeteilt war. Die einzige Verbindung zwischen den Terranern und dem Rest des Planeten war der so genannte Rat der Comyn, doch der schien in seiner eigenen Welt zu leben.

Sergeant Randall hatte Recht gehabt. Darkover war nicht romantisch. Der Planet war ärmlich, kalt und gesellschaftlich zersplittert. Abgesehen von der karmesinroten Sonne und den vier Monden, die einander wie pastellfarbene Juwelen über den Nachthimmel jagten, hätte ich in jedem beliebigen städtischen Zentrum irgendwo im Imperium leben können.

Nicht dass ich viel Zeit gehabt hätte, die Monde zu bewundern. Der Gesundheitsdienst des Imperiums war chronisch unterbesetzt und beschäftigte dankbar alles an Personal, was ihm die Spaceforce zuteilte. Bald hatte ich es mit einer ganzen Reihe von Schlafstörungen und Fällen von sexuellem Versagen zu tun, außerdem mit einem Borderliner und mehreren phototropisch Depressiven. Es gab Patienten, die klagten, dass ihnen nie warm sei, und andere, die an manischen Ausbrüchen litten, sobald eine Konjunktion der vier Monde des Planeten eintrat. Ich konnte meiner Mutter wahrheitsgemäß berichten, dass ich, abgesehen von einem kurzen Blick auf Regis Hastur, als dieser auf dem Weg zu einem Essen beim terranischen Gesandten war, nichts vom romantischen Darkover der Videos mitbekommen hatte.

Der lange Winter wich der Jahreszeit, welche die Einheimischen lachhafterweise als Frühling bezeichneten, als mir der Computer des Gesundheitsdienstes einen jungen Mann zuteilte, den ich Stevie Eisler nennen will und mit dem sich, obwohl ich es damals noch nicht wusste, mein Leben zu ändern begann.

»Ich sollte wahrscheinlich gar nicht hier sein ...« Stevie saß auf der Kante des Armsessels, als befürchtete er, dieser könnte ihn verschlingen. Er war ein schlanker junger Mann mit mausgrauem Haar, und seine Akte besagte, dass er als Angestellter mit der Dateneingabe der Abteilung Transporte und Nachschub betraut war. Er sah flehend zu mir hoch, und ich war froh, dass ich bei der Arbeit meine schwarze Uniform gegen einen weißen Kittel tauschen durfte, wie ihn das übrige medizinische Personal auch trug.

»Es ist nur so, dass die Kopfschmerzen immer schlimmer

werden, und die Ärzte können offensichtlich keine Ursache dafür ausmachen. Und manchmal ... manchmal, wenn die Schmerzen nachlassen, dann ist Zeit vergangen, und ich weiß nicht, wo ich war!«

»Hmm ...«, sagte ich unverbindlich, aber mein Puls beschleunigte sich. Die Standardtests hatten eine starre und ziemlich beschränkte Persönlichkeit vermuten lassen, und ich war auf Verdrängungen gefasst gewesen, aber nicht auf Amnesie.

»Wie wär's, wenn Sie sich erst einmal in Ihrem Sessel zurücklehnen würden«, schlug ich vor. »Er ist sehr bequem.« Er besaß außerdem eine eigene Heizung und konnte mit beruhigendem Vibrieren, unterschwelliger Musik oder mütterlichem Herzschlag aufwarten. Falls nötig konnte man auch jemanden darauf fixieren.

Der Sessel tat seine Wirkung, und ich lauschte mit wachsendem Interesse einer Litanei von Symptomen. Stevie hatte eine Vielzahl psychosomatischer Störungen. Er nahm Medikamente wegen seiner Alpträume vom Waisenhaus in der Handelsstadt, in dem er aufgewachsen war; solche Einrichtungen waren berüchtigt für Schläge und sexuellen Missbrauch, egal wie sie geführt wurden. Er hatte in einer ganzen Reihe von Wohnungen gelebt und schien seine Freunde nie lange zu behalten.

»Hier steht, die Militärpolizisten der Spaceforce hätten Sie im Gasthaus zur Goldenen Blume aufgegriffen, nachdem Sie mehrere Besatzungsmitglieder der *Star Whore* k.o. geschlagen, einen Großteil der Stühle zertrümmert und einem Kutscher bei einer Rauferei den Arm gebrochen hatten ...« Ich blickte vom Bildschirm auf und hatte Mühe, zu glauben, was ich da las.

Stevie schüttelte den Kopf, als hätten wir beide das gleiche Problem.

»Sie behaupten, ich hätte das alles getan, aber ich erinnere mich nur daran, dass ich im Krankenhaus aufgewacht bin. Ich kann mir das nicht erklären. Ich trinke nicht einmal gern. Und ich würde nie ein Lokal in dieser Gegend der Stadt betreten.«

»Hmm. Hört sich an, als hätten Sie erneut eine Phase von Gedächtnisverlust gehabt. Wären Sie einverstanden, sich von mir hypnotisieren zu lassen? Vielleicht finden wir auf diese Weise heraus, was passiert ist.« Ich berührte eine Stelle auf dem Schreibtisch, und das Licht wurde gedimmt. Die Fotosensoren zeichneten die Sitzung bereits auf; ich berührte die Instrumente zur Kompensierung und Verstärkung der aufgefangenen Geräusche.

»Wird es wehtun?« Er sah angespannt aus, selbst in der Umarmung des Sessels.

»Nicht im Geringsten. Wenn es etwas gibt, mit dem Sie sich nicht auseinander setzen wollen, werden Sie sich nachher nicht einmal daran erinnern. Aber um Ihnen helfen zu können, muss ich es wissen.«

»Ja, das leuchtet ein ...« Er lehnte sich zurück, und ich gab den Befehl für den unterschwelligen Trommelschlag ein. Die Phase der Entspannung funktionierte reibungslos, und nach wenigen Minuten konnte ich feststellen, dass alle Verkrampfung aus seinem Körper gewichen war.

»Stevie, können Sie mich hören? Heben Sie Ihren kleinen Finger, wenn Sie mich hören – ja, sehr gut. Nun möchte ich, dass Sie in eine noch tiefere Trance fallen, Stevie. Ich möchte mit dem Teil von Ihnen sprechen, der mir sagen kann, was im Gasthaus zur Goldenen Blume vorgefallen ist ...«

Stevie zuckte, aber er blieb stumm. Ich seufzte und holte ihn in den Entspannungszustand zurück, dann hypnotisierte ich ihn erneut. Dieser Widerstand war ärgerlich, aber auf irgendeiner Ebene verlangte er offenkundig nach Hilfe, sonst wäre er nicht zu uns gekommen.

»Ich weiß, ein Teil von Ihnen würde gern mit mir reden. Möchte dieser Teil mir erzählen, wie ich Ihnen helfen kann?«

Eine Weile dachte ich, auch das würde nicht funktionieren. Dann durchzuckte es Stevie. Ich sah seine Augenlider beben, er holte bewusst ein paar Mal tief Luft und öffnete die Augen.

Stevies Augen hatten so farblos gewirkt wie der Rest von ihm, aber selbst bei dem düsteren Licht hätte ich nun geschworen, dass sie von einem durchsichtigen, hellen Blau waren. Er richtete sich langsam in seinem Sessel auf, schlanke Finger strichen über seinen Kopf, gerade so, als würden sie einen Schleier zurückschlagen.

»Die Sache ließe sich viel leichter im Turm handhaben, aber ich fürchte, ich muss mit Ihnen vorlieb nehmen.« Der Tonfall war knapp und gelassen.

»Wer sind Sie?«, fragte ich schärfer als beabsichtigt, denn es war eine Frauenstimme gewesen, die mir geantwortet hatte, und trotz der äußeren Gestalt, war es unmöglich, keine Frau vor mir sitzen zu sehen.

»Ich bin Allirinda Aillard, die Bewahrerin des Turms von Neskaya.«

Dissoziationszustände ... multiple Persönlichkeit ... eine Arbeit für die Jahreshefte ... Ich hatte genügend gelesen, um den seltenen Zustand zu erkennen, den ich hier vor mir sah. Dieser Fall konnte mich berühmt machen.

»Aber *Sie* haben die Schlägerei in der Goldenen Blume nicht angefangen ...« Endlich fand ich meine Stimme wieder.

»Nein.« Allirinda runzelte pikiert die Stirn. »Das ... war *Dom* Esteban-Gabriel Alton, und wenn wir nicht lernen, ihn in den Griff zu bekommen, wird er es wieder tun!«

»Dr. Berenstein, haben Sie einen Moment Zeit? Ich höre, Sie behandeln eine multiple Persönlichkeit.«

Ich blieb in dem gleißend hellen Durchgang stehen und überlegte, wo ich den Mann hinstecken sollte, der mich angesprochen hatte. Er war groß und schlank, hatte drahtiges, dunkles Haar und den leicht gehetzten Blick eines Verwalters, obwohl er genau wie ich einen Arztkittel trug.

»Ich bin Dr. Jason Allison von der Abteilung für Außerirdische Anthropologie, drüben in Sektor Acht«, sagte er freundlich. Es erstaunte mich, dass er meinen Namen kannte. Aber ich arbeitete nun schon seit mehr als einem Monat mit Stevie. Offenbar hatte sich die Sache herumgesprochen.

»Ja, ich habe Zeit.« Ich bemühte mich, professionell zu klingen.

»Ist er Terraner?«

»Stevie ist im Waisenhaus für Raumfahrer aufgewachsen. Soviel ich weiß, ging es zu der Zeit, als man ihn dorthin brachte, gerade drunter und drüber, deshalb wissen wir es nicht genau. Im bewussten Zustand ist er jedenfalls ein Terraner wie Sie und ich. Aber ... seine alternativen Persönlichkeiten stammen alle von Darkover.«

Ein Techniker steuerte einen Rolltisch mit Laborproben um uns herum und betrachtete uns neugierig.

»Bei multiplen Persönlichkeiten spaltet ein Bewältigungsmechanismus weitere Ichs vom Ego ab, um mit Situationen fertig zu werden, denen die ursprüngliche Identität nicht gewachsen ist«, fuhr ich fort. »Sobald man die Probleme versteht, zu deren Lösung die alternativen Egos erschaffen wurden, kann man beginnen, sie zu behandeln.«

»Ja, ich weiß.« Er wirkte insgeheim amüsiert, und ich fragte mich, wieso, da sein Spezialgebiet doch Parasitologie war. »Welche Fortschritte haben Sie schon gemacht?«

»Nicht viele, da ich nicht einmal erahnen kann, welche Traumata die Dissoziationen ausgelöst haben könnten. Bis jetzt sind unter ihnen eine Bewahrerin, ein Schwertkämpfer aus den Reihen der Comyn, ein *Cristoforo*mönch und eine Freie Amazone.«

Ich wartete und überlegte, wie lange es wohl dauern würde, bis Dr. Allison die Frage stellte, ob Stevie nur schauspielerte, wie es verschiedene Kollegen bereits getan hatten. Aber mein Patient hatte diese Persönlichkeiten nicht in der populärwissenschaftlichen Literatur gefunden. Er sah sich keine Videos an. Er las nicht einmal Romane.

»Interessant«, sagte Dr. Allison schließlich, wobei er immer noch so merkwürdig lächelte. Er sah aus, als hätte er mehr sagen wollen, aber solange ich ihn nicht um Hilfe bat, hielt ihn professionelle Höflichkeit davon ab, sich einzumischen. »Ich frage mich, ob unter diesen anderen Persönlichkeiten welche sind, die *Laran* besitzen.«

Die Tage wurden länger und heller, und an den Bäumen zeigten sich erste grüne Knospen. Nicht dass ich viel Muße gehabt hätte, sie zu bewundern, denn auch wenn die Belastung durch meine sonstigen Fälle leichter wurde, nahm Stevies Therapie immer mehr von meiner Zeit in Anspruch. Die Gelegenheit zur Kommunikation, die Stevies verschiedene Persönlichkeiten während unserer Sitzungen bekamen, erlaubte es ihm, eine fragwürdige Stabilität zu wahren. Er war sogar wieder in der Lage, zur Arbeit zu gehen, aber ich machte mir keine Illusionen darüber, dass wir nichts gewonnen hatten außer Zeit, in der wir nach einem Heilmittel suchen konnten. Ich begann mich zu fragen, ob ich Dr. Allison nicht schließlich doch mit einbeziehen müsste.

Inzwischen begeisterte sich die naturwissenschaftliche Abteilung an der Aussicht, Stevie zu überprüfen. Seine übrigen Ichs zu einer Zusammenarbeit zu bewegen, war eine andere Geschichte. Bruder Timeo, der *Cristoforo,* war nie mit etwas einverstanden, aber da die Matrixtechnikerin, die man zu seiner Beobachtung geholt hatte, keine Spur der Gabe entdeckte, spielte es wahrscheinlich keine Rolle. Ellie, die Entsagende, besaß ebenfalls kein *Laran*, aber Allirinda und Esteban wiesen beide die gleichen ungewöhnlichen Nervenmuster und Energieströme auf.

»Dr. Berenstein, man will mich in einen der Türme schicken«, erzählte mir Stevie eines Tages kurz vor dem »Fest der vier Monde«.

Ich sah ihn abrupt an. Einen Moment lang hatte ich geglaubt, Bruder Timeo reden zu hören. Der *Cristoforo* lehnte den alten darkovanischen Matrixzauber und die terranische Wissenschaft gleichermaßen ab. Aber Timeo neigte dazu, hochnäsig auf den Rest der Welt hinabzublicken. Hier saß nur Stevie zusammengekauert im Therapiesessel vor mir, wie eine Maus, die aus ihrem Loch späht.

»Wie geht es Ihnen dabei?«, fragte ich.

»Ich will da nicht hin«, murmelte er. »Ich glaube nicht an dieses Zeug, und ich traue den Leuten nicht. Ich wette, es war Allirindas Idee – wenn ich in einen Turm gehe, werde ich sie nie mehr los!«

Stevie hatte seine anderen Persönlichkeiten fast ebenso hartnäckig nicht wahrhaben wollen wie manche meiner Kollegen. Inzwischen war er so weit fortgeschritten, dass er ihre Anwesenheit akzeptieren konnte, auch wenn er sie hartnäckig als Feinde betrachtete.

»Was haben die anderen Ihrer Meinung nach vor?«

»Das ist mir doch egal«, antwortete er mürrisch, aber selbst dieser Hauch von Elan war mehr, als er bisher gezeigt hatte. »Ich könnte sie alle umbringen!«

Ich unterließ den Hinweis, dass er sich dazu selbst ebenfalls umbringen müsste. Stevie hatte bereits einen Selbstmordversuch unternommen, als er zum ersten Mal seine Alter Egos in seinem Schädel streiten hörte.

»Aber Sie wissen, dass sie keine Ruhe geben werden, wenn wir sie nicht fragen. Wie wär's, wenn Sie sich jetzt entspannen und ausruhen ... so ist es gut ...« Ich sah zu, wie der Sessel ihn in seiner gepolsterten Umarmung empfing und die Spannung aus seinem Körper wich. Es handelte sich um ein interessantes Moralproblem. Rechtlich gesehen musste Stevie entscheiden, aber moralisch gesehen war ich verpflichtet, die Zustimmung aller vier Persönlichkeiten einzuholen. Oder reichte die einfache Mehrheit?

»*Mestra* Ellie«, rief ich, als er ruhig war. »Können Sie mich hören?«

»Ich höre!« Er, oder vielmehr sie, setzte sich plötzlich auf und blickte mit einem schiefen Lächeln im Raum umher. »Ich warte nur darauf, dass dieser ... endlich aus dem Weg ist!« Sie benutzte ein Wort, das mir die Bänder nicht beigebracht hatten, aber der Sinn war klar. »Außerdem habe ich die große Debatte wegen des Turms gehört. Ich will ebenfalls nicht dorthin, auch wenn ich ihm nur äußerst ungern Recht gebe. Wir hätten alle viel mehr davon, müssten wir ein Jahr im Gildenhaus verbringen und lernen, wie man sich selbständig durchs Leben schlägt! Sie übrigens auch!« Ellie grinste mich leutselig an. »Sie sind nicht übel für eine Terranerin, aber wenn Sie hier bleiben, werden sie ein genauso fader Knochen werden wie Stevie.«

»Ich bezweifle, dass er, Esteban oder Bruder Timeo dort willkommen wären«, erwiderte ich trocken. »Ich kann ja fast verstehen, wozu Stevie die drei braucht, aber woher kommen Sie, Ellie? Was ist Ihre früheste Erinnerung.«

Sie schloss die Augen, und für einen Moment dachte ich, die Frage habe sie womöglich verscheucht, aber es war immer noch Ellie, die vor mir saß.

»Ich erinnere mich, dass meine ältere Schwester weinte. Stevie weinte ebenfalls. Wir waren in der Handelsstadt, vor einem grässlichen Gebäude aus weißem Stein. Dann brachten merkwürdig gekleidete Leute Stevie weg.«

»Und was haben Sie gemacht, Ellie? Wohin sind Sie gegangen?«, fragte ich.

»Zurück zum Gildenhaus von Thendara, natürlich, mit meiner Schwester«, antwortete sie. Ich überlegte, ob Stevie tatsächlich eine Schwester hatte. Üblicherweise verfügte man in solchen Fällen über eine Vorgeschichte, mit der man diese Berichte vergleichen konnte, aber Stevies Ursprünge waren unbekannt. Erinnerte sich Ellie vielleicht daran? Kamen wir an einen Punkt der Therapie, an dem die anderen Persönlichkeiten ebenfalls bereit sein würden, sich zu erinnern?

»Wir haben eine Weile nichts von *Dom* Esteban gehört«, sagte ich schließlich. »Ist er da, Ellie, und möchte er mit mir reden?«

»Er redet nicht«, sagte sie. »Aber er kann weder mit dem Rat noch mit den Türmen viel anfangen. Die Sache gefällt mir nicht, Doktor. Ich glaube, er führt etwas im Schilde.« Sie verstummte und legte die Stirn in Falten, ich beobachtete sie dabei und grübelte auch ein wenig.

Der Fachliteratur zufolge sollte ich jeden Einzelnen von ihnen dazu bringen, sich dem Trauma zu stellen, das seine oder ihre Erschaffung notwendig gemacht hatte; dann sollten sie mit den anderen verschmelzen oder verschwinden und die ursprüngliche Person heil und frei zurücklassen. Doch Stevies zerstrittene Persönlichkeiten tolerierten ihn selbst nur um des eigenen Überlebens willen, sich untereinander dagegen überhaupt nicht.

»Vielleicht finden wir in unserer nächsten Sitzung heraus, worum es sich handelt. Aber jetzt ist es an der Zeit, dass Sie wieder hineingehen, Ellie. Ich sehe Sie bald.«

»Und wenn ich nicht warten will?«, fragte sie ängstlich. »Wenn etwas passiert?«

»Bei einem Notfall können Sie mich jederzeit rufen. Das wissen Sie, und Stevie weiß es auch. Passen Sie auf ihn auf, ja?«

»Ich bin wohl die verantwortungsbewussteste von allen.« Ellie lächelte wehmütig. Dann schloss sie die Augen und verschwand.

Vielleicht hatte mich Ellies Bemerkung stärker getroffen, als mir bewusst war, denn drei Tage später zog ich meine schwarze Ausgehuniform an und machte mich auf den Weg zum Konzertsaal in der Handelsstadt. Ein Tournee-Ensemble führte die Oper *Un Ballo in Maschera* auf, eine Neuinszenierung, die während der Kolonialzeit auf Theia IV spielte. Von dem Opernbesuch konnte ich getrost meiner Mutter berichten, und vielleicht würde mir die Zerstreuung zu neuen Einsichten in Stevies Probleme verhelfen.

Abgesehen von einem bohrenden Zweifel, ob die handelnden Personen die jeweiligen Verkleidungen der anderen tatsächlich nicht durchschauten, fand ich die Oper vergnüglich. Aber ich sollte ihr Ende nicht sehen. Der Held ließ sich gerade von einer Zauberin die Zukunft weissagen, als mich das elektronische Prickeln meines PIN-Armbands zwang, aufzustehen, mich an einer Reihe zornig blickender Musikliebhaber vorbeizuquetschen und zum nächsten Visafon zu laufen.

»Berenstein ...«

»Ich störe Sie nur ungern im Theater«, sagte das Gesicht auf dem Schirm. »Ich habe eine Audionachricht von einer gewissen Ellie erhalten. Sie behauptet, Ihre Patientin zu sein, obwohl Sie den Unterlagen zufolge niemanden behandeln, der so heißt. Ich dachte, wir sagen Ihnen lieber trotzdem Bescheid.«

»Wo war sie?«, fragte ich rasch.

»Der Ursprungspunkt war das öffentliche Telefon in der Alten Stadt«, teilte die Stimme zweifelnd mit. »Sie sagte, sie versucht es wieder.«

»Ich bleibe unter dieser Nummer erreichbar. Stellen Sie den Anruf direkt zu mir durch.«

Die Klänge des Dramas auf der Bühne hallten schwach durch die Korridore, doch mich beschäftigte das Stück, das in meinem Behandlungszimmer aufgeführt worden war. Der erste Akt ging zu Ende, das Publikum strömte auf der Suche nach Erfrischungen aus dem Saal und kehrte bald darauf wieder zurück. Noch immer kein Anruf. Vielleicht hatte sich das von Ellie befürchtete Problem doch nicht eingestellt. Vielleicht hatte sie mich aufgegeben. Oder – der Gedanke ließ mich plötzlich frösteln – Ellie hatte nicht mehr das Sagen.

Das Publikum kam gerade zur Unterbrechung nach dem zweiten Akt heraus, als ich zum Visafon griff.

»Hier Leutnant Berenstein. Ich möchte meinen Patienten einliefern lassen. Nein, Sie können ihn – sie – nicht einfach von jemandem abholen lassen«, stammelte ich. »Es muss jemand sein, den sie kennt! Ich brauche zwei Militärpolizisten als Begleitung und außerdem Kleidung für draußen. Können Sie das einrichten? Gut – am Westtor. Ich gehe jetzt los.«

»Von hier kam der Anruf, Leutnant«, sagte Soldat Kung, der jüngere der beiden Militärpolizisten, die man mir zugeteilt hatte. Er nickte in Richtung des Telefons; grelles Kunstlicht schimmerte unter der Abdeckung hervor, mit der man es zu tarnen versucht hatte.

»Wo könnte Ihre Kleine denn stecken?«, fragte Sergeant Randall, der sich wahrscheinlich aus fehlgeleitetem Verantwortungsgefühl freiwillig gemeldet hatte. In seiner Schaffelljacke wirkte er noch bulliger.

»Meine Patientin könnte sich als Mann herausstellen«, sagte ich vorsichtig. »Bei diesem Wetter hat sie oder er vielleicht in einem der Gasthäuser hier Zuflucht gesucht.«

Die Stadt mochte sich für das Frühlingsfest herausputzen, aber die Schindeln auf dem Visafon waren von einer Schneedecke überzogen, und den eisigen Wind spürte ich selbst durch meinen schweren Mantel. Jeder Terraner würde schleunigst irgendwo Zuflucht suchen. Ich überlegte, ob Stevies darkovanische Persönlichkeiten die Kälte fühlten.

»Dann wollen wir uns mal umsehen. Aber behaltet eure Mäntel an. Die Lederkluft der Spaceforce ist nicht sehr beliebt in dieser Gegend.«

In darkovanischen Wirtshäusern ist es stets heiß und laut, und die verwirrende Mischung aus fremden Worten und Gerüchen wirkte überwältigend.

»Keine Terraner bis jetzt«, sagte Kung, als wir aus dem fröhlichen Gewühl des zweiten Gasthauses traten.

»Es könnte sein, dass mein Patient darkovanische Kleidung trägt.« Dankbar atmete ich die frische Luft.

Sergeant Randall packte mich und zwang mich, ihn anzusehen. »Doktor Berenstein! Würden Sie uns freundlicherweise sagen, wonach zum Teufel wir eigentlich suchen?«

»Stevie Eisler ist ein terranischer Angestellter, der unter einer dissoziativen Persönlichkeitsstörung leidet ... er hat mehrere Persönlichkeiten. Diejenige, die mich angerufen hat, ist Ellie n'ha Leonora ... eine Freie Amazone.« Ich hoffte, dass man beim Licht der Wirtshauslaterne nicht sah, wie rot ich geworden war. »Nach ihr suche ich.«

»Und welche wollen Sie nicht finden?«, fragte er in beherrschtem Ton.

»Einen Kämpfer der Comyn ...«, sagte ich trotzig. »Er nennt sich Esteban-Gabriel Alton.«

Ich konnte dem Gesicht des Sergeanten ablesen, dass er mühsam eine starke Gefühlsregung unterdrückte. Aber zuletzt nickte er einfach nur und führte uns zu dem Gasthaus auf der anderen Seite des Platzes.

Verglichen mit der Lautstärke, die aus dieser Lokalität drang, hatten die anderen zivilisiert geklungen. Für mich war alles nur Lärm, aber als wir näher kamen, sah ich, wie der Soldat Kung zögerte und einen Blick mit Randall wechselte.

»Vielleicht sollte die Frau Doktor lieber hier draußen warten, während wir drinnen nachsehen«, schlug Kung vor.

»Ich werde Ihnen gewiss nicht im Weg sein, meine Herren, aber ich bleibe bestimmt nicht hier draußen und erfriere«, sagte ich, aber inzwischen hörte selbst ich die hässlichen Untertöne in dem Geschrei heraus und hielt den Atem an, als ich den beiden unter den massiven Türbalken hindurch folgte.

Niemand nahm Notiz von uns. Alle Augen waren auf den Mann gerichtet, der am anderen Ende des Raumes auf einem Tisch stand und mit einem Schwert in der Luft herumfuchtelte.

»Feiglinge! Ihr habt ungefähr so viel Mumm wie das Maultier eines *Cristoforo!*« Die Klinge stieß vor, und ein Mann in der Kleidung eines Viehtreibers zuckte zusammen. Sofort war der Schwertkämpfer wieder in der Ausgangsstellung und lachte.

»Jawohl, gib's ihnen, Estebano!«, rief jemand aus der Menge.

Ich stieß einen Schreckenslaut aus, und Randall sah mich fragend an. Unter seinem Pelzwams trug der Streiter einen terranischen Pullover und Hosen. Aber sein Umhang flog mit einer Gebärde über seine Schultern, die bestimmt kein Terraner beherrschte.

»Womit hätten sich die Comyn unsere Treue verdient?«, rief Esteban. »Sie spazieren in Spinnenseide gekleidet umher, während wir in Lumpen laufen, und verleiben sich Chervine-Steaks ein, während wir Hunger leiden. Sie verkaufen unsere

Geheimnisse an die Terraner und verweigern uns die Arzneien, die uns das Leben retten könnten!«

»Das sind ja schöne Worte, *Dom* Esteban«, knurrte jemand hinter ihm. »Gegen die eigene Verwandtschaft hetzen!«

»Schöne Verwandtschaft!« Esteban lachte bitter. Ich glaubte, im Schein der Fackeln einen rötlichen Schimmer in seinem Haar zu entdecken. »Sie haben zugelassen, dass man meine Mutter aus dem Turm schleifte. Ich sah ihren blutigen Leichnam im Schnee liegen! Und dann warfen sie ihren *nedestro*-Balg hinaus, damit er verhungern sollte. Der Rat der Comyn hat keine Treue von mir zu erwarten!«

War dies das Trauma, das Stevies Psyche erschüttert hatte? Ich hielt den Atem an und wartete darauf, dass er fortfuhr.

»Was willst'n dann tun?«, schrie ein Betrunkener.

»Ein einzelnes Schwert kann wenig ausrichten – außer Memmen erschrecken.« Er wirbelte herum, und die Männer wichen erneut zurück. Esteban mochte die Angehörigen des Rats ablehnen, aber es war dennoch dessen Glanz, mit dem er die Leute, die ihm hier zuhörten, in seinen Bann schlug. Er bewegte sich mit der kraftvollen Anmut eines wilden Tiers.

»Aber wenn ihr *Männer* wärt ...«, er zog das Wort beleidigend in die Länge, »könnten wir uns von den Comyn befreien, und von den Terranern dazu. Gemeinsam könnten wir ihnen ihren Ratssaal über den Köpfen anzünden!«

Ich zuckte zusammen, als sich Sergeant Randalls Finger in meinen Arm gruben. »Wenn dieser Verrückte Ihr Patient ist, Doktor, dann empfehle ich, dass Sie ihn schleunigst hier rausschaffen! Meinen Sie, die Comyn werden diese Geschichte von seiner multiplen Persönlichkeit glauben, wenn sie erfahren, dass ein terranischer Angestellter hier versucht, einen Bürgerkrieg anzuzetteln?«

Ich blinzelte. Ich war so nahe dran gewesen, zu erfahren ... dann begriff ich langsam, was der Sergeant gesagt hatte.

Selbst hinter den Mauern der terranischen Zone hatte ich mitbekommen, wie heikel die Beziehung zwischen Darkover und dem Imperium zurzeit war. Ich befreite mich aus Randalls Griff und drängte nach vorn.

»Esteban!« Meine hohe Stimme durchdrang das Geschrei der Männer kaum, dennoch drehte er sich um. »Erinnern Sie sich an mich, Esteban?« Ich blickte in ein Paar fiebriger Augen, und mir wurde bewusst, dass der Mann, den ich in meinem Behandlungszimmer gesehen hatte, nur ein Rohentwurf dieser Persönlichkeit hier gewesen war. Er mochte verrückt sein, aber seine Kraft ließ sich nicht leugnen.

»Ich kenne dich ...« Seine Augen wurden schmal. »Aber kennst du auch mich? Mach mich nicht wütend, Heilerin. Es ist besser, du erfährst nicht, wozu ich im Stande bin.«

Ich konnte es mir allerdings vorstellen. Ich hatte Literatur über die paranormalen Fähigkeiten der Comyn-Kaste gelesen. Wenn die Geschichte von seiner Mutter im Turm nicht reine Einbildung war, dann hatten wir es hier möglicherweise mit einem nicht ausgebildeten Telepathen mit unbekannten Kräften zu tun.

»Möchten Sie mir davon erzählen?«, fragte ich leise und wünschte, er säße in meinem Stuhl. Die Männer um uns wurden unruhig, weil sie merkten, dass etwas vor sich ging, das sie nicht verstanden.

Esteban sah mich an und lachte. »Immer noch mit deinen Spielchen hinter mir her? Reden ist deine einzige Waffe, aber was machst du, wenn sie nicht sticht?«

Ich starrte ihn an. Er hatte nur allzu Recht. Medikamente waren nur als Notbehelf von Nutzen. Wir wussten, wie man unterdrückte Persönlichkeiten loslöste, sie wieder zusammenzusetzen war hingegen ungleich schwerer. Letzten Endes waren die einzigen Werkzeuge, die mir Terras medizinische Wissenschaft an die Hand geben konnte, Gespräche und Zeit. Ich hörte, wie sich Randall und Kung bewegten, da erstarrte Esteban und seine Augen funkelten gefährlich. Ich hob warnend eine Hand. Der Teil von ihm, der noch immer Stevie war, hatte die beiden erkannt, und sogar ich konnte spüren, wie sich eine gefährliche Situation aufbaute.

Mir fiel nur eine einzige Person ein, die ihn jetzt noch aufhalten konnte.

»Diese Geschichte vom Turm war ja schrecklich«, sagte ich freundlich. »Sie müssen damals noch sehr jung gewesen sein und sehr allein. Aber jetzt können Sie sich beruhigen. Hier sind Sie sicher. Sie dürfen sich erinnern. Wer war die Bewahrerin des Turms? Hieß sie Allirinda?« Seine Hand zitterte; entlang der Schwertklinge spiegelte sich das Licht. Sein Blick huschte zu dem Stahl hinab, und ich rückte näher. »Allirinda Aillard von Neskaya ... Allirinda, sind Sie da?«

Er zuckte, und sein Gesicht schien einzufallen. Dann richtete er sich grimassierend auf, er kämpfte, wehrte sich, aber seine Hand ging zu den Augen, als würde ihm das Licht Schmerzen bereiten.

»Allirinda ...«, murmelte ich, »kommen Sie jetzt heraus. Ich muss mit Ihnen reden.«

»Nein ...« Die Weigerung wurde zu einem Stöhnen, und das Schwert fiel aus einer plötzlich tauben Hand. Er schwankte, und Randall und Kung machten sich bereit, ihn aufzufangen. Aber er stürzte nicht.

Langsam ließ das Zittern nach. Als sich die Augen öffneten, war aus dem Trotz des Kriegers die Würde einer Königin geworden und das hitzige Funkeln hatte sich zu einem reinen Blau geklärt.

»Na, Kinder, habt ihr nichts Besseres zu tun, als mich anzustarren?« Allirindas zürnender Blick wanderte durch den Raum, und die Männer erröteten einer nach dem anderen und schauten zur Seite.

»Kung, geben Sie mir Ihren Mantel, sofort!«, murmelte ich und reichte das Kleidungsstück zu Allirinda hinauf, die es sich anmutig um die Schultern legte, während im gleichen Augenblick Männer in der grün-schwarzen Uniform der Stadtwache von Thendara in das Gastzimmer strömten.

Allirinda sah sich um und schauderte angewidert, dann nickte sie mir kollegial zu und schloss bereitwillig die Augen. Wieder sah ich die Lider beben, und als sie sich öffneten, blickte Stevie verängstigt und gehetzt im Raum umher.

»Stevie«, rief ich, »alles in Ordnung, ich bin hier ...«

»Es mag ja sein, dass ich die Erklärung nicht verstehe, aber Sie werden zugeben, dass ich das Recht habe, nachzufragen. Der Vorfall ereignete sich in der Alten Stadt, und bei dem Mann könnte es sich immerhin um einen meiner Leute handeln.«

Der schneidende Unterton in der samtweichen Stimme ließ mich zusammenzucken, und ich zwang mich, dem Blick des Sprechers zu begegnen. Hinter mir hatte Sergeant Randall eine noch steifere Haltung angenommen. So hatte ich mir die erste Begegnung mit Regis Hastur nicht gewünscht.

Doch wenigstens kam mir meine Geschichte wie geölt über die Lippen. Ich hatte sie in den letzten Tagen oft genug erzählt, und wenn der darkovanische Führer sie nicht verstand – nun, auch das war mir nicht neu.

»Ja.« Ich beobachtete das Mienenspiel in einem fein geschnittenen Gesicht, das mich unter anderen Umständen abgelenkt hätte, während ich Stevie Eislers Therapie zusammenfasste. »Mit den Hinweisen und durch die Mitarbeit Ihrer Leute«, schloss ich, »waren wir in der Lage, einige Tatsachen zusammenzufügen, die für seine Erinnerungen verantwortlich sein könnten.«

»Vor dreißig Jahren, als die Bewahrerin eine Aillard war, lebte in Neskaya eine Frau namens Lenora«, fuhr ich fort. »Lenora war eine Art entfernte Verwandte der Altons und besaß ein bescheidenes *Laran*. Sie hatte eine Tochter von ihrem Mann bekommen, aber nach seinem Tod ging sie in den Turm zurück, um dort zu arbeiten. Ein terranischer Forschungstrupp schürfte gerade in der Gegend, da verliebte sich einer der Männer in Lenora und zeugte einen Sohn mit ihr. Eine Weile ging alles ganz gut, dann nahm die allgemeine Abneigung gegen die Terraner zu. Der Mann wurde getötet, und Lenora und ihr Kind suchten Zuflucht im Turm. Das reichte nicht aus. Als die Bewahrerin gerade nicht anwesend war, verlangte der Pöbel die Herausgabe Lenoras, und sie ging hinaus, um die anderen zu retten. Man hat sie getötet.« Ich holte Atem, sah Schmerz in Hasturs klaren Augen aufflackern und fragte mich, welches Leid dieser Mann wohl offenbaren könnte, wenn ich ihn in meinen Sessel bekäme.

»Im Turm trauten sie sich nicht, den Jungen zu behalten. Ein wandernder *Cristoforo* sorgte für ihn, bis man seine Schwester fand, die sich in Thendara den Entsagenden angeschlossen hatte. Aber im Gildenhaus konnten sie kein männliches Kind aufnehmen, deshalb brachte sie ihn schließlich ins Waisenhaus für Raumfahrer. Sie kannte den Namen seines Vaters nicht, wusste nur, dass er das Kind eines Terraners war. Zu diesem Zeitpunkt konnte sich Stevie bereits an nichts mehr aus seiner Vergangenheit erinnern – oder wagte sich nicht zu erinnern.«

»Erstaunlich«, sagte der untersetzte junge Mann mit den wachsamen Augen, der zwischen uns und Hasturs Sessel an der Wand lehnte.

»Aber es könnte durchaus wahr sein, Danilo«, erwiderte sein Herr langsam und strich sein verblüffendes Silberhaar zurück. »Solche Dinge sind früher geschehen. Und aus diesen Erfahrungen«, wandte er sich wieder an mich, »hat sich Stevie Eisler seine anderen Persönlichkeiten geformt?«

»Bei jedem Trauma – bei jedem Ereignis, das er nicht ertragen konnte – wurde ein Teil abgespalten, für den es einfach nicht passiert war. Ein Teil des Kindes blieb im Turm und wurde Bewahrer, ein anderer Teil folgte dem *Cristoforo* und ein dritter ging mit dem Mädchen ins Gildenhaus zurück.«

»Und *Dom* Esteban?«

Ich seufzte und dachte an die pure Eleganz, mit der er das Schwert gehandhabt hatte. »Ich glaube, Esteban kommt dem Mann am nächsten, der Stevie hätte sein können, wenn sich seine anderen Persönlichkeiten nicht ständig bekriegt hätten.«

Regis Hastur sah mich an, und ich brauchte keine Telepathie, um zu erkennen, dass bisweilen nur die schiere Willenskraft den Mann aufrecht hielt.

Dann dachte ich daran, wie Steven Eisler in meinen Armen geweint hatte, als er wieder wusste, wer er war, aber diesmal mit allen Erinnerungen der Bewahrerin sowie denen des Kriegers, des *Cristoforo* und der Freien Amazone. Romantische Stereotypen hätte Sergeant Randall sie genannt, aber mir schien es, als würde dieser kleine terranische Angestellte die gesamte Psyche Darkovers in sich tragen.

»Wird er zu einer einzigen Person werden, da Sie nun seine Geschichte kennen?«, fragte der Mann namens Danilo.

»Vielleicht ...«, antwortete ich. »Wenn man ihn annimmt und stabilisiert ... und wenn er es wirklich will. Wir werden jedenfalls tun, was in unserer Macht steht.«

»Das hoffe ich von uns allen!«, sagte Regis Hastur.

»Gut möglich, dass ich Sie falsch eingeschätzt habe, Leutnant«, sagte Sergeant Randall, als wir durch die Stadt zurückgingen.

»Dann glauben Sie also nicht mehr, dass ich wegen der Romantik eines Grenzpostens nach Darkover gekommen bin?« Ich runzelte fragend die Stirn.

»Ich glaube, Sie haben diese Romantik gefunden«, sagte er bedächtig. »Und zwar in Ihrem Behandlungssessel.«

Ich starrte ihn einen Moment lang an, aber da waren wir auch schon am Tor der terranischen Zone angelangt, und ich kam um eine Antwort herum.

»Übrigens«, sagte der Sergeant mit klagendem Unterton, nachdem man uns durchgelassen hatte, »finden Sie nicht, dass Sie mir nach allem, was passiert ist, Ihren Vornamen sagen könnten?«

Er arbeitete beim Sicherheitsdienst. Wenn er wirklich wollte, konnte er es ohnedies herausfinden. Und er hatte mir gerade ein Geschenk gemacht, auch wenn er es vielleicht nicht wusste.

»Cassilda«, murmelte ich schließlich. »Ich kann nichts dafür, also lachen Sie bitte nicht. Meine Mutter färbt ihre Haare rot und lernt sämtliche Videos auswendig, die über Darkover erscheinen. Meinen Sie, ich wäre hier, wenn Nachwuchsoffiziere über ihre Stationierung mitentscheiden dürften?«

Er lachte tatsächlich, der verdammte Kerl, er lachte so schallend, dass seine ganze massige Gestalt bebte. Aber während die Rollbahn mich zum Medizinischen Zentrum brachte, wurde mir bewusst, dass ich froh war, hier zu sein.

Über Diann Partridge und »Die Aillard-Anomalie«

Diann Partridge ist ebenfalls eine altgediente Autorin in Sachen Darkover. Sie hat ihre ersten Darkovergeschichten für das Fanzine Starstone verfasst, lange bevor jemand an diese Anthologien dachte – vor weit mehr als zehn Jahren.

Sie schreibt, diese Geschichte sei fast eine Fortsetzung ihrer früheren Story »Kinderstreiche« in *Die Tänzerin von Darkover*.

Diann lebt in Wyoming. Sie ist 38, hat drei Kinder (zwei davon Teenager, weswegen sie meiner Ansicht nach mindestens doppelt zählen), immer noch den gleichen Mann, zwei Katzen und eine kleine aprikosenfarbene Maus. Sie arbeitet in einer Pizzeria, womit, wie sie meint, »bewiesen wäre, dass es stimmt, was Marion immer sagt – Schriftsteller nehmen die sonderbarsten Jobs an, um über die Runden zu kommen«.

Natürlich stimmt es, sonst würde ich es ja nicht sagen. Wie könnte ich als Fantasyautorin und Geschichtenerzählerin auch nur ein klein wenig von der Wahrheit abweichen? MZB

Die Aillard-Anomalie

von Diann Partridge

Langsam entrollte Alizia Aillard das Diagrammblatt und beobachtete erstaunt, wie sich das Material von allein flach auf den Tisch legte. Sie musste die Ecken nicht beschweren. Mit einem Finger rieb sie über das glatte, durchsichtige Material. Mit Sicherheit keine Naturfasern. Es handelte sich nicht um das Pergament, das die MacArans zurzeit herstellten, und auch nicht um das feinere, mit Harz gebundene Material vom Gut der Leyniers. Der Text war in präziser Blockschrift verfasst, auch er stammte nicht von Menschenhand. Und war absolut unverständlich.

»Faszinierend, nicht wahr?«, stellte Bruder Ian fest und bewegte die Lampe so, dass ihr Licht direkt auf das Diagramm fiel. »Das wurde mit einer Technik hergestellt, die wir nicht mehr beherrschen. Passt auf.«

Er berührte eines der blauen Quadrate in der oberen rechten Ecke, und vor Alizias verblüfften Augen begannen sich die Zeilen auf dem Diagramm zu verschieben.

Als er ihr entsetztes Gesicht sah, verzog er das faltige Gesicht zu einem Grinsen.

»Es besitzt eine Art Erinnerung, mit deren Hilfe wir acht verschiedene Abschnitte der ursprünglichen Stockwerksgrundrisse für Burg Thendara abrufen können. Man nimmt an, dass es während des Zeitalters des Chaos, als dieses Ding offenbar erstellt wurde, für alle Türme und Burgen Pläne dieser Art gab. Zu meinem Bedauern muss ich feststellen, dass dieser hier und der für Caer Donn die einzigen sind, die jene schreckliche Zeit überdauert haben.«

Die Erschöpfung ließ Idriel Hastur in unangemessen

schroffem Ton sprechen. »Könnt Ihr diese ... Schrift lesen?«
Den schweren, mit Pfauenfedern gefütterten Umhang der jungen Frau zierte ein Verschluss mit der juwelenbesetzten Krone und der silbernen Fichte der Hasturs, und als sie ihn fester um sich zog, breitete ein merkwürdiger, doppelköpfiger Raubvogel seine üppig bestickten Flügel über ihren Schultern aus. Sie war die gegenwärtig regierende Hastur von Hastur.

»Das kann ich, *Domna*. Es ist gar nicht so sehr die Rechtschreibung, die sich über die Jahrhunderte geändert hat, aber diese Buchstaben hat eine Maschine erstellt, und sie weichen ein wenig von denjenigen ab, wie sie eine menschliche Hand schreibt. Diese Schrift hat eine viel schlichtere Form.«

»Der erste Plan hier«, er berührte das Bodenquadrat, und die Zeilen änderten sich so, dass sie nun acht Quadrate bildeten, »zeigt die ursprünglichen Räume der Burg Thendara. Damals war sie einfach nur die Festung der di Asturiens. Der zweite Plan zeigt, was gegen Ende der dritten Generation angebaut wurde. So ging es immer weiter, bis die Burg vier Stockwerke hoch war und mehr als zweihundert Räume enthielt. Wenn man alle Pläne zusammenlegt«, er berührte einen roten Kreis unterhalb der blauen Quadrate, »sieht man, zu welchem kaninchenbauartigen Labyrinth das Gebäude mit der Zeit wurde. Die ersten beiden Ebenen liegen inzwischen unter der Erde, und manche Teile der Burg«, er gestikulierte vage nach oben, »sind zwölf Stockwerke hoch. Ich bezweifle, dass Euch jetzt noch irgendjemand die genaue Anzahl der Räume nennen könnte.«

»Ihr wollt uns damit also sagen, Bruder Ian, dass die Suche keine einfache Angelegenheit wird.« Alizia sprach die Gedanken aller Anwesenden aus.

»So ist es. Ihr behauptet, das Zimmer von Luz habe im ältesten Teil der Burg gelegen, im zweiten Stock. Das wäre der vierte Stock auf diesem Plan. Wie Ihr seht, verzweigt sich der vierte Stock in sämtliche Richtungen. Zum Glück geht ihr Zimmer nach Osten und hat ein Fenster. Das heißt, es müsste irgendwo entlang dieser Außenmauer liegen. Ich würde diesen Raum hier vorschlagen.« Er berührte ein Rechteck. »Die anderen Räume verlaufen alle auf einer Linie. Der hier liegt am Ende und müsste in den Tunnel münden.«

»Wohin führt der Tunnel?«, fragte Alaynna di Asturien, die Bewahrerin der Burg Thendara. Die dunklen Schatten unter den Augen nahmen ihrem Gesicht die Schönheit. Mehrere Schichten schwerer Winterkleidung unter der roten Robe ließen selbst ihre schlanke Gestalt massig wirken.

Seit Luz Valeron, die junge Auszubildende, am Vorabend von Mittsommer verschwunden war, erlosch ein jedes Feuer. Es hatte im Turm angefangen und sich dann über die ganze Burg ausgebreitet. In vielen Räumen bedeckte Eis die Wände. Von dem Kind keine Spur. Sein Matrixstein leuchtete aber auf den Schirmen auf, deshalb wusste man, dass es noch am Leben war. Und nach vielen Überlegungen und Debatten war der Zirkel des Turms zu dem Schluss gekommen, dass die Kleine sich noch irgendwo innerhalb der Burg befinden musste. Man hatte von den Kellern zu den Dachböden eine erschöpfende Suche im körperlichen Sinn unternommen, doch niemand hatte sie gefunden. Zwei Versuche, die Oberwelt zu durchforsten, hatten katastrophal, beinahe tödlich geendet.

Schließlich hatte jemand den Vorschlag gemacht, die Archivare in Nevarsin zu fragen. Idriel Hastur ärgerte sich darüber, diese Sandalenträger um Hilfe bitten zu müssen, aber wenigstens hatten sie jemanden geschickt, der wie ein richtiger Mann aussah, und keine von den weibischen Gestalten in den braunen Kutten, die man manchmal in der Stadt antraf.

Und sie konnten wirklich Hilfe gebrauchen.

Zuerst waren es nur vereinzelte gespenstische Streiche gewesen, die den Zirkel des Turms belästigten. Sand in Schuhen,

291

aufgetrennte Kleidernähte, Betten mit gekürzten Laken – ärgerliche, kleine Streiche, die einem auf die Nerven gingen. In den letzten drei Wochen waren die Streiche jedoch wesentlich persönlicher und in einigen Fällen beinahe lebensbedrohend geworden. Isak Ardais, der Überwacher des Turms, lag mit zwei gebrochenen Beinen und einer Schädelfraktur in der Krankenstube, das Opfer einer unsichtbaren Hand, die ihn eine Treppe hinabgestoßen hatte. Caleb Elhalyn wagte sich keinen Schritt mehr aus seinem Zimmer. Über seinem Kopf tauchten plötzlich Kübel mit Eiswasser auf, die ihn ohne Vorwarnung bis auf die Haut durchnässten. Jeder Versuch, den Matrixschirm im Turm zu benutzen, endete in einem Gegenschlag, der mit seinem unerwarteten Bruch des geistigen Rapports beinahe tödlich war. Noch dazu die Kälte. Wer irgendwie konnte, hatte Burg Thendara inzwischen verlassen.

Doch schlimmer als die Kälte und alle persönlichen Angriffe zusammen, war das herzzerreißende Weinen, das nachts alle aus dem Schlaf schreckte. Jeder, der auch nur eine Spur *Laran* besaß, hörte es. Ein kleines Kind, ein Mädchen, verirrt und allein, das um Hilfe schrie und flehte, man möge es suchen. Aus Furcht vor den immer wiederkehrenden Träumen, in denen sie selbst Verirrte waren, wagte niemand mehr, die Augen zu schließen.

»Ich weiß nicht, was sich am anderen Ende des Tunnels befindet, Lady Alaynna. Diese Zeichnung zeigt eine Wand, aber nichts dahinter. Nichts deutet auch nur auf einen Weg in den Tunnel hin. Wäre das Mädchen in den Tunnel gelangt, wäre es mittlerweile tot. Wenn es sich nur versteckt hätte, müsste es inzwischen irgendwer entdeckt haben.«

»Wir haben seit vierzig Tagen einen Wächter an ihrer Tür postiert. Sie kann unmöglich hinein- oder hinausgekommen sein, ohne gesehen zu werden. Aber wir sind an einem Punkt, wo wir uns nicht mehr trauen, die Matrixschirme zu benutzen, aus Angst, dadurch angegriffen zu werden. Wir können nicht einmal mehr schlafen. Es ist ohne jede Frage Luz Valeron, aber irgendwie ist sie *in* den Matrizen.«

Bruder Ian drehte sich um und machte einem Mann ein Zeichen, der bisher ruhig am Kamin gestanden hatte.

»Das ist mein Vetter Luis Valeron, der Vater des Mädchens. Ich bat ihn, zu uns zu kommen, weil ich dachte, er könnte ein wenig Licht auf die Mutter von Luz werfen.«

»Ich dachte, ihre Mutter sei tot?« Alizias Atem bildete kleine Wölkchen.

»Inzwischen ist sie es vielleicht wirklich«, antwortete Luis in bitterem Tonfall. »Ich hab Luz erzählt, dass ihre Mutter tot ist. Ich wusste nicht, was ich sonst sagen sollte. Brigie ist eines Tags im Herbst abgehauen und hat den Gewinn von 'nem ganzen Jahr mitgenommen. Da war Luz nicht viel älter als vier. Sie hat ihre Mutter angebetet. Wie hätt ich so 'nem kleinen Balg erklären sollen, dass ihre Mutter sie im Stich gelassen hat? Ein Jahr später habe ich Lorra Alton geheiratet. Sie versuchte, Luz eine Mutter zu sein, aber die Kleine hatte sich so'n Bild von ihrer Mutter im Kopf zurechtgelegt, dass sie Lorra nicht akzeptierte. Brigies *Laran* war immer stark gewesen, aber sehr instabil. Im Turm von Neskaya hat man sie gerade so lange behalten, bis sie ihre Schwellenkrankheit hinter sich hatte, dann haben sie sie heimgeschickt. Als ich Luz hierher gebracht habe, betete ich darum, dass sie einen leichteren Weg durchs Leben findet als den, den ihre Mutter genommen hat.«

Ian legte seinen Arm um Luis' Schultern. Alizia beobachtete ihn mit der doppelten Sicht ihres ausgreifenden *Larans,* und sah, wie seine spezielle Gabe den verbitterten Mann wie eine Decke mit Wärme und Verständnis umfing. Base nannte er sie, und wahrscheinlich war er ein Vetter. Sie war die Einzige im Raum, die genau wusste, wer er war. Die Aillard-Anomalie.

Der eine echte männliche Aillard in jeder zweiten Generation dieser weiblich dominierten Linie. Nachdem seine Frau gestorben, das letzte seiner Kinder erwachsen und ein Enkel geboren war, wie es sich gehörte, hatte er das *di-Catenas*-Armband abgelegt, Aufnahme in Nevarsin beantragt und seither dort gelebt.

»Weißt du, wer Brigies Vater war, *Bredu*?«, fragte Ian freundlich.

»Sie ist bei einem Fest empfangen worden. Mehr hat Brigies Mutter ihr nie erzählt. Aber sie hat es immer gesagt, als wär's etwas, worauf man stolz sein kann, deshalb hab ich natürlich angenommen, ihr Vater ist ein Comyn. Brigies rotes Haar war mir Beweis genug. Es hatte denselben Ton wie das von Luz oder von Alizia hier.«

»Und Ihr habt sie zweifellos geheiratet, weil Ihr dachtet, ihr könntet eine Art Anspruch auf den Besitz ihres Vaters erheben, wenn Ihr herausfindet, wer sie ist«, fauchte Idriel gereizt und rieb sich die kalten Hände. Das Licht der Lampe war die einzige Wärmequelle im Raum, und sie brannte langsam herab.

»Ich hab sie geheiratet, weil ich sie geliebt habe!«, bellte Luis zurück. »Ich hab nicht mehr von ihr verlangt, als meine Frau und die Mutter meiner Kinder zu sein. Ich hab sie nicht gebeten, mit dem erstbesten Mann davonzulaufen, der vorbeikommt und ihr mehr bieten kann als ich! Sie hat mir dieses einzige Kind geschenkt und dafür gesorgt, dass es nach ihr keine mehr gab. Sie hat sich aus dem Staub gemacht, die Einnahmen von den Schafen auf der Nordweide gestohlen und mich und ihr eigenes Kind zurückgelassen. Wir konnten uns gerade so durchschlagen ...«

»Luis«, sagte Bruder Ian ruhig und legte dem Mann die Hand auf den Arm. Der Angesprochene hörte auf zu brüllen und nahm eine gerade Haltung an. Dann zog er den schlichten

Wollumhang fester, drehte der Gruppe den Rücken zu und starrte in den kalten Kamin.

Idriel Hastur war so gnädig, den Blick zu senken.

»Ein solcher Streit führt uns nirgendwohin«, stellte die Bewahrerin mit müder, leiser Stimme fest. »Und wir wissen, dass derartige Gefühlsausbrüche anscheinend immer den Auftakt für die mysteriösen Zwischenfälle bilden, die sich ereignet haben. Deshalb bitte ich euch alle«, sie sah Idriel direkt an, »eure Gedanken so stark wie möglich abzuschirmen.«

Der Mann aus Nevarsin nickte zustimmend. »Ich denke, wo das Kind auch sein mag, es ist am Leben. Und es schreit um Hilfe. Es muss Hasturblut in sich haben, wenn es in der Lage ist, mit den Matrizen zu verschmelzen. Keine andere Familie besitzt diese Gabe. Und jetzt, da wir das Rätsel so weit gelöst haben, lasst uns in ihrem Zimmer nachschauen.«

Sie wärmten sich ein wenig auf, während sie im Schlepptau von Bruder Ian über die langen Korridore marschierten. Ian selbst schien die Kälte nicht das Geringste auszumachen. An der Tür von Luz' Zimmer salutierte die Wache zackig und trat beiseite, um sie eintreten zu lassen.

Ein leiser Knall ertönte. Dann strömte ihnen ein widerlicher grüner Nebel entgegen, und der faule Geruch ließ sie alle husten und keuchen und mit tränenden Augen rückwärts aus dem Zimmer taumeln. Idriel Hastur, die es schlimmer getroffen hatte als die übrigen, sank auf die Knie und übergab sich.

»Nun«, sagte Bruder Ian einige Minuten später und wischte sich mit einem Zipfel seines Umhangs über das Gesicht, »was immer das ist da drinnen, es scheint keine Angehörigen der Hastur dabeihaben zu wollen.«

»Wie kommt Ihr denn darauf?«, fragte Alizia und sog die kalte, klare Luft im Flur tief ein. Sie half Idriel, sich Gesicht und Mund abzuwischen, und ließ die Wache einen Dienstboten holen, der das Erbrochene aufwischen sollte.

»Die Wirkung auf Lady Idriel war viel stärker als auf die übrigen von uns. Das Ganze war hauptsächlich gegen sie gerichtet. Ich glaube, wir sind auf der richtigen Spur. Seid Ihr weiter mit dabei, Lady Idriel?«

Die hoch gewachsene, schlanke Frau richtete sich auf und straffte die Schultern. »Ich bin in meinem ganzen Leben noch nie vor etwas weggerannt!«, brauste sie mit hochrotem Gesicht auf. »Ich beabsichtige, dafür zu sorgen, dass dieses Problem gelöst wird, Mönch, und zwar so schnell wie möglich.«

Ian warf den Kopf in den Nacken und lachte, dann legte er kameradschaftlich einen Arm um die Hastur von Hastur und schob sie zurück ins Zimmer. Eine solche Geste hätte Idriel normalerweise bei ihrem intimsten Liebhaber zurückschrecken lassen, aber Alizia bemerkte die geistige Abschirmung, die Ian zum Schutz für sie beide aufgebaut hatte. Mit Hilfe ihres *Larans* schickte sie Idriel eine rasche Erklärung. Ians *Laran* war wie ein warmer Ziegel am Fußende des Betts in einer kalten Nacht, es verströmte Trost und Sicherheit. Die Übrigen scharten sich näher um die beiden.

Diesmal empfing sie in dem Zimmer nichts außer Kälte. Der Geruch war auf so geheimnisvolle Weise verschwunden, wie er gekommen war. Luis hob einen runden Stein von dem Tisch neben dem schmalen Bett auf.

»Den hab ich ihr gegeben, als sie von zu Hause wegging. Ich sagte, so hätte sie immer ein Stück Zuhause bei sich.« Er reichte Ian den Stein.

»Man hat ihn hier, in der Nähe des Kamins gefunden«, erklärte Idriel.

Das Licht wurde wieder schwächer. Ian stellte die Lampe auf den Tisch und ließ mit einem Fingerschnippen einen hellen, bläulichen Schein auftauchen, der über ihnen schwebte. Er gab keine Wärme ab, sorgte aber für ausreichend Beleuchtung.

»Meine Mönchsbrüder schelten mich oft wegen meiner Hexerei«, erklärte er belustigt. »Ich sage dann immer, ich kann nur ich selbst sein und nichts anderes.« Er wog den Stein in der Hand. »Beim Kamin, sagtet Ihr?«

Idriel nickte. Ihr Magen schmerzte. Allein beim Gedanken an diesen Geruch wollte sie würgen. Und dieser *Mann* irritierte sie. In seiner Gegenwart fühlte sie sich wie ein aufsässiges Kind und nicht wie die mächtigste Frau aller sieben Domänen. Sie wusste, es waren nur Kälte und Müdigkeit, die sie so gereizt sein ließen, aber am liebsten hätte sie ihm befohlen, ihr aus den Augen zu gehen.

Bruder Ian kniete vor dem Kamin. Er warf Idriel Hastur einen Blick zu und grinste. Alizia fing den wortlosen Austausch auf und verbarg ein Lächeln.

»Schau sich einer diese Schnitzereien an«, sinnierte er leise vor sich hin. Er fuhr mit dem Finger über die steinerne Umrandung des Kamins. »Was für eine phantasiereiche Arbeit. Keines dieser Geschöpfe hat je auf Darkover existiert. Seht euch das an.« Er deutete auf etwas, das augenscheinlich ein Pferd war, allerdings mit riesigen Adlerschwingen, die ihm aus dem Rücken wuchsen. »Das hier sieht ein bisschen wie ein Kätzchen aus, nur dass es Flügel und sehr große Zähne hat. Und diese kleine Kreatur. Es trägt seinen Wagen verkehrt herum auf dem Rücken.«

Peng!

In dem Moment, in dem seine Finger die Schnitzerei berührten, wurde er quer durch den Raum geschleudert, wo er gegen das Bett krachte. Brandgeruch erfüllte den Raum. Ian blieb einen Moment lang wie ein zusammengesunkenes Häufchen liegen, dann rappelte er sich mühsam wieder auf.

»Ein weiteres Teil des Puzzles«, murmelte er und strich seine handgesponnene Kutte glatt. »Versucht Ihr es einmal, Base.«

»Was soll ich versuchen?«, fragte Alizia skeptisch.

»Berührt die gleiche Schnitzerei. Ihr seid eine Base von Luz und der Kleinen so ähnlich, dass Ihr beide Schwestern sein könntet. Und wenn ich so darüber nachdenke, wart ihr von keinem einzigen dieser Unfälle betroffen. Vielleicht beschützt sie Euch.«

»Ich weiß nicht recht. Bei unserer letzten Begegnung habe ich ihr eine anständige Tracht Prügel verabreicht, weil sie sich einen hässlichen Streich ausgedacht hatte. Vielleicht hebt sie sich nur das Schlimmste für mich auf.«

Ian steckte seinen verbrannten Finger in den Mund. Alizia zuckte schließlich mit den Schultern und näherte sich zögernd dem Kamin.

Nichts geschah, als sie die Schnitzerei berührte. Sie suchte mit Hilfe ihres *Larans* nach Luz' Präsenz, aber nur eine schwache Spur war übrig. Ian kniete neben ihr auf den Boden.

»Versucht, darauf zu drücken«, flüsterte er.

Sie tat es, und die gewölbte Schale des Tiers rutschte nach innen. Es folgte ein mahlendes Geräusch, dann glitt eine Wand des Kamins zur Seite.

»Eine Geheimtür. Wo führt sie wohl hin?« Ian machte der Zauberkugel ein Zeichen und schickte sie in die Öffnung. Die anderen drängten sich um ihn, um besser sehen zu können. Ein Tunnel schlängelte sich abwärts ins Dunkel.

Bruder Ian stand auf. »So, jetzt wissen wir, wohin das Kind verschwunden ist. Als Nächstes müssen wir feststellen, wohin dieser Tunnel führt. Ich würde vorschlagen, dass Luis und ich allein vorausgehen, aber ...« Er hob seine großen Hände, um den Protest abzuwehren, den Idriel kaum unterdrücken konnte, »... nach allem, was ich gesehen habe, werden wir offenkundig auch die ganze Kraft benötigen, die ihr drei Frauen besitzt. Ich würde es nicht wagen, ohne die Rückendeckung von euch allen in den Tunnel hineinzugehen.«

Ich glaube, er genießt es, Leute zu verwirren, dachte Alizia, als sie sich in die Öffnung duckte, um den anderen zu folgen. *Ich kann nur sein, was ich bin, Base,* hallte es leise in ihrem Geist wider. Sie unterdrückte ein Lachen.

Der Tunnel war so geräumig, dass sie aufrecht stehen konnten. Auf gewundenen Wegen folgten sie der blauen Kugel abwärts. Es war kalt. Alizia ertappte sich beim Wunsch nach einem lodernden Feuer und einem großen Becher Gewürzwein. Aber sie zog nur ihren Umhang fester um sich und rannte in Ian, als dieser plötzlich vor ihr stehen blieb. Eine breite, kahle Wand versperrte ihnen den Weg.

Der Mönch strich mit der Hand vorsichtig darüber. An einer Stelle rechts unterhalb seiner Hüfte hielt er inne. Seine Schultern strafften sich unter der Kutte, aber nichts geschah.

»Ein Gedankenschloss, wie interessant. Es wird mehr brauchen als mein *Laran,* um es zu öffnen. Bitte ...« Er machte der Bewahrerin ein Zeichen. Alaynna trat näher, sie reichte ihm kaum bis an die Schulter. Die Frau legte ihre zierliche Hand auf die Stelle, die ihr Ian zeigte.

»Es ist sehr kompliziert«, murmelte sie leise, aber einige Augenblicke später glitt die Wand mit einem Zischen nach oben. Alaynna trat automatisch vor.

Alle anderen folgten ihr. Das Erste, was Alizia bemerkte, war die Wärme. Es war heiß und trocken in dem Raum. Ian schnippte mit den Fingern, und die Zauberkugel erlosch. Alle erschraken, als eine Glocke dreimal läutete, dann beobachteten sie erstaunt, wie Streifen an den Wänden aufleuchteten.

»Ihr wisst, was das hier ist?«, fragte Ian, an niemand Bestimmten gerichtet. Der Raum war rund und wurde von einem kreisförmigen Arbeitstisch beherrscht. In der Mitte des Tisches befand sich ein riesiger Gitterschirm. Er war leer. Alizia konnte sich keinen Matrixstein vorstellen, der groß genug gewesen wäre, ihn auszufüllen. Stühle aus Metall standen kreuz und quer herum. »Dies ist der Arbeitsraum eines Turms, wie ihn unsere Vorfahren gebaut haben. Die Technologie hier muss noch von der ursprünglichen Mannschaft stammen.«

»Wovon redet Ihr?«, fragte Idriel in scharfem Ton.

Aber der Mönch hörte ihr nicht zu. Er ging im Raum umher, ohne irgendetwas wirklich zu berühren. Seine Neugier war so stark, dass sie beinahe leuchtete. Alizia stand zusammen mit der Bewahrerin und Luis Valeron an der Tür. Bruder Ian schlug die Kapuze seiner Kutte zurück und wischte sich den Schweiß vom kahlen Haupt.

»Es ist heiß hier drin«, sagte er geistesabwesend. Er hob etwas vom Boden auf und schüttelte es aus. Es war ein Kinderpullover, der an den Rändern mit *Kiriseth*-Blumen bestickt war.

»Der gehört Luz«, stellte ihr Vater fest.

»Hier steht ihr Name.« Idriel Hastur war auf die andere Seite des Tisches gegangen und deutete auf ein flaches graues Täfelchen, das in den Tisch eingelassen war.

Luz Valeron. In krakeliger Kinderschrift.

»Sie war hier, aber wo ist sie jetzt?«, fragte Ian. Er griff nach einem Stift, der an einer dünnen Kette an dem Arbeitstisch befestigt war, und ging in die Hocke, so dass sein Arm auf dem Tisch auflag. Bevor ihn jemand davon abhalten konnte, schrieb er seinen Namen nieder.

Die Lichter flackerten, und eine mechanische Stimme dröhnte los: ACHTUNG EINDRINGLING! KEIN MITARBEITER MIT DIESEM NAMEN BEKANNT! ACHTUNG EINDRINGLING! SOFORTIGE LEGITIMIERUNG ERBETEN. STUFE VIER IST ERREICHT!

Die Öffnung hinter ihnen schloss sich. Alizia und die anderen hielten sich die Ohren zu und drängten sich dicht zusammen. Kälte senkte sich auf den Raum, und sie verfolgten entsetzt, wie sich in dem Gitterschirm ein Matrixstein zu bilden begann. Er war riesig. Licht pulsierte, Funken stoben. Bruder Ian beobachtete gebannt, wie ein bösartiges Gesicht in dem gespenstischen Stein erschien. Dann hörten sie eine Kinderstimme schreien: »Vater!«

»Idriel, ich werde Eure Hilfe brauchen«, sagte Ian rasch. Die Oberste aller Hasturs nickte, trat vor ihn und breitete die Arme aus, als wollte sie die pulsierende Matrix aus dem Gitterschirm heben.

Das Grinsen des Gesichts wurde breiter, und Hände, die mit ihm verbunden waren, streckten sich ihnen aus dem Stein entgegen. Idriel Hastur war eine lebende Matrix. Unter allen Besitzern von *Laran*, trug einzig sie keinen blauen Sternstein. Alaynna stellte automatisch eine geistige Verbindung zwischen sich und ihr her. Ian stellte sich hinter Idriel und verknüpfte seinen Geist ebenfalls mit ihrem.

Die unheimlichen Hände umfingen Ian und Idriel, eine Sekunde später verschwanden sie. Einen Herzschlag darauf hatte sich auch die gespenstische Matrix in Luft aufgelöst. Wärme und Licht sickerten langsam in den Raum zurück. Eine Glocke erklang, und die Stimme dröhnte erneut: LEGITIMATION BEENDET. ZURÜCK ZU STUFE EINS.

»Wo sind sie geblieben?«, rief Alizia aus und blickte sich in dem leeren Raum um.

Alaynnas Gesicht war vollkommen ausdruckslos, als sie sprach. »Sie sind noch am Leben, aber zwischen ihnen und uns existiert eine starke Barriere. Auf welcher Ebene sie auch sein mögen, ich bin noch nie bis dorthin vorgedrungen. Dennoch kann ich sie immer noch spüren.« Sie taumelte leicht. Alizia fing sie auf, bevor Luis sie berühren konnte, und half ihr in einen der fahrbaren Stühle. Die beiden wechselten einen ängstlichen Blick und fragten sich, was sie als Nächstes tun sollten.

Bruder Ian wusste, dass er noch am Leben war. Sein Verstand arbeitete, aber sein Körper schien verschwunden zu sein. Seltsamerweise teilte er sich den wie immer gearteten Raum, in dem er sich befand, mit dem wütenden Geist von Idriel.

Wo sind wir?, fragte sie.

Ich habe keine Ahnung, aber wenn ich raten müsste, würde ich sagen, wir sind im Innern der Matrix.

Ihr seid hier, wo die Eindringlinge festgehalten werden, erschallte eine hungrige Stimme. Eine dritte Person schloss sich ihnen an. Es war das Kind, Luz Valeron. Es fürchtete sich und weinte, und sein Geist klammerte sich Mitleid erregend an das Bewusstsein von Ian und Idriel.

Ich habe meinen Vater gesehen, weinte Luz. *Wo ist er? Ich will zu ihm.*

Ian beruhigte sie, ohne lange nachzudenken, und tröstete sie, so gut es in seiner astralen Form eben ging. Das Kind hörte nicht auf zu weinen.

Was willst du von uns?, dachte Idriel verärgert. *Wer bist du, dass du eine Hastur von Hastur so behandelst? Weißt du denn nicht, wen du vor dir hast?*

Lachen erschallte ringsum. *Du bist hier gefangen, Hastur von Hastur. Diese Ebene wurde als Gefängnis für all jene geschaffen, die nichts in einem Sicherheitsbereich verloren haben. Ihr werdet hier festgehalten, bis man euch eine entsprechende Genehmigung erteilt.*

Und wenn wir diese »entsprechende Genehmigung« nicht bekommen?, fragte Ian.

Dann bleibt ihr eben hier, verkündete die Stimme.

Und was machen wir jetzt?, fauchte Idriel Ian an. *Ihr seid der gebildete Mönch aus Nevarsin, lasst Euch etwas einfallen.*

Nevarsin? Es gibt keine Genehmigung für dieses Nevarsin. Dort gibt es keinen Turm, antwortete die Stimme Idriel. Ian konnte spüren, wie gereizt diese inzwischen war. Das kleine Mädchen weinte heftiger.

Luz, fragte Ian plötzlich, *warum hast du zuerst allen Leuten im Turm diese garstigen Streiche gespielt, aber in letzter Zeit weinst du nur noch?*

Am Anfang hat es Spaß gemacht, antwortete die Kleine. *Wie Versteckenspielen. Ich konnte sie sehen, aber sie sahen mich nicht.* Sie schniefte, und Ian stellte sich vor, wie sie sich die Nase abwischte. *Dann wollte es mir nicht mehr helfen, wenn ich ihm nicht irgendwelche Sachen erzählte. Aber ich verstand nicht, was es wollte, ich dagegen wollte nur heim. Es tut mir Leid, dass ich Isak die Treppe hinuntergestoßen habe. Ich will nur nach Hause!* Sie begann wieder zu heulen.

Idriel, nehmt das Kind und geht zurück, sagte Ian. *Ich werde »es« beschäftigen, was immer es ist.*

Und wie soll ich das anstellen, Mönch? Ich habe keine Ahnung, wie ich zurückkomme.

Bei Avarras Augen, Frau, Ihr seid eine Hastur von Hastur. Jedenfalls erzählt Ihr das jedem, der zuhört. Und Ihr habt die Kraft in Euch, hinauszukommen. Findet sie! Benutzt sie! Hört auf, herumzujammern, und tut, wozu Ihr geboren und erzogen wurdet! Ihr wollt doch wohl nicht in der Schuld eines Sandalen tragenden Mönchs stehen, weil er Euch gerettet hat, oder? Also haltet Euch ran! Ian spürte die lodernde Wut, die seine Worte in Idriel entfachten.

Nevarsin? Nevarsin? Was ist das für ein Ort? Das Kind war interessant, aber sein Geist ist voller einfacher Dinge. Ist dieses Nevarsin ein neues Hauptquartier?

Nein, Nevarsin ist ein Ort des Lernens. Lasst diese Frau und das Kind gehen, dann erzähle ich Euch davon. Sie weiß nichts, was von Interesse für Euch wäre, und das Kind ist ohnehin harmlos ... Idriel, nehmt das Kind und geht ... Ich kann

Euch viele interessante Dinge erzählen, aber wir dürfen uns nicht von dem Gejammer der Frauen und Kinder stören lassen.

Ihr habt Recht, dröhnte die Stimme. *Frauen verstehen nichts von Taktik oder Plänen. Man wird sie woandershin schicken.*

Idriels Wut nahm immer mehr zu und erreichte einen Punkt, an dem sie ausbrechen musste. Sie spürte, wie ihr Geist mit der Matrix verschmolz, die beiden wurden eins. Sie wollte hinaus! Sie nahm das Kind und eilte los, wobei sie alle astralen Schranken niederriss, die sie hier festhielten. Das Letzte, was sie hörte, als sie mit Luz aus dem Netz fiel, das sie zurückhielt, war Bruder Ians bewundernde Stimme, die ausrief: *Ihr seid in der Tat die Hastur von Hastur!*

Und als sie auf den harten Boden des merkwürdigen Turmzimmers fiel, vernahm sie seine Stimme noch einmal über die Grenze hinweg. *Und nun, mein Freund, wollen wir sehen, was wir voneinander lernen können.*

Idriel erwachte in ihrem eigenen, bequemen Bett. Im Kamin loderte ein kräftiges Feuer, und auf ihrem Nachttisch stand ein Krug Glühwein. Alizia Aillard saß in einem Sessel neben dem Lager.

»Wir dachten schon, Ihr wacht nie mehr auf«, tadelte sie sanft. Sie half Idriel, sich aufzurichten, und gab ihr eine Tasse von dem Wein. »Ihr habt zwei Tage lang geschlafen.«

»Ich fühle mich, als wäre eine Herde Chervines über mich hinweggetrampelt«, antwortete Idriel zwischen zwei Schlucken. Ihr tat von Kopf bis Fuß alles weh, und jede Bewegung war eine Tortur. »Was ist geschehen?«

»Ihr habt Luz aus der Matrix geholt. Ihr seid genauso wieder aufgetaucht, wie Ihr verschwunden wart, nur dass Ihr diesmal das Kind in den Armen hattet. Alaynna hat die Tür geöffnet, und wir trugen Euch hinaus. Seither ist der eisige

Mantel, der die Burg erstarren ließ, verschwunden, und alles geht wieder seinen gewohnten Gang.«

Idriel setzte sich stöhnend weiter auf. Alizia stopfte mehrere Kissen hinter ihren Rücken, in die sich Idriel sinken ließ.

»Und Bruder Ian? Ist er auch herausgekommen?«

Idriel konnte die Antwort an Alizias Gesichtsausdruck ablesen.

»Er hat mich absichtlich wütend gemacht, Alizia. Er wusste, ich konnte diese Ebene nur öffnen, wenn ich außer mir bin. Und er hat diesen Wächter oder was auch immer lange genug abgelenkt. Ich hätte ihn mit nach draußen nehmen müssen, aber mein einziger Gedanke war, wie ich selbst herauskomme.«

»Ihr habt Luz mitgebracht.«

»Nur mit Ians Hilfe. Unglaublich, welches Risiko er einging. Jetzt stehe ich in der Schuld dieses Mannes.«

»Ich glaube, darauf hat er gebaut, Idriel. Ich nehme an, er wusste, dass Ihr irgendwie zurückgehen werdet und ihn herausholt.«

Idriel legte sich wieder flach ins Bett und zog die Decke bis ans Kinn hoch.

»Und wie soll ich das anstellen?«

»Das weiß ich nicht«, antwortete Alizia. »Ihr seid die Hastur von Hastur. Ihr müsst Euch etwas einfallen lassen.«

Über Deborah Wheeler, Elisabeth Waters und
»Für den Turm bestimmt«

Von Elisabeth Waters gab es in sämtlichen bisherigen Darkover-Anthologien eine Geschichte, Deborah ist in allen außer dreien vertreten.

Was kann ich dann zu den beiden noch sagen, das nicht bereits erwähnt wurde? Jede von ihnen hat einen Roman geschrieben, und DAW Books hat jeweils die Rechte daran gekauft! Elisabeths Roman hat auf Vorschlag von Andre Norton den Gryphon Award gewonnen, und ich zweifle nicht im Geringsten daran, dass Deborahs Buch ebenso lesenswert sein wird.

Ich bin glücklich, diese beiden jungen Frauen zusammen mit Diana – obwohl sie alle drei nicht mehr so ganz jung sind, außer mit Vergleich zu mir – als meine literarischen Töchter bezeichnen zu dürfen.

Deborah und Elisabeth waren zu rücksichtsvoll, um es so deutlich auszudrücken, aber ich darf Ihnen verraten, dass es bei dieser Geschichte im Kern darum dreht, dass Diotima Ridenow (an die Sie sich vielleicht aus *Sharras Exil* erinnern) die nahe liegendste Methode wählte, um sich für den Dienst als Bewahrerin ungeeignet zu machen. Natürlich kennen sie alle das wichtigste Merkmal einer Bewahrerin ...   MZB

Für den Turm bestimmt

von Deborah Wheeler und Elisabeth Waters

Diotima Ridenow wanderte durch den blauen Nebel, sie war auf der Suche nach jemandem, nach einer wichtigen Person, aber ihr fiel nicht mehr ein, um wen es sich handelte. Auf eine kaum wahrnehmbare, aber schreckliche Weise stimmte mit diesem Blau etwas nicht. Die Oberwelt sollte doch zweifellos grau sein. Ihr kam in den Sinn, dass sie auch ihre Mutter suchte, doch ihre Mutter war tot. Fühlten sich die Toten so kalt an, als wären sie in Eis eingeschlossen?

Mit jedem Schritt ging es nun mühsamer voran, als würde ihr Körper vor Kälte starr werden. Sie konnte sich kaum noch bewegen, spürte ihre Arme und Beine nicht mehr. Das Atmen wurde immer anstrengender. Sie atmete nicht. War sie ebenfalls tot?

Vor ihr stand ein Sarg. In der Erwartung, ihre Mutter zu erblicken, spähte sie hinein. Im Sarg öffnete Ashara ihre eisklaren Augen und streckte ihre langen, dünnen Arme nach ihr aus. Dio zuckte mit einem Entsetzensschrei zurück ...

Schlagartig wachte sie auf und fand sich aufrecht sitzend und heftig zitternd in ihrem Bett wieder. Das blonde Haar hing ihr wirr ins Gesicht. Von den harten, grauen Turmwänden ringsum hallte noch immer ihr Schrei wider.

Die Tür ging geräuschlos auf, und ihre Tante Jerana schlüpfte ins Zimmer, der blasse Schatten einer Frau im roten Tuch einer Unterbewahrerin. Sie runzelte missbilligend die Stirn.

»Dio, du weißt genau, dass du deinen Körper nicht verlassen sollst, wenn dich niemand überwacht. Zum jetzigen Zeitpunkt deiner Ausbildung muss dir doch klar sein, wie gefährlich das sein kann.« Sie setzte sich ans Fußende des Bettes und achtete weder auf die zerknüllten Laken noch auf Dios offenkundiges Elend.

Die junge Frau schluckte und versuchte zu sprechen.

»Wir alle wissen, wie sehr dich der Tod deiner Mutter belastet«, fuhr Jerana ruhig fort. »Es ist besonders unglücklich, dass dieses Ereignis in die gegenwärtige Phase deiner Ausbildung fallen musste. Später wärst du besser in der Lage gewesen, damit fertig zu werden.«

Dio blickte in die Augen ihrer Tante und bemerkte, dass diese hellgrau waren. Sie wusste genau, dass Jerana grüne Augen gehabt hatte, als sie noch ein Mädchen war. Sie begann wieder zu zittern, als ihr der Traum einfiel. »Ich habe ... im Sarg ... ich sah Mutter Ashara ...«

»Ja, natürlich. Sie ist uns allen eine Mutter. Aber ich versichere dir, sie weilt noch mitten unter uns. Du brauchst dir keine Sorgen zu machen, mein Kind. Mutter Ashara wird dich niemals verlassen.« Jerana packte ihre Nichte mit fester Hand unter die Decke. »Schlaf jetzt. Du hast morgen eine lange Reise vor dir, aber sehr bald wirst du wohlbehalten wieder bei uns sein.«

Am nächsten Morgen ging Dio zu Ashara, der Bewahrerin des Comyn-Turms, um sich offiziell beurlauben zu lassen. Asharas Gemach lag ganz oben in der Turmspitze, man erreichte es mit Hilfe eines uralten, geheimnisvollen Mechanismus, einem Relikt aus dem Zeitalter des Chaos, der Dio durch einen glatten Tunnel hinaufbeförderte, als würde sie auf einem ruhigen Wind schweben. Als Dio in Asharas Reich eintrat, war sie verblüfft von der gewaltigen, beinahe unmenschlichen Stille, die der Raum ausstrahlte. Er kam ihr heute noch ruhiger als sonst vor, fast als wäre sie das einzige lebende Wesen in diesem Teil des Turms.

Dio straffte die Schultern und setzte die angemessen unbeteiligte Miene einer angehenden Unterbewahrerin auf. Sie hatte in diesem Raum immer ein klaustrophobisches Gefühl, was merkwürdig war, da er schier endlos wirkte. Tageslicht drang durch die transparenten Wände und machte die Gestalt Asharas, die auf ihrem großen Glasthron saß und ein weites, blaugraues Gewand trug, buchstäblich unsichtbar. Dio schoss der wunderliche Gedanke durch den Kopf, dass der gesamte Raum ein Teil von Ashara war, dass die Bewahrerin den Raum umgab und nicht andersherum. Sie sagte sich mit einem Gefühl des Unbehagens, dass dieser Einfall eine Nachwirkung des Alptraums war, und sie stand reglos da und wartete, bis Ashara zu sprechen begann.

»Meine Tochter.« Asharas Stimme ergoss sich in den Raum, sie schien von allen Seiten auf Dio einzuströmen. Wie immer fühlte diese sich umzingelt, überflutet von Asharas Gegenwart.

»Ich bedaure, dass deine Mutter gestorben ist.«

»Danke«, murmelte Dio mechanisch.

»Es ist besonders unglücklich, dass es ausgerechnet jetzt geschehen musste. Normalerweise darf eine Bewahrerin den Turm an diesem Punkt der Ausbildung nicht verlassen, aber ich habe keine andere Wahl. Da du noch nicht offiziell vereidigt bist, geht die Pflicht gegenüber deiner Familie vor.«

»Ja, Mutter Ashara«, sagte Dio wie benommen.

»Aber es darf kein allzu langer Aufschub sein. Du wirst sofort nach Mittsommer zurückkehren, und dann wirst du den Eid der Bewahrerinnen ablegen.«

Asharas Worte, ihre bloße Gegenwart, klebten an Dio, als sie in dem seltsamen, senkrechten Schacht wieder nach unten fuhr. Sie musste an die Worte ihrer Tante Jerana denken: »Mutter Ashara wird dich niemals verlassen.« Doch sie erfüllten die junge Frau mit Unbehagen statt mit Trost.

Unsinn, sagte sie sich. *Ich bin nur ein wenig durcheinander, das ist alles. Zur Beerdigung heim nach Serrais zu reisen ist eine Pflicht wie jede andere, leicht zu ertragen und schnell vorbei. Dann komme ich zurück und nehme meinen Platz als Asharas Unterbewahrerin ein, wie es mir als Comynara zusteht. Dafür habe ich schließlich all die Jahre so hart gearbeitet ...*

Der Tag war klar und windig, die Straßen waren morastig vom Regen der Nacht. Schon wenige Meilen hinter Thendara entdeckte eine der Wachen eine Reisegruppe vor ihnen auf der Straße. Dio sah in der Mitte der Gruppe einen rotgoldnen Haarschopf aufleuchten. Sie erkannte Lerrys, den sie von ihren fünf älteren Brüdern am liebsten mochte, auf der Stelle. Auch ihn hatte man wohl zum Begräbnis nach Serrais gerufen, wahrscheinlich mitten aus diversen Festivitäten in Thendara.

Sie sandte in Gedanken einen Ruf aus, woraufhin Lerrys abrupt sein Pferd wendete und Befehl zum Halten gab. Wenige Minuten später hatte Dios Gruppe zu seiner aufgeschlossen.

»Wie groß du geworden bist, Schwesterlein!« Lerrys war gewohnt elegant gekleidet, selbst in seiner düstersten Aufmachung. Ein Lächeln huschte über seine offenen, gleichmäßigen Züge. »Du bist als Kind zum Turm aufgebrochen und kehrst als Frau zu uns zurück!«

»Von einer Rückkehr kann keine Rede sein«, antwortete Dio lebhaft. »Ich besuche euch nur für ein paar Tage und sorge dafür, dass unsere Mutter ein anständiges Begräbnis bekommt.«

»Und zum Mittsommerfest, falls Vater uns zu feiern erlaubt«, sagte Lerrys. Er hatte Dio nie angelogen, als sie noch ein Kind war, und er verhehlte auch jetzt nicht seine Enttäuschung darüber, dass er das Fest mit seinen Freunden in Thendara versäumte, um so zu tun, als würde er eine Frau betrauern, die er kaum gekannt hatte. Lady Serrais hatte sich schon nicht sehr für ihn interessiert, als er noch klein war, und seit sie begriffen hatte, dass er nicht beabsichtigte, ihr Enkel zu schenken, war ihr Interesse gänzlich erloschen. Sie war bereits krank gewesen, als Dio vor einigen Jahren den Turm verließ, deshalb war ihr Tod nun nicht sonderlich überraschend gekommen.

Dio schüttelte den Kopf, und ihr Reiseschleier flatterte im Wind. »Du kannst vielleicht die ganze Nacht durchtanzen und sie in jedem Bett beenden, nach dem dir der Sinn steht, aber mich wird Vater ohne Zweifel nach den ersten Tänzen in mein Zimmer stecken. Ich kehre am Morgen darauf zum Turm zurück, um meinen endgültigen Eid abzulegen.«

Lerrys warf ihr einen raschen, kritischen Blick zu, und sie fühlte, wie sein Geist kurz über den ihren strich. Er schwieg einen Augenblick nachdenklich. »Bist du dir sicher, dass du das wirklich willst, Schwesterlein?«

Sie öffnete den Mund zu einer Antwort, aber er hatte bereits seinem Pferd die Sporen gegeben, dass der Schlamm nur so hinter ihm aufspritzte. Dio, eine begeisterte Reiterin, ließ ihr Ross hinter ihm hergaloppieren. Ihre Anstandsdame, eine junge Technikerin aus dem Turm, folgte mit einem geduldigen Seufzer.

Sie versuchten, an diesem Tag möglichst weit zu kommen, bis die letzten Strahlen der roten Sonne hinter den Hügeln verschwanden und sie gezwungen waren, ihr Lager aufzuschlagen. Dio kletterte steif aus dem Sattel und übergab einer der Wachen die Zügel. Zur Empörung ihrer gesetzten, zimperlichen Anstandsdame half sie, die Zelte und die Umzäunung aufzubauen. Nach dem Abendessen saß sie mit Lerrys am erlöschenden Feuer, das blaue Licht von Kyrrdis beschien ihr Gesicht. Sie räkelte sich und stöhnte.

»Muskelkater?«, fragte er stirnrunzelnd.

»Ja, aber das ist es mir wert. Ich hatte schon ganz vergessen, wie gern ich reite.«

»Du warst immer schon ein Wildfang.«

»Ein was?«

Er grinste boshaft. »Das ist ein terranischer Ausdruck. Er wurde eigens für dich erfunden.«

Dio schnitt ihm eine Grimasse und fühlte sich seltsam kindlich und frei. Es tat gut, lachen und scherzen zu können, mit jemandem zusammen zu sein, der nicht versuchte, einen zum perfekten Abbild einer Comyn-Bewahrerin zu formen. »Eins steht jedenfalls fest«, sagte sie. »Nach dem Ritt heute werden wir alle sehr gut schlafen.«

In ihren Träumen war Dio wieder ein kleines Kind, das den Tänzern beim Festball mit einer Mischung aus Freude und banger Erwartung zuschaute. Es war das erste Jahr, in dem sie überhaupt dabei sein durfte, und sie war so aufgeregt, dass sie kaum stillstehen konnte. Tante Jerana tanzte vorbei, ihr Haar glänzte mit den goldenen Applikationen ihres eleganten Kleides um die Wette. Ihre Augen funkelten in demselben strahlenden Grün wie der bodenlange Rock, der sich aufbauschte, während sich Jerana in den komplizierten Figuren des Tanzes drehte. Dio war hingerissen vor Bewunderung; ihre Tante war ohne Frage die schönste Dame im Saal.

Als die Musik zu Ende war, bemerkte Jerana Dio, die sie aus ihrer Ecke beobachtete, und tänzelte leichtfüßig zu ihr hinüber. »Gefällt dir das, Kleines?«, fragte sie in beschwingtem, musikalischem Tonfall.

»Und wie!«, entgegnete Dio begeistert. »Es ist wundervoll! Ich wünschte, ich könnte so tanzen wie du.« Jerana lachte und hob Dio in ihre Arme, als die Musik wieder einsetzte.

»Das wirst du, *Chiya*.« Sie folgte wieder den Mustern des

Tanzes, ohne das Kind loszulassen, und Dio lachte vor Vergnügen.

Aber plötzlich wurde es kalt im Raum; sie fror sehr. Blauer Nebel kreiste um sie herum, er hüllte die anderen Tänzer ein und erstickte den Klang der Musik, die immer leiser wurde, bis es vollkommen still war. Das blaue Licht wurde stärker, und Jeranas Augen flossen nicht mehr über vor ausgelassenem Lachen und Lebensfreude. Ihr Gesicht war unmenschlich ruhig geworden, es hatte selbst die Erinnerung an ein Lächeln verloren, und aus ihren Wangen und Augen wich alle Farbe.

Nun verfestigte sich der blaue Nebel, wie Eis, das von außen nach innen gefriert. Jerana tanzte weiter, ohne darauf zu achten, sie hielt Dio immer noch in den Armen, schien sich aber des Mädchens nicht mehr bewusst zu sein. Dio blickte sich in wilder Verzweiflung um und suchte nach einem Ausweg. Das Blau hatte an den Rändern Facetten, glatte, ebenmäßige Flächen rückten auf sie zu. Entsetzt erkannte Dio, dass sie sich in der Mitte einer Matrix befanden.

Sie versuchte um Hilfe zu rufen, aber ihre Stimme prallte von den Seiten der Matrix zurück, der Widerhall machte sie beinahe taub. Ihre Worte waren im Innern des Kristalls gefangen, so unausweichlich wie ihr Körper in den Armen ihrer Tante.

Keuchend und in kalten Schweiß gebadet fuhr sie aus dem Schlaf. Kyrrdis, der nun fast untergegangen war, fiel durch eine Öffnung im Zelt und tauchte ihr Lager in blaugrünes Licht. Ihre Decken lagen in einem Haufen auf der Seite. Sie musste sie im Schlaf von sich geworfen haben. Deshalb fror sie so, sagte sie sich, das war der Grund für ihren Alptraum. Doch es dauerte lange, bis sie wieder einschlafen konnte.

Während des ganzen nächsten Reisetags ebenso wie bei der Ankunft in Serrais und der Beerdigung ihrer Mutter, hallten

Lerrys' Worte in Dio nach: »Bist du dir sicher, dass du das wirklich willst, kleine Schwester?«

Bin ich mir sicher ...? Sie hatte sich diese Frage noch nie gestellt. Niemand hatte sie je gestellt. Seit ihrer Geburt stand fest, dass sie in den Turm gehen würde, um Mutter Ashara und dem Rat der Comyn zu dienen, genau wie es ihre Tante Jerana getan hatte. Sie dachte an ihre Tante, die stets fröhlich gewesen war und viel gelacht hatte, wenn sie in Dios Kindheit mit ihr gespielt hatte. Bei ihrer Ankunft im Comyn-Turm war Dio überrascht gewesen, ihre Tante als eine Fremde wiederzufinden, bleich und still in ihren roten Gewändern, ein blasser Schatten ihrer selbst.

Nein, wurde Dio mit Entsetzen klar, *nicht ihrer selbst. Ein blasser Schatten von Ashara. Wird das Gleiche mit mir geschehen?*

Plötzlich wünschte sie sehr, in zwei Tagen *nicht* in den Turm zurückzumüssen. Sie straffte sich und machte sich auf die Suche nach ihrem Vater, der sich nach dem Begräbnis in sein Arbeitszimmer zurückgezogen und dort den ganzen Nachmittag verbracht hatte. Vor dem Abendessen blieb gerade noch genügend Zeit für ein Gespräch mit ihm.

Die Hitze des prasselnden Kaminfeuers schlug ihr ins Gesicht. Ihr Vater saß zusammengesunken in einem Sessel, ein leeres Glas Weinbrand in der Hand. Sie ging zu ihm, streckte aber die Hand nicht aus; die einer Bewahrerin eigene Haltung, Distanz zu wahren, war schon tief in ihr verwurzelt. Ihr Vater blickte auf, seine Augen waren rot gerändert, ob vom Weinen oder vom Weinbrand konnte sie nicht sagen. Bei jedem anderen hätte sie gespürt, was er empfand, aber ihr Vater hatte sich stets undurchdringlich gegen seine Kinder abgeschirmt. Tatsächlich verfügten alle Mitglieder ihrer Familie über starke Schilde gegen ihre empathischen Gaben, wenngleich Lerrys seine manchmal sinken ließ, wenn sie zusammen waren, so dass sie von Geist zu Geist sprechen konnten.

Es gab keinen eleganten Weg, das Thema anzuschneiden. »Vater«, platzte sie heraus, »ich will nicht sofort zurück in den Turm. Ich möchte eine Weile zu Hause bleiben.«

Er blinzelte überrascht. »Was? Wieso das?« Dann zeigte er auf einen Brief, der auf seinem kleinen Schreibpult lag. »Meine Schwester schreibt, du machst dich gut und bist eine Zierde unserer Familie. Sie schreibt auch, dass du unmittelbar nach deiner Rückkehr deinen Eid ablegen wirst.«

Dio zögerte. »Ich bin mir nicht sicher, ob ich dafür bereit bin.«

»Das können Ashara und Jerana gewiss besser beurteilen als du«, erwiderte er barsch.

»Aber es ist mein Leben«, sagte Dio bedächtig, »und ich bin mir nicht sicher, ob ich so enden will wie Tante Jerana. Ich weiß noch, wie sie war, bevor sie in den Turm gegangen ist – und du musst es noch viel besser wissen als ich. Du hast sie wieder gesehen, als du mich hingebracht hast. Sie ist nicht mehr derselbe Mensch, das musst du doch bemerkt haben.«

»Natürlich ist sie nicht mehr derselbe Mensch«, antwortete ihr Vater ungeduldig. »Sie ist eine Bewahrerin.«

»Aber sie ist nicht mehr Jerana! Sogar ihre Augen haben eine andere Farbe!«

Er schaute finster. »Wovon redest du?«

»Sie waren früher grün, und jetzt sind sie blaugrau, wie Eis.«

»Sei nicht albern, Kind.« Der Mann stand auf und goss sich mit dem Rücken zu Dio noch ein Glas Weinbrand von der Karaffe auf der Anrichte ein. »Mit dem Alter wird die Augenfarbe bei jedem Menschen heller.«

Dio ging zu ihm und sah ihm fest ins Gesicht. »Deine Augen sind immer noch grün, und du bist älter als sie.«

»Welche Rolle spielt es überhaupt, was für eine Farbe ihre Augen haben? Die Arbeit einer Bewahrerin ist wichtiger als ihre äußere Erscheinung. Jerana ist eine Zierde ihrer Familie und ihres Standes, genau wie du eine sein wirst, wenn du diese törichte Anwandlung hinter dir hast. Es ist eine große Ehre, von Ashara auserwählt zu werden. Weißt du eigentlich, wie wenige Mädchen sie für geeignet hält?«

»Hast du dich denn je gefragt, warum das so ist?«, gab Dio scharf zurück. »Und wieso scheitern so viele von ihnen während der Ausbildung? Die anderen Türme verlangen nicht einmal, dass eine Bewahrerin ihr ganzes Leben lang Jungfrau bleibt, und bei Ashara fängt die Ausbildung da erst an!«

Ihr Vater starrte sie wütend an. »Hüte deine Zunge, Kind. Das ist kein Thema für ein Gespräch zwischen Vater und Tochter.« Dio errötete und senkte die Augen. »Ashara bildet Bewahrerinnen nach der alten Methode aus«, fuhr er fort, »nach der Methode, die den Türmen jahrhundertelang ihre Stärke bewahrt hat. Meine Schwester wurde auf diese Weise ausgebildet und meine Tante vor ihr; die Töchter unserer Familie sind seit Generationen Bewahrerinnen – und gute dazu. Ich dulde nicht, dass du jammerst und ungehörige Fragen über Dinge stellst, die dich nichts angehen!«

Dio fühlte ihr Blut in den Adern kochen. Sie hob den Kopf und sah ihrem Vater direkt in die Augen. »Du sagst, dass mein Leben und mein Körper mich nichts angehen. Du weißt, was aus Tante Jerana geworden ist – ob du es zugibst oder nicht – und was aus mir werden wird, und es kümmert dich nicht!«

»Wage es nicht, so mit mir zu sprechen!«, donnerte ihr Vater. »Geh auf dein Zimmer und bleib dort, bis dir wieder eingefallen ist, wie du dich zu benehmen hast! Und du *wirst* zurück in den Turm gehen, gleich am Morgen nach dem Fest. Ich würde dich auf der Stelle hinschicken, wenn ich könnte!«

Aber dann würde meine Eskorte das Fest im Dorf versäu-

men, dachte Dio wütend, *und die bedeuten dir mehr als ich!* Sie machte auf dem Absatz kehrt, rannte aus dem Zimmer und schlug die Tür hinter sich zu.

Dios Wut floss in ihre Träume ein, denn als sie wieder einmal in der blauen Matrix eingeschlossen war, schlug sie mit der bloßen Faust durch die nächstbeste Facettenwand. Diese zersprang mit einem wohltuenden Krachen, unmittelbar danach folgte das Geräusch der auf den Boden rieselnden Bruchstücke. Ohne auf ihre nackten Füße zu achten, bahnte sie sich einen Weg durch die Öffnung, um dann allerdings festzustellen, dass auf der anderen Seite kein Boden war. Sie schwebte langsam abwärts, der zertrümmerte Kristall über ihr wurde immer kleiner. Jetzt erst kam ihr zu Bewusstsein, dass sie immer noch ihr Nachthemd trug und das so gut wie konturlose Grau der Oberwelt sie umgab.

In der Ferne erkannte sie den Comyn-Turm, ein gleichmäßiges blaues Licht, umringt von den kleinen Leuchtkäferlichtern der Matrixtechniker, aber alle Kobolde in Zandrus Schmiede hätten sie nicht dazu gebracht, dorthin zurückzukehren. Sie konnte das Flackern anderer Türme sehen – Arilinn, Dalereuth, Neskaya, Corandolis –, aber sie wusste, von ihnen hatte sie keine Hilfe zu erwarten. Doch hier in der Oberwelt konnte sie nicht lange bleiben, ohne entdeckt zu werden.

Im nächsten Augenblick stand sie vor dem Grab ihrer Mutter auf dem Friedhof der Familie in Serrais. »Ich wünschte, du wärst noch hier, Mutter«, flüsterte sie. »Auf dich würde Vater hören.« Kalte Tränen liefen ihr über die Wangen. »Andererseits würdest du vielleicht einfach sagen, ich soll meinem Vater gehorchen.«

Sie seufzte, ihre Wut verflog und ließ eine beinahe lähmende Müdigkeit zurück. »Vielleicht sollte ich ihm wirklich gehorchen. Auf den Turm habe ich hingearbeitet, er ist alles, was ich kenne. Und ich wäre Bewahrerin des Comyn-Turms, vielleicht geben sie mir eines Tages sogar Arilinn oder Neskaya. Vielleicht wäre es gar nicht so schlimm – und ich weiß ja auch nicht, wohin ich sonst soll.« Mehrere Minuten lang starrte sie auf den teilnahmslosen Erdhügel zu ihren Füßen, bevor sie zum Haus zurückkehrte. Sie ging durch die Tür ihres Schlafzimmers, wo ihr Körper im Bett wartete, aber plötzlich hielt sie inne, als sie in den Spiegel sah, der genau gegenüber der Tür stand.

Der Spiegel reflektierte das Bild Asharas.

Dio stieß einen Schreckenslaut aus, legte sich hastig die Hand auf den Mund, und für einen kurzen Augenblick zuckte das Spiegelbild. Sie sah sich selbst, wie sie sich aus großen, grünen Augen anstarrte, und das blonde Haar ihr offen und glatt über die Schultern fiel. Doch während sie schaute, wurden ihre Züge ruhig, ihr Haar färbte sich silbern, ihre Augen verblassten von Grün über Grau zu Eisblau, und wieder blickte ihr das Bild Asharas entgegen.

Einmal mehr erwachte Dio, wie sie kerzengerade und mit wild hämmerndem Herzen im Bett saß. Es dauerte lange Minuten, bis sie den Mut fand, aufzustehen und in den Spiegel zu blicken. Das Bild im Spiegel war ihr eigenes, von Ashara war keine Spur. Dennoch rannte sie die restliche Nacht im Zimmer auf und ab und sah immer wieder im Spiegel nach.

Dios Hände zitterten, als sie das mit flachsfarbenen Lilien bestickte Kleid aus weicher, blauer Wolle auszog, während ihrer Zeit in Serrais ihr einziges Gewand für offizielle Anlässe. In den Jahren in Thendara war sie um einige Zoll gewachsen und um manche Rundung reicher geworden, und es war ausgeschlossen, dass sie das Kleid in der Öffentlichkeit tragen konnte. Doch wenn sie heute Abend in ihrem Zimmer bleiben musste, hatte sie keine Gelegenheit, mit Lerrys zu sprechen, der einzigen Person, die ihr vielleicht helfen würde. Dann würde man sie am nächsten Morgen wieder nach Thendara verfrachten, so unausweichlich, als wäre sie ein Schaf, das man zum Schlächter bringt. Den Tränen nahe, knüllte sie das Kleid zusammen und warf es auf einen Haufen.

Dio hüllte sich in einen übergroßen Morgenrock und stürmte den Flur entlang. Vielleicht hatte eine Besucherin ein Kleid zurückgelassen, das zwar sicherlich außer Mode, aber noch tragbar wäre. In einem der Gästezimmer entdeckte sie eine mächtige alte Truhe. Sie hob den Deckel, stieß die schweren Lagen nach Zedern duftenden Stoffes zur Seite und griff hinein. Sie legte einen schweren Umhang aus schwarzer Wolle mit schmuddligem Pelz beiseite, der eher zu einer Großmutter passte als zu ... was immer sie selbst war. Das Kleid darunter war ausgebleicht und sorgfältig geflickt, aber sauber. Evanda allein mochte wissen, wie es hier hineingeraten war. Es war ein ausrangiertes Kleidungsstück von der Art, wie es ein Dorfmädchen vielleicht zum Fest trug.

Auf dem Boden der Truhe entdeckte Dio etwas in glänzendem Grün und Gold, den Farben der Ridenows. Sie wagte kaum zu atmen, als sie das Gewand herauszog und in die Höhe hielt. Die Falten des reich gearbeiteten Stoffes schimmerten im Kerzenschein. Das Mieder verjüngte sich nach unten, der Rock fiel in weitem, elegantem Schwung. Es war ein Kleid für eine Comynara, und es sah ganz danach aus, als könnte es ihr passen.

Dio raffte das Kleid zusammen, wickelte das schlichte Gewand hinein und eilte zurück in ihr Zimmer. Das einfache Kleid versteckte sie unter ihrem Reiseumhang, dann läutete sie einer Dienstmagd, die ihr helfen sollte, sie in dem Festgewand zu verschnüren. Als das erledigt und das Dienstmädchen gegangen war, betrachtete sich Dio im Spiegel. Das Gewand saß perfekt, als wäre es für sie gemacht worden. Sie lächelte ihr Bild an und furchte auf einmal die Stirn. Das Kleid erschien ihr seltsam vertraut, aber sie hatte noch nie ein ähnliches getragen. Sie drehte sich im Kreis und sah, wie das Kleid sich rundum aufbauschte, und plötzlich wusste sie, wo sie es schon einmal gesehen hatte.

Jerana hatte das Kleid in jener Ballnacht vor langer Zeit getragen, in ihrer letzten und Dios ersten. Es war das Gewand, das sie in Dios Traum getragen hatte.

Dio reckte das Kinn trotzig vor. Sie hoffte, ihr Vater würde sich ebenfalls an das Kleid erinnern. Heute Abend würde er ihr möglicherweise zum letzten Mal erlauben, Grün und Gold der Ridenows anzulegen. In diesem Falle wollte Dio die Farben mit Stolz tragen.

Der große Saal zu Serrais war gut gefüllt, die Stimmung aber aus Rücksicht auf den jüngsten Todesfall leicht bedrückt. Einige der Gäste trugen dunkle Farben, aber viele hatten ihre übliche Aufmachung für Mittsommer angelegt. Immerhin hatte Lady Serrais ein anständiges Begräbnis erhalten, mit aller gebotenen Feierlichkeit und Ehrerbietung, und der Festball fand nur einmal im Jahr statt. Unten im Dorf hielten die Pächter und Handwerker ihre eigenen, sehr viel ungezwungeneren Feiern ab. In sieben Monaten würde es einen ganzen Schwung Neugeborener im Dorf geben.

»Ich schätze, es dauert etwa zwei Stunden«, murmelte Lerrys Dio zu, als die Figuren des ersten Tanzes sie kurz zueinander führten. »Dann geht Vater zu Bett und alle anderen leben auf.«

Dio warf den Kopf zurück und lächelte ihrem Partner zerstreut zu, einem wohlbeleibten Mann mittleren Alters von untadeligem Anstand, mit dem sie entfernt verwandt war. Sie wartete, bis sie Lerrys wiederum nahe genug kam, und flüsterte: »Den ersten Paartanz – wir beide!«

Lerrys runzelte nachdenklich die Stirn, hatte aber keine Gelegenheit zu einer Erwiderung.

Kurz darauf kehrte Lord Serrais zu seinem mit Schnitzereien verzierten Sitz auf dem Podium zurück und erklärte so die erste Runde der förmlichen Gruppentänze für beendet. Das Orchester stimmte eine ruhige Melodie an, zu der die älteren Paare tanzen konnten, solange sie noch die Energie dazu hatten. Mit eleganten Bewegungen führte Lerrys seine vorherige Partnerin zu ihren weiblichen Verwandten zurück und kam quer über die Tanzfläche auf Dio zu. Er verzog den Mund zu einem hämischen Lächeln, als er sich vor ihr verbeugte.

»Darf ich bitten, liebe Schwester?«

Dio machte einen schwungvollen Knicks und ergriff seine dargebotene Hand. Seine andere Hand an ihrer Hüfte war leicht, aber beruhigend. Sie schmiegte sich enger an ihn, damit niemand hören konnte, was sie sprachen.

»Was gibt es, *Chiya*?«

»Ich brauche deine Hilfe, Lerrys!«, platzte sie heraus. »Vater will mich zurück in den Turm schicken, und dann komme ich nie mehr von dort weg. Ich werde völlig in der Gewalt von Ashara sein, genau wie Tante Jerana.«

»Aha ...« Er ließ den Blick durch den Saal schweifen, in dem sich nun allenthalben Paare im Kreis drehten. »Dann hatte ich also doch Recht.« Dio hörte den Schmerz hinter seinen spöttischen Worten heraus. Für Lord Serrais bestand der einzige Wert ihres Bruders darin, dass er Söhne zeugte, so wie sie selbst nur als Bewahrerin einen Wert hatte.

Lerrys ... Sie schrie im Geiste auf. Er zuckte zusammen, als hätte sie ihn geschlagen.

»Ich halte zu dir, Schwesterlein. Hast du vor, wegzulaufen, oder willst du dich mit Vater anlegen und dich weigern, in den Turm zu gehen?«

Sie zuckte mit den Achseln. »Eine große Wahl habe ich

nicht, oder? Wenn ich nicht in den Turm zurückkehre, wird mich Vater auch nicht hier haben wollen.«

»Wir können immer noch zusammen nach Vainwal fliehen und Berufstänzer werden«, schlug Lerrys leichthin vor. »Es sei denn, du wirst aus lauter Verzweiflung eine Freie Amazone.«

Dio schauderte und verzog das Gesicht. »Ich hoffe, so weit wird es nicht kommen.«

»Es wird nicht leicht sein, dich vor Ashara zu verstecken.«

»Es sei denn, Ashara will mich nicht mehr. Aber danach will mich vielleicht auch sonst niemand mehr.«

Lerrys sah sie abrupt an. »Was auch geschieht, du wirst immer meine Schwester sein.«

Der Tanz endete. Als sich ihre Hände lösten, richtete Dio im Geiste einige Dankesworte an Lerrys. Lord Serrais hatte sich nach dem Schluss des Tanzes erhoben und näherte sich nun den beiden. »Komm, Diotima, es ist an der Zeit, dass wir beide uns zurückziehen.«

»Ja, Vater«, murmelte sie und senkte den Blick. Sie ging ruhig auf ihr Zimmer, das Musterbild einer sittsamen angehenden Bewahrerin.

Dio saß auf der steinernen Fensterbank ihres Zimmers, sie trug das Festkleid des Dorfmädchens. Die Nacht war ungewöhnlich warm, selbst für Mittsommer, und sie hatte die Fensterläden geöffnet. Das große Haus lag still und in Dunkelheit da, aber vom Dorf unten wehten Musik und Lachen zu ihr herauf.

Über ihr war der perlmuttartige Mond Mormallor aufgegangen, um sich seinen drei Gefährten anzuschließen. Dio dachte an den alten Spruch: »Am nächsten Tag weiß niemand mehr, was unter den vier Monden geschah.« In ihrem Fall, dachte sie beklommen, würde es niemand je vergessen.

Sie dachte an das Leben, zu dem sie nie mehr zurückkehren konnte. Ihr Vater würde toben. Vielleicht enterbte er sie sogar.

Andererseits vielleicht auch wieder nicht, solange sie sich heute Nacht nicht schwängern ließ, und sie hatte genügend gelernt, um das zu verhindern. Aber Ashara würde sie auf keinen Fall mehr als Bewahrerin akzeptieren.

Sie warf alle Träume über den Haufen, die sie je gehabt hatte, alle Pläne, die sie je geschmiedet hatte, all die langen Jahre der Arbeit im Turm. Sie hätte Lady von Thendara sein können ... Doch was würde sie nun werden?

Dio. Dio und niemand sonst.

Sie würde keine Alpträume mehr haben.

Sie lächelte schwach und griff zu ihrem Umhängetuch. Dann schlüpfte sie leise aus dem Haus und machte sich auf den Weg hinunter ins Dorf.

Über Joan Marie Verba und
»Die Verrückte aus den Kilghard-Bergen«

Joan Marie Verba hat schon einige Geschichten in diesen Sammlungen veröffentlicht, dazu in der Zeitschrift *Science Fiction Review*. Ihr erstes Buch erschien 1991 und ist natürlich ein Sachbuch. Wie die meisten der an diesen Anthologien beteiligten Autoren arbeitet sie gerade an einem Roman.

Zu den bemerkenswerten Dingen an dieser Geschichte gehört, dass Kennard Alton, eine der wichtigsten Personen in der mittleren Phase der Darkover-Geschichten, darin die Hauptrolle spielt. Er erscheint zuerst in *Die Kräfte der Comyn*, taucht in *Hasturs Erbe* und *Die blutige Sonne* erneut auf und stirbt schließlich in *Sharras Exil*. So gefällt es mir – eine Geschichte über eine meiner Lieblingsfiguren.

MZB

Die Verrückte aus den Kilghard-Bergen

von Joan Marie Verba

Der kleine Kennard Lanart setzte sich auf den grasbewachsenen Hang und schnappte nach Luft. Sein Bruder Lewis-Valentine und seine Pflegeschwester Dorilys waren schon so weit vorausgelaufen, dass er sie nicht mehr einholen konnte. Er sah sie nicht einmal mehr durch die Bäume und das dichte Unterholz. Aber oberhalb der Bäume erblickte er die Zinnen der Mauern, die Armida, sein Zuhause, umgaben. Wahrscheinlich waren die anderen längst im Haus und stibitzten frisches Gebäck vom Küchenpersonal.

Ein Geweih erschien plötzlich über dem hohen Gras, es schaukelte vor und zurück, während es Kennards Weg kreuzte. Vorsichtig kroch der Junge vorwärts. Zwei Schritte vor dem Geweih hielt er an. Eine Rabbithornmutter führte ihre Brut durch den Wald. Die Jungen hatten nur Höcker, wo später Hörner wachsen würden. Kennard zählte fünf Babys.

Ein leises Rascheln veranlasste ihn, sich umzudrehen. Ein weiteres Tier der Familie hatte sich in einem Dornbusch verfangen und konnte sich nicht mehr selbst befreien. Kennard zog seine Handschuhe aus dem Gürtel – sein Vater hatte sie ihm letzten Winter zu seinem siebten Geburtstag geschenkt – und ging zu dem Busch.

»Haben dich deine Brüder und Schwestern also auch zurückgelassen?«, sagte Kennard leise. Vorsichtig und ohne das gefangene Geschöpf zu berühren, bog er die Zweige auseinander. Das Rabbithorn, das nur ein paar kleine Kratzer abbekommen hatte, hoppelte rasch hinter seinen Geschwistern her.

Weiter oben am Hang raschelte etwas Größeres im Gestrüpp. Ein Chervine? Sie waren etwa so groß wie Pferde und hatten ein Geweih wie die Rabbithorns, nur größer. Kennard stellte sich auf die Zehenspitzen und hielt angestrengt Ausschau, aber zwischen ihm und dem Geräusch gab es zu viel Unterholz und Bäume. Oder hatten sich etwa Lewis und Dorilys zurückgeschlichen, um ihn zu erschrecken?

Das Geräusch hielt an, aber niemand ließ sich blicken. Der Junge stemmte die Hände in die Hüften. »Also gut! Ich weiß, dass ihr da seid. Kommt jetzt raus. Ich gehe nicht zu euch hinauf.« Das Rascheln hörte auf. Kennard machte einen Schritt in die Richtung, aus der er es zuletzt gehört hatte. »Ich sagte, ich komme nicht zu euch hinauf.«

Eine große, rote Gestalt sprang aus dem Gebüsch. Kennard erkannte flüchtig einen von struppigen Haaren bedeckten Kürbiskopf, bevor er sich umdrehte und schreiend auf die Tore von Armida zulief.

Edric, einer der Wächter am Tor, erwischte Kennard um die Mitte, hob ihn von den Beinen und stellte ihn wieder ab. »Ist ja gut, Kleiner. Was ist denn los? Banditen?«

»Ich weiß nicht«, sagte der Junge. »Dieses *Ding* hat mich angefallen.« Er hatte es nur so kurz gesehen, dass selbst der schwache Eindruck schon wieder verblasste, und er hätte es unmöglich beschreiben können.

Edric machte zwei anderen Männern ein Zeichen. »Wir gehen mal nachsehen«, sagte er zu Kennard. »Dich bring ich jetzt ins Haus zu deinem Vater und erzähle ihm die Sache, falls wirklich Banditen da draußen sind.«

Bei Edrics Rückkehr war die Familie im großen Saal versammelt. Kennards Vater Valdir saß in einem bequemen Sessel und las ein Buch; Elorie, Kennards Mutter, bestickte ein Hemd. Lewis und Dorilys arbeiteten an einem Puzzle, dessen Teile über den ganzen Boden verstreut waren. Kennard hatte keine Lust darauf, ein Puzzle zusammenzusetzen, und das Lesen fiel ihm schwer, da er Bücher auf Armeslänge von sich wegstrecken musste, um die Buchstaben zu erkennen. Stattdessen formierte er seine Spielzeuggardisten in verschiedenen Schlachtpositionen auf dem Tisch.

»Wir haben alle Wälder rund um Armida abgesucht, Lord Alton«, sagte Edric zu Valdir, »aber wir haben nichts gesehen. Möglicherweise hat Euer Sohn ein Chervine oder gar einen *Cralmac* außerhalb seines Territoriums gesehen. Es gibt keine Anzeichen für Banditen, und auch in den umliegenden Dörfern ist nicht die Rede von welchen. Wir werden aber für alle Fälle in den nächsten ein, zwei Tagen die Augen offen halten.«

Valdir nickte. »Danke.«

»Vielleicht hat Kennard diese Waldhexe gesehen, von der uns Mirella erzählt hat«, meldete sich Dorilys.

Elorie schaute von ihrer Stickerei auf und lächelte. »Sag bloß, du glaubst der alten Mirella ihre Geschichte von dieser Frau mit den Spindelfingern, die ungehorsame Kinder stiehlt und sie zum Abendessen verspeist?«, sagte sie. »Mit diesen Geschichten hat sie schon deinen Onkel Valdir erschreckt, als der noch ein Kind war.«

Valdir wandte sich an Lewis und Dorilys. »Versteht ihr jetzt, warum ich euch Kindern immer einschärfe, ihr sollt euch nie trennen, nicht einmal in Sichtweite der Burgmauern? Angenommen, es wären tatsächlich Banditen in den Bergen gewesen. Wir hätten Kennard vielleicht nie wieder gesehen.«

Lewis senkte den Blick zu Boden. »Wir haben ihn nicht absichtlich verloren«, antwortete er. »Er ist nur einfach nicht mitgekommen.«

Elorie und Valdir wechselten einen Blick des Einverständnisses. »Es wird eine Weile dauern, bis ich euch wieder ohne Geleitschutz außerhalb der Mauern spielen lasse. Und Kennard darf sich in der Küche noch eine Extraportion Süßes holen, während ihr beiden nichts bekommt. Vielleicht überlegt ihr euch dann in Zukunft besser, ob ihr euren Bruder einfach seinem Schicksal überlasst.«

Das Küchenpersonal ließ Kennard mit einer Schale süßen Gebäcks neben sich auf der Anrichte sitzen. Er hörte beim Essen ihren Gesprächen zu.

Janna, die Chefköchin, tätschelte mit ihrer feisten Hand Kennards Bein. »Mach dir nicht zu viel draus, dass dich Lewis allein im Wald gelassen hat. Er mag dich trotzdem, er spielt sich nur vor deiner Base Dorilys auf. Wenn sie erst eine Weile hier ist, geht er wieder mit dir Steine suchen oder Schmetterlinge fangen wie zuvor.«

Kennard zuckte die Achseln. Er ärgerte sich über seinen Bruder, weil der ihn zurückgelassen hatte, aber es war, Dorilys hin oder her, nicht das erste Mal gewesen, doch nun, da er sich den Bauch vollschlagen durfte, ging es ihm schon sehr viel besser.

»Was glaubst du, was er gesehen hat?«, fragte Liriel, die gerade dabei war, die Töpfe und Teller vom Mittagessen abzuwaschen.

»Na, jedenfalls nicht Mirellas Hexe«, sagte Janna und machte sich mit ihrem Putzlappen über eine mehlbestäubte Arbeitsfläche her. »Diese Geschichte hatte schon zu Zeiten meiner Großmutter einen Bart.«

»Als ich vor zehn Tagen bei meiner Mutter war«, sagte Fiona, die das Geschirr abbrauste und trocknete und dann zum Aufräumen an Tani weitergab, »hat sie mir von einer Frau erzählt, die neulich in ihr Dorf kam. Sie hat um Stofflumpen gebettelt und wollte Puppen gegen Faden und ein bisschen Essen tauschen. Sie war ziemlich wirr im Kopf, sagt meine Mutter, aber die Puppen waren hübsch gemacht. Ein paar von den kleinen Mädchen im Dorf haben ihren Müttern keine Ruhe gelassen wegen der Dinger, und die Frau hat bekommen, was sie wollte und ist weitergezogen.«

»Na«, sagte Tani und streckte sich, um die sauberen Teller auf ein hohes Bord zu stellen, »das klingt fast wie die Geschichte, die mir meine Schwester mal erzählt hat. Zu denen ist auch eine Frau in den Ort gekommen, nur dass sie gegen Essen die Zukunft vorhergesagt hat.«

»Aha, das war es also«, sagte Janna, legte eine Hand in den Rücken und richtete sich auf. »Unser kleiner Kennard hat bloß eine Hausiererin gesehen.«

»Es hat aber nicht wie eine Hausiererin ausgesehen«, murmelte Kennard.

Janna klopfte ihm auf den Rücken. »Du bist eben erschrocken, *Chiyu*. Ein kurzer Blick, wenn man gerade nicht richtig aufpasst, und schon kann ein stämmiger Baum wie ein Riese mit einer Streitaxt aussehen.«

Mehrere *Leroni*, die nach Verwandtschaftsbesuchen in den Ländereien der Ridenows auf dem Heimweg nach Arilinn waren, hatten in Armida Halt gemacht. Nachdem sie an der offiziellen Begrüßung teilgenommen hatten, überließen es die drei Kinder Valdir und Elorie, sich mit den Gästen zu unterhalten. Kennard war zwar bewusst, dass die Erwachsenen hofften, jedes einzelne Kind würde mit *Laran* aufwachsen, aber die ganze Geschichte mit Gedankenlesen und so war für ihn hauptsächlich langweiliger Erwachsenenkram. Er war froh, als man ihn und seine Geschwister gehen ließ.

Lewis und Dorilys rannten flugs außer Sichtweite, einen langen Korridor entlang und dann um eine Ecke. Kennard versuchte nicht einmal, ihnen zu folgen. Er ging zur Scheune, um nach seinem Pony zu sehen. Als er die Flanken des Tieres streichelte, kam Bard, der Stallmeister dazu.

»Na, Kennard, haben sie dich wieder allein gelassen?«

Der Junge zuckte die Achseln.

»Ich weiß ja nicht, ob es dir was hilft, aber viele Jungen in Lewis' Alter spielen sich auf, wenn Mädchen in der Nähe sind. Wenn du ein, zwei Jahre älter bist, kann es sein, dass du es genauso machst.«

Kennard fuhr fort, das Tier zu streicheln.

»Warum sattelst du nicht dein Pferd und machst einen kleinen Ausritt? Was immer dich damals erschreckt hat, es ist nicht wieder aufgetaucht, und jetzt, da die schlimmste Zeit des Winters bevorsteht, treiben sich wohl kaum Banditen herum. Die Wachen am Tor lassen dich bestimmt ein Stück die Straße hinauf und wieder zurück reiten.«

Als Kennard aus der Burg trabte, rief ihm Edric nur nach, er solle sich nicht zu weit entfernen und bald wiederkommen. Es war ein sonniger Tag, und das Pferd schien froh über die frische Luft zu sein. Hinter der ersten Straßenbiegung saß eine Frau in einem schmutzigen rotkarierten Rock auf der grasbewachsenen Böschung und nähte. Kennard zog die Zügel an und drehte sich um. Er erkannte Edric am Tor, aber der Wächter konnte die Frau nicht ausmachen, weil ihm ein Felsvorsprung, um den die Straße herumführte, die Sicht versperrte. Kennard beschloss, dass er sich der Frau wohl gefahrlos nähern konnte. Er war immer noch in Rufweite von Edric, und außerdem hatte er sein Pferd und sein Messer, noch dazu das Kurzschwert, in dessen Gebrauch ihn sein Vater gerade unterrichtete. Er stieg ab und führte das Pferd zu der Stelle, wo die Frau saß.

Sie blickte nicht auf. Das ölige Haar, das ein helles Braun oder Rot sein mochte, hing ihr ins Gesicht. Kennard wunderte sich, dass sie überhaupt etwas sah. Er legte den Kopf ein wenig zurück, um deutlicher zu erkennen, was sie tat. Mit feinen Stichen umriss sie ein schönes Auge in einem Puppenkopf, der mit frisch duftendem Wiesengras ausgestopft war.

Die Frau schaukelte beim Nähen mit dem Oberkörper vor und zurück. »Willste, dass ich dir die Zukunft vorhersag'?«, fragte sie. Die Stimme klang sanft und klar, nicht alt und krächzend, wie Kennard halbwegs erwartet hatte.

Er blickte die Straße zurück, um sich zu vergewissern, dass er schnell von hier weg kam, wenn er es wollte. »Ich ... ich habe kein Geld bei mir.«

»Hab ich auch nich' verlangt.« Sie nahm Nadel und Puppe in eine Hand. »Ich hab dich schon mal gesehen, aber du bist weggelaufen, bevor ich dir was erzählen konnt'.« Immer noch schaukelnd klopfte sie mit der freien Hand auf den Boden neben ihr.

Kennard setzte sich etwa einen Schritt von ihr entfernt und hielt die Zügel fest in der Hand. Das Pferd hatte genügend Spielraum zum Grasen.

Die Frau rückte näher. »Willste die Zukunft wissen?«

Er zuckte mit den Achseln.

Sie griff in ihre Bluse. Kennard konnte nicht sehen, was sie herauszog, aber aus ihren gewölbten Händen drang ein blaues Leuchten. Sie konzentrierte sich sehr lange, wie es ihm erschien. »Ich seh 'ne Frau und zwei Jungens für dich«, sagte sie schließlich.

»Aber das sind meine Mutter, mein Vater, Lewis und ich.«

Die Frau schüttelte den Kopf. Das lange, unordentliche Haar hing ihr noch immer ins Gesicht. Sie steckte die Hand wieder in die Bluse.

Kennard hörte Hufgetrampel auf der Straße und drehte sich um. Die *Leroni* und ihre Eskorte verließen Armida. Er führte sein Pferd an den Straßenrand und beobachtete, wie sie vorbeiritten. Als sie vorüber waren, wandte er den Kopf wieder zu der Böschung. Die Frau war verschwunden. Er öffnete den Mund, um zu rufen, aber in diesem Moment wurde ihm klar, dass er ihren Namen nicht kannte. Als er zu Boden blickte, sah er die Puppe mit dem halb fertiggestellten Gesicht. Das eine Auge starrte zu ihm hinauf. Vielleicht kam die Frau ja noch einmal vorbei, um die Puppe zu holen, aber es widerstrebte ihm, sie hier liegen zu lassen. Mit dem Vorsatz, sie ihr später wiederzugeben, hob er die Puppe auf und verstaute sie tief in seiner Jacke.

»Vater, wie ist es, wenn man *Laran* hat?«

Valdir legte sein Buch beiseite. »Zum einen kann man sagen, was andere Leute denken oder fühlen.«

Der Junge rutschte unruhig auf seinem Sitz umher. Er wusste nur zu gut, dass sein Vater oft spürte, was er dachte oder fühlte.

Valdir lächelte. »Ich nehme an, du wolltest noch mehr wissen, zum Beispiel, was die *Leroni* tun?«

Kennard nickte.

Valdir langte in sein Hemd. Es war fast die gleiche Geste, wie die Frau an der Straße sie gemacht hatte. Kennard sah verblüfft zu, aber sein Vater schien es nicht zu bemerken. Er zog einen Seidenbeutel am Ende des Halsbandes hervor, das er immer trug.

»Ich werde dir jetzt etwas zeigen. Du darfst es aber nicht anfassen.« Vorsichtig öffnete Valdir den Beutel und ließ einen kleinen blauen Stein in die hohle Hand fallen. Kennard behielt die Arme demonstrativ hinter dem Rücken und reckte den Hals, um den Stein besser sehen zu können. Der Stein leuchtete.

»Das ist eine Matrix«, erklärte Valdir. »Sie ist auf mich abgestimmt und reagiert auf meine Gedanken. Aber sie ist nicht besonders stark. Ich beherrsche nur Kleinigkeiten, zum Beispiel etwas für einen kurzen Moment so aussehen zu lassen, als wäre es etwas anderes. Die *Leroni* haben in den Türmen, wo sie arbeiten, viel größere Steine. Wenn sie ihr *Laran* auf eine große Matrix konzentrieren, können sie wunderbare Dinge bewirken, wie etwa Wolken oder Felsen bewegen.«

Als Valdir die Matrix wieder einwickelte und in seinem Hemd verstaute, fragte Kennard: »Wo bekommt man die Steine her?«

»Sie werden von speziell ausgebildeten Matrixtechnikern aufbewahrt. Die *Leroni* haben noch mehr davon. Wenn dein *Laran* erwacht, werden wir eine *Leronis* oder einen Matrixtechniker suchen und dafür sorgen, dass du eine bekommst.«

»Woher weiß ich, wann es so weit ist?«

Valdir lächelte. »Das merkst du genau. Wenn es dir vorkommt, als wüsstest du schon, was die Leute denken, bevor sie es aussprechen, dann weißt du Bescheid.«

»Und wann wird das sein?«

»Wenn du so etwa zehn bis zwölf bist. Aber mach dir keine Sorgen ... es kommt bestimmt.«

»Und dann müsste ich also zu einer *Leronis* gehen, damit ich einen blauen Stein bekomme?«

»Ja.« Valdir hielt inne. »Früher hat man Matrizen im Boden gefunden, aber diese Fundstellen sind schon längst ausgebeutet. Ich nehme an, man kann hie und da eine verlorene Matrix finden, wenn zum Beispiel ein Matrixtechniker eine Schachtel davon ausschüttet. Es könnten auch welche um alte Grabstätten oder in der Nähe von Ruinen aus dem Zeitalter des Chaos herumliegen. Aber ich würde mich nicht auf die Jagd nach einer machen. Es wäre durchaus möglich, dass du ein Leben lang angestrengt suchst und doch keine findest.«

»Können Leute mit *Laran* die Zukunft vorhersagen?«

»Manche sehen in die Zukunft, das stimmt. Ein klein wenig von dieser Gabe ist in unserer Familie vorhanden. Ich habe dich und Lewis gesehen, bevor ihr zur Welt kamt.«

Kennard zuckte zusammen. Vielleicht hatte die Frau tatsächlich seine Zukunft vorhergesehen.

Valdir lächelte. »Es ist nichts, wovor man sich fürchten müsste. Viele Leute haben es. Du gewöhnst dich so daran, dass du irgendwann gar nicht mehr weißt, wie es ohne *Laran* war.«

Am nächsten Tag sattelte Kennard sein Pony, um wieder auszureiten. Als er die Scheune betreten hatte, war der Himmel nur bewölkt gewesen, aber als er aus ihr hinausritt, peitschte ihm der Wind Schnee ins Gesicht.

»Heute kannst du nicht nach draußen, kleiner Kennard«, sagte Edric. »Ein Schneesturm zieht auf.«

»Ich reite nicht weit.«

Edric schüttelte den Kopf. »Nein. Ich habe schon so dichten Schneefall erlebt, dass man sich zwischen der Scheune und dem Haus verirren konnte. Bring dein Pony lieber zurück und reite ein andermal.«

»Aber wenn jemand da draußen ist?«

»Es gibt überall Unterstände für Reisende, und in der Nähe sind mehrere Dörfer. Jeder, der jetzt im Freien ist, findet eine dichte Baumgruppe, wo er sich unter die Äste kauern kann. Ich habe es selbst schon ein, zwei Mal gemacht.«

Als Kennard wieder aus der Scheune kam, konnte er durch das dichte Schneetreiben kaum mehr das Haus erkennen. Edric nahm ihn am Arm. »Komm, ich bring dich zur Tür.«

Ein menschlich klingendes Heulen drang durch den Sturm. Kennard erstarrte.

»Das ist nur der Wind«, sagte Edric.

Der Wind rüttelte an den Fenstern im großen Saal, aber Kennard ließ sich nicht davon stören und schaute unverwandt nach draußen, das Gesicht dicht an die Scheiben gepresst.

Lewis und Dorilys beschäftigten sich vor dem Kaminfeuer mit Spielzeugburgen. »Komm schon, Ken!«, rief Lewis. »Man könnte meinen, du hast noch nie einen Schneesturm gesehen.«

Kennard schüttelte den Kopf.

Nach einer Weile spürte er, wie sein Vater hinter ihn trat. Valdir setzte sich auf ein Fensterbrett und betrachtete den Jungen. »Was macht dir Kummer, mein Sohn? Hast du etwas da draußen gelassen?«

Kennard wusste nicht, was sein Vater sagen würde, wenn er ihm von der Frau erzählte. Andererseits war es nahezu ausgeschlossen, dass er seinem Vater etwas verheimlichte. Er zog die Puppe aus seiner Hausjacke und gab sie Valdir.

Elorie sah es, legte die Stickerei weg und ging zu den beiden. »Die ist ja wunderhübsch. Hat eine der Dienstbotentöchter sie für dich genäht?«

»Aber sie ist noch gar nicht fertig«, stellte Dorilys fest, die mit Lewis ebenfalls herbeigeeilt war.

»Was tust du überhaupt mit einer Puppe?«, sagte Lewis.

»Das ist nicht meine, sie hat sie fallen lassen!«, rief Kennard. »Ich habe sie aufgehoben, um sie ihr zurückzugeben.«

Valdir berührte Kennard am Arm. »Von wem hast du die Puppe bekommen?«

Der Junge zuckte die Achseln. »Da war so eine alte Frau. Ich glaube, es war die gleiche, die mich damals verfolgt hat. Sie trug einen blauen Stein bei sich, genau wie deiner, und sie hat mir die Zukunft vorhergesagt.«

»Warum hast du uns nichts davon erzählt?«, fragte Elorie besorgt.

»Ich weiß nicht. In der Küche sagten sie, sie hätten von einer Hausiererin mit Puppen gehört. Ich dachte, das war sie.«

»Mir ist nichts von einer Hausiererin mit einer Matrix bekannt«, sagte Valdir und blickte seine Frau über Kennard hinweg an.

Elorie schüttelte den Kopf.

»Lass mich die Puppe vorläufig behalten«, bat Valdir. »Ich setze mich mit Dorilys' Vater in Verbindung, mal sehen, ob wir etwas unternehmen können.«

Als der Schneesturm vorüber war, ritt Kennard mit seinem Vater sowie mit Edric und einigen weiteren Gardeleuten aus Armida hinaus. Unterwegs trafen sie sich mit Dorilys' Vater sowie Kennards Onkel Damon und seiner Frau Ellemir. Valdir hatte während des Schneesturms mit Hilfe seiner Matrix Kontakt mit ihnen aufgenommen – dem Jungen war jedoch nicht ganz klar, wie das funktionierte.

Damon führte sie zu einer bestimmten Stelle an der Straße und gab das Zeichen zum Halten. Kennard stieg wie die anderen ab. Valdir und Damon kauerten sich am Straßenrand neben ihn.

Damon legte ihm die Hand auf die Schulter. »Hast du verstanden, was du tun musst?«

Kennard nickte und holte die Puppe hervor. »Ich versuche, sie dazu zu bringen, dass sie mit mir kommt.«

Ellemir beugte sich über ihn. »Ich glaube, es würde ihr gefallen, wenn du sie bei ihrem Namen rufst – Margali. Sie wird seit sehr langer Zeit vermisst, und das ist unsere erste Gelegenheit, sie wieder zu finden.«

Kennard spürte, wie er rot wurde. Valdir hatte ihm die ganze Geschichte natürlich erklärt – wie Margali von einem Mann mit *Laran* gezeugt worden war, der starb, bevor er ihre Mutter heiraten konnte. Margalis Mutter heiratete einen anderen Mann, und da beide kein *Laran* besaßen, konnte sie niemand über *Laran* aufklären, als es in ihr erwachte. Ihr Vater war Matrixtechniker gewesen und hatte eine Matrix bei ihrer Mutter hinterlassen, die sie einem möglichen Spross aus ihrer Verbindung geben sollte. Aber da niemand Margali unterrichtet und angeleitet hatte, war sie verrückt geworden. Von ihren Eltern hinausgeworfen, wanderte sie von Ort zu Ort und ging dabei stets den Überwachern aus dem Weg, die von den *Leroni* losgeschickt wurden, weil sie auf den Schirmen in ihren Türmen eine Matrix in Gebrauch sahen, für die sie keine Erklärung hatten. Die ganze Sache war derart kompliziert, dass Kennard nicht alles verstand und sogar den Namen wieder vergessen hatte.

»Du wirst das bestimmt sehr gut machen«, sagte Damon. Er deutete in den Wald hinein. »Sie ist da drüben, gleich hinter dem Hügel.«

Kennard nahm die halb fertige Puppe und stapfte durch den Pulverschnee. Als er vom Hügel auf die andere Seite hinabblickte, sah er nichts. Hatte sich Onkel Damon etwa geirrt? In einem Stapel Zweigen raschelte es. Er erhaschte einen Blick auf einen rotkarierten Rock. Langsam ging er auf den primitiven Unterschlupf zu.

Die Zweige teilten sich. Margali schlüpfte hervor, die Haare im Gesicht wie beim letzten Mal. Kennard hielt die Puppe ungelenk von sich gestreckt, als wäre sie ein Schild. Sie zitterte in seiner Hand.

Margali bemerkte das Zittern nicht. »Ach, du hast mein Baby zurückgebracht.« Sie nahm die Puppe und drückte sie an sich.

»Möchtest du ... vielleicht mein Pony sehen? Es ist sehr hübsch.«

»Nicht jetzt. Hab's schon gesehen.« Sie setzte sich. Dann holte sie Nadel und Faden aus einer Tasche und begann, das Puppengesicht zu Ende zu nähen.

»Meine Mutter sagt, das ist sehr gut genäht.«

»Ich nähe gute Babys. Ich behandle meine Babys auch gut, wie sich's gehört, und geb sie an Mütter, die sie lieben, wie sich's gehört.«

Kennard trat von einem Bein aufs andere. »Ja«, war alles, was ihm dazu einfiel.

Sie sah ihm geradewegs in die Augen. Er kämpfte gegen das Verlangen an, wegzurennen. Valdir hatte gesagt, sie würden ihn beobachten, auch über den Hügel hinweg, aber die alte Mirella hatte ihm Geschichten von Verrückten erzählt und was sie alles taten. Er zog die Hand zurück, so dass sein Handgelenk den Griff seines kurzen Schwerts berührte.

Langsam erhob sich Margali, bis sie drohend über ihm stand. Er machte einen kleinen Schritt rückwärts, rutschte aus und fiel gegen eine Schneewehe.

Margali setzte sich und gab ein seltsames Geräusch von sich. Zuerst wusste Kennard nicht, was es war. Erst als sie einen Klagelaut ausstieß, erkannte er, dass sie weinte.

»Hast Angst vor mir. Warum haben immer alle Angst vor mir, warum grenzen sie mich aus? Hab doch keinem was getan. Noch nie. Keinem.«

Kennard rappelte sich hoch und kroch zu ihr. »Entschuldigung. Ich hab's nicht so gemeint.«

Sie senkte den Kopf und fuchtelte mit den Armen in der Luft herum. »Geh weg.«

Er sah auf und dachte an seinen Auftrag. »Warum kommst du nicht mit mir? Bei uns in der Küche gibt es wunderbare süße Sachen.«

»Nein«, schluchzte sie. »Alle tun immer nur nett. Dann tun sie mir weh oder jagen mich oder schicken mich weg. Muss für mich allein bleiben ... nur ich und meine Babys.«

Kennard fiel ein, was die Leute in der Küche gesagt hatten. »Wir haben Lumpen für deine Babys. Eine ganze Menge. Meine Mutter hat einen großen Haufen gesammelt.« Er streckte die Hand in Hüfthöhe aus, um zu zeigen, wie hoch der Stapel war.

Sie wischte sich mit dem Ärmel über die Nase. »Lumpen für meine Babys?«

»Einen ganzen Haufen.« Er hob die Hand noch ein wenig höher.

»Oh.« Sie stand auf. »Also gut. Und Faden auch?«

»Eine Menge. Meine Mutter hat jede Menge Faden übrig.«

Margali nickte. Die Puppe fest an sich gedrückt, folgte sie Kennard den Hügel hinauf. Er nahm ihre freie Hand und hielt sie fest, weil er befürchtete, sie könnte weglaufen, wenn sie oben ankam und die Pferde erblickte.

Aber niemand war zu sehen. Kennard ließ erstaunt Margalis Hand los. Margali machte einen Schritt nach vorn und drehte sich um. »Ist das nicht der Weg?«

Der Junge schaute in alle Richtungen und spähte forschend in den Wald hinter ihm. »Ich ... ich weiß nicht.«

»Margali«, sagte eine Stimme von weiter unten. Kennard drehte sich um und sah eine Frau, die er nicht erkannte. Sie kniete im Schnee und streckte die Arme aus. »*Chiya*. Es tut mir Leid. Es war falsch, dich wegzuschicken. Ich liebe dich, Margali. Bitte komm mit mir nach Hause. Ich zeige dir wieder, wie man näht, genau wie früher.«

»Mutter. Du bist zurückgekommen, Mutter. Ich wusste, du würdest mich holen, ich wusste es.« Sie rannte in die Arme der Frau.

Verwirrt folgte ihr Kennard den Hang hinab. Als er sich der Straße näherte, sah er Valdir, Damon und die Wachen aus dem Wald auftauchen. Rechts von ihm hielt Tante Ellemir derweil Margali in den Armen.

»Du bist zu Hause, Margali. Von nun an werde ich deine Mutter sein. Ich werde immer da sein, wenn du mich brauchst.«

Das nächste Mal traf Kennard Margali im großen Saal von Armida. Ihr Haar war gewaschen, gekämmt und zu einem Pferdeschwanz gebunden. Sie trug saubere Kleidung. Da fiel ihm auf, dass sie gar keine alte Frau war, wie er die ganze Zeit gedacht hatte, sondern ein Mädchen, nur ein paar Jahre älter als Lewis. Margali saß in einem ausladenden Sessel, hatte die Beine untergeschlagen und nähte an ihrer Puppe. Ellemir saß neben ihr und hatte den Arm um sie gelegt. Nicht weit von den beiden las Valdir in einem Buch.

Ellemir lächelte Kennard zu, als er eintrat. Sie drehte sich zu Margali um und streichelte ihren Arm. »Wichtig ist man nicht, weil man der Erstgeborene ist oder viele Spielkameraden hat. Es kommt nicht einmal darauf an, ob man *Laran* besitzt. Sondern nur darauf, ob man liebt und geliebt wird.«

»Komm spielen, Ken!«, rief Dorilys aus der Halle. Neben ihr stand Lewis und ließ einen Ball aufspringen.

Kennard stellte fest, dass er viel lieber Margali beim Nähen zusehen wollte.

Valdir blickte von Kennard zu Dorilys. »Er kommt später zu euch raus, mein Kind.«

Das Mädchen und Lewis zuckten die Achseln und liefen davon.

Valdir streckte einen Arm aus. »Bei uns ist immer Platz für dich, mein Sohn. Ich werde dir, Margali und Ellemir eine Geschichte vorlesen. Hier ist eine von einem Jungen, der wegen seiner mutigen Taten Ruhm und Ehre errang.«

Kennard kletterte auf den Sessel und schaute seinem Vater über die Schulter, während die Geschichte ihren Lauf nahm.

Über David Heydt und »Ich bin jetzt eine große Katze«

David ist ein Autor der zweiten Generation und der Sohn von Dorothy J. Heydt, deren Arbeiten in vielen Darkover-Anthologien erschienen sind, darunter in der vorliegenden. David studiert im ersten Jahr an der Kunstakademie von San Francisco, und dies ist seine erste Veröffentlichung. Er folgt dem Beispiel seiner Mutter und sucht sich Themen aus, von denen ich glaube, dass ich sie nicht haben will, doch dann schreibt er Geschichten darüber, die sich verkaufen lassen. Aber es ist eigentlich unfair zu sagen, ich wollte keine Geschichte über dieses Thema, denn nicht einmal in meinen wildesten Träumen hätte ich mir eine solche vorstellen können – eine Geschichte über das Kind von Katzenmenschen in einem Gildenhaus der Freien Amazonen.

Ich glaube nicht, dass es viele Autoren gibt, ob erfahren oder nicht, die diese Story zu Wege gebracht hätten. Lesen Sie selbst und staunen Sie. MZB

Ich bin jetzt eine große Katze

von David Heydt

Aus den Annalen des Gildenhauses von Kadarin:
»Dieses Jahr haben wir den Zaun errichtet und den Abort
sowie einen Brunnen gegraben. Die Jagd war erfolgreich, und
wir haben Gärten angelegt. Neu hinzu kamen heuer Fiona
n'ha Camilla und [hier waren mehrere Worte unleserlich ge-
macht] Rakhal.«

»So, ich denke, so weit ist alles in Ordnung, Fiona«, sagte
eine der beiden Frauen; wie die andere trug sie die Haare kurz
geschnitten. Fiona zog sich langsam das Hemd über den Kopf,
während die Entsagende fortfuhr: »Es gibt keinerlei Kompli-
kationen, und deine Brüste müssten in etwa ein, zwei Wochen
aufhören, Milch zu produzieren.« Rafaella hielt inne. »Ich bedaure es zutiefst, Fiona. Ich weiß, es ist schwer für dich.« Rafaella hatte nie ein Kind gehabt und erst recht keins verloren,
aber sie trug das Herz auf dem rechten Fleck.

»Ich danke dir, Schwester.« Fiona seufzte. Sie war eine
hoch gewachsene Frau mit muskulösen Armen und dunklem
Haar. Eine schmale, weiße Narbe verlief sichelförmig über ihren Hals, ein Souvenir von der letzten Begegnung mit den
Freunden ihres Vaters, bevor sie sich den *Comhi-Letzii* an-
schloss. »Vielleicht würde mir ein Spaziergang im Wald gut
tun.«

»Natürlich, geh nur.« Rafaella lächelte breit, als Fiona den
nach Arznei riechenden Raum verließ.

Der Wind in den hohen Ästen heulte wie ein einsames und
verängstigtes Kind, während Fiona auf einem umgestürzten
Baum in dem Wald am Fuße der Hellers saß. *Wie lange wird es
wohl dauern, bis ich darüber hinweg bin?*, dachte sie. Ein

Windstoß zerzauste ihr das Haar, und wieder hallte der Schrei durch den Wald. Fiona setzte sich mit einem Ruck gerade. Es war doch keine Einbildung! Als sie aufstand, fuhr sie zusammen; ihre Brüste waren schwer vor Milch und sie schmerzten. Sie hätte ihre Milchpumpe mit in den Wald nehmen sollen. Dann ging sie so schnell sie konnte in die Richtung des Geräuschs.

Es klingt fast wie ein ertrinkendes Kätzchen, dachte sie, als sie sich dem Geräusch näherte, und dann beeilte sie sich erst recht, da der Klang des rauschenden Wassers sie an die Frühjahrsflut erinnerte, die noch nicht lange her war. Sie schlug den Ast eines Laubbaumes zur Seite und entdeckte die Quelle der Schreie. Es ließ ihr das Blut in den Adern gefrieren.

Ein seltsames Tier mit grauem Pelz war im Bach ertrunken – ein Weibchen mit einem Jungen. Das Kleine lag auf der kalten, toten Brust seiner Mutter und schmiegte sich auf der Suche nach Wärme und Nahrung an sie, die der starre Körper jedoch nicht mehr bot. Das Junge war klein und grau, sein Fell hatte die Farbe des Nebels am frühen Morgen, und es schaute mit unvorstellbar großen, smaragdgrünen Augen zu Fiona empor. In der regte sich sofort Mitleid und erstickte die Stimme der Vernunft, die ihr riet, das Junge zu töten, oder es zumindest sterben zu lassen. Sie hob es von der Brust seiner Mutter auf. Noch als es sich an sie klammerte und kraftlos zu saugen begann, dachte Fiona an all das, was die Katzenmenschen der Bevölkerung angetan hatten, an die Überfälle, die Versklavung, die Kriege. Und als sie kehrtmachte und langsam zurück zum Haus ging, erhob ein Gedanke in bösartiger Nüchternheit den Kopf: *Das ist ein männliches Junges. Was machst du in fünf Jahren, wenn es das Gildenhaus verlassen muss und niemand es aufnehmen wird?*

»Hast du denn völlig den Verstand verloren?«, brüllte Siobhan. »Warum hast du es nicht einfach ...«

»Ihn.«

»... *ihn* nicht einfach Zandru überlassen und die ganze Sache vergessen?«

»Ich ... ich konnte es nicht. Ich ...« Fiona vermochte mit Worten nicht zu beschreiben, auf welch schreckliche Leere der Schrei des Jungen in ihrer Seele gestoßen war und welche Freude es ihr bereitete, es an ihre Brust zu legen. Der Kleine schmiegte sich näher an sie, teilnahmslos gegenüber dem Streit, der um ihn herum tobte. Vor Fiona stand Siobhan n'ha Mhari, die Gildenmeisterin des neuen Hauses. Sie war eine große Frau, die man fälschlicherweise beinahe für übergewichtig halten konnte, aber obwohl Fiona zweimal in sie hineingepasst hätte, bestand sie durch und durch aus wohltrainierten Muskeln. Außerdem war sie in den Bergen aufgewachsen; sie hatte gesehen, was von einer menschlichen Siedlung nach einem Überfall der Katzenmenschen übrig blieb.

Hinter Fiona stand die Heilerin Rafaella. Sie kam aus Thendara und hatte schon vieles gesehen, sogar Terraner, aber bis zu diesem Tag keine Katzenmenschen. Ihre Hand lag auf Fionas Schulter, wie um sie zu unterstützen – oder am Weglaufen zu hindern.

Siobhan seufzte. »Rafaella, kann es sein, dass der Verlust ihres Kindes sie etwas ... aus der Bahn geworfen hat?«

»So wie du es sagst, klingt es, als wäre sie eine Süchtige, der man ihre Droge entzogen hat«, entgegnete Rafaella. »Eine Mutter, die ihr Kind verloren hat, hat ein Recht zu trauern. Trauer kann unterschiedliche Formen annehmen. Manchmal adoptiert eine Frau ein fremdes Baby oder hält sich ein Haustier, um ihren Schmerz zu lindern – von einem Fall wie bei Fiona habe ich allerdings noch nie gehört. Dennoch, wir beide finden vielleicht, dass sie nicht alle Tassen im Schrank hat, aber heute Morgen war sie unglücklich, und jetzt ist sie glücklich.«

»Ich muss sagen, ich habe es langsam ein bisschen satt, dass ihr über mich redet, als wäre ich gar nicht da«, sagte Fiona. Die beiden anderen fuhren fort, über ihren Kopf hinweg zu argumentieren.

»Gibt es eine Möglichkeit, ihren Zustand irgendwie zu bessern? Was sollen wir mit diesem ... diesem Ding anfangen?«

»Baby«, sagte Fiona.

»Es wird dir nicht gefallen, Siobhan, aber ich halte es für besser, wenn sie dieses Junge behält und aufzuziehen versucht«, sagte Rafaella leise. »Es klingt fürchterlich, aber es ist am besten so.«

Siobhan blickte zu der hohen Decke der Halle empor. »Barmherzige Avarra!«, stöhnte sie. »Also gut. Aber denk daran: fünf Jahre. Du hast genau fünf Jahre.« Fiona ging rasch hinaus, und trotz der ungewissen Zukunft lächelte sie auf das Bündel in ihren Armen hinab.

Aus den Annalen des Gildenhauses von Kadarin:

»Zwei. Heuer haben wir den Zaun verstärkt und die Arbeiten an der großen Halle begonnen. Die Jagd verlief nicht so erfolgreich wie letztes Jahr, aber unsere Gärten sind gut gediehen. Das junge Katzentier Rakhal ist sehr schnell gewachsen, und vielen der Schwestern ist nicht wohl dabei ...«

»Kiya! Kiya!« Der Ruf erschreckte Fiona, sie drehte sich rasch um und sah ihren Zögling mit hinkendem Kindergang auf sich zukommen. Blut floss reichlich aus der grauen Nase und dem Mund, und auf seinen pelzigen Hände waren rote Flecken.

»Rakhal! Was im Namen der Göttin ist denn mit dir passiert? Langsam, so dass ich dich verstehen kann!«, unterbrach sie ein hastiges Luftschöpfen, das eine zusammenhanglose Wortflut ankündigte, wie Fiona sie von Rakhal und den anderen Kindern im Gildenhaus inzwischen gut kannte.

»Ich hab draußen gespielt, da ist Gwennis – du weißt schon, die mit den schwarzen Haaren, die Tochter von Melitta, die nie ihr Messer herleiht ... hast du gehört, dass sie Aran einmal von einem Baum geworfen hat, nur weil er versucht hat ...«

»Rakhal«, mahnte Fiona. Ja, sie kannte Gwennis, eine energische Siebenjährige, die sich als Anführerin der meisten anderen Kinder im Gildenhaus aufspielte, darunter eines, das fünf Jahre älter war als sie. Als Fiona zu einer kleinen Dose *Karalla*puder für Rakhals blutendes Gesicht griff, machte sie sich zu ihrer Verblüffung klar, dass ihr Einjähriger fast so groß war wie Gwennis. Es war ihr nicht aufgefallen, da man Rakhal selten mit den anderen Kindern sah. Wenn sie darüber nachdachte, bekam sie ihre Schwestern überhaupt nicht viel zu Gesicht. Seit sie Rakhal hatte, lebte sie wie eine Art Verbannte.

»'Tschuldigung«, fuhr Rakhal fort. »Jedenfalls haben sie und ein paar Freunde von ihr mich einfach angefallen und festgehalten, und mmpfff grmmfff ...« Seine Worte wurden unverständlich, als Fiona ihm das Gesicht säuberte und die Arznei auftrug. » ... festgehalten und Gwennis hat angefangen, mich zu boxen (keuch), aber ich hab eine Hand freibekommen und sie gekratzt ... ich weiß, ich habe versprochen, nicht zu kratzen, aber ich konnte nicht anders (keuch), und sie war nicht schlimm verletzt, das weiß ich, weil sie sich nicht auf dem Boden gewälzt hat oder so, als ich weggelaufen bin, wie in den Geschichten ... aber dann war sie richtig wütend und hat mich einen ›Gre'zu‹ genannt – was bedeutet das, *Kiya?* Außerdem hat sie mich angespuckt und getreten ...« Rakhals atemloser Bericht verebbte.

»Wo hat sie dich getreten?«, fragte Fiona besorgt. Sie hatte bereits einen üblen Bluterguss oberhalb des Knies entdeckt und eine Vielzahl von Kratzern und kleinen Schnitten, aber falls da noch etwas war, wollte sie nicht danach suchen müssen.

»Dort, wo ... wo es wehtut.«

»Wo?« Fiona wusste, dass ihr verwirrter Gesichtsausdruck Rakhal ärgerte, aber er drückte sich nun einmal nicht besonders klar aus.

»Wo es ganz *schlimm* wehtut, *Kiya*.«

Fiona musste beinahe lachen. »Hat sie sehr fest zugetreten?« Rakhal schüttelte den Kopf.

»Sie ist auf einem Stein ausgerutscht und auf den Rücken gefallen. Dann haben die anderen losgelassen, und ich bin weggerannt.« Rakhal setzte die fürchterliche Grimasse auf, die sie als Lächeln zu akzeptieren gelernt hatte.

»Leg dich jetzt erst einmal hin, nach einer Weile ist dir dann nicht mehr so schlecht.« *Während ich mich auf den Weg mache und deinen Namen reinwasche,* dachte Fiona. *Wahrscheinlich hat ihm Melitta inzwischen von Vergewaltigung bis Mord so ziemlich alles angehängt. Ich kann es ihr nicht einmal verübeln. Ich glaube, bei jemandem, den wir lieben, können wir alle ziemlich dickköpfig sein.* Fiona hoffte nur, dass der Vorfall Rakhals Vertreibung nicht plötzlich um drei Jahre vorverlegen würde. Sie eilte zur Haupthalle.

Mit erhobenem Kopf und gerader Haltung trat sie ein und versuchte das Kaninchen zu verbergen, das irgendwo zwischen ihrem Herzen und dem Hals nervös umherhüpfte. Die trockene, staubige Luft machte die Sache nicht besser; es würde ihr gerade noch fehlen, wenn sie jetzt zu niesen anfing.

Melitta stand rechts von Siobhan an der Stirnseite der Halle, eine dunkle Gewitterwolke hing zwischen ihren Augen. Neben ihr stand Gwennis, die bei Fionas Eintreten bösartig und triumphierend grinste. Siobhan blickte auf, als sich die junge Frau näherte. Sie hatte unverkennbar keine Lust, sich mit der Sache beschäftigen zu müssen. »Was, bei Zandrus neunter Hölle, ist passiert, Fiona?«

»Das hab ich doch schon erzählt!«, sagte Gwennis. »Dieses

Katzenmonster hat mich angegriffen und echt schwer verletzt. Seht ihr?« Stolz zeigte sie den fleckigen Verband an ihrem Oberschenkel. »Wozu musst du also noch mit ihr reden?«

»Ruhe! Deine Version der Geschichte kenne ich schon, Kind. Wo ist Rakhal, Fiona? Ich möchte, dass er mir hier Rede und Antwort steht, was er getan«, sie sah Gwennis finster an, »oder vielleicht auch nicht getan hat.«

»Rakhal«, sagte Fiona schrill, »Rakhal liegt im Bett, um sich zu erholen, weil man ihm in die Hoden getreten hat.«

»Nein, *Kiya,* ich bin hier«, ertönte Rakhals Stimme hinter ihnen. Fiona drehte sich verwundert um. »Wo sind die anderen?«

»Welche anderen?«, fragte Siobhan verwirrt.

»Aran und Jaelle, Hillary und Melora. Ich will wissen, ob es Hillary gut geht. Ich glaube, ich habe sie umgestoßen, als ich weggerannt bin.«

»Ja, das stimmt! Ich weiß es genau, weil sie sein linkes Bein festgehalten hat, und er hat getreten, um sich loszu...« Gwennis brach abrupt ab.

»*Was?*«, sagten Melitta und Siobhan unisono.

Gwennis schwieg und starrte auf ihre Füße.

»Nun denn!«, fuhr Siobhan fort. »Rakhal, du wirst jeden Tag zusätzlich eine Stunde mit der Kampfausbilderin üben, damit du lernst, deine Krallen besser im Griff zu behalten.« (Gwennis grinste höhnisch.) »Und du, Gwennis«, (das Grinsen verschwand) »wirst morgen nach dem Essen zusammen mit Aran, Jaelle Melora und Hillary die Küche sauber machen. Außerdem hast du, vom Unterricht abgesehen, die ganze nächste Woche Stubenarrest. Überleg es dir in Zukunft zweimal, ob du solche Anschuldigungen gegen jemand erhebst.«

Siobhan wirkte erfreut und Melitta zufrieden, Gwennis hingegen sah aus, als würde sie gleich losheulen, während Rakhal verwirrt war und Fiona erleichtert seufzte.

Als Fiona mit Rakhal die Halle verließ, witzelte sie: »Seit wann nimmst du eigentlich Kampfunterricht?«

Aus den Annalen des Gildenhauses von Kadarin:

»Drei. Heuer haben wir die große Halle vollendet und die Arbeiten am Hauptschlafsaal begonnen. Die Jagd verläuft weiter erfolglos, aber die Gärten gedeihen auf diesem fruchtbaren Boden. Neu eingetreten sind dieses Jahr Camilla n'ha Rafaella und Clea n'ha Gwennis.«

Der Reisende ist eigentlich ein ganz anständiger Mensch, dachte Fiona. Er hatte ihren Fleischeintopf mit mehr Appetit gegessen als alle anderen bei Tisch, deshalb war sie geneigt, sich tolerant zu zeigen. *Es ängstigt ihn ersichtlich zu Tode, dass er in einem Gildenhaus der Amazonen vor dem Sturm Zuflucht suchen muss.* Sein Blick wanderte nervös hin und her, als erwartete er, jeden Moment aufgespießt zu werden.

Der Reisende war ein fahrender Barde, und das war die zweite Sache, die ihn lächerlich erscheinen ließ: Er überlegte gerade fieberhaft, welche Lieder er singen könnte, die keine männlichen Vorurteile enthielten, weil er überzeugt war, andernfalls sein Leben zu verlieren. Schließlich begann er eine abgedroschene Version von »Raul, der tapfre Jäger«, nur dass er Name und Geschlecht des Helden änderte. Die Frauen mussten sich auf die Zunge beißen, um nicht loszulachen, aber die Kinder hatten die Ballade vom tapferen Raul noch nie gehört und keinen Begriff davon, was es hieß, ein Lied zu skandieren.

Das könnte seine Unruhe natürlich ebenfalls erklären, dachte Fiona erstaunt. Rakhal saß mit übereinander geschlagenen Beinen mit den anderen Kindern vor dem Barden, hingerissen und mit einem zufrieden verzerrten Gesicht. Der Barde warf ihm laufend Blicke voll augenscheinlichen Unbehagens zu, und nach dem Lied bat er zu Bett gehen zu dürfen, weil er Kopfweh habe.

»*Kiya!*«, rief Rakhal und lief zu seiner Mutter. »War das nicht das besteste Lied?«

»Das beste«, korrigierte sie lächelnd. »Ja, es war recht ansprechend.« *Armer Mann*, dachte sie.

»*Kiya*«, sagte Rakhal. Fiona sah rasch zu ihm; sein Tonfall hatte sich verändert, und sie wusste, er war im Begriff, eine schwierige Frage zu stellen. »Warum leben wir nicht in einem Dorf wie die Leute in dem Lied? Was ist das, eine Stadt? Warum wohnen hier nicht mehr Männer? Warum ...«

Fiona unterbrach ihn mit einem nervösen Lachen. »Eins nach dem andern, Rakhal. Wir leben nicht in einem Dorf, weil *Kiya* ... es nicht will. Eine Stadt ist ein sehr großes Dorf mit furchtbar vielen Leuten. Und ...« Die dritte Frage war schwierig; sie wusste nicht, wie sie es so erklären sollte, dass ein Kind es verstand. »Hier wohnen keine Männer, weil Männer manchmal ... böse sein können und uns wehtun. Ein Mann ...« Wie erklärte man einem Zweijährigen, was eine Vergewaltigung ist, selbst wenn er erstaunlich groß und klug für sein Alter war? »Ein Mann hat *Kiya* einmal wehgetan, und ihr Vater hat sie deshalb aus dem Haus geworfen.«

»Warum, *Kiya*?«

Aus den Annalen des Gildenhauses von Kadarin:

»Vier. Heuer haben wir den Schlafsaal fertig gestellt. Der Bau des Gildenhauses ist nun größtenteils abgeschlossen. Das Wild kehrt langsam zurück, und obwohl die Witterung nicht besonders günstig war, trägt der Garten weiterhin reiche Früchte, zum Teil dank der zusätzlichen Hilfe nach der Fertigstellung des Schlafsaals.«

Rakhal kam ins Zimmer gerannt. »*Kiya!* Sie haben mich schon wieder versetzt. Ich habe Hillary mitgebracht, kriegt sie einen Keks oder irgendwas?« Fiona drehte sich um und sah die beiden Kinder nebeneinander stehen, sie waren fast gleich groß.

»Evanda! Dann bist du jetzt also in Hillarys Klasse, richtig?« Sie holte einen Keramiktopf vom Regal und gab dem Mädchen einen Honigkuchen. Der süße Duft der klebrigen kleinen Kuchen wehte durch den Raum, und sie stellte den Topf zurück. Wenigstens musste sie sich nie Sorgen machen, dass Rakhal zu viel Süßigkeiten essen könnte; er mochte sie nicht besonders, aber sie hatte immer welche für Hillary vorrätig, die seit jener Auseinandersetzung vor zwei Jahren Rakhals Freundin war. Hillary war jetzt vierzehn und nur zwei Finger breit größer als Rakhal. Fiona schien immer noch nicht recht zu bemerken, wie groß Rakhal war.

»Ach, Kiya! Arans Vater ist heute gekommen. Er hat mit Siobhan geredet, und dann hat er Aran mitgenommen.«

»Ich weiß, Rakhal. Er ist ja heute fünf geworden.« *Und dir bleibt auch nur mehr gut ein Jahr,* dachte sie und fröstelte. »Na, Hillary, wie war es heute im Unterricht?«

»Ganz gut. Wir sind auf die Jagd gegangen, dabei hat unser Strohkopf hier ein Wildschwein erlegt und es mir überlassen, die Geschichte zu erzählen.« Rakhal grinste einfältig. »Jedenfalls war das gewissermaßen der Tropfen, der das Fass zum Überlaufen brachte. Er durfte sich eine Standpauke über die ›Verantwortung gemäß seiner neuen Stellung‹ anhören, und dann haben sie ihn mit mir weggeschickt. Ich habe ihn hierher gebracht, damit ihm niemand in den Gängen auflauert. Als ob das irgendwer versuchen würde.«

»Aha. Willst du noch einen Honigkuchen, Hillary?« Sie holte den Topf wieder vom Brett. Die Bewegung lief schon fast automatisch ab, da häufig Kinder aus dem Gildenhaus bei ihr vorbeikamen und um Kekse und Kuchen bettelten.

»Ich glaube, das könnte ich verantworten«, erwiderte das Mädchen lachend.

Aus den Annalen des Gildenhauses von Kadarin:

»Fünf: Die Jagd verlief gut, und das Wetter war viel besser als letztes Jahr. Zum ersten Mal seit der Gründung des Hauses hatten wir einen beträchtlichen Lebensmittelüberschuss, den Schwester Fiona n'ha Camilla äußerst kundig einmacht.«

»Nein, nein, nein! Nimm verdammt noch mal deine rechte Hand dazu! Wenn du schon mit zwei gleich geschickten Händen zur Welt gekommen bist, will ich verflucht noch mal, dass du sie auch beide benützt!« Darilyn, die Kampfausbilderin, ließ noch einige weitere bildhafte Ausdrücke los, während sie den Hieben von Rakhals Holzmessern auswich.

Er lachte. »Ich weiß nicht, Darilyn. Bin ich wirklich fähig zu dem, was du da sagst?«

»Wenn du nicht aufhörst, immer nur mit einer Hand zu kämpfen, sorge ich dafür, dass du fähig wirst!«, knurrte Darilyn als Antwort. Der Geruch von Schweiß und Sägespänen reizte Rakhals Nase, und er fletschte glücklich die Zähne. »Du kämpfst wie ein Dreijähriger mit einem dummen Gesicht.«

»Nein!«, keuchte Rakhal, während er eine Rolle machte und zweimal kurz hintereinander zustieß, wobei er Darilyns Deckung beinahe überwunden hätte. »Ich kämpfe wie ein Fünfjähriger mit einem dummen Gesicht, vergiss das nicht. Abgesehen davon habe ich dich schon besiegt«, sagte er zwischen Sprüngen, Hieben und Keuchen. »Vor allem, wenn ich Kunststücke wie dieses einsetze.« Er machte eine Rolle rückwärts, um mit knapper Not einer schnellen Kombination von Schlägen auszuweichen, sprang auf, nahm Anlauf und setzte über Darilyns Kopf hinweg, so dass er hinter ihr landete und ihr das Übungsmesser an die Kehle setzen konnte. Sie schlug sich in Anerkennung der Niederlage mit der Hand an den Oberschenkel, und die beiden gingen auseinander.

»Nicht schlecht«, räumte sie ein. Rakhal schnaufte. »Deine Atmung hat nicht gestimmt. Hättest du mehr als einen Gegner gehabt, oder wäre es dir nicht gelungen, mich zu erledigen, dann hättest du höchstens noch ein paar Minuten durchgehalten. Selbst du.« Darilyn grinste.

»Du weißt gar nicht, wie Recht du hast«, sagte Rakhal und lachte. »Meine Beine und mein Rücken bringen mich noch um.« Er streckte sich übertrieben und schnalzte merkwürdig mit der Zunge.

»Dann darfst du eben nicht so schnell wachsen«, sagte Darilyn in gespielt vorwurfsvollem Ton. »Du bist nur eine Handbreit kleiner als ich, und ich stehe keinem Mann an Größe nach. Du hast eine gute Reichweite und bist ungewöhnlich schnell.« Ihr Tonfall wurde ernster. »Aber werde nicht eingebildet. Das kann dich das Leben kosten. Außerdem solltest du versuchen, auf deinen Schwanz aufzupassen. Ich habe ihn nur deshalb nicht gepackt, als du zu deinem Luftsprung angesetzt hast, weil du dann mit Karacho auf den Boden geknallt wärst und dir wahrscheinlich mehrere Knochen gebrochen hättest. Und das wäre nicht gut, eine Woche bevor du ... oh, tut mir Leid. Vergiss, dass ich es erwähnt habe.«

»Schon gut«, sagte er und lächelte traurig. »Ich muss mich nun mal langsam an den Gedanken gewöhnen. Ich werde nur *Kiya* sehr vermissen. Wenigstens war sie in diesem letzten Jahr nicht mehr so viel allein.« Er verzog das Gesicht. »Ich würde nur gern wissen, wie sie damit fertig wird.«

Fiona flatterte nervös in dem kleinen Zimmer umher und passte auf, dass sie nicht an Möbel und andere Hindernisse stieß. *Gütige Göttin!,* dachte sie. *Er ist doch erst fünf! Wie können sie mir das nur antun? Er ist erst fünf ...* »Und wohlgemerkt drei Finger breit größer als ich«, sagte sie laut lachend. »Ich würde nur zu gern wissen, wie es ihm dabei geht.«

Dann ertönte der Alarm, und plötzlich hatten alle viel größere Sorgen.

Im orangeroten Schein der lodernden Flammen huschten Gestalten an der Feuerlinie hin und her. »Wo um alles in der Welt kommt denn das her?«, schrie Rakhal durch das Getöse zu Darilyn. »Wir sind doch mitten in der Frühjahrsflut!«

»Woher soll ich das wissen?«, brüllte sie beim Schaufeln zurück. »Arbeite einfach weiter!«

»Rakhal!«, rief Fiona durch den Rauch. Seine dunkle Gestalt ragte plötzlich vor ihr auf, und sie packte ihn. »Rakhal! Gib mir deine Schaufel und geh mit den anderen Kindern nach hinten in die Eimerkette. Los!« Sie zog vergeblich an seiner Schaufel und versuchte, ihn von der Feuerlinie wegzuschieben.

»Nein, *Kiya*.« Sie sah ihn an, und es schien, als wären das Tosen des Feuers und der Tumult rundum zu einem sanften Hintergrundgemurmel abgeebbt. »Nein«, wiederholte er. »Ich bin kein Kind mehr, egal wie alt ich bin. Ich gehöre hierher.« Er riss sich los und rannte zu einer anderen Stelle der Feuerlinie, wo noch weitere Leute gebraucht wurden.

Fiona blieb wie gelähmt vor Schreck stehen und blickte ihm nach. Seine Stimme drang undeutlich durch den Lärm und die Flammen zu ihr, und sie sah seine nebelhaften Umrisse durch den Rauch. *Wann ist er so groß geworden?*, dachte sie. Dann ließen ihre Kräfte nach, und sie sank ohnmächtig zu Boden.

»... Sie wacht auf. Fiona? Wie geht es dir?«

»Mein ... mein Kopf tut weh«, sagte sie stockend, während Rafaellas Gesicht verschwommen ins Bild kam. »Und meine

Lungen fühlen sich an, als hätten sie in der Räucherkammer gehangen.« Sie hustete und trank das Wasser, das Rafaellas Helferin ihr reichte. »Wo ist Rakhal?« Rafaellas plötzliche Nervosität machte sie argwöhnisch. »Wo ist er? Ist etwas passiert? Ist er verletzt?«

Die Frau zögerte. »Er wird vermisst. Seit dem Feuer hat ihn niemand mehr gesehen, aber es sind schon Suchtrupps unterwegs, die nach ihm und anderen Ausschau halten ...«

»Seit dem Feuer? Wie lange ist das her?«

Wieder zögerte Rafaella. »Du hast dir den Kopf ziemlich heftig an einem Stein angeschlagen, und der Rauch, den du eingeatmet hast, war auch keine Hilfe. Es ist ungefähr ein Tag vergangen. Wir glauben fest, dass er ...«

»*Kiya?*«, kam eine raue Stimme vom Eingang her, und im Sonnenlicht erschienen die Umrisse einer dunklen Gestalt. Ein Husten. »Alles in Ordnung mit dir?«

»Ob mit *mir* alles in Ordnung ist?« Fiona lachte beinahe, während ihr Tränen über die Wangen liefen. Als Rakhal ins Zelt stolperte, stieß sie einen Laut des Erschreckens aus. Sein halbes Fell war weggebrannt, und die frei liegende Haut war rot entzündet, wo sie keine Blasen warf. Er hustete wieder und sagte noch einen Satz, bevor er zusammenbrach.

»Rafaella, wenn du Brandsalbe hast, bekommst du einen Kuss von mir.«

Aus den Annalen des Gildenhauses von Kadarin:

»Heuer hatten wir Seuchen, Wildmangel, Schädlinge, Regengüsse und Dürre zur Unzeit, und das Ganze gipfelte in einem fürchterlichen Waldbrand.«

»Leb wohl, *Kiya*«, sagte Rakhal schließlich, nachdem er sich von allen anderen verabschiedet hatte. »Ich liebe dich. Ich werde dich nie vergessen.« Fiona schluchzte. »Weine nicht, *Kiya*. Du hast jetzt eine große Familie. Alles wird gut.« Aber

Fiona weinte doch, wenn auch leise, und sie würde stunden-
lang nicht damit aufhören.

Rakhal zog sich zum Schutz vor dem Regen die graue Le-
dermütze über den Kopf und machte sich auf den Weg hinunter ins Tal.

Darkover bei Knaur

Knaur

Ein Darkover-Roman

Die Wiederentdeckung: Das Terranische Imperium entdeckt den Planeten Darkover wieder und meldet Rechte auf ihn als ehemalige Kolonie an. Gleichzeitig wächst auf Darkover aber auch die Unzufriedenheit mit den althergebrachten Traditionen. Ein Bürgerkrieg scheint unausweichlich, als sich eine der Domänen mit den Terranern verbünden will ...

An den Feuern von Hastur

Das Zauberschwert

Der verbotene Turm

Die Kräfte der Comyn

Sturmwind

Nach den Comyn: Obwohl die Terraner mittlerweile einen festen Raumhafen auf dem Planeten eingerichtet haben, bleibt Darkover weitestgehend vom restlichen Universum abgeschnitten. Der Kampf zwischen Alt und Neu, zwischen Tradition und Aufbruch führt zu immer neuen Kämpfen und Auseinandersetzungen.

Die blutige Sonne

Hasturs Erbe

Retter des Planeten

Sharras Exil

Die Weltenzerstörer

Der Marguerida Alton-Zyklus: Eigentlich denkt Margaret Alton, sie würde den Planet ihrer Eltern zum ersten Mal betreten, als sie nach Darkover kommt. Bald schon aber häufen sich die Beweise dafür, dass ihre Erinnerungen manipuliert wurden ... und schneller, als Margaret lieb ist, wird sie nicht nur in das Machtspiel der herrschenden Familien verwickelt, sondern muss sich auch einer unheimlichen Bedrohung aus Darkovers tiefster Vergangenheit stellen ...

Asharas Rückkehr

Knaur

Ein Darkover-Roman

Die Schattenmatrix
Der Sohn des Verräters

Anthologien: Die Darkover-Anthologien wurden von Marion Zimmer Bradley gemeinsam mit dem amerikanischen Fanclub, den »Friends of Darkover«, herausgegeben. Die Kurzgeschichten beschäftigen sich mit neuen oder auch bekannten (Neben-)Figuren des Zyklus, schlagen Brücken zwischen den einzelnen Romanen oder vertiefen die große Geschichte des Planeten und seiner Bewohner weiter.

Der Preis des Bewahrers
Schwert des Chaos
Rote Sonne
Die vier Monde
Die freien Amazonen
Die Schwesternschaft des Schwertes
Planet der blutigen Sonne
Die Domänen
Die andere Seite des Spiegels
Die Türme

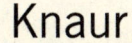

Ein Darkover-Roman

David Drake

Das Reich der Inseln

Ein junger Mann, der nach seiner wahren Identität sucht - und ein dämonischer Magier, der ihm nach dem Leben trachtet. »Zuerst kam Robert Jordan, dann Terry Goodkind, und jetzt erweist sich David Drake als ein Meister der Fantasy. *Das Reich der Inseln* ist ein gewaltiges, faszinierendes Abenteuer, ein Lesegenuß im wahrsten Sinne des Wortes und mit Sicherheit eines der feinsten Fantasy-Epen dieses Jahrzehnts.« *Piers Anthony*

Gefährten des Sturms

Der Thron von Malkar

Die Erben des Carus

Die Königin der Dämonen

Die Geisterbrücke

Die Diener des Drachen

»Originell, glaubwürdig und überzeugend bis zur letzten Seite. Das Reich der Inseln ist schlicht wundervoll.« *Stephen Donaldson*

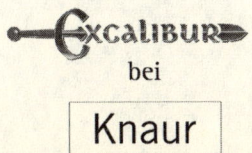

EXCALIBUR

bei

Knaur

Katharine Kerr
Die Chroniken von Deverry

Die große Saga um ein zerrissenes Land, zerstörerische Blutsbande und eine Liebe, die auch der Tod nicht besiegen kann.

»Katharine Kerr ist die Königin der keltischen Fantasy.«
Judith Tarr

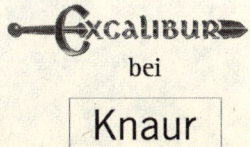

bei

Knaur

Diana Marcellas

Mutter Ozean, Tochter See

Das Mädchen Brierley ist die letzte Überlebende des Hexenvolks der Sharia – doch als ihr Geheimnis entdeckt wird, gerät sie in Lebensgefahr ...
Eine herausragende neue Stimme der weiblichen Fantasy in der Tradition von Marion Zimmer Bradley und Ursula K. LeGuin.

Knaur

Juliette Marillier
Die Tochter der Wälder

Ein epischer Roman in der Tradition von
Die Nebel von Avalon!

Im 9. Jahrhundert nach Christus müssen die keltischen Fürsten ihr Land gegen den Ansturm der Briten verteidigen. Fern der Schlachtfelder wächst die junge Sorcha gemeinsam mit ihren sechs Brüdern auf – doch ihr behütetes Leben findet ein jähes Ende, als ein Fluch die Familie trifft. Allein auf sich gestellt, muss das Mädchen nach einem Gegenzauber suchen und mehr als einmal sein Leben riskieren!

Knaur